U0513579

西北民族大学中华多民族文学遗产丛书

多洛肯 主编

和亲诗与联姻传说综论

刘 洁 著

上海古籍出版社

2018 年度甘肃省哲学社会科学规划项目
"中国古代和亲联姻的民间话语与文学书写研究"
（项目批准号：WX057）资助

甘肃省高等学校人文社科重点研究基地·西北少数民族文学研究中心项目
"中国古代多民族和亲联姻的民间记忆与文学呈现研究"
（项目编号：2018004Z）资助

西北民族大学"铸牢中华民族共同体意识研究专项"项目
"中华民族共同体意识下的和亲联姻文学研究"
（项目编号：31920200501）资助

序

　　和亲文化是中华优秀文化的重要组成部分,在维护边疆稳定、促进民族融合、巩固多民族国家统一等方面发挥了重要的作用。和亲文学作为和亲文化的重要内容之一,在传承民族历史和弘扬优秀文化等方面具有得天独厚的优势和义不容辞的责任。在文学界,始于20世纪20—30年代的和亲文学研究,由探讨昭君故事的演变而发轫,伴随着民族学及各种传说的研究热潮而兴起。从史实到民间传说,再到文人的题咏,和亲文学研究经历了一个踵事增华、由俗趋雅的递嬗过程,在20世纪80—90年代获得了生机与活力,至今仍保持着蓬勃发展的良好势头,取得了较为丰硕的研究成果。

　　刘洁教授在教学中一直关注古代和亲诗,经过长期思考和不断探究,撰写了本书。这种将教学与科研紧密结合的方式,确保了学术研究的持续和深入。本书通过对和亲诗和联姻传说的阐释论析,反映出中国古代各民族交往、交流和交融的历史,明确了和亲联姻在加强各民族政治沟通、道路连通、贸易畅通、文化融通、民心相通等方面所起的积极作用,贯穿着以"和平、和睦、和谐"为核心的和亲文化精神,有助于深化对中华民族命运共同体意识的认识,是一部具有问题意识和学术分量的专著。本书重点研究分属于雅文学和俗文学范畴的和亲诗与联姻传说,其纵横兼顾、多线并存的研究方式,使其在以下三个方面有所创获:

一是由雅至俗。避熟就生,在研究古代和亲诗的基础上,重视对汉匈和亲、唐蕃和亲、满蒙联姻以及多民族通婚传说的搜集、整理和研究。因民间传说具有传奇性、随意性和变异性等特点,所以长期以来,联姻传说未能受到正统史学家的充分关注;即便是在文学研究领域,也没有引起学人的足够重视。刘洁教授一方面不断爬梳散落于古籍文献中的历代和亲诗,在前人研究基础上深入挖掘探究;另一方面十分重视搜集至今仍以活态方式流传于藏、满、蒙、回、苗、壮、瑶等少数民族中的联姻传说,这为本研究的开展奠定了较为扎实的基础。例如,在"汉藏文学兼有的唐蕃和亲"一章,以"藏族文学对文成公主的记述"一节,重点阐释文成公主和亲在藏族文学中的呈现。另外,还通过涉藏地区沿用至今的地名及其传说,论析文成公主入蕃的奇闻趣事,展现文成公主在涉藏地区的影响,追溯藏民崇拜信仰文成公主的原因,彰显了唐蕃和亲的历史价值和现实意义,同时也表明少数民族文学及其研究能够填补空白的重要性。换言之,该研究从俗文学的角度弥补了雅文学中和亲诗题材有限、尚存遗漏的缺失,集中反映出广大民众对联姻传说的集体记忆和价值判断,由此增添了本书的创新性和学术价值。

二是雅俗兼顾。突破前人单一平面的研究格局,从古典诗歌和民间传说两大系统进行立体交叉式研究,为和亲文学研究带来新的气象。和亲联姻的文人创作和民间口述出现在不同历史时期及不同民族之间,其文学体裁不同,表述方式各异,这无疑增加了和亲联姻文学研究的多义性和复杂性。本书作者在阐明和亲诗与联姻传说的文学意蕴时,借助历史学、民族学、民俗学、宗教学及文学地理学等学科的相关知识和理论进行整体观照。如在"昭君和亲文学景观的双重呈现"一节中,作者通过对咏昭君诗和昭君传说的阐述,展现了同一景观在雅俗文学中完全不同的表述内容、表达方式和情感特征,显现出古代文人与广大民众不同的文化心理和审美情趣。这种运用文学景观理论所作的研究,令人有耳目一新之感。

三是雅俗互补。以宏观与微观相结合的研究方法,探讨和亲诗与联姻传说的发展脉络与时代风貌。从宏观的角度来看,本书以历史时代为经,以不同民族的和亲联姻为纬,重点研究汉匈和亲、唐蕃和亲、满蒙联姻以及多民族通婚结亲的诗歌与传说,描绘出和亲诗与联姻传说的发展概貌。既展现出古代和亲诗的主题传承及创作风格,又论述联姻传说中的公主形象、文学景观及地名传说等,在对比中凸显文人书写与民间口述的各自特色,阐述和亲诗与联姻传说对后世的影响。从微观的角度来看,本书通过研究具体的和亲诗与联姻传说,分析作品意旨、人物形象、情感倾向及表述方式,解析古代文人和广大民众对和亲联姻的认识、理解和感受,从中可见古代文人与民间大众的历史观念、价值取向和道德判断,揭示时代政治、社会变化、文人心态和民众心理对和亲诗与联姻传说的影响,显现出和亲文学与和亲文化互融互补的研究态势。

当然,作为和亲文学研究的专著,本书的研究范围还有继续延展的空间。因为和亲文学还包括古人和今人创作的小说、戏剧及影视剧等,还有以活态方式不断涌现的山歌民谣和现当代诗人创作的和亲之作,若能将这些内容囊括其中,则可更为完整、清晰地勾勒出和亲文学发展的全貌。希望作者随着学术视域的拓展和学术功力的提升,能够在今后的和亲文学与和亲文化研究中,进一步扩大范围,拓展空间,在尚有空白的研究领域持续开拓,为和亲文学的发展和研究做出更大的贡献。

崔明德

2022 年 2 月 3 日

前　言

　　古典诗歌与民间传说原本分属于古代文学与民间文学两大学科,却因为都有以中国历史上的和亲联姻为素材进行的创作,而产生了交汇点。一般认为,中国历史上的和亲起源于先秦,开启于西汉,兴盛于隋唐,终结于清代。古代和亲诗与联姻传说的发展脉络也印证了这一历史演变的规律,它们以各自不同的表述方式,共同描绘出古代和亲联姻波澜壮阔的文学画卷,勾画出众多的和亲公主形象,充分显现出和亲公主义无反顾、舍己为国的牺牲精神。

　　西汉元帝时期的汉匈和亲,以昭君远嫁为汉、匈两族带来五六十年的和平与安宁,由此也开启了古代文人吟咏昭君的创作。由汉至清,历代诗人承前启后,歌吟不辍,或以史明意,或借史抒怀,咏昭君诗便成为古代和亲诗的中流砥柱,无论是数量还是质量,其他的和亲诗很难与之相提并论。在民间,有关昭君的传说则主要以昭君的故乡湖北省兴山县和青冢的所在地内蒙古自治区呼和浩特为中心向外扩展,乡邻们表达了家乡父老对昭君的追忆怀思,北方各族人民则讴歌昭君功绩,将昭君奉若神明。可以说,出塞和亲的王昭君受到古代文人和广大民众的共同关注,所以有学者认为,"在两千年的漫长历史中,昭君题材作品的繁荣,使我们完全可以编写一部'昭君文学史'"。[①]　这种想法显然基于有关昭君的文学

---

① 马冀、杨笑寒《昭君文化研究》,呼和浩特:内蒙古人民出版社,2004年版,第169页。

创作不仅题材丰富,而且体裁众多,其中包括涉及昭君的诗歌、传说、变文、传奇、戏曲、小说和歌谣,以及现今的影视剧等。这些出自文人之手或传于民众之口的昭君作品,以其延续时间长,数量种类多,涉及领域广,作者及传述者的队伍庞大,成为中国文学史上的一道景观,这种绝无仅有的文学现象,其形成原因令人深思回味,其发展过程值得回顾总结。

唐蕃和亲是汉藏关系史上的大事,由唐蕃通婚而结成甥舅关系,展现出中华民族由融合走向统一的一种范式。文成公主和金城公主远嫁吐蕃,开启了汉藏交流、频繁往来的先河。但是受地理环境和政治因素的限制,古代极少有文人到过雪域高原,现存为数不多的咏及和亲公主入蕃的诗作,折射出唐蕃友好、和睦相处的厚重历史。令人感到欣慰的是,在悠悠古道、辽阔藏区,广泛流传于藏族民众口头的公主传说、歌谣和藏戏等,深情演绎着和亲公主为青藏高原带来的变化和影响,将汉藏团结、情同手足的深情厚谊传唱至今,弥补了古代文人缺少唐蕃和亲之作的不足,充分显现出藏族民间文学的可贵之处和重要价值。

历经三百年的满蒙联姻,将中国古代的和亲联姻推向高峰。同为剽悍尚武的民族,满蒙以"姻好"缔结"盟好"的牢固联盟,在清朝入主中原、建立和巩固多民族国家的过程中发挥了极为重要的作用。双方互为嫁娶的联姻方式,构筑起满蒙一体、亲如一家的血缘亲属关系,这在中国古代民族关系史乃至世界民族关系史上都十分罕见。虽然古代文人咏及满蒙联姻的诗作并不多见,但流传于民间的满蒙联姻传说却内容丰富,异彩纷呈。其中既有传讲满蒙联姻天作之合的美好传说,也有情节曲折、结局令人惋惜的悲剧故事,还有流传至今的文学景观及地名传说等,多角度地反映出不同时期满蒙联姻的特点和具体情形,填补了文人创作缺失带来的遗憾。

多民族通婚结亲的题材,古代文人甚少涉及,民间传说的数量也十分有限，但窥豹一斑，可知全貌。这些传说流传的地域范围很广，有西北少数民族政权与中原王朝的和亲故事，有西南各民族之间通婚结亲的口头叙述，甚至还有中国与马来王国的和亲传说。这些口传声授的讲述，不仅展现出各民族和亲通婚的曲折经历，而且反映出中华民族大家庭嵌入式结构的牢不可破，以及各民族同呼吸、共命运的荣辱与共。

　　总之，和亲诗与联姻传说作为和亲文学与和亲文化的重要组成部分，在汉匈和亲、唐蕃和亲、满蒙联姻及多民族通婚结亲的诗歌与传说中得到集中的呈现。通过剖析解读雅俗文学交织中的和亲诗与联姻传说，能够回顾中国历史上和亲联姻的坎坷历程，回溯多民族通婚结亲的复杂情形，回望和亲公主不平凡的经历和人生，回味各民族"你中有我，我中有你"的交融历史，进而体会"和平、和睦、和谐"的文化内涵。由此可见，这些和亲诗与联姻传说不仅是沟通民族感情、滋养各民族人民心灵的丰富养料，还是中华多民族血脉相连、不可分割的文学见证。今天，借传唱千年的悠扬歌声，我们将继续谱写民族友好、携手奋进的新篇章。

目　　录

第一章　和亲联姻及其文学呈现

　　中国自古以来就是一个多民族的国家,在漫长的历史发展进程中,和亲联姻在促进民族交往、交流、交融上起到了极其重要的作用。和亲是中国古代的靖边政策之一,"是中国古代任何两个并存的朝廷或者割据政权之间出于政策需要而缔结的和好关系,历来主要指中原的汉族朝廷同边疆的少数民族朝廷或者割据政权之间通过联姻和其他方式缔结的和好关系"。① 其实,中国古代的和亲不仅指出嫁公主,还包括和亲时双方的名分、赐予及互市等和好亲善的活动。和亲作为民族关系的润滑剂,"从历史发展的高度来看,不论统治者实行和亲时的主观愿望如何(真诚友好或策略手段),大多数和亲的结果都是导致了中央政权和少数民族政权之间、汉民族和少数民族之间的和平交往关系,即使是暂时的停战,在客观上也有利于各民族之间的经济文化交流,有利于民族的融合"。② 从这一点来看,中国古代的和亲联姻增强了中华民族的向心力和凝聚力。

　　自秦始皇建立中央集权的封建国家以来,中国历史上出现过多次大一统的局面。秦汉开创了全国统一的先河,隋唐实现了"华

---

　　① 张正明《张正明学术文集》,武汉:湖北人民出版社,2007年版,第208页。

　　② 林干、马骥《民族友好使者——王昭君》,呼和浩特:内蒙古人民出版社,1994年版,第16页。

戎同轨”“冠带百蛮，车书万里”①的由中原到边疆的统一，蒙古族建立的元朝开创了我国少数民族一统全国的先例，明清两代的全国大一统，基本上形成了现今的疆域范围。有学者曾说："只要中原实现了统一，中原与边疆的关系就会突出起来，和亲作为中原与边疆相联结的历史模式才会有令人注目的地位。"②就世界范围来看，这一模式还是中国历史上特有的。

　　纵观中国古代历史，很多朝代都面临和亲的问题。和亲在一定程度上牵动着历史的发展，和亲联姻的成败得失，有时会影响朝廷或政权的兴衰，有时会影响国家或民族的存亡。可以说，中国古代的和亲联姻有其内在的发展规律，也有其时代特性，为中华民族多元一体大家庭的建立奠定了基础。

第一节　和亲联姻的起源、特点及作用

　　"和亲"一词首见于《左传·襄公二十三年》，其含义是"和睦相亲爱"之意。和亲又称"和戎"或"和蕃"（和番）。称"和戎"，是因为周朝和晋国都曾与戎人和亲；称"和蕃"，则是由于古人以九州之外为蕃国。而古代"蕃"通"藩"，藩者，篱也，因又喻指边地、边部、边廷。有学者曾辨析过和亲、和戎、和蕃的不同："'和戎'比'和亲'早出，'和蕃'比'和亲'晚出。和亲之义较广，而且能体现双方的对等地位。但和戎之称能显示华夏与蛮夷戎狄或汉族与少数民族的关系，而和蕃之称能显示中原与边疆的关系。"③和亲还有狭义和广

---

　　①　（后晋）刘昫等《旧唐书》卷九《玄宗纪下》，北京：中华书局，1975 年版，第236 页。

　　②　张正明《和亲论》，见马大正主编《中国古代边疆政策研究》，北京：中国社会科学出版社，1990 年版，第 430 页。

　　③　张正明《和亲论》，见马大正主编《中国古代边疆政策研究》，北京：中国社会科学出版社，1990 年版，第 426 页。

义之分:"狭义和亲仅指中原王朝(包括汉族及汉化边族)与边疆民族君长的和好同盟关系;而广义则还包括少数民族君长间、政权间的异族政治婚姻关系。前者可称'和亲',而后者则宜称'联姻'。"①其实不论是和亲还是联姻,都是希望通过缔结姻亲关系,以达到获取某种政治或经济利益的目的。

一、和亲的起源

古人的和亲活动始于何时?有学者认为"和亲导源于传说时代,至商代而初兴,至周代而渐盛。先秦时,和亲双方可以是同一民族甚至同一国家的,但多数的族属和国属都不同"。②例如,晋国是春秋时代诸侯与戎狄联姻的先驱,晋献公曾娶有四位戎女,他的四位公子重耳、夷吾、奚齐、卓子,都是戎女所生。还有秦惠文王,也以和亲实现自己的政治目的:"并巴中,以巴氏为蛮夷君长,世尚秦女。"③这种秦强巴弱的和亲,使巴得到秦的庇护,而秦则解除了后顾之忧,集中精力对付楚和蜀。

周代各诸侯之间的联姻也司空见惯。臧文仲曾对鲁庄公说:"夫为四邻之援,结诸侯之信,重之以婚姻,申之以盟誓,固国之艰急是为。"④这可谓概括出了和亲的精义。春秋战国时期,各诸侯国联姻的主要目的有取人之国、小国借大国图存、结交军事同盟和结束对立状态等,这些都可视为古代和亲的先声。

---

① 林恩显《中国古代和亲研究》,哈尔滨:黑龙江教育出版社,2012年版,自序第1页。

② 张正明《和亲论》,见马大正主编《中国古代边疆政策研究》,北京:中国社会科学出版社,1990年版,第429页。

③ (宋)范晔撰,(唐)李贤等注《后汉书》卷八十六《南蛮西南夷列传》,北京:中华书局,1965年版,第2841页。

④ 《国语》卷四《鲁语上》,上海:上海书店,1987年版,第53页。

二、和亲联姻的特点

　　一般认为中国古代真正意义上的和亲始于西汉,自汉初刘敬向汉高祖刘邦献和亲之计,便开启了和亲联姻的发展历史。"我们认为,严格意义上的和亲始于西汉,盛于隋唐,终于清代"。① 回顾由汉至清的和亲历史,发生在不同时代、不同民族以及不同时局之下的和亲联姻,不仅有其共性和规律性,还有其差异性和特殊性。

　　如果从历史上和亲联姻发生的时间节点来看,中原农业朝廷的和亲,多发生在王朝初立、国内发生内乱或遇强敌压境之时。如果从和亲的地域范围来看,"除去个别的例外,和亲都发生在中原以农为主的民族与北疆、西疆以牧为主的民族即所谓'行国'之间,以及不同的行国之间。南疆的民族都以农为主,大多交错聚居,而且有越来越多的汉人移入,不易形成独立王国,和亲也就不易发生了"。② 如果按历代史书所载实例来划分,和亲的类型有中原王朝与边疆少数民族的联姻,割据政权与边疆少数民族政权的联姻,割据政权之间的联姻,边疆少数民族政权之间的联姻,南朝与北朝的联姻,百济与新罗、高句丽的联姻等。③ 如果按联姻的功能及性质划分,从中原朝廷的角度来看,和亲是为了羁縻、调停军事冲突、影响边疆少数民族政权、结交同盟和借兵等;从边疆少数民族政权的角度来看,和亲主要是为了结交大国,抬高政治地位,并获取巨额的经济利益等。④ 可以说,无论何时何地、何种范围类型、何种功

　　① 崔明德《中国古代和亲史》,北京:人民出版社,2005 年版,第 22 页。
　　② 张正明《和亲论》,见马大正主编《中国古代边疆政策研究》,北京:中国社会科学出版社,1990 年版,第 449 页。
　　③ 以上参见崔明德《中国古代和亲通史》,北京:人民出版社,2007 年版,第 485 页。
　　④ 以上参见林恩显《中国古代和亲研究》,哈尔滨:黑龙江教育出版社,2012 年版,第 192 页。

能及性质的和亲，无疑都对多民族国家的形成与发展产生过或大或小的影响。

通观中国古代和亲史，由于各个时期的政治、经济、军事和外交等情况各不相同，各个时期通过和亲所要达到目的也不尽相同，因此，各个时期的和亲也呈现出不同的特点。

西汉王朝与匈奴的和亲，最初由于汉朝实力较弱而匈奴势力较强，和亲是不得已而为之，后来随着汉朝国力的增强，到汉武帝时变守为攻，开始反击匈奴，此时和亲的主动权掌握在汉朝的手中。所以，有学者曾说："汉高祖与匈奴和亲，记录了汉朝的失败和匈奴的胜利。汉元帝与匈奴和亲，记录了匈奴的失败和汉朝的胜利。都叫和亲，但前者是汉朝以公主'奉'匈奴，而后者是汉朝以宫女'赐'匈奴。"①由此可见，从汉朝的角度来看，和亲是为了争取休养生息的机会或积蓄稳定边疆的力量；从匈奴的角度来看，和亲则是为了从中原得到更多的财物，以及借和亲之名行互市之实，这便成为汉匈和亲的重要特点。

魏晋南北朝是一个大分裂大动荡的时期，民族关系复杂，民族矛盾也较为尖锐，此时少数民族朝廷纷纷建立，和亲也多发生在少数民族政权之间："据初步统计，从公元 293 年到公元 580 年共 287 年的时间里，就有 14 位和亲公主被立为嫔妃和皇后，而绝大多数是少数民族入塞的女子。"②这一时期的和亲，由于联姻的民族众多，边疆朝廷的兴衰迅速变动，其特点是一般只图眼前利益，缺少较为长久的谋略，所以极易发生变故。

隋唐和亲最大的特点是具有较强的开放性和交融性。从和亲对象来看，这一时期中原王朝与东、西突厥、吐谷浑、高昌、吐蕃、铁

---

① 张正明《和亲论》，见马大正主编《中国古代边疆政策研究》，北京：中国社会科学出版社，1990 年版，第 446 页。

② 崔明德《中国古代和亲通史》，北京：人民出版社，2007 年版，第 16 页。

勒、契丹、奚、回纥、于阗、宁远（亦称拔汗那）及南诏等少数民族政权均有和亲关系。从和亲的地域范围来看，隋唐时期的统治者视野较为开阔，将和亲政策渗透到东北（契丹和奚）、北方（东突厥、铁勒和回纥）、西北（吐谷浑和高昌）、西部（西突厥、于阗和宁远）及西南（吐蕃和南诏）等地区。分析其原因，有学者认为："隋朝是从少数民族主宰的北朝中建立起来的，唐朝的皇室也曾与北朝的少数民族通婚。中国的北方经历了北朝之后，贵夏贱夷的心理已被冲刷得非常淡薄。对和亲来说，这是有利的主观条件。……因此，隋、唐两朝的和亲比汉朝的和亲多。汉朝425年，有和亲11起，平均39年才有1起；隋、唐两朝共326年，有和亲33起，平均10年就有1起。"①很明显，隋唐和亲的范围更大，涉及的民族更多，也更为有力地加强了中原朝廷与诸多边疆民族政权的联结。

辽、西夏、金和元朝都是少数民族建立的政权，他们之间和亲的目的也较为复杂，其中有西夏与金朝和亲的缓兵求和之计，也有蒙古娶西夏及金公主的类似于胜利者收获的战利品，而辽、夏之间的和亲则是求婚与求援相结合。元朝与高昌的和亲，对高昌而言，是借蒙古大国以图存。

当然，纵览中国古代和亲史，很容易发现，在中国历史上，宋、明两代的中原王朝没有与少数民族政权和亲。北宋与辽朝、南宋与金朝都因为割据南北，分庭抗礼，无和亲之事。关于宋朝拒绝辽和西夏请婚的原因，有学者认为："理学兴于北宋，成于南宋。理学讲天理和伦常，对民族关系的影响是强调了严夷夏之防。"②对此，有学者进一步加以阐释："从根本上说，在于宋朝君臣的民族偏见，把和亲视为一种耻辱。宋朝虽然也有部分大臣曾对历史上的和亲

---

　　①　张正明《和亲论》，见马大正主编《中国古代边疆政策研究》，北京：中国社会科学出版社，1990年版，第439页。

　　②　张正明《和亲论》，见马大正主编《中国古代边疆政策研究》，北京：中国社会科学出版社，1990年版，第452页。

予以高度评价，但就绝大多数而言，他们在内心深处还是认为和亲有失中原王朝的体面。"①所以，北宋宁可答应辽朝提出的割地及增加岁币银绢的要求，也不愿和亲。

明朝也是如此。尽管蒙古三部之一的瓦剌部首领曾向明英宗提出过联姻的请求，但具备了和亲条件的明朝却始终没有与少数民族政权和亲。究其原因，是明朝君臣在反思和亲历史和目睹当时少数民族政权之间的联姻之后，认为和亲虽然是处理民族关系的有效方法之一，但仅依靠和亲是远远不够的，他们自认为找到了更有效的途径。例如，大臣方逢时曾上疏曰："御戎无上策；征战祸也，和亲辱也，赂遗耻也。今曰贡，则非和亲矣；曰市，则非赂遗矣；既贡且市，则尤征战矣。"②很明显，明朝的君臣愿意将贡市作为避免战争的一种策略，这表明此时的和亲概念及和亲理念已然发生了较大的变化。

清朝是满族入主中原所建立的王朝，这一时期的和亲主要发生在满蒙之间，这种以结援为目的的联姻，构筑起满族与蒙古族的坚固同盟，最终在蒙古王公的鼎力支持之下，清军完成了入主中原、一统国家的大业，充分显示出和亲联姻的重要作用和历史意义。

三、和亲联姻的作用

和亲联姻在中国历史上存在了几千年，其作用和效果是不言而喻的。著名历史学家翦伯赞先生曾说："和亲政策，在今天看来已经是一种陈旧的过时的民族政策，但在古代封建社会时期却是维持民族友好关系的一种最好的办法。"③在中国历史上，无论哪

---

① 崔明德《中国古代和亲通史》，北京：人民出版社，2007 年版，第 312 页。

② （清）张廷玉等《明史》卷二百二十二《方逢时传》，北京：中华书局，1974 年版，第 5847 页。

③ 翦伯赞《从西汉的和亲政策说到昭君出塞》，《光明日报》1961 年 2 月 5 日。

一朝、哪一代都会面临和亲问题,统治者为了巩固统治,也会制定并实施相应的和亲政策。以唐朝为例,大唐初立之时,唐太宗曾对臣僚们说:"我所以不战者,即位日浅,为国之道,安静为务,一与虏战,必有死伤;又匈虏一败,或当惧而修德,结怨于我,为患不细。我今卷甲韬戈,啖以玉帛,顽虏骄恣,必自此始,破亡之渐,其在兹乎!将欲取之,必固与之,此之谓也。"①由此可知,初唐的和亲是中原王朝的柔远之策,其目的是为了保持中原朝廷对边疆少数民族朝廷的领属关系。后来,当日益强盛的薛延陀向唐朝请婚时,唐太宗则曰:"朕熟思之,唯有二策:选徒十万,击而虏之,灭除凶丑,百年无事,此一策也;若遂其来请,结以婚姻,缓辔羁縻,亦足三十年安静,此亦一策也。未知何者为先?"②司空房玄龄认为:"今大乱之后,疮痍未复,且兵凶战危,圣人所慎。和亲之策,实天下幸甚。"③从唐朝君臣的这番言论就可看出,初唐和亲的主要目的是为了安邦立国,为新兴的唐王朝争取稳定发展的时机。

总之,中国历史上的和亲,都是在某些特定历史条件的组合中发生的,和亲的时代和背景千差万别,所以和亲的效果也不可一概而论,但在当时或后世都起到了一定的作用。主要表现在以下三个方面:

（一）增进民族融合

和亲是一种政治联姻,而和亲一旦实施,"和亲的双方都得承认对方是可以跟自己分庭抗礼或同席言欢的对手或盟友,都得减少煽动民族仇恨的宣传而加多表示民族亲善的宣传。一结了亲,

---

① （后晋）刘昫等《旧唐书》卷一百九十四《突厥传》,北京:中华书局,1975 年版,第 5158 页。

② （后晋）刘昫等《旧唐书》卷一百九十九《北狄传》,北京:中华书局,1975 年版,第 5345 页。

③ （后晋）刘昫等《旧唐书》卷一百九十九《北狄传》,北京:中华书局,1975 年版,第 5345—5346 页。

不管双方有多少诚意,总算有了翁婿关系、舅甥关系、兄弟关系,即使以后又打起仗来,也不便再说对方是禽兽之类了"。① 这虽然是一个微妙的变化,但它的影响却是深远的。

隋朝与突厥的和亲,充分反映出民族融合的渐进过程。和亲后的沙钵略可汗曾致书隋文帝:"皇帝是妇父,即是翁,此是女夫,即是儿例。两境虽殊,情义是一。今重叠亲旧,子子孙孙,乃至万世不断,上天为证,终不违负。此国所有羊马,都是皇帝畜生,彼有缯彩,都是此物,彼此有何异也!"隋文帝则回信表示:"既是沙钵略妇翁,今日看沙钵略共儿子不异。"②后来沙钵略还上表直言:"天无二日,土无二王,大隋皇帝真皇帝也,岂敢阻兵恃险,偷窃名号!今感慕淳风,归心有道,屈膝稽颡,永为藩附。"③从这些书表的内容即可看出"君臣一体"的理念在当时已初步形成,这为双方的亲善和睦奠定了基础,也有利于推进民族间的进一步融合。

唐与吐蕃关系的建立与发展也反映出民族偏见消除、逐步走向交融的过程。当松赞干布听说突厥和吐谷浑都娶有唐朝公主,不免有相形见绌之感,于是向唐朝请婚。虽然后来唐蕃之间时战时和,有过矛盾纷争,但经唐之世,通过和亲建立的舅甥关系已得到人们的普遍认可,"似闻赞普更求亲,舅甥和好应难弃"(杜甫《近闻》),唐代大诗人杜甫这里所说的"舅甥"关系,从社会关系来看,既是一种亲属关系,也是一种政治关系。而"吐蕃以甥自处,这在当时的历史条件下也是祖国观念的表露"。④ 这种观念的确立不

---

① 张正明《张正明学术文集》,武汉:湖北人民出版社,2007 年版,第 215 页。

② (唐)魏徵、令狐德棻《隋书》卷八十四《北狄传》,北京:中华书局,1982 年版,第 1868 页。

③ (宋)司马光编著,(元)胡三省音注,"标点资治通鉴小组"校点《资治通鉴》卷一百七十六《陈纪十》,北京:中华书局,1956 年版,第 5483 页。

④ 张正明《和亲论》,见马大正主编《中国古代边疆政策研究》,北京:中国社会科学出版社,1990 年版,第 455 页。

仅有助于唐蕃关系的进一步加深，也有利于中华民族多元一体格局的形成与发展。

（二）促进经济发展

古代的和亲联姻非常重视嫁娶的形式，边疆民族请婚需提纳聘礼，中原王朝出嫁公主需准备丰厚的妆奁。仅从这两项来看，和亲双方的经济往来就已经达到一定的规模，再加上互市、贡物、赐予等与和亲相关的经济往来，可以说，和亲促进了双方在更大范围内的经济交流。

据史书记载，柔然公主郁久闾氏入塞嫁给西魏文帝时，随嫁的妆奁有"车七百乘，马万匹，驼千头"①，而中原王朝和亲公主出嫁的"婚资"数目更是惊人。据《旧唐书·殷侑传》记载，每位和亲公主出嫁时仅礼费就需五百万缗。② 安史之乱后，社会动乱，财政拮据，唐王朝因无力承受过高的婚资，不得已便采取拖延和亲婚期的办法。

其实，和亲除了出嫁公主之外，对边疆民族更有吸引力的是由此带来的经济贸易。西汉与匈奴的和亲就曾约定：一是"通关市"，二是"厚遇""饶给之"。③ 很明显，这种通关互市有利于双方的经济贸易，可以丰富匈奴的物质生活，致使匈奴单于"好汉缯絮食物"，并欲"变俗好汉物"④，可见和亲对匈奴经济生活的深度影响。

唐与突厥的和亲，同样也促进了双方经济的发展。据史书记载，圣历元年（698），默啜可汗在向唐求婚的同时，索取农器三千具、谷种十万斛和铁数万斤。唐玄宗曾说："曩昔国家与突厥和亲，

---

① （唐）李延寿《北史》卷十三《后妃传》，北京：中华书局，1974 年版，第 507 页。

② （后晋）刘昫等《旧唐书》卷一百六十五《殷侑传》，北京：中华书局，1975 年版，第 4320 页。

③ （汉）司马迁《史记》卷一百十《匈奴列传》，北京：中华书局，1959 年版，第 2904 页。

④ （汉）班固《汉书》卷九十四《匈奴传》，北京：中华书局，1962 年版，第 3759 页。

华、夷安逸,甲兵休息;国家买突厥羊马,突厥受国家缯帛,彼此丰给。"①显然,和亲不仅带来了息兵休养的安逸,而且还提供了经济上互通有无的机会。正如突厥毗伽可汗在《谢婚表》中所说:"自遣使入朝已来,甚好和同,一无虚诳。蕃汉百姓,皆得一处养畜资生,种田力作。"②和亲带来了蕃汉百姓如同一家、放牧耕田共居一地的太平景象。这种民族间的交往与交融,在突厥文阙特勤(Kul-tegin)碑文(南面碑文第五至七行)中也有记述,其原文如下:

> 出产无量金银粟(?)丝(?)之唐人,言语阿誉,复多财物。彼等迷于温言及财富,复招引远地异族与之接近。及远人与之接近,遂亦习为奸诈。
>
> ……噫,吾突厥民众,其不能自制,而为其温言财富所诱以堕落者,何可胜数。噫,吾突厥民众,汝等若有人言:"吾欲南迁,惟非居 Cuja 山,
>
> 乃入平原耳。"噫,吾突厥民众,彼恶人者将从而施其煽诱,曰:"其远居者,彼等予以恶赠品,其居近者,予以佳物。"彼等如此诱惑之。愚人为此言所动,遂南迁与之接近,尔辈中在彼沦亡者,何可胜数。③

从这段突厥碑文可以看出,唐朝当时为突厥提供了丰富的物质财富,不少突厥人欣然接受。那些邻近唐朝边境的突厥人,在互市中滋生出商品意识,并且在经济活动中开始变得奸猾起来;而那些南

---

① (宋)司马光编著,(元)胡三省音注,"标点资治通鉴小组"校点《资治通鉴》卷二百一十二《唐纪二十八》,北京:中华书局,1956年版,第 6744 页。

② (清)董诰等编《全唐文》卷九百九十九《谢婚表》,北京:中华书局,1983年版,第 10341 页下。

③ 韩儒林《突厥文阙特勤碑译注》,北平:国立北平研究院总办事处出版课,中华民国二十四年(1935)版,第 4 页。

移到唐边境居住的人,有不少逐渐被唐人同化了,这就是互市贸易、经济交流所带来的结果。

（三）加强文化交流

"自从贵主和亲后,一半胡风似汉家"(陈陶《陇西行》),唐人的诗句虽不免夸张,但也从侧面反映出和亲给边疆少数民族地区带来的变化。一般来说,边疆民族政权在社会形态、价值取向及文明水准等方面都与中原王朝不尽相同,但是和亲却给双方的文化交流和认同理解带来了机会。

据历史记载,汉文帝时期,去匈奴送亲的使者中行说曾滞留匈奴,"教单于左右疏记,以计识其人众畜牧"。① 解忧公主出嫁乌孙后,曾派长女弟史到长安学习鼓琴,学成后回到乌孙,对西域音乐的发展产生了一定的影响。后来,弟史与龟兹王绛宾结婚,二人常到长安朝贺,受中原文化的浸染,他们在龟兹模仿汉制建筑宫室,"作徼道周卫,出入传呼,撞钟鼓,如汉家仪"。② 而龟兹的都延城"有三重,外城与长安城等"。③ 由此可见,和亲对少数民族地区的影响之大。

高昌是西域的一个城邦政权,隋炀帝为了与突厥争夺西域,将宗亲宇文氏女封为华容公主,嫁给高昌王麴伯雅。据史籍记载,高昌"风俗政令,与华夏略同","文字亦同华夏","有《毛诗》《论语》《孝经》,置学官弟子,以相教授","刑法、风俗、昏姻、丧葬与华夏小异而大同"。④ 显然,这些变化都与隋朝同高昌的和亲有关。

当然,随着和亲的不断深入,边疆地区独特的文化和民风习俗对中原地区也产生了不小的影响。据《隋书·音乐志》记载,康国

---

① （汉）班固《汉书》卷九十四《匈奴传》,北京:中华书局,1962年版,第3759页。
② （汉）班固《汉书》卷九十六《西域传》,北京:中华书局,1962年版,第3916—3917页。
③ （唐）姚思廉《梁书》卷五十四《诸夷传》,北京:中华书局,1973年版,第813页。
④ （唐）李延寿《北史》卷九十七《高昌传》,北京:中华书局,1974年版,第3215页。

乐"起自周武帝娉北狄为后,得其所获西戎伎,因其声"。① 又据
《旧唐书·音乐志》记载:"周武帝聘虏女为后,西域诸国来滕,于是
龟兹、疏勒、安国、康国之乐,大聚长安。胡儿令羯人白智通教习,
颇杂以新声。"②这些来自民族地区的乐曲和乐器,皆因和亲得以
广泛流传,在隋唐时期盛极一时,深受宫廷和市井的欢迎与喜爱。

另据史书记载,唐太宗时的太子李承乾非常向往突厥的游牧
生活,并以模仿突厥习俗为乐:

> 太子作八尺铜炉,六隔大鼎,募亡奴盗民间马牛,亲临烹
> 煮,与所幸厮役共食之。又好效突厥语及其服饰,选左右貌类
> 突厥者五人为一落,辫发羊裘而牧羊,作五狼头纛及幡旗,设
> 穹庐,太子自处其中,敛羊而烹之,抽佩刀割肉相啖。又尝谓
> 左右曰:"我试作可汗死,汝曹效其丧仪。"因僵卧于地,众悉号
> 哭,跨马环走,临其身,剺面。良久,太子欻起,曰:"一朝有天
> 下,当帅数万骑猎于金城西,然后解发为突厥,委身思摩,若当
> 一设,不居人后矣。"③

这虽然是历史的个案,但从唐朝太子李承乾接受并亲近突厥文化、
模仿突厥习俗的举止中,能够看出突厥游牧文化及风俗习惯对唐
朝臣民的影响。

晚唐,随着唐与回纥的多次和亲,双方交流频繁,回纥的衣装
打扮也传入长安:"明朝腊日官家出,随驾先须点内人。回鹘衣装

---

① （唐）魏徵、令狐德棻《隋书》卷十五《音乐志》,北京:中华书局,1982 年版,第
379 页。

② （后晋）刘昫等《旧唐书》卷二十九《音乐志》,北京:中华书局,1975 年版,第
1069 页。

③ （宋）司马光编著,（元）胡三省音注,"标点资治通鉴小组"校点《资治通鉴》卷
一百九十六《唐纪十二》,北京:中华书局,1956 年版,第 6189—6190 页。

回鹘马,就中偏称小腰身。"(花蕊夫人《宫词》)这首诗便描述出当时宫中流行回纥衣装服饰的情景,由此可见和亲对中原衣装服饰产生的影响。

　　综上所述,中国古代的和亲联姻,在出嫁公主的同时,还通过和亲双方的人员往来、财物交换、关市开放以及双方名分地位的建立等一系列活动,调整和亲双方的政治关系,促进民族融合,带来经济互补,增进文化认同,奠定民族友好、和睦相处的基础。正如学者所言:"古代的民族友好关系,主要不是体现在和亲上,而是体现在兄弟民族出于经济文化需要而自发地进行的交流与合作上,体现在兄弟民族人民共同反对封建统治阶级的起义上,体现在兄弟民族共同反对外国侵略者的斗争上,体现在所有兄弟民族共同创造祖国统一条件的勋业上。"[1]这应是对中国古代和亲联姻作用最充分的诠释。

第二节　和亲诗与联姻传说的发展概况

　　中国古代的和亲联姻纵贯上下几千年、横联中华多民族,有关的史籍记载为数众多,相关的文学记述也是延绵不绝,内容丰富。正如学者所说:"和亲酿就了许许多多的悲剧和喜剧,留下了真假混淆的传说和褒贬悬殊的争议。尤其是中原汉族朝廷与边疆少数民族朝廷之间有联姻关系的和亲,成了评论的焦点。战争与和平的交替,权谋与友谊的糅合,政治与爱情的冲突,汉风与番俗的差异,都容易扣响人们的心弦。因而,在史学家尚未发掘和亲的底蕴之时,文学家已率先把和亲写进了诗、词、曲、剧之中。"[2]和亲诗与

---

①　张正明《张正明学术文集》,武汉:湖北人民出版社,2007年版,第217页。

②　张正明《和亲论》,见马大正主编《中国古代边疆政策研究》,北京:中国社会科学出版社,1990年版,第424页。

联姻传说正是雅俗文学中内容最为丰富的组成部分。

众所周知，一个民族的文学往往由两部分构成，一部分是上层的、知识分子阶层的文学，属于精英文学（即雅文学，或称作家文学）；另一部分是社会底层的、平民的文学，属于民间文学（即俗文学，或称大众文学）。一般来说，作家文学是文坛的主流文学，大众文学则属于非主流文学，这二者不仅在内容题材、思想情趣和艺术呈现等方面存在较大的不同，而且在表现方式和传播手段上也具有较大的差异。

中国历史上始于西汉、盛于隋唐、终于清代的和亲联姻，为古代诗人和广大民众提供了丰富多样的创作素材，由此产生了大量的和亲诗和联姻传说。和亲诗是指古代文人记述和亲历史或场景、抒发因和亲联姻而起的情感及观点的诗作；联姻传说则指广大民众口头传讲的、以历代和亲联姻历史或人物为题材的各类传说，其中包括事件传说、人物传说、地名及地方风俗传说等。古代文人笔下的和亲诗往往以和亲历史为依托，或联系现实，或隐喻自身，常常是有感而发，以诗代言，比兴寄托，言简意赅，具有鲜明的个性色彩；流传于民众之口的传说，一般则聚焦于和亲联姻的某一事件或某一人物，通过具体的情节人物、古迹遗存或地名、风俗传说等，生动地传述历史、描绘人物，记录地理或风俗的变迁，从中自然流露出广大民众对和亲联姻的认知与理解，这些来自民间经久不衰的集体记忆，蕴含着深厚的文化内涵。

由于复杂的时代、历史、地理和社会等因素，中国古代各时期和亲诗与联姻传说的发展情况各不相同。有时某一时代的和亲联姻能够引起古代文人和广大民众的普遍关注；有时古代诗人的吟咏并不多见，和亲联姻的历史及人物则凭借大众之口得以流传。这些出自历代诗人之手的诗歌或流播于民众之口的传说相互补充，相互映衬，共同描绘出古代和亲联姻波澜壮阔的文学画卷，也带来了和亲文学的一脉相承、延绵不绝。

一、古代诗人与广大民众共同传咏昭君和亲

中国历史上的汉匈和亲、唐蕃和亲和清代的满蒙联姻,对中国历史都产生了重要的影响。和亲公主作为和亲政策的执行者,她们中有名垂青史的王昭君、文成公主、金城公主和淑慧公主等,还有不少默默无闻、甚至连名号都没留下来的和亲公主。从现存的雅俗文学作品来看,历经千年,只有汉代的昭君和亲引起了古代诗人和广大民众的共同关注,并以诗歌和传说两种截然不同的体裁,异口同声地传咏着汉匈曾经的和亲通好。

（一）古代咏昭君诗的兴盛

据历史记载,汉匈和亲多达十余次,但只有昭君出塞同时受到古代文人与广大民众的普遍关注。据《历代吟咏昭君诗词曲全辑·评注》统计,现存由汉至清的咏昭君诗词曲有近 1 200 首。[①]可以说,不论是数量还是质量,古代咏昭君诗都远远超过吟咏其他和亲联姻的诗作,已成为古代和亲诗最集中、最重要的组成部分。

古代和亲诗坛咏昭君诗的兴盛,究其原因,一方面是文人欲借助昭君出塞的历史,表达对和亲历史及和亲政策的看法,是对和亲历史的一种回顾和评价;另一方面,对某些古代文人来说,昭君远嫁异域、埋身异乡是一个女子红颜薄命的表现,就如同古代文人怀才不遇和襟抱难展的处境,所以古代文人热衷吟咏昭君出塞,其中也不乏借昭君红颜薄命之不幸,抒发自己心中失意颓丧的块垒。正如学者所言:"诗人们之所以对昭君出塞这个事件感到如此悲哀,当然不完全是为了王昭君的不幸,有些诗人是借王昭君的眼睛,流出自己的眼泪。但是隐蔽在诗人眼泪背后的除了诗人们个

---

① 可咏雪、戴其芳、余国钦、李世馨、武高明编注,郝存柱审定《历代吟咏昭君诗词曲全辑·评注》,呼和浩特:内蒙古大学出版社,2009 年版。

人的感伤之外，还有贯通一切时代的共同的东西，这就是大民族主义情感和封建道德观念。这种感情和这种观念就是王昭君这个人物引起诗人共鸣的真正的思想基础。"①对于这一文学和历史现象，老一辈无产阶级革命家董必武曾写道："词客各摅胸臆溅，舞文弄墨总徒劳。"（《谒昭君墓》）换言之，古代文人狭隘的心胸和眼界为历代咏昭君诗染上了沉郁的基调。

（二）民众热衷传讲昭君故事的原因

民间有关昭君和亲的传说，一般以昭君的家乡湖北和青冢的所在地内蒙古为中心向外扩展，传向远方。目前已收集到有关昭君和亲的传说约有百余篇，其中流传于湖北省的有《昭君的锦囊》《"免朝"》《鸽子花》《琵琶桥》《骆驼峰和梳子洞》《百日还乡》等；流传于内蒙古自治区的有《昭君桥》《麋子和昭君蛇》《昭君庙》《银针衣的故事》等；另外还有一些流传于山西、新疆等地的昭君故事。正如学者所说："昭君的事迹原先虽简略苍白，但是靠着人民群众的力量，日久天长，终于在众口相传中逐渐形成了丰富、完美、动人的故事。不仅引起了古人的共鸣，而且还震撼了世世代代人们的心弦，成了我国文学艺术中最为成功和感人的形象之一。"②广大民众如此热衷传讲昭君的故事，其中既有历史文化方面的原因，也有较为复杂的社会人文背景，具体可归纳为以下三点：

一是昭君和亲为汉匈友好、民族团结架起了桥梁。昭君出塞前夕，由于匈奴内部分裂，汉匈之间的对抗关系已趋于缓和。呼韩邪单于主动请婚和好，汉朝也接受了他的请求，从而结束了汉匈之间多年来的敌对和交战。"正是由于昭君出塞和亲，先后做了两代

---

① 翦伯赞《从西汉的和亲政策说到昭君出塞》，《光明日报》1961年2月5日。

② 林丽珠《论昭君艺术形象的产生及其历久不衰的奥秘》，见巴特尔编选《昭君论文选》，呼和浩特：内蒙古人民出版社，2004年版，第150页。

单于的阏氏,紧密了汉匈之间友好的纽带,巩固了汉匈之间的和平,不但终昭君之世,而且她所播下的种子和留下的影响,后世仍在汉匈关系上起着重要作用"。① 所以人们将汉匈五六十年间烽火不惊、人民各安生业的和平安宁,视为昭君出塞的功绩。

二是昭君出塞是自愿请行,这种摒弃民族偏见的非凡见识和献身精神令人钦佩。当呼韩邪单于来长安请婚,身在后宫的昭君必定是对和亲能够密切两族关系有较为清醒的认识,所以在深思熟虑之后,才做出自愿和亲匈奴的决定,这也让人们对昭君的明智和理性刮目相看,因为"在这前后,为着和亲,为着结好外族而远赴塞外的汉家公主,都是奉皇帝之命不得已而被迫成行的,从来没有一位妇女象昭君这样自请出塞。这当然会在匈汉两族人民群众中引起广泛的谈论和赞叹"。② 昭君从小生长在鱼米之乡,远嫁逐水草而居的游牧民族,对于一个弱女子来说是严峻的考验,但昭君自愿远涉异乡,婚配外族,其勇气和胆量着实令人赞赏。

三是对于广大民众来说,来自民间的昭君给人一种亲近感,所以人们对她的命运也格外关注。昭君当年以良家子的身份被选入宫,进宫后也只是一名普通的宫女。"而在昭君之前和之后出塞和亲的,不是公主便是皇家宗室之女。不论是公主或是皇姑,这些金枝玉叶,对于普通人民来说是相隔太远了。她们的命运和生活,她们的欢乐和哀愁,平民老百姓是不会怎么关心的。而在平民百姓普通女子中间居然出现了昭君这样人物,做出了不同寻常的壮举,人民当然会感到亲切。关于昭君的民间故事传说之多,就说明了

这一点"。① 这也是昭君在历代和亲女性中能够独擅声名的原因。再加上汉朝与匈奴的边界线,西起河西走廊,东至辽河两岸,中经阴山、大漠,南北绵延万里,这一边缘地带是历代中原汉族与北方少数民族接触最频繁、交往最广泛的地区。因此,"在这地区发生的边境事件便比其他边境发生的事件与人民关系来得深,在这地区留下的民族友好团结的佳话,就容易在广大群众中普遍流传,声名远播。这也是昭君出塞故事在我国各族人民中家喻户晓的原因之一"。②

总之,由于汉匈和亲存在复杂的历史和社会等情况,也因为昭君出塞的特殊贡献及昭君独特的个性精神,所以昭君便成为历代和亲女性的代表,也成为古代诗人和广大民众普遍青睐的对象,成为雅俗文学的聚焦点。可以说,古代咏昭君诗与昭君和亲的民间传说已占据了和亲文学的半壁江山,这种独特的文学现象引人深思。

二、唐蕃和亲传说胜过古代文人的吟咏

唐代是封建社会发展的兴盛期,唐王朝与周边少数民族通过和亲联姻加强了民族间的友好交往。据史籍记载,从唐太宗贞观十四年(640)至唐僖宗中和三年(883)的 243 年间,唐朝与少数民族和亲共计 23 次,其中突厥 2 次,契丹 4 次,奚 3 次,吐谷浑 3 次,吐蕃 2 次,回纥 6 次,宁远、于阗、南诏各 1 次,另外还有 4 次具有和亲性质的婚媾。虽然这些和亲通好为诗歌提供了创作素材,但

① 鲁歌、高峰、戴其芳、李世琦编注《历代歌咏昭君诗词选注》,武汉:长江文艺出版社,1982 年版,第 7 页。

② 鲁歌、高峰、戴其芳、李世琦编注《历代歌咏昭君诗词选注》,武汉:长江文艺出版社,1982 年版,第 7 页。

是古代诗人涉及唐蕃和亲的诗作却十分有限。与文人吟咏较为冷清不同，在民间有关文成公主和金城公主的传说却内容丰富，题材多样，流传甚广，弥补了古代文人创作之不足。

（一）古代诗人鲜有吟咏唐蕃和亲的诗作

唐代是汉藏两族交往、交流、交融的开端。唐蕃间的两次联姻对密切汉藏关系起到了巨大的推动作用。唐蕃和亲开启了汉藏的友好往来，带来了双方的互市和会盟。在唐代也留下一些反映唐蕃和亲及其关系的诗作，据笔者粗略统计，现存反映唐蕃和亲的唐诗大约有三十多首。其中《全唐诗》中的 17 首唐代朝臣送别金城公主入西蕃的应制诗反映出当年唐中宗亲送金城公主远嫁的情景，蕴含着朝臣们看待唐蕃和亲的态度及情感，也成为了解唐人和亲观念的难得之作。

受地理和地缘条件的限制，历史上到过西藏的内地文人堪称是凤毛麟角。"吕温是《全唐诗》众多作者中少有的到过拉萨的诗人。他在出使吐蕃期间写下了十多首诗"。① 他的《吐蕃别馆和周十一郎中杨七录事望白水山作》中有"明时无外户，胜境即中华。况今舅甥国，谁道隔流沙"的诗句，在委婉表达白水山也是唐朝管辖地域的同时，还追溯唐蕃和亲结下的舅甥亲缘，从中可见中原与高原连为一体的观念，这也是唐人笔下反映汉藏关系的罕见诗作。

两宋时期南北对峙，几乎没有反映与藏地交往的文学作品。元代西藏正式归于中央王朝统治，但元朝人分四等的歧视政策，使汉族文人失去了效力边疆的机会，也就难有与蕃地相关的文学创作。明代承袭元代实行了藏族聚居区制度，当时进藏的使节多为内廷太监或僧人，提供给文人的机会极少。

到了清代，统一的多民族国家进入前所未有的发展阶段。雍

---

① 　吴逢箴《吕温出使吐蕃期间诗论》，《西藏民族学院学报》（社会科学版）1989 年第 1 期。

正五年(1727)，驻藏大臣制度正式推行。西藏成为中央派员直接治理的行政区域，一些官员兼文人有了进藏或驻藏的机会，由此也迎来吟咏西藏文学创作的一个高潮。这些官员兼诗人往往以文字记录亲历西藏的经历和感受，他们笔下那些涉及西藏历史风云、山川地理、宗教建筑和民俗风物的诗作，弥补了中国古代文学的空白。其中有些诗歌涉及唐蕃和亲的历史文化及古迹遗址，例如入藏大臣孙士毅的《金城公主曲》《大诏》《小诏寺》《甥舅碑》，驻藏大臣和瑛的《小招寺》等，都成为观照唐蕃历史文化、了解清人认知汉藏关系不可多得的窗口。

（二）广大民众盛传唐蕃和亲的故事

与古代诗坛吟咏唐蕃和亲的落寞不同，在民间，特别是在藏区广大民众的口中，盛传着有关文成公主和金城公主入蕃及其蕃地生活的各种传说、故事、歌谣和藏戏等，它们往往以藏区为中心，传向四面八方，极大地丰富了唐蕃和亲的民间创作。正如学者所言：“艺术上的和亲女子，古代只有王昭君一个，现代还有一个文成公主。其实，在少数民族的艺术领域里，占有一席之地的倒是文成公主，不是王昭君。”[①]

据粗略统计，目前搜集到的有关文成公主和金城公主的传说、故事和歌谣等约有百余篇。另据田野调查显示，在青藏川甘等地的藏区，有关文成公主的传说、歌谣和藏戏至今仍以活态的方式流行于民间，成为人们文化活动的组成部分。其中《文成公主的故事》《藏王的求婚使者》《松赞干布智娶文成公主》《甲萨公久卓玛成婚》等，多为藏区的民间传说，在西蒙古卫拉特有《巧记请王后》的传说，土族有《伦布噶丹说媒》等传说；地名传说有《日月山》《倒淌河》《龙羊峡》《虾拉沱》《呷拉宗》《戈巴龙》等；民间歌谣有《吉祥的

---

① 张正明《和亲论》，见马大正主编《中国古代边疆政策研究》，北京：中国社会科学出版社，1990年版，第463页。

羊儿哪里来》《带来花朵的使者》《公主带来的曼巴》等。此外,有关金城公主的传说有《金城公主的故事》《王子认母》《"灵岩寺记"的故事》等,这些传说和歌谣以青海、西藏、四川和甘肃等地为中心向外传播,影响久远。

三、满蒙联姻传说的一枝独秀

满蒙联姻是满族与蒙古族密切交往的历史印记,也是中华民族共同体形成与发展的真实写照。满蒙联姻作为民族交往、交流、交融的一种方式,将汉代以来的和亲政策推向高潮,形成了满蒙以"姻好"加强"盟好"的利益共同体,最终达到了满蒙团结、统一国家的目的。

令人遗憾的是,清人吟咏满蒙联姻的诗歌并不多见。清军入关之后,只有个别人在追溯历史或感慨现实时,才会在诗歌中提及满蒙联姻。乾隆皇帝在巡视科尔沁部时曾作诗:"塞牧虽称远,姻盟向最亲。嗣徽彤管著,绵泽砺山中。设候严喧沓,清尘奉狩巡。敬诚堪爱处,未忍视如宾。"乾隆皇帝对历代姻亲的科尔沁部蒙古王公贵族,不忍以臣子和宾客相看,这种满蒙一家、亲同手足的情感,令人感动。科尔沁王公也作诗称颂满蒙联姻:"奇渥王孙奕叶昌,分封内外姓名扬。婚姻帝室百年久,屏翰中华万里长。传世金貂绵胄子,归朝白马咏宾王。休夸本族恩荣重,部下朱伸亦宰桑。"正是基于满蒙双方对彼此联姻重要性的正确认识,才确保了满蒙联姻的大规模和持久性。只可惜文坛吟咏满蒙联姻的诗作寥寥无几,这不能不说是一种历史的遗憾和文学的无奈。

而能够弥补文人创作不足的是流传至今的有关满蒙联姻的传说。由于传说具有集体性、地域性和不稳定性等因素,长期以来,有关满蒙联姻的传说多散落民间,鲜为人知。自二十世纪八十年代以来,随着文化部、国家民族事务委员会、中国民间文艺研究会联合搜集整理民间文学"三套集成"重大项目的开展，大量的如满族说部等民间传说才有幸得到搜集整理，满蒙联姻传说才超越了地域的拘囿，为广大民众所关注。

目前搜集到的满蒙联姻传说约有六十余篇，这些传说主要流布于今天的东北三省和内蒙古自治区的满、蒙、汉等族人民中间。而满蒙联姻传说能够流传下来，其实与满族重视历史文化的传承密切相关。

（一）满族讲古说史的习俗

兴起于东北白山黑水之间的满族，是一个慎终追远、求本寻根的民族。由于满文出现较晚，所以与其他没有文字的民族一样，起初满族的祖先选族长、萨满或德高望重的老人作为传承人，通过口耳相传的方式，将族源传说、家族历史、民族神话以及萨满故事等讲述给子孙后代，于是就有了满族氏族内部的"讲古""说史""唱颂根子"等活动。"在满族使用本民族母语——满语的时代，满族民间讲古主要包含两大类别：一是广泛流传于满族民间的神话、传说、故事和谣谚等短篇口头叙事，即人们寻常所说的'故事'或'瞎话儿'；一是具有独立情节和完整结构体系，内容恢宏的长篇叙事，即我们今天所说的'满族说部'"。① 讲古不同于用来消遣余兴的话本和评书，满人早期的讲古活动有固定的氏族人群、严肃的讲述环境、明确的教化目的、严格的传承规定、多样的讲述方式和特定的流传地域。后来，随着时代的变迁，讲古不再是满族某一氏族内部的私密活动，而是民间大众普遍参与、备受民众欢迎的一种文化娱乐活动。

作为民间口述史的满族说部，目前所见多为情节曲折、形象鲜明、气势宏阔、语言精练且自成体系的鸿篇巨制，其中蕴含着满族深厚历史与文化的内容，由宗教神话、氏族聚散、部落征战、民族兴亡和人物史传等组成。据笔者统计，在谷长春主编的"满族口头遗

---

① 江帆《论满族说部的生成与播衍》，《西北民族研究》2010 年第 4 期。

产传统说部丛书"中,涉及满蒙联姻的有《立英主二酋领叶赫,纳美妃温吉入哈达》①《两城筑就叶赫建国,十年纳聘蒙古践约》②《真诚和亲乌拉入赘,假意求援哈达灭国》③《遭惨败再娶建州女,布疑兵计退车臣汗》④《继儿联姻皆欢喜》⑤《生爱怜皇太后宣红罗女叙话,比舞剑红罗女与晋王炫联姻》⑥《大玉儿的故事》⑦《馈厚礼聘女结亲缘,降恩诏罕王受皇封》⑧和《十二次联姻》⑨等,这些满族说部的内容,有些与满蒙联姻传说中的故事大同小异,应是同源共生的产物⑩,它们共同演绎着满蒙联姻的历史,讲述着满蒙联姻中的喜怒哀乐。

（二）弥补空白的满蒙联姻传说

与汉初因军事处于劣势而进行的和亲不同,满蒙联姻并不以

---

①　呼伦纳兰氏秘传,赵东升整理《扈伦传奇》,长春:吉林人民出版社,2007年版,第115—125页。

②　呼伦纳兰氏秘传,赵东升整理《扈伦传奇》,长春:吉林人民出版社,2007年版,第126—140页。

③　呼伦纳兰氏秘传,赵东升整理《扈伦传奇》,长春:吉林人民出版社,2007年版,第424—431页。

④　呼伦纳兰氏秘传,赵东升整理《扈伦传奇》,长春:吉林人民出版社,2007年版,第476—483页。

⑤　马亚川讲述,王松林整理《瑞白传》,长春:吉林人民出版社,2009年版,第157—161页。

⑥　傅英仁讲述,王松林整理《比剑联姻》,长春:吉林人民出版社,2009年版,第576—581页。

⑦　石特克立·盈儿、毓嶹讲述,德甄整理《爱新觉罗的故事》,长春:吉林人民出版社,2016年版,第27—30页。

⑧　傅英仁讲述,王松林整理《两世罕王传·努尔哈赤罕王传》,长春:吉林人民出版社,2016年版,第179—189页。

⑨　赵东升讲述,赵宇婷、赵志奇整理《乌拉秘史》,长春:吉林人民出版社,2016年版,第177—185页。

⑩　有关和亲联姻传说的异文十分常见,同一题材下的传说往往有多个版本,这种异文不是文学表现形式的改变,而是在讲述内容上的添枝加叶和情节上的加工改造,其核心内容和主要精神多是一脉相承的。

"和好"的形式来避免战争和矛盾冲突，而是采用争取盟友、巩固政治联盟的方式，并借之达到了清政府稳定边疆、统治全国的最终目的。满蒙联姻的历史不仅见于史籍记载，也广泛流传于民间。普通民众对满蒙联姻的认识和理解，通过口耳相传的传说故事得以体现。正如学者所言："对于发生于这一历史时段的许多重大事件、故事及信息等历史'本文'，各种史料文献中有多种或详或略的记载。然而，需要指出的是，没有握持历史书写权力的北方民族普通民众也是这些历史的经验者，他们对历史也有深切的感受、看法和评价，他们在历史的和声中也要发出自己的声音。于是，一些历史本文经过一代代与其发生关联、对其有所体验的普通民众用心灵去解读和感悟之后，倾注进人们的情感与道德判断，经过时代意识的过滤，汇聚成难以遏制的心声，熔铸成波澜壮阔、如泣如诉的说部叙事作品。"①所以，不论这些满蒙联姻传说的内容是否真实，在一定程度上都折射出满蒙联姻的历史背景和民众意识。这些来自民间，饱含着情感因子的记忆，在人们乐此不疲地传述中，传递着民众对满蒙联姻的认识和理解，反映出他们的思想观念、价值判断和情感态度。

满蒙联姻传说题材多样，内容丰富，有的传扬珠联璧合的满蒙结缘，如《大玉和小玉》《皇太极迎亲》；有的讲述满蒙联姻的坎坷历程，如《孝庄与儿斗法》《公主和她的儿子》；有的反映清廷与蒙古部族的矛盾冲突，如《塞音宝力格山》《格根绍荣山》的传说；有的盛赞联姻公主的贤淑明理和顺时守节，如《成吉思汗与哈屯》《蒙古贞驸马》《皇姑院里的关大姑》等；还有的神化了联姻公主的作用及影响，如《巴林桥》《公主鞭打河神》等。而有关满蒙联姻遗迹故址的地名传说，如大公主屯、土炕川、猴儿沙丘、皇姑屯、珠腊沁村、孩子

---

① 邵汉明主编《满族古老记忆的当代解读——满族传统说部论集》（第一辑），长春：长春出版社，2012年版，第44—45页。

坟、公主围和公主陵等,则凭借着满蒙联姻旧址遗存的蛛丝马迹,演绎其命名的过程和细节,再现满蒙联姻的历史情境、特殊事件和联姻人物,最大限度地贴合当时的历史状态、地理位置和自然环境,在一定程度上代表了民间社会对满蒙联姻的认知、态度和情感,从中可见满蒙联姻的地理遗迹、社会烙印和民众心理。

总之,有关满蒙联姻的民间传说是先辈留给后人不可多得的文化资源,是珍贵的原生态非物质文化遗产,其中蕴含着历史文化、民间信仰、价值观念和道德情感,储存着满蒙联姻的丰富内涵和鲜活信息,至今仍发挥着民间口头文学教化启蒙、传播知识、传承文化和娱乐大众的重要作用。

四、其他和亲诗与联姻传说的零散呈现

从和亲联姻文学发展的轨迹来看,古代和亲诗与联姻传说主要集中讲述汉匈和亲、唐蕃和亲及满蒙联姻三个时期的和亲联姻,其他时代的和亲联姻古代文人鲜有吟咏,民间传说也多散佚不见,保留至今为数不多的零散之作,星星点点地言说着其他时代斑驳朦胧的和亲往事。

（一）唐人咏其他公主的和亲诗

历代诗人集中吟咏了汉代的昭君出塞,歌咏其他时代和亲联姻的诗作数量十分有限。唐代诗人除了吟咏昭君出塞与唐蕃和亲之外,涉及其他和亲公主的诗作仅有十余篇,其中有咏唐与回纥和亲的诗作,如杜甫咏宁国公主的《即事》、李山甫的《阴地关崇徽公主手迹》《代崇徽公意》、雍陶的《阴地关见入蕃公主石上手迹》、杨巨源的《送太和公主和蕃》、张籍的《送和蕃公主》、王建的《太和公主和蕃》、许浑的《破北虏太和公主归宫阙》等,这些诗作反映出唐与回纥和亲的历史,抒发和亲公主远嫁的悲哀,其中包含着唐人对唐王朝与回纥和亲的认知和态度。此外还有

咏及唐朝与契丹、奚和亲的诗作。宋代偶见咏唐代公主的诗作，如欧阳修的《唐崇徽公主手痕》、梅尧臣的《景彝率和唐崇徽公主手痕诗》等。

（二）散落民间的其他联姻通婚传说

自古以来，中国地域辽阔，物产丰富。从东到西，从南到北，各民族散居在不同的区域。古代的和亲联姻时间跨度长，地域范围广，有中原朝廷与周边少数民族的和亲，也有少数民族政权之间的联姻，另外还有涉及众多民族的通婚。民间有关和亲、联姻、通婚的传说在民众之中口耳相传。历经岁月的长河，很多传说早已随历史的风尘飘散，能够流传至今的实属不易。《中国皇帝向马来公主和亲》是目前见到的唯一一篇涉及中国与域外国家和亲的传说；《汉日天种》是流行于帕米尔高原塔什库尔干地区的具有神话色彩的和亲传说；《龙女树》则是西南地区广泛流传的少数民族政权之间的联姻传说。

另外，还有一些多民族通婚结亲的传说：一是汉族与其他民族通婚的传说，如讲述回汉结缘的《回汉自古是亲戚》，传讲羌汉结亲的《麦地》，传述蒙汉通婚的《蒙汉和亲》《聪明的汉族福晋》，演绎畲汉开亲的《蓝七妹选婿》等；二是满族与其他民族通婚的传说，如《满汉通婚是打什么时候开始的？》《满族同汉族是两姨亲》《满族同回族是结拜亲》等；三是西南多民族通婚的传说，如广为流传的《苗侗开亲》，讲述苗族和布依族通婚的《花溪》，传讲瑶族青年和壮族姑娘爱情悲剧的《韦小妹》等。这些传播于海内外、流布于特定地域的多民族通婚结亲的传说，数量虽然不多，但都是广大民众对多民族通婚结亲的集体记忆，应当予以关注。

总之，无论是古代文人笔下的和亲诗，还是民众口中的联姻、通婚传说，都形象地记述了中国历史上多民族交流交融及亲善和睦的历史，塑造出个性鲜明的人物形象，反映出中华民族多元一体的形成过程，值得予以关注和研究。

第三节　和亲联姻传说中的公主形象

形象在文学理论中指语言形象,即以语言为手段而形成的艺术形象,也称文学形象。形象是文学反映现实生活的一种特殊形态,也是作家的美学观念和理想在文学作品中的创造性体现。这里所说的公主形象,是指和亲联姻传说中具体可感的、体现着广大民众艺术概括和审美理想的文学形象。通过民间传说中个性鲜明、栩栩如生的公主形象,可以了解广大民众对和亲公主及和亲历史的认知理解和情感深度。

据统计,在中国古代和亲史上,至少有 360 次和亲①。而无论哪种形式的和亲联姻,公主都是其中的关键人物,因为她们是和亲政策的具体体现者和具体执行者。一般来说,和亲公主在出塞或入塞之前都会冠以名号,但其真实身份却并不相同。中原朝廷出嫁的公主中有帝女、皇妹、亲王女、宗室女、功臣女和宫女等,她们出嫁时的身份往往是由和亲双方的力量对比决定的,并且公主的地位也会随着国势而有所变动。在中原的传统文化中,嫁出去的女儿如同泼出去的水,所以对于和亲公主在蕃地的处境和生活,中原朝廷并不十分关心,他们在乎的仅仅是对方在政治上的反应。由于地位特殊,和亲公主在一定范围内会影响所嫁民族统治阶级的民族政策,起到调整和亲双方关系、传播社会文明和加强文化交流的作用,从而促进民族间的进一步交流与融合。

广泛流传于民间的和亲联姻传说是民众记录和亲公主事迹的一种方式,其中包含着诸多的公主形象,生动地反映出和亲公主的所作所为,成为人们认识和亲公主、了解其史迹和贡献的重要窗口,有关她们的故事也世代相传,历久弥新。在广大民众的口传心

---

① 崔明德《中国古代和亲史》,北京:人民出版社,2005 年版,第 515 页。

记中,不同时代的公主在历史上发挥的作用也不尽相同,但大多数和亲公主多具有以下五重身份。

一、国家安宁、民族和睦的使者

中国古代发生在不同时期、不同民族之间的和亲联姻,其范围和作用也各不相同。而无论是哪种类型的和亲联姻,都具有减少战争、化解矛盾、协调关系和增进交流的目的。

播于人口的和亲传说,则将历史上和亲公主的作用通过故事娓娓道来。《昭君桥》中的昭君认为和亲"为的是两族结为亲戚,匈汉永不打仗"[①],所以昭君对呼韩邪单于说出自己的心愿,那就是在黑河上修建大桥,然后邀请河对岸的汉家百姓也来参加他们的婚礼。于是呼韩邪单于召集全国的精工巧匠,再加上百姓们的积极参与,很快在大黑河上建成了一座新桥。呼韩邪单于和昭君的婚礼就在大桥完工那天举行,汉家百姓通过黑河大桥也赶来祝贺他们完婚,后来人们就把架在黑河上的大桥叫作"昭君桥"。有学者曾分析:"故事里的桥具有象征意义,它是友谊之桥,和平之桥,决不允许在桥上发生战争。"[②]这一传说通过"桥"的意象,突出了和亲助益汉匈友好的桥梁作用,昭君作为和亲公主的使者形象也通过传说故事树立起来。

《银针衣的故事》[③]以曲折的情节、神奇的色彩,讲述昭君为汉匈通好所付出的辛勤努力:话说昭君在别宫远嫁的途中,仙女忽然从天而降,她对昭君说:"你为国为民,千里迢迢,远嫁匈奴,我给

---

① 吴一虹、吴碧云编《王昭君传说》,兰州:甘肃人民出版社,1983 年版,第 103 页。

② 林干、马骥编著《民族友好使者——王昭君》,呼和浩特:内蒙古人民出版社,1994 年版,第 213 页。

③ 吴一虹、吴碧云编《王昭君传说》,兰州:甘肃人民出版社,1983 年版,第 121—125 页。

你贺喜送礼来了。"说罢,递给昭君一件轻柔的皮毛披风。昭君感激地将披风穿在身上,衣服立刻就看不见了,只感到一股暖气,看到一层淡淡的银光。仙女说:"我是九天玄女娘娘。此衣名叫'银针衣',穿上它,终身暖气护身,不怕寒冷。此外,这衣又插了九千九百九十九根银针,既能保护你,又能为你除害。"昭君到达匈奴,呼韩邪单于摆酒宴为昭君接风洗尘,当他向昭君敬酒时,手刚碰到昭君就被锋利的银针刺得叫了起来,呼韩邪单于这才相信侍从所说的仙人赠送银针衣的奇事。昭君则一边表达"但愿单于对汉朝永远和好,我自终身陪伴于你"的愿望,一边向呼韩邪单于提出三个请求:"第一,请单于在白洋河上为我建造一座白洋桥,我要在那里祭神还愿。第二,请单于在白洋桥上处斩毛延寿。第三,求单于和汉朝不动干戈,永结和好。"单于被昭君的远见胆谋感动,高兴地应允了她的请求。几个月后,白洋桥终于落成,单于选择吉日,陪同昭君一同登桥拜祭,并且斩了叛逃到匈奴的奸贼毛延寿。自此以后,匈奴和汉朝长期和平相处,往来十分密切。

　　这一传说中的昭君能够得到九天玄女娘娘的庇护,只因为她是为国为民远嫁匈奴。她在匈奴实现的三个愿望,都是为了汉匈和好,永结亲缘。所以在百姓的心中,昭君就是带来和平的天使。

　　另外,《和番的故事》借一位饱经战乱的百岁老人之口,侧面表达了昭君和番为边地百姓带来的福音:"汉家天子把王昭君嫁给了番人的大王爷,昭君娘娘以身和番,天下太平了。"①当地的乡亲们也认为:"昭君娘娘是老百姓的恩人,我们赞颂她的功德。"②这些有关昭君的传说,都围绕着昭君出塞消弭战争冲突、和好汉匈关系和为百姓带来和平的生活而展开,充分反映出边地人民对昭君的

---

　　①　胡沙主编《中国丝绸之路著名景物故事系列·名人故事卷》,兰州:甘肃人民出版社,1995年版,第142—143页。

　　②　胡沙主编《中国丝绸之路著名景物故事系列·名人故事卷》,兰州:甘肃人民出版社,1995年版,第143页。

感激之情。

《一家之亲》①是藏区流传的有关文成公主的传说。相传：在文成公主入蕃后，有一天，有人传言汉地百姓在边境抢牛追羊，松赞干布听了十分恼怒，准备亲自出征。文成公主上前劝阻，并冷静分析情况。后来，经过了解，是汉家百姓在边境打猎，为追一只黄羊而跑入蕃地，至此误会消除了。通过这件事，松赞干布从心眼里佩服公主的理智和沉稳，他传下一道命令："凡是边境上放牧的老百姓，不论汉人蕃人，都要和睦相处，亲如一家，就像赞普和公主一样。"这个命令一传出来，老百姓都喊："扎喜德勒。"

传说中的文成公主冷静处理唐蕃间偶然出现的摩擦，既显现出公主的智慧，又见出她在高原的影响。文成公主的这些举动，正如学者所言："和亲公主是和亲政策的体现者，所以，在双方发生矛盾和军事冲突时，和亲公主必然会扮演调停冲突的角色。"②通过这些传说，可见和亲公主和睦两族关系、造福于民的使者形象已经深深地烙印在民众的心中。

二、经济文化交流的促进者

在中国古代，和亲联姻往往是民族或政权之间由战争转向和平、由敌对转向友好的重要标志。而此时出嫁的和亲公主，不仅起到了化干戈为玉帛的作用，还能促进双方在经济和文化方面的广泛交流。

在《桑蚕出关》③的传说中，有一位远嫁于阗的汉朝公主，她就是西域百姓心中的"传丝公主"。相传：西域于阗国的人们非常喜

---

① 胡沙主编《中国丝绸之路著名景物故事系列·名人故事卷》，兰州：甘肃人民出版社，1995年版，第311页。

② 崔明德《中国古代和亲史》，北京：人民出版社，2005年版，第550页。

③ 陈钰《敦煌的传说》，上海：上海文艺出版社，1986年版，第131—134页。

欢漂亮的丝绸,但是由于离中原地区路途遥远,运输困难,丝绸运到西域,价钱像金子一样昂贵。而且当时汉天子有令,只准向西域出口丝绸,不许将蚕桑种子带出阳关和玉门关。

于阗国大臣尉迟木给国王出了个主意,让于阗国王向汉朝求婚,然后设法让和亲公主将桑蚕种子和织锦工匠带到于阗来。于是于阗王派尉迟木带着厚礼去长安求婚。当时,汉天子正要同西域结盟,所以很快就答应了亲事。

待到选定吉日,准备启程,尉迟木前去拜见公主,偷偷地对公主说:"尊贵的公主啊,于阗国虽产美玉,但不出产丝绸。这次你去于阗,就是那里的王后国母,应该多为百姓造福。你若将蚕桑种子带到于阗,万民感恩不尽。"汉朝公主很是为难,沉思了半晌,答应想方设法办妥此事。

当浩荡的皇家送亲队伍来到玉门关,守关将士对所有人员和行装都进行了仔细的检查,接着就放他们出了关。出关后,尉迟木问公主是否带出了桑蚕种子,公主取下头上戴的桂冠,从乌黑的发髻里拿出了蚕种,接着又打开箱子,将混在中草药中的桑种取了出来。尉迟木又担心地问:"你未曾带一个男仆出关,这工匠在何处呀?"公主答道:"工匠就在侍女里面,她们不仅会种桑麻,还是织绸的高手。"尉迟木连连称赞公主机智聪颖。从此,蚕种、桑苗和织锦的技术就传到了于阗,随后传到印度,又传到了欧洲。

这篇因美丽丝绸而起的和亲故事,讲述一位不知名的汉朝公主嫁往于阗,并将蚕种、桑苗和织锦技术传到于阗及更远的地方。据《后汉书·西域传》记载,永平三年(60),汉朝的莎车公主出嫁于阗王广德,这篇民间传说有可能是这一史实的艺术化体现。有学者认为"就是和亲传播了养蚕缫丝技术,带动了于阗乃至西域植桑养蚕业的发展"。① 这篇传说生动细致,将公主的聪明机敏描绘得

---

① 崔明德《中国古代和亲史》,北京:人民出版社,2005年版,第523页。

惟妙惟肖,"传丝公主"的美称及其故事能够流传至今,可见公主的形象早已深深植根于当地百姓的心田。

《"火不思"的传说》①讲述汉代远嫁乌孙的细君公主,因其携带的琵琶受到兄弟民族的喜爱,所以仿制的"火不思"乐器便在当地流行起来:汉武帝时,乌孙国是西域最强大的一个国家。乌孙帮助张骞联络西域各国和汉朝建立友好关系。后来乌孙王猎骄靡派遣使臣,以一千多匹马作聘礼,求娶汉朝公主做妻子。汉武帝封江都王刘建的女儿细君为公主,嫁给了猎骄靡。细君也是与西域兄弟民族通婚的第一个汉族女子。

细君美丽、聪明,喜爱音乐,弹得一手好琵琶。过了几年,西域的乐师看到细君的琵琶弦断了,琴身也旧了,就仿照着制作了一把琵琶送给细君。细君一看,这个新仿制的乐器,有点像琵琶,却又不像琵琶,便笑道:"浑不似,浑不似。"就是不相像的意思。可是西域的乐师误认为这是细君给这把乐器取的新名字,就把它叫成了"火不思"。这种名叫"火不思",又像琵琶又不像琵琶的乐器,弹起来另有一番音韵,兄弟民族非常喜欢弹奏它,从此"火不思"就在西域流传了下来。

这篇传说将西域流传的一种乐器同汉朝的和亲公主联系起来,讲述细君公主在西域传播内地音乐文化的故事,意在说明和亲对边疆地区产生的影响。

和亲公主作为经济文化使者的形象,在民间话语中往往以夸张、虚构的方式加以表现。在《王昭君河套撒种》②传说中,昭君俨然是教农稼穑的"神农氏":

俗话说:黄河百害,唯富一套。很早以前,前套是一望无际的

---

① 胡沙主编《中国丝绸之路著名景物故事系列·民俗故事卷》,兰州:甘肃人民出版社,1995年版,第370页。

② 胡沙、马百胜《黄河的神话》,兰州:甘肃少年儿童出版社,1992年版,第176—179页。

大沙漠,寸草不生,穷困荒凉;后套遍地是草,没有庄稼,靠放牧牛羊为生。而前套能成为牧场,后套能成为粮仓,相传是王昭君和亲带来的。

据传,昭君虽然是心甘情愿去和亲,但想起塞北以肉为食、缺少五谷杂粮的生活,便常常暗中落泪。有一天,与昭君相伴多年的琵琶突然开口说话了:"我是阴山上大树做成的琵琶。我身在汉,却每天想着胡地。那里的老百姓都盼着你哩,快些走吧!"昭君对琵琶说:"我早拿定了去和亲的心,只是那里太苦,困难太多,怕受不了。"琵琶笑了:"我在你身边,会帮助你。"昭君则问琵琶:"那里缺什么? 我带些什么好呢?"琵琶说:"那里没有庄稼,你带些种子。"昭君便连夜用红锦缎做了袋子,装上满满的麦种和谷种。

当昭君和单于离开长安,沿黄河向北走,进入河套时,眼前荒芜一片,一行人在飞沙走石中艰难前行,又饥又渴,到处也找不到水源。

单于怕王昭君伤心,忙说:"这里是前套,向西走是后套,那儿遍地是草,能放牛羊,比这儿好多了。"

昭君念这里的百姓生活太苦,便乞求琵琶帮忙把前套变成像后套那样。

琵琶说:"你弹吧,越动听越好。"于是,昭君怀抱琵琶弹了三天三夜。地上长出了青草,大地充满了生机,前套变成了水草丰盛的绿色海洋。

到匈奴之后,昭君在王宫里没住多久,就带着琵琶和锦袋,跋山涉水来到后套。这里的青草长得油绿茂密,昭君想在这里种庄稼。于是,她找来一些老百姓,叫他们除掉草,种麦子。大家都说:"俺这里是祖辈长草的地方,种什么庄稼呀!"

昭君不能强逼百姓们种,只有自己动手了。她拔了一片牧草,便求琵琶帮忙,当昭君尽情地弹奏琵琶,随着乐曲,青草一棵棵地不见了,露出黄中透黑的土地。昭君先教跟她来的宫女犁地耙地,然后撒上带来的麦种，没多久，麦苗拱出了地面。

匈奴有的大臣不同意昭君毁草种麦，便挑唆单于，下令让昭君立即回宫。这下昭君为难了，麦苗才指把高，这一脚踢不响，今后让百姓们种庄稼就更难了。于是，她又求琵琶帮助。随着昭君弹拨的曲子，仅半天工夫，麦子就熟了。金灿灿的麦子收割了，琵琶帮助打场，磨面，蒸成馍，烙成饼，擀成面条，包成饺子，分给老百姓吃，人人说好吃。都求王昭君留下来教他们种庄稼。

昭君把收获的麦子带回宫，单于见了，十分高兴。这时单于已知道了老百姓要学种庄稼，就和昭君一同到后套，把麦种分下去。昭君走遍了后套的山山水水，村村镇镇，手把手教百姓们耕耘土地，撒种育苗、浇水灌溉、收割打场。

老百姓都夸王昭君是汉朝来的好姑娘，胡汉和亲带来了福分。后来，王昭君又把谷种、玉米种撒在后套，从此，后套就种起庄稼来，成了黄河上下最富裕的地方了。

这篇充满神奇色彩的传说，讲述昭君出塞教匈奴百姓种庄稼的故事。昭君从中原带着种子来到塞外，将寸草不生的前套变成水草丰美的牧场，又在土地肥沃的后套种上麦子，让这里的百姓也吃上了米面，从而改变了匈奴人的生产和生活方式。这一传说通过大胆的虚构，神奇的想象，充分展现昭君促进塞北农业经济发展的功绩，同时也流露出广大民众对昭君的爱戴和拥护。

唐朝初年，由于吐谷浑占据河西，曾经繁荣的丝绸之路被阻隔了。唐太宗李世民为了重新开通这条丝绸之路，将弘化公主远嫁给河西的吐谷浑国王。《弘化公主的传说》[①]主要讲述弘化公主为促进凉州经济发展，维护丝路畅通所起的积极作用。据说：当年迎接弘化公主进凉州的情景是盛况空前的，诸葛钵国王亲自出迎，凉州城的父老百姓也倾城而出，成千上万的人手端美酒来迎接这

---

① 木樨《凉国春韵》，兰州：敦煌文艺出版社，1992年版，第111—113页。

位大唐王朝的公主,这让弘化公主既激动又感动。公主幸福地饮下诺曷钵敬的酒,那长途跋涉后的困倦也顿然消失。

完婚之后,弘化公主便请求诺曷钵将凉州美酒献给李世民享用,由此恢复了凉州美酒自西汉以来的贡酒身份,凉州酒的美名也在长安传开了。此后,弘化公主大力支持和恢复凉州古老的酿酒业,在她的帮助下,不仅丝绸之路得以畅通,凉州的经济文化很快也得到恢复和发展,凉州又成了丝绸之路上一颗璀璨的明珠。

这篇传说中的弘化公主头脑清晰,审时度势,她以贡献美酒密切吐谷浑与唐朝的关系,以繁荣凉州的造酒业确立其在丝绸之路上的重要地位。在百姓的口中,弘化公主已然成为密切两族关系的和平使者,也是发展地方经济的促进者和畅通丝绸之路的维护者。

《公主庙》①则讲述文成公主入藏途中造福藏区百姓的故事,在藏民的心中文成公主就是"人间天使"。相传:文成公主进藏的路上,受到百姓们隆重的欢迎。一天,公主一行来到了玉树境内的菜沟,晚上她梦见巴颜喀拉山的山神和通天河的龙王前来求公主在白纳沟绘神像,刻石佛,立庙宇,弘扬佛法。公主从小笃信佛教,对神灵托梦是深信不疑的。

于是公主在白纳沟亲自率领工匠、艺人、雕塑家、绘画家和经文篆写家,在岩壁上浮雕各种佛像,凿刻大小浮屠,篆刻大乘经文。经过几十天的苦战,雕成了九尊巨幅佛像,还雕了大大小小十来尊佛像。公主的这一功德,感动了西方佛祖,他暗暗派了四大金刚、八大菩萨驾临白纳沟,为公主助一臂之力,使她的功德早日圆满,西去雪域。过了一段时间,人们发现白纳沟所有的岩石峭壁上和大大小小的石头上,到处出现了如来佛的化身,出现了无数的佛像和经文。

---

①　林新乃编《中国历代名媛》,上海:上海文艺出版社,1993年版,第267—269页。

再说文成公主进藏时，带了一大帮工匠、农艺师、泥瓦工、纺织工、造酒师、冶炼工，……这百工百艺人，是从全国选出来的，个个能干手巧，公主吩咐他们："你们把个人的专长，传授给白纳沟的人民，在这里培养一批徒子，成为百工的引路人！"手艺人们听了公主的吩咐，就纷纷下到帐篷里去，带徒子，传手艺，砌墙的，盖房的，安磨的，种田的，织毯的，酿酒的，鞣皮的……应有尽有。从那时起，白纳沟就成为艺人聚居的地方。他们称文成公主是"人间的天使"，至今人们还说："你有千能，我有百巧，倘无公主，谁传诀窍？"

公主离开白纳沟之后，这里成了佛教圣地，从内蒙古到西藏，从陇南到阿坝，人们到这里虔诚地来拜佛。人们把这座岩壁佛像构成的庙，亲昵地称作"文成公主庙"。

这篇传说着重讲述文成公主在入藏途中，为了报答山神龙王、部落首领、寺院僧侣和成千上万百姓迎接自己的热情，在白纳沟组织从汉地带来的工匠和手艺人，为藏族百姓刻佛像、篆经文、建庙宇，同时还下令让随同自己进藏的百工艺人带徒子、传手艺，将白纳沟变成了佛教圣地和手艺人聚居之地。这篇传说细致反映出文成公主入蕃对藏区宗教信仰和文化艺术发展的影响。

另外，在《文成公主的礼物》中，还传说即将远嫁的文成公主入藏前做了充分的准备，她带去释迦牟尼佛像，带上水磨和五色羊，带着油菜籽、青稞和豌豆种子，历经千难万险来到青藏高原。在她入藏之后，"西藏大变样了：佛教传开了，草山上有了羊只，平地上有了庄稼，耕地有了犁耙，磨青稞、豌豆有了水磨，用油菜籽榨油有了榨坊……藏族人住上了房子，吃上了青稞、豌豆糌粑和菜油，日子比过去过得好多了"。[①] 这篇传说虽然短小，但讲述文成公主为西藏带来的变化却是巨大的。难怪有学者说："文成公主不是普通

----

① 张立人、张瑞莲编著《世界屋脊上的传说》，武汉：长江文艺出版社，2001年版，第55页。

的公主,而是第一个把中原文化种子送到西藏高原的姑娘,是中原地区前往西藏高原的最早的文化开拓者。"①

　　在满蒙联姻传说中,和亲公主同样也发挥着促进当地发展的作用。据《万寿塔与王老道》②的传说,在辽宁省康平县东南大约20公里处的山上,有一座塔、一座观,传说当初这座名为"万寿宫"的道观因地僻遥远,十分冷寂荒凉。清太宗皇太极时期,下嫁蒙古王爷的固伦新平长公主路过此地,看见东边是辽河水,西边有一座古刹,非常喜欢这里的清净优雅,便拿出一部分嫁妆施舍给道观。从此,万寿宫的香火越来越盛。因为公主的一次恩惠和布施,古老的道观又焕发出生机。这些故事和传说都表明和亲公主在促进经济交流和文化发展方面的作用不容小觑。

三、为民族友好付出一切的奉献者

　　和亲公主作为历朝历代和亲政策的体现者和执行者,她们的命运与国家、民族紧密相连,因为"和亲公主所遵从的是比'父母之命,媒妁之言'更为悲惨的君权之命,她们所充当的是无形的兵戈、无形的城堡、无形的纽带和无形的分化剂"。③ 作为封建时代一个特殊的群体,和亲公主的历史作用是不言而喻的,但是她们的非凡经历和复杂情感却是历史难以记载和言说的,因为"在当时社会历史条件下,和亲公主只是双方统治者实现个人政治或军事目的的一种工具和手段,加之和亲双方语言不同,生活互异,给公主的个人生活带来诸多不便和苦恼。但她们多以国事为重,不计个人好恶,放弃故有生活,她们为了国家的安危和民族间的和好,而牺牲

---

　　① 张云侠《汉藏文化交流的使者——文成、金城公主》,《中国藏学》1988 年第 1 期。
　　② 齐海英主编《辽宁省少数民族民间故事大系·蒙古族卷》,北京:民族出版社,2016 年版,第 361—363 页。
　　③ 崔明德《中国古代和亲史》,北京:人民出版社,2005 年版,第 34 页。

自我的精神，是永远值得赞颂的"。① 由此看来，历代的和亲不论其是否达到和亲双方的预期目的，人们都不应当忘记那些背负着国家民族使命而远嫁异族的和亲公主们，她们为国献身的精神是应当肯定和颂扬的。

民间流传的和亲联姻传说就以大众的视角，讲述那些背负着国家命运和民族前途而走向异域的和亲公主，除了表达钦佩、赞颂之情与崇敬、爱戴之意之外，还有不少同情和惋惜之声。《王昭君夜宿武州城》②讲述昭君在出塞途中夜宿武州城的情景，对昭君即将离开汉地的复杂心情予以生动的描述：这天，送亲队伍来到武州城，日已西斜，便决定在此城留宿。晚上，呼韩邪单于对昭君说，这武州城是汉地的最后一站了，明日即将过合子口（杀虎口）出塞了，让她好好地歇息一夜。昭君一听明日就要告别汉地，入夜后竟无半点睡意。此时，正值月中，昭君执意要到院中对月弹唱，凄伤的曲调和哀婉的歌词，让她和呼韩邪单于不禁热泪盈眶，而整座武州城的居民也被幽怨的琴声感动得人人落泪。

次日，这支队伍告别武州城，攀上五路山，在红砂岩口南的山梁上，昭君骑在马上向南方眺望，向汉地告别，向长安告别，向家乡秭归与父老乡亲告别。因瞭望家乡驻足太久，昭君的马便在一块大石上踏下了几个深深的蹄印，后来人们便把这段山梁称为"蹄窟岭"。

这篇传说主要描述昭君在离开汉地前夜的内心感伤，离家远嫁的苦楚无处诉说，她只能对月弹奏琵琶，让乐声传递她的依恋不舍之情。可以说，这种痛彻心扉、难以割舍的离别之苦，每位和亲公主都有深切的体会，但是她们还是坚定执着地奔向异域远方。从情感上说，远嫁异乡的和亲公主尽管有千般不舍、万般不愿，但"和亲公

①　卢勋等《中华民族凝聚力的形成与发展》，北京：民族出版社，2000年版，第458页。

②　赵建军主编《左云民间传说》，太原：山西人民出版社，2010年版，第8—13页。

主本人,一般说来,对和亲也有一定的认识,深感责任重大。……所以,她们甘愿牺牲青春,忍受在她们看来不能忍受的屈辱,割舍恋国恋家之情,与和亲双方的政治风云紧密连在一起。她们中不少人完成了政治使命,在和亲史上留下了光彩照人的一页"。①

在《古董滩的故事》②中,有位至今也无法考证为哪一朝代的无名氏公主,她在敦煌大漠默默地献出了青春和生命,她的故事至今引人遐想:在敦煌南湖古阳关附近,有一片戈壁滩被称为古董滩。多少年来,人们在古董滩上拾到了数以万计的古钱、首饰、玉佩、酒具,以及宝剑、兵器和其他小杂物。

相传,古董滩这里原来埋着一位公主丰盛的嫁妆,到底是哪一位公主,说法不一。只知道是一位远嫁的和亲公主,走到古董滩遇上了强盗。

当年公主远嫁,中原王朝给她陪送了丰盛的嫁妆:金银首饰、绫罗绸缎、胭脂香料、四季衣衫等等,足足装了几十辆大车。当护送嫁妆的人和车来到古董滩时,遭到了一股强人的洗劫。这些强人是一个小国王派来的,原来这个小国的首领也想向中原王朝的皇帝求婚,但因为他的国家特别小,出产又不丰富,所以遭到拒绝。小国王怀恨在心,派出人四处打探,终于打听到公主的嫁妆要从离他们国家不远的古董滩上经过,便派出三百名亲信兵将,躲藏在古董滩周围。

当公主一行人来到了古董滩,猛听一声牛角号响,强人杀出,与护送的军人展开了激烈的战斗。强人们身强力壮,熟悉地形,况且人又多,不一会儿,护送的军人都被杀尽了。强人们抢到了大批的嫁妆和金银财物,欣喜若狂,但是,当他们正要离开的时候,猛然

---

① 崔明德《汉唐和亲研究》,青岛:青岛海洋大学出版社,1990 年版,第 4 页。

② 胡沙主编《中国丝绸之路著名景物故事系列·名关故事卷》,兰州:甘肃人民出版社,1995 年版,第 95—96 页。

间刮起了大风，一时间天昏地暗，日月无光，一个个沙包飞上了天空，又慢慢地降落下来，把三百名强人和他们抢来的几十车公主的嫁妆统统埋在滩上了。

多少年过去了，风吹沙移，人们在这片沙滩上拾到了大量古钱、首饰……。于是，便把这片沙滩取名为古董滩。

这篇有关古董滩来历的传说，传讲一位无名氏公主在和亲途中遭遇的灭顶之灾，这到底是史实的再现还是艺术的虚构，似乎已不太重要。最关键的是人们在传述这一故事时的情感倾向和价值判断，人们在追溯神秘莫测的"古董滩"来源的同时，深深地为丧命于大漠风沙中的公主感到惋惜。而在中原王朝与边廷的和亲中，还有多少和亲公主默默地牺牲了青春、幸福和生命，已无从考证，所以这篇传说如同沾满血泪的备忘录，提醒后人不要忘记那些曾经为民族和好而付出了一切的公主们。

清代的满蒙联姻是少数民族政权之间的通婚，也是五代以后次数最多、范围最广的结亲联姻，这种以联姻促进联盟、以"姻好"巩固"盟好"的制度，加速了民族融合的步伐，有力推动了全国大一统局面的形成。但就公主个人的命运而言，悲剧却时有发生，不少民间传说便反映出这种姻缘的不幸。《和硕端静公主与额附噶尔藏》①就是篇幅较长、情节曲折的悲剧故事。相传：蒙古喀喇沁旗的札什父子在平定布尔尼、三藩和噶尔丹等重大战役中战功卓著，后来清廷要在塞外建立围场，札什忍痛献出大片土地，致使喀喇沁旗只剩下不足七分之一的领土。为了答谢札什父子的战功和献地之功，康熙决定把端静公主下嫁给喀喇沁王札什的儿子噶尔藏。

端静公主听说父母要将自己嫁给塞外郡王的儿子，心里自然不愿意，她找到父皇苦苦乞求，而康熙却说："满蒙联姻是我们大清

---

①　伊和白乙拉主编《内蒙古民间故事全书》(喀喇沁旗卷)，呼和浩特：远方出版社，2014年版，第163—188页。

的国策,你想,咱们满人少,力量薄弱,打天下、保天下还要靠蒙古人。咱们满人现在分到各地做官,比起汉人来简直是沧海一粟。咱们夺的是汉人的天下,要是有朝一日汉人起来造反,一人一口唾沫也把咱们淹死了。"其实端静公主不愿意远嫁喀喇沁还另有原因,那就是她早就爱上了自己的乐器教师——一个叫苏静的汉人。为了不与苏静分开,端静公主于无奈中请求康熙以一支乐队作为陪嫁,这样苏静就以皇家公主府乐队主管的身份,随同公主出嫁喀喇沁。

喀喇沁旗的札什父子对这门婚事也心存疑虑,认为康熙下嫁公主不无监视之意,而且噶尔藏也有自己的心上人——思沁,两人青梅竹马、心心相印,早已私订终身。

新婚之夜,喝醉酒的噶尔藏去河边与思沁幽会,很晚才回到洞房,使公主备受冷落。虽然噶尔藏已看出公主的怒不可遏,却不甚畏惧,直接把自己与思沁相爱的事说了出来,还恳求公主准他娶思沁为妾。公主听后不禁怒火中烧,以"我是君,你是臣,不得以下犯上"为由,拒绝噶尔藏靠近自己,但出于一种报复心理,噶尔藏疯狂地占有了公主。从此两人心存芥蒂,在生活中经常发生争端。

后来,噶尔藏远征平叛,一去三年,这期间公主将苏静召入宫内,同吃同宿,早已成为不是秘密的秘密,知道的人都预感大祸将要来临。公主也知道她和苏静的事终会暴露,就想抓住驸马的把柄,好让驸马不干涉自己和苏静的事。于是端静公主便在噶尔藏和思沁的私情上大做文章,最终迫使思沁嫁给王府的杂役。噶尔藏得胜归来,听说此事,气得火冒三丈,要找公主拼命。思沁担心噶尔藏鲁莽行事会招来灭门之祸,便从中劝阻,但噶尔藏发誓绝不放过公主。

自从献地和迎娶了公主之后,札什父子就感到十分压抑,噶尔藏曾向父亲提过举兵反清之事,札什则分析道:"满人入主中原,可谓大局已定,人心思安。百姓虽谈不上安居乐业,但比起明朝的统治,总还是强了许多。布尔尼、吴三桂、噶尔丹都未能把朝廷颠覆,凭我们一旗之力、数千人马怎能推翻大清?切记,万万不可乱动。"噶尔藏虽然认可父亲说的话,但终是咽不下这口闷气。

直到康熙四十四年,喀喇沁旗又发生了一件大事,使噶尔藏和端静公主的矛盾趋于公开化。起因是清廷为了赏赐喀喇沁旗立功的镇国公,让喀喇沁旗划出一半疆土,为镇国公另立一旗,这无异是在噶尔藏身上割肉。结果,噶尔藏勾结土匪,意欲谋反。端静公主得知情况后,派苏静回京报信,苏静于途中被噶尔藏捉回,后来触柱身亡,怒不可遏的噶尔藏一脚将公主踢死,最后他自己也被清廷囚死于军营之中,而他的情人思沁则吊死在噶尔藏陵前的树上。

这是一篇令人感叹唏嘘的联姻传说,这桩出于政治目的的满蒙婚姻,从一开始就注定了端静公主与噶尔藏将成为一对怨偶。由公主新婚之夜受辱,到婚后公主与意中人私通、噶尔藏与情人苟合,这段婚姻始终包藏着祸端。仅从公主的角度来看,在这段婚姻中,端静公主经历了忍受、挣扎到反抗的痛苦过程,可以说,她为满蒙联姻葬送了自己的青春、爱情、幸福直至生命,她的悲惨遭遇也成为联姻公主不幸命运的一个缩影。

有学者曾说:"和亲本来就是政治活动,不是爱情游戏,需要的是忍一己之小屈、顾举国之大局的献身精神。"[①]所以在民族利益高于一切的大背景下,历代的和亲公主只能听从命运的安排,为了维护国家和民族的利益,不得不牺牲个人的一切。这些流传久远的和亲公主传说,一方面传递出广大民众对具有奉献精神的公主的崇敬,另一方面也对命运无法自主的公主充满了同情与怜惜。

---

①　张正明《和亲论》,见马大正主编《中国古代边疆政策研究》,北京:中国社会科学出版社,1990年版,第462页。

四、聪明与智慧的化身

因和亲联姻而走向异域他乡的公主们，肩负着时代与历史赋予她们的使命，这些公主的个人修养和能力在某种程度上对和睦两族关系也起着相当重要的作用。"从整体来看，和亲或具有政治目的，或具有外交目的，或具有军事目的，或具有经济目的。无论为了达到哪一种目的，但都要派一个很有头脑的公主充当工具。从出塞的和亲公主的事迹来看，她们都是有头脑的人物"。① 民间传说中的和亲公主形象也印证了这一特点。

《绿色宝石》②讲述一位和亲匈奴的汉朝公主，以她的聪明、机敏和智慧，将西北不毛之地变成戈壁绿洲，实则是有关"丝路"名城——敦煌的故事：在很久以前，汉朝要把一位公主嫁给匈奴的王爷。这位和亲公主在临行前大哭大闹，不肯上马。公主说："我一不要金银，二不要绸缎，三不要茶酒，四不要马匹。我只要皇上后花园里的那颗绿色宝石。"可皇帝却断然拒绝了公主的要求。公主说："皇上能舍得人，舍不得一块小小的石头，这说明人贱石头贵，请皇上杀了臣女这条贱命吧。"皇帝一听怒不可遏，拔剑欲向公主刺去。旁边的大臣急忙奏说："万岁息怒！公主已经是匈奴王爷的人了，杀了她，人家不答应怎得了。"皇帝无可奈何，只好答应让公主带走绿色宝石，不过他暗地里派了两个武官跟随，叫武官一到匈奴的地界上，就从公主身上偷回绿色宝石。

有一天，护送公主的大队人马来到一个满目黄沙、寸草不生、大风一起就不见天日的地方，公主想：快进匈奴地界了，我不能把

---

① 崔明德《汉唐和亲研究》，青岛：青岛海洋大学出版社，1990年版，第64页。

② 胡沙主编《中国丝绸之路著名景物故事系列·名城故事卷》，兰州：甘肃人民出版社，1995年版，第308—310页。

绿色宝石带到他们的国土上，我要想法叫它在祖国边塞上永远闪光发亮，也决不能让朝廷的武官偷走。但是藏在哪儿呢？她发愁得睡不着觉，到了半夜，她身边的仙鹤忽然向她啼叫。公主恍然大悟，原来在她上马辞别母亲的时候，母亲给了她一只仙鹤，而且再三嘱咐要亲自喂食，现在她想到母亲的用意了。她悄悄摸出身上的宝石，填进仙鹤的嘴里，一会儿仙鹤死了。

天亮以后，公主叫两个护送的差人，把仙鹤埋在深沙里。过了一会儿，公主把所有的武士都叫来，说："昨夜听到仙鹤啼叫，不一会儿仙鹤就被人害死了，我身上的绿色宝石也被人偷走了，现在你们给我查找。"武士们吓得魂不附体，皇帝派来的两个武官偷偷跑回朝廷去报信了。公主心想：我虽然马上离开国土，身入夷地，但为边郡百姓留下了一颗绿色宝石，来年它会在这沙海里发光发亮，会把这不毛之地变成一块宝地。我虽永离故国，死在夷邦，也不枉此一行。当日公主策马前行，到匈奴王府去了。

公主到了王府，匈奴王见她聪明贤惠，识文达理，十分敬重她。从此，汉匈和好，战乱平息。没过几年，绿色宝石出土了，原来埋它的这块地方，突然变成了戈壁沙海里的一片绿洲，远近闻名，往来商旅都称它是丝绸之路上的一块绿色宝石。知道这个故事的人，都说这是公主的恩德。这地方不是别处，就是现在的敦煌。

这篇传说中的汉朝公主向皇帝索要具有神奇力量的绿色宝石，作为她答应和亲匈奴的条件，可见她的勇气和胆量非同一般。一路上，公主既要提防尾随而来欲偷回宝石的武士，又要想出将宝石留在边塞的办法，最后灵活机智的公主一箭双雕，既将绿色宝石埋在了大漠，又甩掉了跟随的武官。最为可贵的是这位智勇双全、心思缜密的和亲公主将绿色宝石留在汉地边塞，是为了造福那里的百姓，其宽阔的胸怀和超凡的境界令人称赞。由此这位和亲公主也成为和亲传说中聪明智慧公主的典型形象。

在藏族民间传说中，有关文成公主机敏聪慧的故事更是比比皆是,《文成公主与兄弟湖》①便是其中之一。相传:文成公主入藏时,路过青海高原,因为行程特别艰难,身体常常不舒服。一天,一只乌鸦在公主的住处叫个不停。大臣顿哉想借机试试文成公主入藏到底有没有诚意,于是他对公主编谎说:"昨晚小臣观天象,很不吉利,一星下地。今日乌鸦就来报丧。"文成公主说:"难道是藏王驾崩?"顿哉说:"王没见到公主,公主也没见着王。你的终身虽由唐王许诺,并没有过门成亲,我们送你回朝吧。"文成公主则说:"如果真的这样,我先在这里为王哭灵,三日后,起身继续前行。到罗协再为王举行葬礼。我是唐朝嫁出的公主,是藏王的妻子,我永远留在雪山王国,为藏汉两族的和好献身。愿百年之后,和藏王安息在洁净美丽的雪山上。"顿哉听了文成公主的话,暗自钦佩,只是这假戏真做,不好收场,他又硬着头皮说:"尊敬的公主,在这荒漠之中为王哭灵,多有不便,还是回头吧!"文成公主心里特别难过,立在帐幕外面的沙地上,面朝罗协,热泪滚滚。

三天以后的清晨,文成公主集合所有的人马,继续前行。忽然有人来报,说藏王松赞干布亲自飞马迎接公主。文成公主喜出望外,再看看松赞干布,气宇轩昂,雄姿英发,真是一位名不虚传的大首领,立即转悲为喜,高兴得泪水夺眶而出,泪滴掉在了沙地上。

松赞干布仔细看文成公主:"真是汉家美女,云中仙子,没有比她更称心的了。"这时,顿哉向公主说明自己试探她的想法,并向公主请罪。文成公主则说:"路遥知马力,日久见人心。我对藏王心肠的好坏,今后你们会看得更清楚。"松赞干布也为公主的知情达理而感动。

就在松赞干布和文成公主在罗协举行婚礼的时候,有人来向

---

① 胡沙主编《中国丝绸之路著名景物故事系列·名人故事卷》,兰州:甘肃人民出版社,1995年版,第294—297页。

大王和公主报告,在公主流过眼泪的两块地方,出现了两个大湖,一个又大又深,湖水呈蓝色,那是伤心的泪水;另一个小而浅,湖水清净透亮,湖面就像公主的笑脸,那是公主高兴的热泪。这两个湖,就是青海高原上著名的鄂陵湖和扎陵湖。

后来人们又称这两个湖为"兄弟湖",以表达汉藏两个民族的兄弟情谊。

这篇传说中的文成公主忠贞执着、善良贤明。在入藏途中,她经受住藏王老臣所谓"藏王驾崩,可送公主还朝"的考验,她坚定地认为自己和亲是为藏汉两族的友好而献身,所以不论藏王是生是死,她都要永远留在雪山王国。这就是在藏区民众心中永远鲜活、忠贞而又理性的公主形象。

《不许杀她》①的传说则通过一件小事,反映出文成公主的机智灵活以及她在蕃地的影响。相传:一天夜里,松赞干布和文成公主一边观看歌女演唱,一边喝茶。正在高兴的时候,一个小侍女把松赞干布的龙花茶碗掉到地上,打成了两半,茶水还洒到了松赞干布的王袍上,按照吐蕃的习俗,这是不祥之兆。松赞干布勃然大怒,侍女吓得面如土色,跪在地上请罪。这时大管家进来了,拉起小侍女就要出斩。文成公主立即阻止,管家只好退出。

第二天,文成公主把管家叫来,说:"喝茶吃酒难免碰坏碗碟,这个小侍女做事小心,人又老实,谁也不许伤害她。"可管家却坚持要杀另一个小奴隶来顶她的罪,公主说:"那么,由你替她的罪好吗?"管家吓得跪在地上求饶。公主说:"奴隶们都是人,今后不能随便杀害他们。"

不久,松赞干布传下一道命令,不再随便杀死奴隶。老百姓知道了这件事,都说,这是文成公主的功德。

---

① 胡沙主编《中国丝绸之路著名景物故事系列·名人故事卷》,兰州:甘肃人民出版社,1995年版,第310—311页。

　　这篇传说通过文成公主巧妙处置打碎松赞干布茶碗之事,促使松赞干布立下"不再随便杀死奴隶"的规矩。这一故事虽然短小,却侧面反映出文成公主在蕃地的影响力,可以说这则传说中聪明机智的公主形象是深入人心的。有学者曾说:"文成公主到了吐蕃,还进行了许多旨在提高藏族文明程度的改革。她和松赞干布规定了必须惩罚的杀生、偷盗、奸淫、说谎等恶行十则,和必须奖励的言语忠实、行为笃厚及帮助邻人等善行'十六要'。她的一系列活动,打通了吐蕃人民通向中原文明的道路。"①正因为如此,文成公主才永远活在藏区百姓的心里和口中。

　　在满蒙联姻传说中,也有不少既明理贤淑又具有魄力的公主。《庄妃夜送人参汤》②中的庄妃,就是在关键时刻能够助丈夫一臂之力的贤内助。虽然从历史的角度来看,这一传说的可信度不高,但却被民众讲述得活灵活现。据说:明崇祯十四年的松山战役中,明朝将领洪承畴与清兵展开了激战,结果被清兵捉住并送往沈阳。起初洪承畴拒不进食,大有宁为玉碎、绝不降清的意思。后来有人向皇太极报告,说洪承畴有用手帕掸去衣服上灰尘的举动。见微知著,皇太极断定洪承畴没有死的念头,于是连忙找庄妃商量。当天晚上,庄妃亲自给洪承畴送去一碗人参汤,并温言软语劝他喝下,这让洪承畴大为感动,最终喝了人参汤,也就归顺了清朝。

　　另外,在《那布其公主》③中,也有一位在紧要关头果敢坚定、毫不留情也绝不手软的清朝皇姑。据说这位没有留下名字的清末皇姑嫁给了白音塔拉草原海拉图王府的一位蒙古王爷,人称她为

---

　　①　崔明德《中国古代和亲通史》,北京:人民出版社,2007年版,第206页。
　　②　刘振操《沈阳传说故事选》(名人集),沈阳:春风文艺出版社,1985年版,第23—24页。
　　③　《黑龙江民间文学》(第16集),中国民间文艺研究会黑龙江分会,1985年版,第12—22页。

"满晋太太"。她的小女儿那布其公主 18 岁那年，满晋太太将她许配给漠北的阿拉善王。三年之后，当满晋太太听说女儿被阿拉善王折磨的几乎丧命，她当即向京城发函，调来五千精兵，亲自率兵向阿拉善进发。当奄奄一息的那布其公主向母亲诉说了发生的一切之后，便与世长辞了。满晋太太忍着悲痛料理公主的后事，接着便替女儿报仇雪恨。先是处死了狠毒的阿拉善王等恶人，后又奖赏了忠厚善良、帮助过公主的人，最后向旗民们宣布了阿拉善草原新的掌管者。其实，在这篇传说中，满晋太太并不是故事的主角，但她当机立断、惩恶扬善、掌握大局和稳定民心的能力非同一般，所以她才成为传说中令人过目不忘的公主形象。

五、民众心中的女神和保护神

在民间传说中，民众津津乐道的和亲公主常常被赋予神性，具有仙女和女神的特点。"人民把各种美好的事物，都加在自己心爱的人物身上，从各个方面把她理想化了，甚至把她神化了。这样，传说中自然也就包含着想象、夸张和虚构的成分。正因为如此，这些传说，才具有强大的生命力和惊人的感染力，一代又一代地讲述着，传在人民口中，活在人民心里"。[①] 可以说，和亲公主身上的神性也来源于此。

在《昭君的锦囊》[②]中，人们传述昭君借助仙子赋予的神奇力量，用父母赠送的锦囊为匈奴牧民解除了灾荒，她由此也成为人们心中的保护神：相传昭君出塞和亲之前，汉元帝答应她回南郡秭归与父母乡亲作一次告别。临别时，昭君的父母送给女儿一个香气四溢的锦囊，并说："昭君呀，锦囊里装的全是汉家的心意！"

[①] 吴一虹、吴碧云编《王昭君传说》，兰州：甘肃人民出版社，1983 年版，前言第 2 页。
[②] 吴一虹、吴碧云编《王昭君传说》，兰州：甘肃人民出版社，1983 年版，第 53—56 页。

　　昭君手捧锦囊，挥泪与父母乡亲告别。

　　昭君上船后便打起盹来，忽然看见从玉虚洞走出一个美貌的女子，她对昭君说："我给你锦囊里放了两件东西，请你现在不要看，只有当你困惑的时候才能打开锦囊。"等昭君从梦中醒来，摸摸自己的锦囊，果然里面像有一件硬朗的东西，但她没有打开，只是心里猜着这究竟是什么宝贝。

　　昭君来到塞外的第二年，阴山山麓和大漠南北出现了严重的灾害，牧民处于极度的饥饿混乱之中。这时候，有人说这些灾难是汉女王昭君带来的，只有用她的血来祭奠天灵，才能化险为夷。

　　一天晚上，昭君独自坐在毡帐里，冥思近来发生的事情，忽然间，她想起双亲给她的那个锦囊，想起了玉虚仙子梦中托给她锦囊中的神秘宝贝。于是她取出锦囊查看，原来在父母赠的庄稼种子里面，藏着一把金剪刀和一叠黄纸。这是干什么的？它们怎能解除我的困惑呢？昭君捧着小锦囊，在月下流泪，而神奇的是在她滴泪的地方，竟然出现了一股小清泉。这奇异的变化，使昭君又惊又喜。恰在此时，锦囊从她的怀里掉到溪边，她立即取出了金剪和黄纸，在黄纸上剪来剪去，竟剪了一只小羊羔。小黄纸羊羔突然从她手心里蹦了出来，变成了一条活蹦蹦的小羊羔。昭君一下愣住了，难道真是玉虚仙子的金剪刀有了灵气？她赶紧又在黄纸上剪了起来，剪呀剪呀，一会儿就牛羊成群了。最后，昭君又取出锦囊中的五谷种子，和着她辛勤的汗珠儿，一齐撒播在大漠南北的土地上，从此，塞外便有了庄稼！

　　牧民们奔走相告，交口传颂：昭君姑娘是天上的仙子，她受天帝之命下凡平息边塞干戈，拯救灾民，和睦匈奴民族。

　　人们非常感激昭君，喜欢她，爱戴她，敬重她！单于为了不忘昭君的恩德，封她为"宁胡阏氏"。

　　这篇充满神话色彩的传说，讲述昭君用"锦囊"为单于解忧，为大漠消灾，帮助牧民过上牛羊满坡、五谷丰登的好日子。故事虽然是虚构的，却真实反映出匈奴牧民对美好生活的向往，对昭君的崇敬和爱戴。在广大民众的心中，昭君就是无所不能的神女和保护神。

在《日月山》①的传说中，渲染了文成公主降生时的神秘氛围。据传随公主出生落地，天空出现五彩祥云，深宫布满异香，一只白鹤冲出宫殿，旋上天空，朝西北方向飞去。这不同凡俗的出世，似乎预示着文成公主未来担当大任的命运。在藏区流传甚广的《文成公主》②，则借民众之口，传讲文成公主的神奇无比。相传：文成公主在入蕃的途中，经过一片低洼的草地，地面十分泥泞。一只小鸟飞来告诉文成公主："公主公主，这儿过不去，赶快回头吧。"文成公主听了，马上拔了一把羊毛撒在地上。说也奇怪，路面顿时平坦坚硬了许多，大队人马毫不费劲地通过了。后来，当地百姓就把公主亲手造的这条路叫做"公主路"。

当文成公主走到"达尤龙真"这块地方的时候，有一只乌鸦说藏王已经死了。公主听说藏王死了，心里十分难受，她整日以泪洗面，甚至还咬破了指头，在石壁上写了许多纪念藏王的诗。

过了些天，公主稍微平静了些，她想：就是藏王真的死了，我也应该去看看他呀！这时，恰巧有一只神鸟从远方飞来，它告诉公主藏王的身体健康着呢。文成公主听了分外高兴，立刻动身往拉萨赶去。走着走着，乃巴山挡住了去路，文成公主见藏王心切，也不知从哪儿来的一股神力，竟然动手把山背到旁边去了。今天，在乃巴山的下边还留有文成公主的脚印呢。

这篇传说讲述文成公主入藏途中遇到的各种险阻，公主垫硬低洼的路面、经受乌鸦的谣言、得到神鸟的喜讯、背走挡路的大山，

① 林乃新编《中国历代名媛》，上海：上海文艺出版社，1993年版，第264—267页。
② 《中国民间故事集成》全国编辑委员会、《中国民间故事集成·西藏卷》编辑委员会《中国民间故事集成·西藏卷》，北京：中国ISBN中心，2001年版，第36—37页。

在一波三折的情节中,文成公主坚定不移、勇往直前的形象便矗立起来,其实文成公主的神力和神奇是广大民众赋予她的,是藏区百姓敬仰爱戴公主的一种体现。

　　和亲联姻传说对公主的神化,不限于传讲公主生前的逸闻奇事,有时还会延续到公主死后。在民间话语中,那些已经被神化了的公主,即便在她们离开人世之后,仍保持着与俗世民众的联系。这类传说常常借助尚存的自然物或与公主有关的遗迹得以生发。应当说这是民间百姓追思怀念公主的自然流露,也是千百年来民间社会对和亲公主的最高礼赞。

　　在《弘化公主的传说》①中,入凉州五十八年后仙逝的弘化公主,按照她的遗愿,被葬在武威城南祁连山北麓的南阳晖谷冶城山岗。此后,据说当地百姓经常能看见公主早晨在灵渊池中或岗下溪边梳洗打扮的影子。于是人们在山岗为弘化公主雕刻了一个梳妆台,每到公主的生辰或忌日,人们就以她生前极为崇尚的凉州酒来祭祀她。而弘化公主的在天之灵"为了回报他们的这种爱戴之情,她便把自己在长安时见到的各种酿造琼浆玉液的秘方夜以继日地整理了出来,托梦给灵渊池酒作坊主人。这位作坊主人按照弘化公主梦中的传授,精心操作,刻意酿造,最后酿出了比先前更美的当之无愧的天下第一名酒"。② 这种生前护佑凉州百姓,死后仍然造福于民的神奇传说,是民众以口碑弘扬公主事迹,也是人们在心中为公主树立的一块丰碑。

　　《昭君娘娘借物济贫》③和《昭君坟里的家俱》④讲述的故事大

　　①　木槵《凉国春韵》,兰州:敦煌文艺出版社,1992年版,第111—113页。
　　②　木槵《凉国春韵》,兰州:敦煌文艺出版社,1992年版,第113页。
　　③　呼和浩特群众艺术馆编著《青城的传说》,呼和浩特:内蒙古人民出版社,1989年版,第177—180页。
　　④　佟靖仁编著,岳文瑞校订《呼和浩特满族民间故事选》,呼和浩特:内蒙古大学出版社,1989年版,第102—104页。

同小异,即住在昭君坟周围的村民每逢红白大事,都要去昭君坟借办事用的碗碟或家具。只要他们说出所需物品的名称和数量,第二天就会得到满足。所以"三乡五里的贫苦百姓凡遇上难事,都纷纷到昭君坟去求借。而昭君娘娘呢,则是有求必应,灵验无比"①。这些民间传说流传甚广,民众也信以为真,直到今天,寻求昭君娘娘保佑的习俗仍盛行于民间。曹禺先生曾说:"在草原上,王昭君也是一位人人皆知的女子。而且,她仿佛是一位仁慈的女神。人们传说,贫苦的牧民没有羊,到青冢上面去,就可以得到羊;结婚后没有孩子的妇女,到青冢去住一夜,等二年一定会生出一个又白又胖的儿子。在那里,人们把美好的愿望都寄托在王昭君的身上。我喜爱这样的王昭君,我相信王昭君正是这样一位可爱欢悦的姑娘!因为她确实给汉和匈奴人民带来了安宁、幸福的生活。"②这段话已反映出昭君在广大民众心中的威望与地位,也就是说,在广大民众的心中,昭君是神力无比的女神,是庇护百姓的保护神。

有学者曾说:"民间传说积淀着一个民族深沉的历史情感,它从传述历史的角度反映生活,再现了历史本来面目。有人称它为'历史的投影''过去的回声',因为从某种角度讲,民间传说就是劳动人民口传的历史。民间传说的主人公大都是历史名人或特殊人物。人物、事件又与地方风物相联系,常常使人信以为真,具有一定的可信性。但传说大多属于文学虚构,属于道听途说附会挪移的文学创作。劳动人民对历史发展中的各种人物、事件、重大社会变革等等,都有自己明确的看法,总要直率地表明自己的爱憎。因此,在传说的创作和流传过程中往往要进行艺术加工,自觉或不自觉地加以渲染、夸张、虚拟以致幻想来表达自己的感情和愿望,决

---

① 呼和浩特群众艺术馆编著《青城的传说》,呼和浩特:内蒙古人民出版社,1989年版,第179页。

② 曹禺《昭君自有千秋在——我为什么写〈王昭君〉》,《中国民族》1979年第2期。

不会采取严格意义的如记录历史一样的'据实直书'的手法。它饱含着劳动人民鲜明的思想倾向、道德及美学评价,它是形象化的历史。"①所以,和亲联姻传说作为"历史的投影",往往不拘于史籍记载,而是通过时空跳跃、仙化灵异敷衍成篇,传说中的公主形象则凭借广大民众的深厚情感和丰富想象,在渲染虚构中塑造成形,于口耳相传中生生不息,传播四方。

　　总之,流传至今的和亲传说和公主形象也许不具有历史的真实性和可靠性,但作为"过去的回声"却深刻反映出和亲联姻和好两族的本质,体现出和亲公主的价值所在。诸多的公主形象也依托民众之口增光添彩,活在百姓的口头和心中,存贮于民族、民间、民众的记忆深处。"尽管和亲政策本身在当今已失去了存在的价值,但和亲公主在当时所起的积极作用却应积极宣传,因此,她们理应成为加强民族团结历史教育的内容之一"。② 在民族交往、交流、交融日益频繁的今天,和亲公主那种勇往直前、亲睦两族的无私奉献精神,依然是滋润中华各民族和睦相处、团结奋进的精神养料,也是"中华民族一家亲,同心共铸中国梦"的文化基础。

---

① 　陈正平《巴渠民间文学与民俗研究》,成都:四川大学出版社,2001 年版,第14—15 页。

② 　崔明德《中国古代和亲史》,北京:人民出版社,2005 年版,第 629—630 页。

第二章　雅俗文学并见的昭君和亲

　　王昭君，一个真实的历史人物，一个汉元帝时代的弱女子，却成为中国历史上备受人们关注的女性，也成为长久活在历代文人笔下和广大民众口中的鲜明形象。著名历史学家翦伯赞曾说："王昭君在过去的史学家眼中是一个渺小的人物，在现在的史学家眼中还是一个渺小的人物，然而在这个渺小的人物身上，却反映出西汉末叶中国历史的一个重要侧面，民族关系的这个侧面。从她的身上，我们可以看出公元前一世纪下半期汉与匈奴之间的关系的全部历史。"①这也是王昭君能够吸引历代文学家和普通民众关注的一个重要原因。

　　两千多年来，凭借简短的历史记录，历代诗人充分发挥想象，从不同时代和各自的观点出发，创作出有关昭君和亲各具特色、异彩纷呈的文学作品。值得注意的是，"艺术上的王昭君当然不等于历史上的王昭君，艺术上的和亲当然也不等于历史上的和亲。艺术上，不妨'竞饰文辞，争加事实'；历史上，则要力求还王昭君和亲以本来面目"。② 由此可知，历史上的昭君与文学中的昭君有着较大的差别，雅俗文学并见的汉匈和亲与昭君形象被赋予复杂的情

---

① 翦伯赞《从西汉的和亲政策说到昭君出塞》，《光明日报》1961 年 2 月 5 日。
② 张正明《和亲论》，见马大正主编《中国古代边疆政策研究》，北京：中国社会科学出版社，1990 年版，第 461 页。

感,蕴藏着深厚的文化内涵。

第一节　汉匈和亲及昭君出塞

中国历史上名实相符的和亲始于汉朝。西汉初期,汉王朝面对的强敌是匈奴。起初,匈奴的政治和经济中心主要在今内蒙古自治区的河套及大青山一带。刘邦建立西汉王朝之时,匈奴在其首领冒顿单于的带领下,发展迅速,实力大增,对初立的西汉王朝构成强大的军事威胁。

汉高祖七年(前200),刘邦亲率32万大军出击匈奴,不料在平城(今山西省大同市东)的白登山被冒顿单于围困七天七夜,险遭全军覆灭的厄运。幸有大将陈平以金银珠宝重贿匈奴阏氏,并辅以所谓的美人计为刘邦解围。朝臣娄敬(刘敬)认为美人计既然可以解"白登之围",那也应当是安边定远的良策,所以向刘邦建议以鲁元公主出嫁匈奴,以减轻匈奴带来的压力,但因为吕后极力反对鲁元公主远嫁,刘邦只得将宗室女嫁往匈奴,由此开创了中国历史上以和亲换和平的外交先例。

一、汉匈和亲的三个阶段

汉朝与匈奴的和亲,主要集中在西汉时期,大致可分为三个阶段。[①]

第一阶段是从汉高祖到汉武帝前期。当时的局势是汉朝国力较弱而匈奴势力较强。面对攻势明显的匈奴,汉朝只得以和亲应对,通过这种方式,一方面为初立的汉朝争取休养生息的机会,另

---

① 参见张正明《和亲论》,见马大正主编《中国古代边疆政策研究》,北京:中国社会科学出版社,1990年版,第431—436页。

一方面如前人所言:"汉高始纳奉春之计,建和亲之议,岁用絮缯、酒食奉之,非惟解兵息民,亦欲渐而臣之,为羁縻长久之策耳。"①很明显,汉高祖将和亲视为长期笼络匈奴的一种策略。此后的汉惠帝、汉文帝、汉景帝都继承了这一和亲之策。

据统计,从公元前200年至公元前140年,先后有10位汉朝的宗室女或诸侯王女嫁给匈奴的冒顿单于、老上单于和军臣单于②。其间,匈奴一边坐收和亲之利,一边仍未放弃对汉朝的扰掠,而新兴的汉朝除了竭力抵抗,也是别无他计。"因为到文、景时西汉还建立不久,国力并不强盛,以'无为而治'为主体的黄老思想还在起作用,社会还要求继续安定,人民需要休养生息,统治阶级内部还很不稳定。而且,这时的军事力量也不够强大,因此,当时的政治、经济和军事等各种条件都制约着汉与匈奴只能和亲,不能交战"。③事实证明,这一阶段的和亲的确起到了缓兵的作用。

第二阶段是从汉武帝中期到汉元帝后期。这一时期随着政治、经济和军事实力逐渐增强,汉朝的国力、军心和民气得以增长,于是汉朝逐渐变守为攻,主动出击匈奴,汉匈关系开始逆转。汉武帝即位之初,依然"明和亲约束,厚遇,通关市,饶给之。匈奴自单于以下皆亲汉,往来长城下"。④建元六年(前135),匈奴再次派人到汉请求和亲,汉朝君臣进行了廷议,"群臣议多附安国,于是上许和亲",⑤这是汉武帝在位期间与匈奴的唯一一次和亲。正因为汉武帝的崇武绝亲,所以带来公元前133年到公元前119年汉匈之间的十余次交战,并演变为百余年相互攻伐的交战状态。通过这

①　(宋)王钦若等编纂,周勋初等校订《册府元龟》(校订本)卷九百七十八《外臣部·和亲》,南京:凤凰出版社,2006年版,第11317页。

②　以上参见崔明德《中国古代和亲史》,北京:人民出版社,2005年版,第648页。

③　崔明德《中国古代和亲史》,北京:人民出版社,2005年版,第92页。

④　(汉)司马迁《史记》卷一百十《匈奴列传》,北京:中华书局,1959年版,第2904页。

⑤　(汉)班固《汉书》卷五十二《韩安国传》,北京:中华书局,1962年版,第2398页。

一系列的战争,汉朝不仅收复了河套以南的地区,而且解除了匈奴对长安的威胁。

与此同时,汉朝将和亲对象转向西域各国,先后"共有三位公主和两位宫女嫁到西域"。[①] 特别是汉朝与西域第一大国乌孙的联姻,达到了切断匈奴右臂、联合抗击匈奴的意图。通过与西域诸国的和亲结援,增强了西汉王朝的实力,起到了打击匈奴的作用。

第三阶段是汉元帝末年以后。此时,由于汉朝与匈奴的对抗,再加上匈奴内部发生了五单于争立的内讧,导致匈奴的实力大减。于是汉朝趁机而动,通过两次大的战役,消灭了匈奴的郅支单于。当时尚存的呼韩邪单于既喜又惧,便主动上书给汉元帝,请求入朝。竟宁元年(前 33),呼韩邪单于亲到长安,自请和亲,于是便有了历史上的昭君出塞。正如学者所言:"昭君出塞之年,正是匈奴绝和亲一百周年,很明显寄托在她身上的政治使命是恢复中断了一百年的汉与匈奴之间的友好关系。"[②]汉朝为了纪念这次和亲,还改元为"竟宁",这在西汉历史上是第一次,也是最后一次。

东汉时期,匈奴分裂为南匈奴和北匈奴,为了壮大自己的势力,南、北匈奴争相与东汉和亲,结交同盟。东汉曾以宗室女出嫁北匈奴单于,但和亲的效果并不理想。

二、王昭君和亲匈奴

纵观西汉王朝与匈奴的和亲历史,"从汉高祖到汉景帝,是在劣势下用和亲来试行羁縻;从汉武帝到汉宣帝,是在汉朝实力对比

---

① 张正明《和亲论》,见马大正主编《中国古代边疆政策研究》,北京:中国社会科学出版社,1990 年版,第 432 页。

② 翦伯赞《从西汉的和亲政策说到昭君出塞》,《光明日报》1961 年 2 月 5 日。

占优势的情况下用战争来实现羁縻"。① 换言之,西汉前期的和亲
是由于汉朝对匈奴初战失利,不得已忍辱求和以蓄力待发,而后期
的和亲则发生在汉朝强盛、匈奴衰落之时。所以王昭君于竟宁元
年出嫁呼韩邪单于,从汉朝的角度来说,就是对匈奴的柔远安抚
之计。

　　作为历史人物,有关王昭君的记载,最早见于《汉书》卷九《元
帝纪》和卷九十四《匈奴传》。据应劭注《元帝纪》解释:"郡国献女
未御见,须命于掖庭,故曰待诏。王樯,王氏女,名樯,字昭君。"②
由此可知,王昭君本为"郡国"献给元帝的一个民间女子,未得元帝
"御见"而待命掖庭。

　　据《汉书》卷九《元帝纪》载:"竟宁元年春正月,匈奴呼韩邪单
于来朝。诏曰:'匈奴郅支单于背叛礼义,既伏其辜,呼韩邪单于不
忘恩德,乡慕礼义,复修朝贺之礼,愿保塞传之无穷,边垂长无兵革
之事。其改元为竟宁,赐单于待诏掖庭王樯为阏氏。'"③另据《汉
书·匈奴传》载:"竟宁元年,(呼韩邪)单于复入朝,……单于自言
愿婿汉氏以自亲。元帝以后宫良家子王墙字昭君赐单于。单于欢
喜。"④而有关昭君出塞后的生活状况,有记载曰:"王昭君号宁胡
阏氏,生一男伊屠智牙师,为右日逐王。呼韩邪立二十八年,建始
二年死。……呼韩邪死,雕陶莫皋立,为复株累若鞮单于。……复
株累单于复妻王昭君,生二女,长女云为须卜居次,小女为当于居
次。"⑤很明显,史籍记载昭君的文字都比较简短,但大致可知,昭

---

　　① 张正明《和亲论》,见马大正主编《中国古代边疆政策研究》,北京:中国社会科
学出版社,1990年版,第444页。

　　② (汉)班固《汉书》卷九《元帝纪》,北京:中华书局,1962年版,第297页。

　　③ (汉)班固《汉书》卷九《元帝纪》,北京:中华书局,1962年版,第297页。

　　④ (汉)班固《汉书》卷九十四《匈奴传》,北京:中华书局,1962年版,第3803页。

　　⑤ (汉)班固《汉书》卷九十四《匈奴传》,北京:中华书局,1962年版,第3806—
3808页。

君出塞先是嫁给南匈奴的呼韩邪单于,与之生有一子;两年后呼韩邪单于去世,昭君则按匈奴风俗再嫁呼韩邪单于前妻之子复株累若鞮单于,与之生有两个女儿。

由以上文献记载可知,在浩如烟海的历史文献中,有关王昭君的记述堪称微乎其微,但正是这寥寥数行文字却让昭君不仅名垂青史,而且流芳文苑。有学者说:"昭君的事迹原先虽简略苍白,但是靠着人民群众的力量,日久天长,终于在众口相传中逐渐形成了丰富、完美、动人的故事。不仅引起了古人的共鸣,而且还震撼了世世代代人们的心弦,成了我国文学艺术中最为成功和感人的形象之一。"①可以说,在中华民族漫长的历史发展过程中,还没有几位历史人物能够得此殊荣,更没有哪位女性能够受到古代文人和民间大众的共同关注。换言之,无论是作为历史人物的王昭君,还是成为文学形象的王昭君,她的地位和光彩是很少有人能够与之相提并论的。

第二节　咏昭君诗主题的传承与嬗变

主题体现了文学艺术作品的中心思想,"主题是作家通过文学作品所表现出来的对于主客观世界(包括自我、他人、自然、社会、历史等)的情感态度、价值判断和哲理思辨"。②古代咏昭君诗多选取昭君生平际遇中的一点或几点,托史寄意、以古论今,抒发作者对历史、社会、人生和个人际遇的所思所感。诗人们或通过昭君关联历史、社会和人生,表明对和亲历史与现实的态度情感;或由己及人地代昭君抒情言意,其丰富的内容和深刻的主题对后世文

---

① 林丽珠《论昭君艺术形象的产生及其历久不衰的奥秘》,见巴特尔编选《昭君论文选》,呼和浩特:内蒙古人民出版社,2004年版,第150页。
② 陈向春《中国古典诗歌主题研究》,北京:高等教育出版社,2008年版,第6页。

学产生了深远的影响。

历代咏昭君诗是古代和亲诗最重要的组成部分，其特点一是数量多，现存古代咏昭君诗约有一千二百多首；二是延续时间长，其创作自汉至清延续了一千六百多年；三是题材多样，取材涉及昭君出塞前的汉宫生活、出塞途中的一路艰辛、出塞后的胡地生活以及死后葬身青冢等；四是作者面广，上自帝王将相、达官显贵、后宫嫔妃，下至文人墨客、市井细民和思妇怨女，都曾留下咏昭君的诗作，特别是每个时代的著名诗人几乎都有咏昭君的佳作；五是传播久远、影响广泛，自昭君出塞以来，随着历代文人的吟咏，咏昭君诗的流传不仅限于中原汉民族之中，还传咏于北方少数民族之口，甚至在日本、韩国、越南等国均可见到咏昭君诗，由此可见咏昭君诗传播之久远。另外，还有不少涉及昭君的词、散曲、变文、戏剧和小说等多种文学样式，以及与昭君相关的绘画、雕塑、歌舞和工艺品等，可以说昭君和亲几乎涵盖了古今文学的所有体裁和艺术样式。

纵观历代咏昭君诗，其主题是丰富多彩的。有学者曾说，昭君远嫁"不管她是否自愿，在后人眼里，她都是被统治者作为礼物送到了离故乡更远、语言不通、习俗不惯的塞外苦寒不毛之地。这样的身世，这样一种遭遇，充满了传奇色彩。对于汉匈两族，'昭君是福'，是民族友好的使者；那么对昭君自己来说，作为一个女人，内心又是什么感受呢？她没有留下犹如《胡笳十八拍》一样的作品，这就为文人的创作留下了宽广的领域。文人们可以根据自己对昭君的理解去替她阐述，写她的悲、她的愁、她的怨、她的恨，也写她的豪情、她的忠诚、她的爱心……"。[①] 可以说，昭君一生的传奇性、异域生活的神秘性和内心世界的丰富性，为后世文人留下广阔的想象与创作空间。由汉至清的咏昭君诗，在长期的发展中，逐渐

---

① 马冀、杨笑寒《昭君文化研究》，呼和浩特：内蒙古人民出版社，2004 年版，第193 页。

形成了以下较为集中的四大主题,且历代相续,延绵不绝。

一、悲怨昭君远嫁,渲染异域乡愁

在古代,由于交通不便、山隔海阻,再加上中原汉民族小农经济为主的生产和生活方式,黎民百姓多固守着安土重迁的生活理念:"安土重迁,黎民之性;骨肉相附,人情所愿也。"①在人们偏安一隅、居而不迁文化心理的影响下,在古代文人的心中,昭君的远嫁异乡,奔赴塞外,自然就成为可悲可怨之事。所以诗人们一写到昭君出塞,便情不自禁地抒发昭君的远嫁之悲、思乡之苦,有些诗人完全忽视了昭君出塞本身所蕴含的政治内容和文化意义。所以,"王昭君在古代的文学家笔下就是这么不幸,八分哀怜,一分谴责,剩下只有一分赞扬"。② 这显然是古代诗人不同的和亲观念和眼界心胸所带来的结果。

"怜其远嫁"是古代咏昭君诗最为常见的主题,且历代不衰。最早悲怨昭君远嫁的是汉代的《怨旷思惟歌》,这首诗始见于东汉蔡邕的《琴操》,题为王昭君所作,"体现了《旧唐书·乐志》中汉曲'怜其远嫁'的基调③,但后人多认为此篇为东汉时期的托名之作,歌曰:

> 秋木萋萋,其叶萎黄。有鸟处山,集于苞桑。
> 养育毛羽,形容生光。既得升云,上游曲房。
> 离宫绝旷,身体摧藏。志念抑沉,不得颉颃。

---

① (汉)班固《汉书》卷九《元帝纪》,北京:中华书局,1962年版,第292页。

② 张正明《和亲论》,见马大正主编《中国古代边疆政策研究》,北京:中国社会科学出版社,1990年版,第461页。

③ 可咏雪、戴其芳、余国钦、李世馨、武高明编注,郝存柱审定《历代吟咏昭君诗词曲全辑·评注》,呼和浩特:内蒙古大学出版社,2009年版,第2页。

虽得委食，心有徊徨。我独伊何，来往变常。

翩翩之燕，远集西羌。高山峨峨，河水泱泱。

父兮母兮，道里悠长。呜呼哀哉，忧心恻伤！

这首四言诗运用比兴的手法，以鸟喻人，委婉抒发了昭君的远嫁之怨：一怨远嫁异域，二怨志念被抑，三怨远离故乡，四怨难见父母。其伤心叹惋之情，读之令人叹息，这也是目前见到的最早表现昭君悲怨的作品。

发展至南北朝，昭君的怨情已在诗题中直接表现出来，何逊、刘绘女、陈叔宝、阴铿四位诗人直接以《昭君怨》或《明君怨》为题而创作诗歌。此后，历代都不乏以此为题的诗作。据《历代吟咏昭君诗词曲全辑·评注》粗略统计，唐代以《昭君怨》或《明妃怨》为题的诗作有 18 首，宋代 10 首，元代 5 首，明代 45 首，清代 41 首，这些诗歌多延续汉代《怨旷思惟歌》中的怨情，这也表明悲怨昭君远嫁的主题历代相承，历久弥多。

在现存的二十多首先唐咏昭君诗中，南北朝时期的咏昭君诗主题多涉及昭君离别之际的愁眉泪眼，赴塞途中的一路风霜，马上悲歌的忧伤，以及异地望月思乡的悲苦等。例如：

朝发披香殿，夕济汾阴河。

于兹怀九逝，自此敛双蛾。

沾妆疑湛露，绕臆状流波。

日见奔沙起，稍觉转蓬多。

胡风犯肌骨，非直伤绮罗。

衔涕试南望，关山郁嵯峨。

始作阳春曲，终成苦寒歌。

惟有三五夜，明月暂经过。

——沈约《昭君辞》

图形汉宫里，遥聘单于庭。
狼山聚云暗，龙沙飞雪轻。
笳吟度陇咽，笛转玉关鸣。
啼妆寒叶下，愁眉塞月生。
只余马上曲，犹作别时声。
————陈叔宝《明君怨》

跨鞍今永诀，垂泪别亲宾。
汉地随行尽，胡关逐望新。
交河拥塞雾，陇日暗沙尘。
唯有孤明月，犹能远送人。
————阴铿《昭君怨》

拭啼辞戚里，回顾望昭阳。
镜失菱花影，钗除却月梁。
围腰无一尺，垂泪有千行。
绿衫承马汗，红袖拂秋霜。
别曲真多恨，哀弦须更张。
————庾信《王昭君》

以上四首代表性诗作以景写情，情从景出，将昭君的出塞之悲点染
得绘声绘色。诗人们设身处地为昭君着想，紧紧围绕昭君离汉赴边
的处境和内心感受而展开，可以说悲远嫁的主题此时已初步形成。

　　唐代咏昭君诗现存一百多首，其广泛的取材使诗歌的主题更
加多样化。不少诗人承袭前代传统，抒发昭君远嫁之悲，而且描述
得更加生动细腻："锦车天外去，毳幕雪中开。魏阙苍龙远，萧关赤
雁哀。"（令狐楚《王昭君》）"衔悲出汉关，落泪洒胡鞍。关榆三夏
冻，塞都九春寒。眉任愁中结，腰随带里宽。别曲易凄断，哀弦不

忍弹。"(无名氏《昭君怨》)这两首诗作或渲染昭君远嫁时的凄苦情境,或描绘昭君含悲带泪的别离场景。另外还有不少诗人描述昭君身在异域的形单影只和寂寞忧伤:

> 合殿恩中绝,交河使渐稀。
> 肝肠辞玉辇,形影向金微。
> 汉地草应绿,胡庭沙正飞。
> 愿逐三秋雁,年年一度归。
> 　　　　——卢照邻《昭君怨》

> 胡地无花草,春来不似春。
> 自然衣带缓,非是为腰身。
> 　　　　——东方虬《昭君怨》

前一首诗以对比的手法,写出昭君离别故土、身在胡地的景况,触景生情,思乡之情尽含其中;后一首则以胡地缺少春天的气息,烘托昭君因相思而形体消瘦得了无生气。还有一些诗人则将昭君的思乡之情写得魂牵梦绕:"万里边城远,千山行路难。举头唯见日,何处是长安。"(张祜《昭君怨》)"胡风似剑镂人骨,汉月如钩钓胃肠。魂梦不知身在路,夜来犹自到昭阳。"(胡令能《王昭君》)遥远的故土,难舍的情怀,迷离的情思,虚幻的美梦,这一切因远嫁而生的复杂情感都充满了悲情苦调。

　　与先唐咏昭君诗不同的是,唐代咏昭君诗已不再单纯地吟咏昭君远嫁异域的哀怨,而是在历史与现实的撞击下,不断探究造成昭君怨情与悲苦的原因。如:

> 古帝修文德,蛮夷莫敢侵。
> 不知桃李貌,能转虎狼心。

日暮边风急，程遥碛雪深。

千秋青冢骨，留怨在胡琴。

　　　　　　——李咸用《昭君》

自倚婵娟望主恩，谁知美恶忽相翻。

黄金不买汉宫貌，青冢空埋胡地魂。

　　　　　　　——皎然《昭君怨》

汉家秦地月，流影照明妃。

一上玉关道，天涯去不归。

汉月还从东海出，明妃西嫁无来日。

燕支长寒雪作花，蛾眉憔悴没胡沙。

生乏黄金枉图画，死留青冢使人嗟。

　　　　　　　——李白《王昭君》

以上三首诗作，第一首追溯古代帝王以文德治心服人来消除边患，汉朝一味地和亲只能留下悲苦之音；第二首写昭君自倚貌美，不赂画师；第三首写昭君缺少黄金，无法改变丹青，最终远嫁异乡、葬身胡地，留下供人凭吊的青冢。虽然诗人们对造成昭君悲怨的原因说法不一，但已经涉及国事朝政、社会邪恶和人间不公等现实问题，这无疑增添了唐代咏昭君诗的社会意义。

宋代没有中原王朝与外族和亲的经历，但这并不影响宋代诗人创作咏昭君诗。现存作于宋代的一百四十多首咏昭君诗中，诗人们说古论史、夹叙夹议，充分发挥宋诗主理的特点，在咏昭君诗坛呈现出古体诗较多、律诗绝句较少的现象，并且出现了不少咏昭君组诗、唱和之作和咏昭君题画诗等，这些都代表着宋代咏昭君诗的一种新变。

如宋代诗人悲远嫁的诗作，一边描述昭君远嫁的情景，一边悲悯昭君的艰难处境：

> 汉宫选女适单于，明妃敛袂登毡车。
> 玉容寂寞花无主，顾影低回泣路隅。
> 行行渐入阴山路，目送征鸿入云去。
> 独抱琵琶恨更深，汉宫不见空回顾。
> ——秦观《王昭君》

> 我本汉家子，早入深宫里。
> 远嫁单于国，憔悴无复理。
> 穹庐为室旃为墙，胡尘暗天道路长。
> 去往彼此无消息，明明汉月空相识。
> 死生难有却回身，不忍回看旧写真。
> 玉颜不是黄金少，爱把丹青错画人。
> 朝为汉宫妃，暮作胡地妾。
> 独留青冢向黄昏，颜色如花命如针。
> ——王安石《明妃曲》

前一首诗描述昭君远嫁的情景，将昭君登车远去时的落寞，路边的伤心哭泣，一路上追逐飞鸿的目光，以及怀抱琵琶空回首的怨情，娓娓道出；后一首诗则以昭君的自述，诉说其胡地生活的感受：天长地远，穹庐为室，汉地音讯全无，料知此生难回，痛恨画师，思念故乡，如同落叶般的命运实在是无法自主。

　　宋代诗人在追溯造成昭君悲苦命运的根源时，有的诗人关注昭君深宫冷落的压抑和痛苦："汉家和亲成故事，万里风尘妾何罪？掖庭终有一人行，敢道君王弃憔悴。"（陆游《明妃曲》）有的诗人认为昭君的悲怨来自她的幼稚和画师的贪婪："当时自倚绝世姿，不将赂结毛延寿。可怜朱网画香车，却来远嫁呼韩邪。"（王庭珪《题画题罗畤老家明妃辞汉图》)还有的诗人则归结为昭君的红颜薄命:"汉计诚已拙,女色难自夸。明妃去时泪,洒向枝上花。狂风日暮起,飘泊落谁家? 红颜胜人多薄命,莫怨春风当自嗟。"(欧阳修《再和明妃曲》)等等。正如学者所言:"宋人主理,已将昭君故事上升到哲理性的高度来涵盖人事的变迁,但同时也冲淡了昭君长久的怨怒之气,认为君王、画师皆无过,只怪昭君自己的命运不好。"①

　　另外,昭君远嫁异乡的孤苦和忧伤,宋人多借乐曲加以传递和渲染:"身行不遇中国人,马上自作思归曲。推手为琶却手琶,胡人共听亦咨嗟。玉颜流落死天涯,琵琶却传来汉家。"(欧阳修《明妃曲和王介甫作》)"旧来相识更无物,只有云边秋雁飞。愁坐泠泠调四弦,曲终掩面向胡天。侍儿不解汉家语,指下哀声犹可传。传遍胡人到中土,万一佗年流乐府。妾身生死知不归,妾意终期寤人主。"(司马光《和王介甫明妃曲》)宋代诗人还将昭君对故乡的思念具体化,写她的悔不当初之恨:"一朝远逐呼韩去,遥忆江头捕鲤鱼。江上大鱼安敢钓,转柂横江筋力小。深边积雪厚埋牛,两处辛勤何处好? 去家离俗慕荣华,富贵终身独可嗟。不及故乡山上女,夜从东舍嫁西家。"(苏辙《昭君村》)诗歌从昭君怀念故乡的山川景物和劳动生活写起,将昭君的思乡之情抒发得淋漓尽致。

　　元代咏昭君诗现存一百一十多首,在继承前代悲远嫁传统主题的基础上,元人虽然也曾着意描绘昭君远嫁的场景,如"斜抱琵琶出汉关,黄沙漠漠路漫漫。长安纵近愁回首,一听筘声泪暗弹"(张泽《明妃曲》),但是此时表现昭君远嫁时悲愁泪恨的作品大为减少,更多的是借昭君胡地生活的场景,抒发其内心的悲怨:"塞云漫漫塞草黄,羌笛一曲助悲凉。回头遥望汉宫月,照影依依还自

---

① 张文德《王昭君故事的传承与嬗变》,上海:学林出版社,2008年版,第8页。

伤。妾生不及雁随阳,茕茕终老天一方。琵琶聊写思归意,传与中州能断肠。"(王结《明妃曲》)"惊心汉月苦难堪,堕指边霜冷未谙。万里哀弹千古恨,谁知流谱满江南。"(谢子通《昭君》)"惊沙猎猎风成阵,白雁一声霜有信。琵琶肠断塞门秋,却望紫台知远近。"(元好问《玉楼春》)塞草枯黄,猎风成阵,飞鸿南去,夜月惊心,这些诗作借景抒情,通过大自然的悄然变化,烘托昭君身在异乡的孤独寂寞和思念故乡的抑郁忧伤。元代还有一首通俗浅显的散曲,将昭君的思乡情表达得酣畅淋漓:

> 雁北飞,人北望,抛闪煞明妃也汉君王,小单于把盏呀剌剌唱。青草畔有收酪牛,黑河边有扇尾羊,他只是思故乡!
>
> ——马致远《紫芝路》

昭君和亲消除了边患,汉王和单于乐得逍遥自在,却苦了被抛闪在塞外的昭君,她的思乡之情如何驱遣?

　　明代咏昭君诗的数量大约是元代的三倍,据统计,现存明代咏昭君诗约有三百多首①。明代咏昭君诗多表现"怜其远嫁"的主题,有的诗作写昭君的临别之愁:"拭泪新装束,来朝殿里辞。何堪辞诀日,却是见怜时! 汉骑临关少,胡笳出塞迟。琵琶写哀怨,凄切转添悲。"(蒋山卿《王昭君》)有的写昭君塞外思乡之情:"行旌入塞垣,回首望君门。汉月牵愁思,边尘惨泪痕。琵琶霜外曲,羌笛夜中魂。惆怅毡庐下,空闻剌剌音。"(王恭《王昭君》)这些都是传承自前人的创作。

　　值得注意的是,明代诗人对昭君与画师之间史事的推想,呈现出更加复杂的情形,或曰昭君无金行贿:"边雪损铅华,胡风卷白

---

　　①　可咏雪、戴其芳、余国钦、李世馨、武高明编注,郝存柱审定《历代吟咏昭君诗词曲全辑·评注》,呼和浩特:内蒙古大学出版社,2009 年版。

沙。无金买图画,有泪湿琵琶。强酌和亲酒,愁登出塞车。世途皆用赂,错倚面如花。"(李濂《王昭君》)或曰昭君以貌自恃,不屑于行贿:"空抱琵琶怨朔风,红颜薄命古今同。当时若是寻常貌,不惜千金买画工。"(程应徵《王昭君》)或曰昭君不甘心贿赂:"手把琵琶出汉宫,让他桃李自春风。美人不是黄金尽,只未甘心赂画工。"(王彦泓《明妃》)或曰昭君难逃红颜薄命之不幸:"倾国姿容冷汉宫,罗衣染尽泪痕红。自知薄命难承宠,不敢人前怨画工。"(胡韶《明妃》)总之,昭君的远嫁、昭君的悲怨都与画师毛延寿密不可分。由此也就有了昭君悔不当初的遗恨:"风起龙堆满面沙,举头何处望中华?早知身被丹青误,但嫁巫山百姓家。"(黄仲昭《明妃词》)其实,这也是昭君异域思乡、内心悲苦的一种体现。

　　清人笔下的咏昭君诗现存四百五十多首,主题也相对集中,"悲远嫁"仍是其重要的主题之一,并且与其他时代相比,清代诗人更倾向于将昭君的远嫁归于她的红颜薄命:

> 柔远宁无策,安边托妇人。
> 自嗟缘命薄,不敢怨和亲。
> ——余允遴《明妃曲》

> 薄命凭谁说? 蛾眉惹塞尘。
> 魂消胡地月,梦绕汉宫春。
> 色向愁中改,歌从怨里新。
> 单于恩宠异,不改昔时颦。
> ——侯思耀《明妃怨》

> 莫怨妍媸向画中,明妃薄命在和戎。
> 便教写得倾城貌,未必君恩冠后宫。
> ——吴绮《明妃》

这些诗作皆言是由于昭君红颜薄命,才不得不和亲异族,即便是她当初留在汉宫,也未必能够得到恩宠。在这种思路的引导下,清代诗人一面奉劝昭君不要怨恨君主的薄情寡义,一面安慰昭君离开汉宫是脱离苦海、千古留名的幸事:"俯首辞汉宫,甘心去沙漠。无令妾自误,莫怨君恩薄。"(蔡寿祺《明妃曲》)"一曲琵琶马上尘,玉关西出为和亲。明妃莫抱千秋恨,尚有长门老死人。"(沈玉书《昭君怨》)在诗人的眼中,与长门人相比,昭君应当庆幸自己离宫远嫁。诗人们从各种角度为昭君排忧解怨,认为昭君远嫁匈奴不仅改变了原本老死深宫的命运,而且葬身青冢反而成就了她的千秋不朽之名:"深宫岁岁闭容辉,一出榆关便不归。不为无金买图画,至今谁更识明妃。"(吴绮《明妃》)"画图何必问妍媸,毳帐生春也遇时。若老汉宫终不识,至今青冢尚留谁。"(王沄孙《王昭君》)"可惜蛾眉悟不早,马驼幽愤春风老。须眉戟竖望紫台,冢上千秋青草好。"(顾爕璋《明妃怨》)在诗人们看来,昭君的离宫远嫁是正逢其时,否则老死宫中有谁知,而今千秋青冢谁人不知? 这是清代诗人对昭君的抚慰,从中可见清人较为宽容的和亲态度。

二、肯定汉匈和亲,赞颂昭君功绩

从历史发展的角度来看,昭君出塞结束了自汉武帝元光二年以来,汉匈之间长达百年的战争,谱写了汉匈五十余年和平友好的历史,由此说来,昭君和亲的价值和意义是显而易见的。

焦延寿的《萃之临》和《萃之益》是目前仅存的两首汉代咏昭君诗,也是首创赞颂昭君和亲的诗作。在汉匈关系发生历史性转变的关键时刻,诗人对昭君出塞的认识是准确的:

> 昭君守国,诸夏蒙德。异类既同,崇我王室。
>
> ——《萃之临》

长城既立,四夷宾服。交和结好,昭君是福。

——《萃之益》

这两首出自汉朝人之手的诗歌,将昭君和亲视作守卫国家的一种行为,认为和亲是"交和结好""诸夏蒙德""四夷宾服"之举,如同构筑长城一样,昭君和亲为国家和人民带来了福音。这一先声夺人的赞颂,表现出汉朝人的心胸和视野。虽然赞颂和亲的汉代诗作仅存两首,但这种认识和观念犹如一粒种子,深深植根于中国文化与文学的土壤之中。从此,在每一时代的文学创作中,都不乏肯定和颂扬昭君和亲的作品。

唐代咏昭君诗在赞颂昭君和亲这一主题上,可谓是别开生面,具体生动:"以色静胡尘,名还异众嫔。免劳征战力,无愧绮罗身。"(崔涂《过昭君故宅》)"二八进王宫,三十和远戎。虽非儿女愿,终是丈夫雄。"(无名氏《王昭君》)诗人们或肯定昭君和亲、避免争战的历史功绩,或赞赏昭君为国排忧解难的大丈夫气魄,从中表现出唐人较为宽厚的民族意识和渴盼建功立业的情怀。值得注意的是,此时的咏昭君诗还出现了由悲变乐的作品:

胡王知妾不胜悲,乐府皆传汉国辞。
朝来马上簇篌引,稍似宫中闲夜时。

——储光羲《明妃曲》

这首诗描述昭君胡地生活的细节,为了抚慰昭君悲伤的心绪,单于令人演奏汉朝乐曲,以缓解昭君的思乡之情。这种咏及单于对昭君体贴关怀的诗作,在古代咏昭君诗中并不多见,很明显诗人的视野和心胸非同一般,高人几筹。

张仲素的《王昭君》堪称是唐人颂扬和亲达到最高境界的诗作:

> 仙娥今下嫁，骄子自同和。
>
> 剑戟归田尽，牛羊绕塞多。

诗歌以兵器化作农具、战场变为牧场的情景，生动描述昭君出塞惠泽汉匈百姓的功绩。正如学者所言，这首诗"以深邃的历史洞察力和高瞻远瞩的政治胸襟，一反前人专咏昭君远嫁的悲切旧调，而从中华民族共同利益的广阔视角作深入观察，正确地揭示和肯定了这一事件所包含的历史意义"。① 可以说，这首诗既忠实地概括史实，又表现出诗人的高远见识，是继汉代焦延寿之后赞颂昭君和亲诗中的佼佼者，"全诗以事实说话，胜过虚语赞言百倍"，②因此也成为唐代咏赞昭君功绩的代表作。

在宋代咏昭君诗中，最具思想光芒和震撼力的是王安石的《明妃曲二首》，这两首诗歌冲破了狭隘的民族观念，产生了惊世骇俗的力量：

> 明妃初出汉宫时，泪湿春风鬓脚垂。
>
> 低徊顾影无颜色，尚得君王不自持。
>
> 归来却怪丹青手，入眼平生几曾有。
>
> 意态由来画不成，当时枉杀毛延寿。
>
> 一去心知更不归，可怜着尽汉宫衣；
>
> 寄声欲问塞南事，只有年年鸿雁飞。
>
> 家人万里传消息，好在毡城莫相忆；
>
> 君不见咫尺长门闭阿娇，人生失意无南北。

---

① 降大任选注，张仁健赏析《咏史诗注析》，太原：山西人民出版社，1985 年版，第171 页。

② 可咏雪、戴其芳、余国钦、李世馨、武高明编注，郝存柱审定《历代吟咏昭君诗词曲全辑·评注》，呼和浩特：内蒙古大学出版社，2009 年版，第 26 页。

> 明妃初嫁与胡儿，毡车百辆皆胡姬。
> 含情欲说独无处，传语琵琶心自知。
> 黄金杆拨春风手，弹看飞鸿劝胡酒。
> 汉宫侍女暗垂泪，沙上行人却回首。
> 汉恩自浅胡自深，人生乐在相知心。
> 可怜青冢已芜没，尚有哀弦留至今。

王安石作为北宋著名的政治家、思想家和改革家，在其他诗人竭力夸大昭君身在异乡、处境凄苦之时，他却着眼于"人之相知，贵在知心"，将"知心"看得高于一切，道出"人生失意无南北"的实质，这种打破胡汉之分的宽阔胸怀，扫除了民族主义的偏见，以非凡的见识将咏昭君诗提升到一个新的境界。此后，有不少宋代诗人纷纷赞同王安石的这一观点："秦人强盛时，百战无逡巡。汉氏失中策，清边烽燧频。丈夫不任事，女子去和亲。君王为置酒，单于来奉珍。朝辞汉宫月，暮随胡地尘。鞍马白沙暮，旃裘黄草春。人生在相合，不论胡与秦。但取眼前好，莫言长苦辛。君看轻薄儿，何殊胡地人？"(吕本中《明妃》)这首诗发扬了王安石"人生乐在相知心"的意旨，强调不论是汉人还是胡人，贵在真心换真心的相知相惜，这种不落俗套的命意造语，同样也拓展了后世诗人的创作思路。

"当时失意虽可恨，犹得千古诗人夸"(李纲《明妃曲》)，在宋代诗人的眼中，昭君身上最可贵的是她那自愿出塞、不怕牺牲的大无畏精神：

> 巫峡江边岁屡更，汉宫日月亦峥嵘。
> 此身端可清边患，谁惜龙沙以北行。
> ——陈长方《王昭君》

> 汉宫眉斧息边尘，功压貔貅百万人。

好把香闺旧脂粉，艳妆颜色上麒麟。

——许棐《明妃》

羞貌丹青斗丽颜，为君一笑靖天山。

西京自有麒麟阁，画向功臣卫霍间。

——刘子翚《明妃出塞》

这三首诗既展现昭君为国平边患的勇敢和胆量，又以昭君功压将士、图可入麟阁的气魄，大力赞扬昭君保国安民的功绩，从中可见宋代诗人由原来悲叹昭君的埋没胡尘，转而开始关注昭君在塞外的有所作为，这不能不说是宋代咏昭君诗的一种豪气，也体现出宋代咏昭君诗的一种新气象。

　　元明两代赞颂昭君和亲的诗作数量有限，张翥的《昭君怨》是元人笔下具有代表性的词作，它一边描写昭君远嫁的场景，一边颂扬昭君的千古流芳：

队队毡车细马，簇拥阏氏如画。却胜汉宫人，闭长门。

看取蛾眉妒宠，身后谁如遗冢。千载草青青，有芳名。

词作以对比的方式，流畅明快的语言，"肯定昭君出塞和亲是喜事、是佳话，为昭君赢得了幸福、光荣和荣誉。'队队毡车细马，簇拥阏氏如画'，这是何等气派，何等排场，何等尊贵！只有昭君青冢，'千年草青青，有芳名'，历史就是如此公正"。① 这篇词作也成为元代肯定和亲、赞颂昭君不可多得的佳作。明人则以昭君的从容淡定，展现其为国赴边、平定国难的勇气："奉诏事和亲，从容出禁宸。缘

---

①　可咏雪、戴其芳、余国钦、李世馨、武高明编注，郝存柱审定《历代吟咏昭君诗词曲全辑·评注》，呼和浩特：内蒙古大学出版社，2009年版，第91页。

知平国难,犹胜奉君身。"(高壁《昭君曲》)如此也就有了明代诗人对昭君"皇家若起凌烟阁,功是安边第一人"(孙蕡《昭君》)的历史定位,这也代表了明人对昭君安邦定远功绩的高度肯定和赞扬。正如学者所言:"明代理学大行,严守胡汉大防。文人对'和亲'政策模棱两可,但对昭君却一往情深,多写其轻抛个人恩怨,以国家大义为重,是一位温柔善良、德容俱佳的女性楷模。"①

　　如果说在宋人的笔下,王安石等人的翻案诗拓宽了咏昭君诗的新视域,那么清人则在宋人的基础上,进一步深化了赞颂昭君功绩的主题,反映这一主题的咏昭君诗不仅数量激增,而且还将昭君和亲的价值和意义提升到前所未有的高度。具体表现在以下三个方面:

　　一是赞颂昭君安边定远的功绩。作为中国历史上著名的女性,王昭君的历史地位和贡献是毋庸置疑的,清代的姐妹诗人郭漱玉和郭润玉以女性的视角道出昭君留名青史的原因:

> 竟抱琵琶塞外行,非关图画误倾城。
> 汉家议就和戎策,差胜防边十万兵。
> 　　　　　　——郭漱玉《明妃》

> 漫道黄金误此身,朔风吹散马头尘。
> 琵琶一曲干戈靖,论到边功是美人。
> 　　　　　　——郭润玉《明妃》

这两首咏唱昭君的颂歌,前者以昭君一人出塞胜过十万兵马的夸张语言,反映出昭君和亲在女诗人心中的分量;后者则直言昭君和亲化干戈为玉帛的不朽功绩。不仅如此,在清人的眼中,昭君已由

---

① 张文德《王昭君故事的传承与嬗变》,上海:学林出版社,2008年版,第8页。

唐人眼中的"大丈夫"变成了功不可没的英雄,这在前代的诗作中是从未有过的:"不肯将金贿画工,美人此处是英雄。须知志在和戎虏,为国何曾计蒇躬。"(王德馨《王昭君》)昭君出塞和亲,熄灭了汉匈燃起的烽火,带来了两族人民的友好相处,她的功劳不可磨灭,诗作语言豪爽,语气坚定。所以清代的咏昭君诗坛随处可见对昭君的讴歌:

> 出舍宁辞万里遥,建功未肯让班超。
> 丹心不愧芙蓉面,赢得单于拜汉朝。
> ——刘淑慧《咏昭君》

> 大造英华泄,春从塞地生。
> 琵琶弹马上,千载壮君名。
> ——周秀眉《昭君》

前一首诗颂扬昭君出塞的一片丹心,不让班超的功业,以及赢得单于臣服汉朝的功绩;后一首则称誉昭君为人中精英,她的和亲给塞外大地带来勃勃生机,也为她赢得千秋之名。

　　基于清人对昭君功绩的认识越来越清晰,于是就有不少诗作认定昭君同汉代功臣卫青和霍去病等一样,应有挂像麒麟阁的资格:"卫霍年年侈战功,何如决策早和戎?娥眉笑挟琵琶去,凤掖惊看粉黛空。……君王若补麒麟画,应为明妃惜画工。"(鲍桂星《明妃》)"琵琶一曲靖胡尘,为报君恩不惜身。若使图形麟阁上,蛾眉端合冠功臣。"(董廷策《王昭君》)"六奇枉说汉谋臣,后此和戎是妇人。能使边庭无牧马,蛾眉也合画麒麟。"(徐德音《出塞》)这三首诗从昭君含笑赴边塞、报恩不惜身、和戎安边土三个侧面,申述昭君当图列麒麟阁的理由,这是清代咏昭君诗中的一股潮流,它表明清人回望历史、反思和亲的深度和力度。与此相应的是,有些诗人对昭君未入麒麟阁而感到愤愤不平:"十载呼韩塞下驯,娥眉也是汉功臣。如何当日麒麟阁,只画看羊海上人。"(赵昀《明妃》)"千古英雄一泪,只在琵琶声里。冷笑看功臣,画麒麟。"(王夫之《昭君怨》)诗人们认为昭君是"汉功臣",是"千古英雄",她未入麒麟阁,显然是社会不公平、不公正导致的。其实,诗人们明着是为昭君鸣不平、诉冤屈,暗里却在抒发自己在现实社会中困顿失意的真实感受,在昭君身上折射出的是他们坎壈人生中的不平与哀伤。

　　二是传扬昭君的千秋不朽之名。王昭君是中国历史上众多和亲女子中的一员,她的不同之处在于她是第一位平民出身却自请和亲的女性,她的非凡见识与和亲成效有史为证,有目共睹。清代大力赞颂昭君出塞、名扬千古的诗作,则是清代诗人以语言艺术为昭君树立的一座丰碑:"漠漠黄沙冢独青,何须篇简著芳型。安刘直继苏卿节,自是穹庐胜掖庭。"(叶廷芳《昭君墓和友人作》)诗人认为昭君以苏武般的忠贞节操,以平息边塞烽火的功绩而名垂青史,无须历史记载,那大漠黄沙中长存的青冢即是昭君千古功业的最好见证。

　　昭君生长于长江边上的鱼米之乡,出塞之后她身处大漠,居于穹庐。生活在异族中间,其间必然经受种种磨难和考验,但昭君扎根塞外,坚守异乡,以坚强的意志和非凡的勇气,履行自己的职责,完成了肩负的和亲使命,她的功绩日月可鉴,千载流传:

> 闺阁堪垂世,明妃冠汉宫。
> 一身归朔漠,数代靖兵戎。
> 若以功名论,几与霍卫同。
> 人皆悲远嫁,我独羡遭逢。
> 纵使承恩宠,焉能保始终。
> 至今青冢在,绝胜赋秋风。
>
> ——彦德《青冢》

诗人认为昭君靖边，功同霍卫，名冠汉宫，青冢长存。她早已摆脱了汉宫中秋扇见捐的命运，成为闺阁女子难以企及的典范，像这样颂扬昭君、气势磅礴的诗作，出现在男尊女卑的封建时代实属不易，由此可见清代诗人洞察历史的能力和非同一般的心胸。

　　清代还有不少诗人认同"安社稷"是昭君最大的功劳：

> 慷慨襟怀类请缨，红颜漫道总倾城。
> 未妨异域埋香骨，赢得千秋不朽名。
> 　　　　　　　　　　——张婕英《昭君》

> 宁边庙算遣朱颜，不比文姬出汉关。
> 忠节岂劳传画史，巍巍青冢壮胡山。
> 　　　　　　　　　　——戴亨《昭君》

这两首诗在对比中突出昭君的不朽之名。第一首以汉代终军请缨南越相比，展现昭君慷慨请行、和亲匈奴的宽阔胸怀；第二首将昭君与蔡文姬相比，突出昭君的忠贞和节操，赞颂其为胡地生色增辉的功绩。

　　三是赞美昭君和亲是幸事、乐事。清代之前，咏昭君诗坛写昭君远嫁悲愁怨恨的作品比比皆是，清代不少诗人却一反过去的陈词滥调，开始以"反昭君怨"为题，将昭君出塞和亲视为幸事、乐事：

> 　纨扇双蛾老，零落秋风多少。羊车过也，鸾笙何处，长门漏悄。听一声千帐琵琶调，绝胜云和斜抱。待得射生归晚，乳酒桐茶共倒。
> 　貂锦换罗衣，拥如花、醉眠芳草。夜夜擅胭脂，筚篥吹春晓。君不见汉家战士谋臣，不若汉宫人巧。若爱妾颜色，已困平城道。
> 　　　　　　　　——董元恺[塞垣春]《反昭君怨》

这首词作以汉宫嫔妃受冷落、被摧残的情景,反衬昭君在塞外与单于恩爱和乐的生活,这种取材角度和表述方式在历代咏昭君诗中实不多见,对比之下,昭君在胡地与汉宫生活的幸与不幸一目了然。尤侗也有《反昭君怨》的诗作:"不成为汉后,便去作阏氏。亦足当人主,还能杀画师。琵琶弹毳帐,酥酪醉金卮。强似长门里,秋风老黛眉。"诗人认为昭君出塞贵为阏氏,比老死深宫的命运不知要强过多少。由此说来,在董元恺、尤侗等清代诗人的眼中,昭君出塞何怨之有? 还有一些诗作虽然不以"反昭君怨"为题,但其内容明显也是反对"悲远嫁"的传统主题,成为清代咏昭君诗坛的一股清流:

> 行行配贤王,宠我阏氏色。
> 乃令号夫人,由来足倾国。
> 所好竞为美,在欢能忘戚。
> 酪饮与游裘,犹胜长门夕。
> 长门如羁客,揽衣夜徘徊。
> 所向无知己,奋身陵边陲。
> 伟矣汉社稷,许婚谁所为。
> 国门争伐饮,烽息由结缡。
> 庙堂得至理,太平会有期。
> 虽然和亲就,未可忘城陴。
> 终军缨以请,贾生恸何悲。
> 遥遥千载下,青冢名岂微。
>
> ——何梦篆《王明君词》

诗人认为昭君出塞和亲,配的是贤王,尊宠为阏氏,得到匈奴上下的敬慕,这是和亲政策换得的太平,也是昭君出塞功绩之所在,巍巍青冢岂是微名? 它是千秋传颂的英雄业绩。从这些诗作可以看出,在清代诗人的眼中,昭君是以她的独立人格、非凡胆识和富于牺牲的精神而名垂青史、流芳后世的。

清代诗人在高度肯定昭君出塞功绩的同时,还细致描述和亲为胡地带来的和平与兴旺:"蒙汉通家成幸闲,昭君无复怨红颜。奔腾塞外居延水,千里来龙天镇山。"(胡珍府《游张垣诗》)诗歌以水有源,山有势,关内和塞外山水相连,来比喻人也可以到处安家落户。胡夏客的《王明君辞》也是赞扬汉匈和亲的颂歌:

> 水草逐居驼马繁,拥妻世世款中原。
> 他时舅甥今翁婿,绝国长亲大汉恩。

诗歌描述胡地水草丰美、人畜两旺的场景,赞誉汉匈骨肉相连的世代通好。用独特的视角,凝练的语言,描绘出一幅民族和睦、友好相处的美好画卷,这也是古代咏昭君诗中的一篇力作。由此可见,清代咏昭君诗已充分展现出昭君和亲的价值和意义。

三、不满和亲政策,讥讽君臣无能

在先唐咏昭君诗中,只有极个别诗人对汉匈和亲表示不满,西晋的石崇就曾发出"昔为匣中玉,今为粪上英"(《王明君辞》)的愤懑之声。到了唐代,也有直接反对和亲的诗作,如"蛾眉翻自累,万里陷穷边。……谁贡和亲策,千秋污简编"(李中《王昭君》),但大多数诗人面对当朝众多的和亲实例,不是一味地否定或反对和亲,而是在对比古今和亲的基础上,对汉代以来的和亲政策进行深入的思考:"古帝修文德,蛮夷莫敢侵。不知桃李貌,能转虎狼心。"(李咸用《昭君》)诗人追溯上古圣人致力于文教德化,使远人来服,认为这才是处理民族关系的根本,而一味地醉心和亲则可能适得其反:"欲吊昭君倍惆怅,汉家甥舅竟相违。"(黄滔《塞上》)诗人思虑和亲未必能带来边疆的安宁,这当是唐代诗人有感于现实的清醒认识。所以唐人借昭君和亲之历史,抒发自己对和亲的认识和理解,诗人们或追悔和亲的失败:"昭君远嫁已年多,戎狄无厌不复和。"(屈同仙《燕歌行》)或以奉劝的语气为帝王敲响警钟:"君王莫信和亲策,生得胡雏虏更多。"(苏郁《咏和亲》)联系唐代诗人在揭示昭君不幸命运时,对朝廷和文臣武将的嘲讽与抨击,可以看出他们在否定或反对和亲政策的同时,抒发了希望唐代君主能够重用贤才的心声,他们是在委婉地表达着自己渴望建功立业的愿望,曲折地反映出唐代诗人怀才不遇的抑郁情怀,这也是他们智慧与理性的体现。

唐代诗人认为朝廷君臣负有御患安邦的责任,而和亲是让红粉女子去承担保国重任。基于这一历史感受和认识,一些诗人便跳出了前代咏昭君的窠臼,将谴责的目光聚焦在帝王和文臣武将身上:

> 汉道方全盛,朝廷足武臣。
> 何须薄命妾,辛苦事和亲。
> ——东方虬《王昭君》

> 不用牵心恨画工,帝家无策及边戎。
> 香魂若得升明月,夜夜还应照汉宫。
> ——徐夤《明妃》

> 蛾眉翻自累,万里陷穷边。
> 滴泪胡风起,宽心汉月圆。
> 飞尘长翳日,白草自连天。
> 谁贡和亲策,千秋污简编。
> ——李中《王昭君》

诗人们先叙后议,议而有据,或指责朝廷安邦无策,或嘲讽君臣无能,或借昭君的窘境抨击和亲政策,讥讽谴责之意溢于言表。其他诗人也纷纷将批判的矛头指向最高统治者和文武大臣,他们或谴责君王的薄情寡义:"自是君恩薄如纸,不须一向恨丹青。"(白居易《昭君怨》)或痛恨帝王的昏聩:"紫台月落关山晓,肠断君恩信画工。"(王涣《惆怅诗十二首之明妃》)或嘲讽将军的无用:"何事将军封万户,却令红粉为和戎。"(胡曾《汉宫》)或抨击将军的骄矜自贵:"汉家天子镇寰瀛,塞北羌胡未罢兵。猛将谋臣徒自贵,蛾眉一笑塞尘清。"(汪遵《昭君》)这些诗歌感情强烈,观点鲜明,语言犀利,读来痛快淋漓。戎昱的《咏史》则是唐人猛烈抨击和亲政策的力作:

> 汉家青史上,计拙是和亲。
> 社稷依明主,安危托妇人。
> 岂能将玉貌,便拟静胡尘。
> 地下千年骨,谁为辅佐臣?

诗人认为汉代以和亲求取苟安是最大的失策,他借汉讽唐,一针见血地揭示出主昏将弱的可悲现实,其目的就是提醒唐代的统治者,不要像汉朝那样醉心于和亲,而应当担负起安定社稷的责任。据说唐宪宗曾召集大臣廷议边塞之事,大臣们多主张和亲,唐宪宗当朝背诵戎昱的这首《咏史》诗,于是平息了满朝的和亲之论,由此可见这首诗的影响力。

两宋时期民族矛盾尖锐,民族压迫沉重,所以宋代文人多借昭君和亲之事,一边批判汉朝的和亲政策,嘲讽君昏臣佞的历史;一边抨击当时朝廷的软弱无能,以唤醒人们的爱国情感:

> 落日塞垣路,风劲戛貂裘。翩翩数骑闲猎,深入黑山头。
> 极目平沙千里,惟见雕弓白羽,铁面骏骅骝。隐隐望青冢,特

地起闲愁。

　　汉天子，方鼎盛，四百州。玉颜皓齿，深锁三十六宫秋。堂有经纶贤相，边有纵横谋将，不减翠蛾羞。戎虏和乐也，圣主永无忧。

　　　　　　　　　　　　　　——黄庭坚《水调歌头》

　　这首词的上阕描绘出一幅平沙千里、落日劲风、猎人骏马、黑山青冢的塞垣风光图；下阕则以汉朝的国力强盛和内相外臣的威武，称颂汉天子的无忧无虑，但一句"不减翠蛾羞"便道出上阕中"闲愁"的由来。昭君无法消除的耻辱感，诗人也感同身受，貌似和乐的场景描写，其真实用意是要嘲讽以和亲换和平而贪图安逸的无能君臣。所以在宋代诗人的笔下，有不少直接嘲讽君王昏庸愚昧的诗作："画工虽巧岂敢凭，妍丑何如一见真。自是君王先错计，爱将耳目寄他人。"（徐钧《王昭君》）"好恶由来各在人，况凭图像觅天真。君王视听能无壅，延寿何知敢妄陈。"（曹勋《王昭君》）明白如话的语言，既讽刺汉代君王按图召幸之事，又揭示君王昏聩易被蒙蔽的事实。

　　在宋代诗人的笔下，还有一些诗作是从昭君的处境和感受出发，谴责缺少谋略的将相，明显流露出对和亲的不满："大抵言意非吾类，眷眷向前愁益并。宁落家乡作媚妇，焉用阏氏尊予名。人惟适性乃有乐，未必膏粱胜藜藿。当时将相若为策，岂意安边用颜色。君虽不幸功可称，莫道佳人只倾国。思归曲在人已非，青冢空悲塞南客。"（黄裳《昭君行》）诗作夹叙夹议，通过昭君身在胡地的悲叹，嘲讽那些无策安邦定社稷的将相。与此诗有异曲同工之妙的诗作还有不少："少年将军健如虎，日夕撞钟捶大鼓。宝刀生涩旌旗卷，汉宫嫁尽婵娟女。寂寞边城日将暮，三尺角弓调白羽。安得猛士霍嫖姚，缚取呼韩作编户。"（邢居实《明妃引》）"塞上将军且罢兵，一身万里自经营。将军歌舞升平日，却调琵琶寄怨声。"（叶茵《昭君怨》)"命薄身存有重轻,天山从此静埃尘。山西健将如君否,此日安危托妇人。"(王洋《明妃曲》)在宋代诗人的眼中,所谓的塞外将军、边防健将早已成为边疆的摆设,能够安边定远的是万里赴边的昭君,对比之下,嘲讽之意甚浓。还有一些诗人则另辟蹊径,用昭君的口吻写她的惭愧和蒙羞,实则揭示君臣的卑鄙无耻:"盛饰容仪舍掖庭,岂知妍丑误丹青。不羞见辱单于室,羞见年名作竟宁。"(曹勋《昭君怨》)"昭君停车泪暂止,为把功名奏天子。静得胡尘唯妾身,汉家文武合羞死。"(智圆《昭君辞》)"汉使南归绝信音,毡庭青草始知春。蛾眉却解安邦国,羞杀麒麟阁上人。"(盛世忠《王昭君》)这些诗中的"羞见""羞死""羞杀"之语,用词精准,将安边定国的昭君与软弱无能的汉朝君臣作对比,言浅意深,极具嘲讽意味。

金代现存咏昭君诗近 10 首,其中讥讽边将的作品直接承袭了宋人的蒙羞之说:"环佩魂归青冢月,琵琶声断黑山秋。汉家多少征西将,泉下相逢也合羞。"(王元节《青冢》)这首诗出语虽然婉转,但讥讽之意不言自明。

元人对和亲政策的不满与否定,以多种方式表现出来,有些诗歌以昭君的口吻娓娓道来,貌似语气平和,实则谴责之意尽含其中:

> 毡城万里风雪寒,妾行虽危汉室安。
> 汉室已安妾终老,妾颜穷庐岂长好。
> 汉家将相多良策,更选婵娟满宫掖。
> 单于世世求和亲,汉塞自此无风尘。
>
> ——宋无《昭君曲》

还有一些诗人则通过抨击和亲的始作俑者,代昭君宣泄心中的愤恨:"欲将汉主嫁昆夷,想见当初计划时。千载明妃心语口,奉春君岂是男儿。"(李齐贤《刘敬》)或通过一再呼号,对好大喜功的将军予以揶揄："边月生西弯,明妃西嫁几时还。不见单于谒金陛,但见边烽驰玉关。将军汉家高筑坛,身骑乌龙虎豹颜,何时去夺胭脂山? 乌乎,何时去夺胭脂山?"(杨维桢《昭君曲》)或以昭君的知辱来讥讽君臣的厚颜无耻:"汉地非无雪,胡中不见花。琵琶一万里,马上尽风沙。巾帼犹知辱,裙钗可即戎。单于如有问,教妾若为容。"(张昱《宫中词》)元人笔下的这些诗作,从多个角度抨击了汉代的和亲,嘲讽将军的失职无用。

明代诗人很少有直接反对和亲的诗作,他们多婉曲道来,但讽刺之意不减。如"堂堂中国仗天威,雷令风行孰敢违。却把蛾眉为虏饵,不羞巾帼代戎衣"(邱濬《明妃》),诗人认为以美女换和平的政策使国蒙羞。类似的诗句还有"宫中多贮如花女,胜筑长城万里余"(黄仲昭《明妃词》),"干戈信仗蛾眉息,甘让他人买画师"(沈周《昭君怨和沈工侍韵》),"到得君王识倾国,无人主议罢和戎"(唐皋《明妃曲》),"莫把哀弦咎图史,由来失策在和戎"(陈洪谟《读明妃传》)等,这些诗句或反讽,或直言,都围绕汉朝君臣缺少谋略或昏昧无能进行讽刺,语言犀利,入木三分。

明代诗人揭示帝王的昏庸,多以委婉的语气出言。有的借君王以画师作图选美之事而展开:

> 自是君王宠画师,黄金何恨妒蛾眉。
> 明妃非为和戎出,老向汉宫人不知。
> ——赵南星《昭君怨》

> 汉主何烦择画师,画师曾可定妍媸。
> 深宫多少如花女,不嫁单于君不知。
> ——韩洽《昭君》

> 黄金底事赂传神,未必丹青胜似真。

只道君王明万里，宁知不识掖庭人。

——郑鹏《昭君》

在诗人们看来，君王对画师的宠信和倚重，直接造成君王无察不明的后果，以此类推，朝中还有多少是非不分、真假难辨之事，君王的昏昧愚蠢由此可见一斑。

除了毫不留情地揭露君王，明代诗人还以笔为刀，一边描述昭君出塞的悲苦惆怅，一边将锋芒直指肩负守边卫土职责的将军，对比之下，抒发其激愤之情：

万里黄云塞草枯，琵琶无语月明孤。
玉关回望将军寨，锦帐氍毹夜博卢。

——漏瑜《昭君怨》

明妃远嫁静边尘，一曲琵琶万里身。
惆怅西风千古恨，封侯谈笑是何人。

——田登《明妃曲》

将军仗钺妾和番，一样承恩出玉关。
死战生留俱为国，敢将薄命怨红颜。

——汪循《明妃》

这三首诗一边叙写昭君奔赴塞外"静边尘"的艰辛，一边言说将军承恩恃宠得封侯的骄横与享乐，相比之下，将军的贪功无耻暴露殆尽。最令诗人们忧心的是和亲未必能够一劳永逸，边塞战争的阴云始终挥之难去："王兵不治堕军容，却将颜色下深宫。君王计在弥强胡，非干错画丹青图。胡儿得意跨马去，烽火依然暗边树。"（戚继光《明妃曲》）诗人忧虑汉家不从根本上治军强国，仅凭美女出塞和亲,边疆依然潜伏着一触即发的战火。这首诗貌似咏史,实则是借古喻今、忧虑现实之作,联系明代的边防隐患,诗人的思虑不无道理。

在明人嘲讽君臣的诗作中,也有不少以昭君口吻写就的诗作,或通过昭君之口,抒写她为国靖边尘的自豪:"娇态能倾国,蛾眉解救人。妾身亦何幸,为国靖边尘。"(邱濬《明妃曲》)或谴责朝廷缺少定边的长久之计:"妾身不惜安边计,妇人岂足扬兵气。单于那知甥舅恩,貔貅百万能无愧。"(李昱《王昭君歌》)或述说和亲有损国威的不安:"闻说中朝丧贰师,安边宁有嫁蛾眉。妾今远嫁何须计,可惜君王损国威。"(孙承恩《昭君怨》)或讥讽朝中君臣的少谋无用:"年少如花在掖庭,谁能不战屈人兵。黄金莫铸将军印,妾去防边万里城。君王莫遣妾行迟,冒顿由来爱少时。只恐红颜易衰老,宫中更预选蛾眉。"(李祯《明妃引》)或揭露君王、将军和画师的自私贪婪:"妾颜美如花,正可事和亲。宫中胜花者,留为君侧人。君王欲偃武,贱妾岂惜身。扬扬双蛾眉,万里扫胡尘。将军叹白发,翘首空麒麟。功当赏画师,重在画不真。"(沈周《王明妃》)这些诗作都是诗人借昭君之口,代言自己对和亲政策与和亲历史的反思,反映出明代诗人的心声,是了解明人和亲观念和现实感受的一个窗口。

清代以嘲讽君臣为主题的诗作数量猛增,诗人们的讽刺角度也更加多样,批判力度也有所增强。清代诗人往往从追溯汉代和亲历史入手,溯本求源,直击要害:

> 明妃嫁单于,非关图画误。
> 自是汉屏弱,无人阵黄雾。
> 君王重黎民,岂惜一佳人。
> 琵琶方出塞,已罢玉关军。
> 虎臣飞将乃如此,万里长城在女子。

汉宫寂寞是谁羞，毡帐风光非妄喜。
薄命自休还自歌，寄语君王慎干戈。
后宫莫选颜色女，单于无厌当奈何！

——杨琅树《王昭君》

诗人认为和亲之事源于汉朝的羸弱、君王的昏昧和将军的无能，如此清晰的认识和直率的表达方式，代表了清人对和亲历史的深入思考。

对于和亲是否值得的问题，清代诗人也是议论纷纷，各执一词。如"远谋竟何有，无策始和亲"（刘墉《明妃曲》），"果是安边无别策，忍教红粉度龙沙"（林象《昭君》），这些诗人认为汉代和亲是没有办法的办法，是迫不得已的选择。但也有一些诗人的看法与明人相同，认为和亲是贻笑千古的蒙羞行径："黑水茫茫咽不流，冰弦拨尽曲中愁。汉家制度诚堪笑，樗栎应惭万古羞。"（曹雪芹《青冢怀古》）特别值得注意的是，清代的康熙皇帝也作诗发表自己的观点："见面始知美，反坐画师罪。何不未画前，一见免后悔。……和亲及增币，御边策非正。谁欤作俑人，祸端始娄敬。"（玄烨《王明君》）康熙皇帝批评了汉王归罪画师的愚蠢，还指出和亲并非安边的良策，并谴责和亲的始作俑者娄敬。这首诗以帝王的视角，理性的思维，恢宏的气魄，寥寥数语便击中要害，令人钦佩。

在清代，反对以和亲作为安国之计的诗作不在少数："庙算男儿应愧死，国家大事仗女子。琵琶出塞作保障，不肯疆场遗一矢。"（顾夑璋《明妃怨》）"一幅丹青竟误人，官家不武只和亲。闻呼却敌关门去，一样酬君报国恩。"（蒋国平《王嫱》）"诏从汉帝宫中下，人在秦关马上行。如此女郎能报国，平戎何事更征兵？"（余敦典《明妃怨》）在诗人们看来，国家安危仅凭美女和亲，实在是有失朝廷颜面、令男人羞愧之事。所以诗人们一句写昭君，一句说将军，以鲜明的对比，宣泄其内心的不平与愤恨："粉黛一身甘饵敌，包羞尸位愧公孤。"(延清《咏昭君用张文端鹏翮诗韵》)"龙城飞将看犹在,欲使蛾眉靖塞尘。"(那彦成《昭君曲》)"运筹决胜足才臣,谁遣娥眉靖塞尘。"(吴雷发《和人青冢诗》)"汉廷将相皆男子,却把功勋让美人。"(张翰泉《咏昭君》)这些诗句讽刺之意有之,嘲笑之意有之,羞辱之意有之,指责之意亦有之,诗人们将内心的所思所感倾尽道出,代表了清人面对和亲的多重认识和价值判断。

在清人的笔下,也有不少承袭前人以昭君口吻道出的诗作,听似语气柔弱,言辞委婉,实则充满对和亲与朝廷的辛辣嘲讽:

> 六奇已出陈平计,五饵曾闻贾谊言。
> 敢惜妾身归异国,汉家长策在和番。
>
> ——刘献廷《王昭君》

> 红妆千里为和亲,倾国芳姿画未真。
> 不恨妾身投塞外,却怜汉室竟无人。
>
> ——顾钰《昭君怨》

> 妾向单于去,君王勿苦思。
> 能作安边计,胜在汉宫时。
>
> ——蔡时田《昭君怨》

这些诗作借昭君之口,道出昭君这一弱女子能为汉家的安危无所顾惜,那汉室君王和朝臣的安边贡献又在何处? 进而诗人们愤愤地质问:"如何汉天子,不庇一宫人?"(程良骧《昭君怨》)"遣妾去和戎,试问将军何在?"(陆次云[调寄如梦令]《明妃》)有的诗人则将这种愤怒化为反语出之:"留得蛾眉靖边塞,可知延寿是功臣。"(吴蔀《昭君》)"不知肉食谁谋国,万里长城是妾身。"(张士焕《明妃词》)"一女飘零何足惜,君王此后慎知人。"(龚景瀚《昭君词》)在这一声声的反问和追问之中,汉朝君昏臣佞的现实暴露无遗。

四、评议画师所为,多是借题发挥

阅读历代咏昭君诗,很快就会发现画师毛延寿似乎是影响并改变了王昭君命运的关键人物,但这一说法并不见于正史。宫廷画师毛延寿的出现始于晋人葛洪的《西京杂记·画工弃市》[1]:

> 元帝后宫既多,不得常见,乃使画工图形,案图召幸之。诸宫人皆赂画工,多者十万,少者亦不减五万。独王嫱不肯,遂不得见。匈奴入朝,求美人为阏氏。于是上案图,以昭君行。及去,召见,貌为后宫第一,善应对,举止闲雅。帝悔之,而名籍已定。帝重信于外国,故不复更人。乃穷案其事,画工皆弃市,籍其家,资皆巨万。画工有杜陵毛延寿,为人形,丑好老少,必得其真。安陵陈敞、新丰刘白、龚宽,并工为牛马飞鸟众势,人形好丑,不逮延寿。下杜阳望,亦善画,尤善布色。樊育亦善布色。同日弃市。京师画工,于是差稀。

细读这段资料,其实并未言明毛延寿就是为昭君画像的画师,但此后诗人们注意到这段记载,并开始将毛延寿引入诗中。

最早将昭君命运与画师联系起来的是南朝梁代的两位女诗人:"早信丹青巧,重货洛阳师。千金买蝉鬓,百万写蛾眉。"(沈满愿《昭君叹》)"丹青失旧仪,匣玉成秋草。"(刘绘女《昭君怨》)但这里只说是画师,并未指名道姓。此后隋代诗人也提到"不蒙女史

---

① (晋)葛洪撰,周天游校注《西京杂记》卷二《画工弃市》,西安:三秦出版社,2006年版,第68—69页。

进,更失画师情。蛾眉非本质,蝉鬓改真形"(薛道衡《昭君辞》),进一步说明昭君被画师丑其形容之事。直到隋代侯夫人的《遣意》诗,女诗人才愤愤地道出:"毛君真可戮,不肯写昭君。"至此毛延寿就成了收索贿赂的画师的代表,从此背负千古骂名,成为后世诗文、戏曲和小说中造成昭君不幸命运的罪魁祸首。有学者曾分析:"把一个与昭君出塞毫无关系的画师毛延寿拉扯进来,替他扣上一顶贪污的帽子,作为替罪羔羊。自梁以来,历代的诗人都在这个倒霉的艺术家身上发泄了他们'高尚的义愤'。"①的确,后世诗人纷纷附会画师索贿不得而丑化昭君之事,毛延寿此后便成为描写昭君和亲事件中不可或缺的重要人物。

从文学发展的角度来说,毛延寿的出现可谓意义重大,因为他使和亲过程更加复杂,昭君形象更加鲜明,故事情节更富有传奇色彩,"不仅王昭君与元帝之间有可能存在更多的发展空间,如后人所虚拟的他们之间的爱情故事;而且,毛延寿因此作为元帝的替代者,成为了后人批判的对象。在漫长的封建社会中,确实有一些作家将矛头直指皇帝,批评他的贤愚不分,但这样做需要一定的勇气,操作起来也比较困难。毛延寿的出现,使一般的文人可以毫无顾忌酣畅淋漓地抒发遭受压抑的痛苦与愤怒"。②侯夫人的《遣意》诗其实就是借昭君的离宫远嫁,抒发她自己身处深宫不得宠幸的心头怨气,是"借他人酒杯,浇自己胸中块垒"的诗作,她的这种写法却启发了后世文人,即写红颜失宠于皇帝,可抒发君臣不遇之痛苦,而借古喻今或借古伤今的确也不失为古代文坛抒发抑郁情怀的一种传统方式,这也是毛延寿出现在咏昭君诗中的价值所在。

唐代有不少诗人附会前人的看法,将昭君的不幸归结为画师

---

① 翦伯赞《从西汉的和亲政策说到昭君出塞》,《光明日报》1961 年 2 月 5 日。
② 闵泽平《诗与史的对话——昭君形象的丰富与转换》,《湖北三峡学院学报》2000 年第 4 期。

之过,如"马上徒劳别恨深,总缘如玉不输金"(施肩吾《昭君怨》),"薄命由骄虏,无情是画师"(宋之问《王昭君》);还有的诗人则指名道姓地谴责毛延寿,"毛延寿画欲通神,忍为黄金不顾人"(李商隐《王昭君》),"如今犹恨毛延寿,爱把丹青错画人"(洛甫神女《王嫱》),所以在唐代咏昭君诗坛便响起"杀毛"之声:"闻有南河信,传言杀画师。"(郭震《王昭君》)"何时得见汉朝使,为妾传书斩画师。"(崔国辅《王昭君》)其实在唐人杀伐毛延寿的声浪中,有时寄寓的是诗人对美丑不分、黑白颠倒的社会的一种忧愤:"不拔金钗赂汉臣,徒嗟玉艳委胡尘。能知货贿移妍丑,岂独丹青画美人。"(周昙《毛延寿》)显然,诗人的用意并未完全停留在毛延寿的身上,而是以史寄意,借史抒愤,浇自己心中郁积的块垒。

宋人对待毛延寿的态度发生了极大的变化,诗人们对这位画师的敌意已大为减少。究其原因,当然与王安石创作的翻案诗有很大的关系。自从王安石表明"意态由来画不成,当时枉杀毛延寿"(《明妃曲》)的观点之后,宋代诗人便纷纷为毛延寿开脱:"天上天仙骨格别,人间画工画不得。"(邢居实《明妃引》)"虽能杀画工,于事竟何益。"(欧阳修《再和明妃曲》)有的诗人还沿着这一思路开始为毛延寿鸣冤叫屈,甚至认为毛延寿的颠倒美丑是对君王尽忠的一种表现:"冤哉毛延寿,尽忠人不知。"(唐士耻《咏史》)"毛生善画古无有,强把丹青倒妍丑。却教尤物摈绝域,能为君王罄忠益。"(袁燮《昭君祠》)还有一些诗人则将人们的恨意引向别处:"祸起当年娄敬谬,后人独恨毛延寿。"(孙嵩《明妃引》)"丹青莫恨毛延寿,娄敬先为作俑人。"(姚勉《题王昭君》)不仅如此,宋代诗人还以劝慰昭君、劝说世人的口吻,化解人们对毛延寿的憎恨:"古今题品几词人,莫怨边风两鬓尘。不是丹青曾汝误,琵琶到老一宫嫔。"(萧瀣《写乐府昭君怨后》)"巫山能雨亦能云,宫丽三千杳不闻。延寿若为公道笔,后人谁识一昭君。"(郑樵《昭君解》)宋人的这种观点和表述方式无疑使人们对毛延寿的看法有所移易,也消减了昭君出塞的悲剧意味,对后世产生了不小的影响。

元代承袭前代,诗人们在消减毛延寿过错的同时,还借着为毛延寿诉不平,将矛头转向汉朝的君臣:"草色又能白变青,怪渠妍丑一毫争。自缘谋国无长策,枉使毛生受恶名。"(尹廷高《昭君》)"天子重信不得夺,画工之死突如麻。蛾眉既出塞,无盐在宫中。画工意则缪,画工事则忠。"(杨维桢《王嫱》)在诗人们看来,毛延寿的恶名及被杀,其根源都在君王等谋国者的身上。可以说,这是自宋以来,诗人消减毛延寿罪责的一种延续。

明人言及毛延寿的态度较为复杂,或褒或贬,莫衷一是。有的诗人在历史的对比中,得出毛延寿为汉朝功臣的结论:"骊山举火因褒氏,蜀道蒙尘为太真。能使明妃嫁胡虏,画师应是汉忠臣。"(杨一清《咏昭君》)有的以昭君的口吻,劝说君王莫杀毛延寿:"妾语还凭旧使传,妾身没虏不须怜。愿君莫杀毛延寿,留画商岩梦里贤。"(高启《王昭君》)有的诗人则恰恰相反,认为毛延寿是奸人的代表,若不杀之,恐君主受蒙蔽,贤人被遮蔽:"掩泣临行致一言,妾身万死不须怜。圣朝不杀毛延寿,还有奸人学蔽贤。"(孙承恩《昭君怨》)显然,明代诗坛杀与不杀毛延寿的态度,其实代表着诗人洞察历史、反思现实的能力,其中也蕴含着诗人的身世际遇和复杂心态。

清代涉及毛延寿的咏昭君诗数量最多,诗人借题发挥的空间也最大。在清人的笔下,一是有些诗人以或直白或婉曲的表述,认为是毛延寿成就了昭君的千秋之名:"丹青幸遇毛延寿,传诵芳名直到今。"(张翰泉《咏昭君》)"千古佳人恨画师,不是画师人不知。濒死宫中多绝色,谁似昭君一逞姿。"(顾爕璋《明妃怨》)"君王莫杀毛延寿,命薄还应名不朽。千年冢草尚青青,六宫粉黛终何有。"(龚景瀚《昭君词》)"至美不轻出,终感画师好。当时赂若成,千古复谁晓。"(傅璜《昭君咏》)在诗人或宽慰、或安抚、或劝说的言语中,既透露出他们对昭君千秋不朽之名的羡慕,又可视为诗人对现实生活中命运多蹇、颓丧失落的一种自我安慰、自我解嘲,语气虽然平淡,却隐含着诗人难以抑制的强烈情感,不经意间流露出他们怀才不遇、生活多艰的心理底色。

二是有些诗作貌似讥讽毛延寿,实则是将矛头对准朝中的昏君庸臣:

> 战骨填沙草不春,封侯命将漫纷纭。
> 当时合把毛延寿,画作麟台第一勋。
> ——许宗彦《咏昭君》

> 风阔沙荒出塞时,娉婷远嫁有谁知?
> 汉王已主和亲议,枉为丹青杀画师。
> ——程应佐《出塞》

> 玉貌销烽火,何须卫霍才。
> 好将延寿笔,图画在云台。
> ——钱点《昭君怨》

这三首诗无论是奉毛延寿为功臣,还是替毛延寿鸣冤叫屈,抑或是留任毛延寿于宫中的颠倒黑白,其借题发挥的言外之意都十分明显,都是在揭露朝廷黑暗、君昏臣佞的现实,这是清代诗人借毛延寿宣泄心中郁闷的一种方式。

三是对待毛延寿的复杂心绪,透露出诗人在现实生活中的苦衷与悲哀。清代一些诗人在言及毛延寿的最终结局时,多表现出"杀之"才解心头之恨的快意:

> 紫塞长门一样悲,何须终老向宫帏。
> 不如绝塞和亲去,还得君王斩画师。
> ——陈葆贞《王昭君》

> 金殿葳蕤锁汉宫，单于谈笑借春风。
> 黄沙已作无归路，犹愿君王斩画工。
> ————王夫之《明妃曲》

这两首诗的语气或爽直或婉曲，旨在说明只有斩了画师，才能吐出心中的那口恶气。在诗人看来，毛延寿是致使昭君出塞的推手，就如同现实生活中将他们推向不幸的一股力量，不杀毛延寿何以消除心头的激愤？当然清代诗人的心情也是复杂的、游移的：

> 临行呼父母，胡地作阏氏。
> 首祸归娄敬，何烦杀画师。
> ————沈德潜《王明君》

> 琵琶马上起愁云，娄敬和戎旧日勋。
> 可惜画师身早杀，不曾封得奉春君。
> ————熊士鹏《明妃怨》

> 漫说容颜冠六宫，君王不见与人同。
> 想因薄命难承宠，敢怨丹青画未工。
> ————王德馨《明妃曲》

这三首诗，第一首将昭君出塞归于和亲的始作俑者娄敬，从而消减了画工的罪责；第二首似在惋惜画师身死未得封侯，实则讥讽汉代的和亲政策；第三首则借昭君的自叹薄命，抒发对君王和画工的怨恨。正如清代诗人所提醒的，"寄语汉皇休再误，图中面目几人真"（蔡寿祺《昭君怨》），现实世界中还有多少像毛延寿一样颠倒妍媸、混淆黑白的奸佞小人，这也是清代诗人痛恨画师、执意要诛杀毛延寿的真实原因和动力。很明显，这些言简义丰的诗句都包含着弦外之音,从中流露出清代诗人的难言之隐和别有苦衷。

总之,历代咏昭君诗中的毛延寿具有无可替代的作用,他的存在似乎在提醒世人,身处纷纭复杂的大千世界,看清真相、明辨是非是一件多么不易的事。有学者曾说:"从史学的角度来看,毛延寿的出现,于史无征。然而从文学的角度来看,尽管这种增饰附会不可取信,但每经一番改变,往往使昭君故事多了一番新意;使故事内容更加丰富,更加富有传奇色彩;故事中的人物更多样化,昭君形象也更完整、更生动。所以这种增饰反而更为可贵。在历代众多的昭君题材文学作品中,如果没有毛延寿这个角色,就会大为减色。"①的确,在历代咏昭君诗中毛延寿都起着不可或缺的作用。

纵观古代咏昭君诗,随着时代的发展,其数量不断增加,创作队伍逐渐壮大,题材内容日趋丰富,艺术风格异彩纷呈。而咏昭君诗的主题在继承前代的基础上,经过不断的凝练集中、深化和完善,最终形成了悲怨昭君远嫁、赞颂昭君和亲、谴责君臣无能和以毛延寿借题发挥等主题,它们较为全面地反映出历代咏昭君诗的主旨,体现出古代诗人的和亲观念、价值判断和情感态度。同时,咏昭君诗作为古代和亲诗的重要组成部分,它也发挥了以史寄意、以古喻今的特殊作用,所以咏昭君诗也是历代诗人发思古之幽情、代言个人感受的一种途径,从中可见历代诗人的历史洞察力和他们的生活状态。其中那些主题鲜明、立意高远的佳作,不仅反映出历代民族交往、交流、交融势不可挡的时代潮流,还能加深对中华民族共同体形成的理解,所以这些咏昭君诗也是以古鉴今、继往开来的宝贵资料。

作为一种文学与文化现象,昭君的魅力无法阻挡,她也给后

---

① 马冀、杨笑寒《昭君文化研究》,呼和浩特:内蒙古人民出版社,2004 年版,第188 页。

世留下诸多的思考和启发。有学者曾说："历史学家认为她是对中国历史做出重要贡献的少有的杰出女性；政治学家认为她是爱国主义的典型、勇于为国献身的代表；民族学家认为她是和亲政策成功的体现，民族友好团结愿望的化身；经济学家认为她的出塞推动了不同民族、不同经济类型区的经济文化交流；人才学家认为她是正直高洁、坚韧顽强、敢于冲破困境，踏出新路的开拓、开放型人才；美学家认为她应居于中国四大美女之首，是外在美和内在美完美统一的典范；文学艺术家更对她青睐有加，借她的故事创作出无数文学艺术作品，从中寄托思乡念国、感叹人生、批判黑暗、揭露昏君、斥责奸佞等各种情愫；而各民族人民群众则把她当作给自己带来和平、安宁、幸福的保护神……"①这一论述可谓精辟，由此可见昭君文学与昭君文化强大的魅力和生命力。

第三节　咏昭君题画诗的流变

题画诗是我国古典诗歌中较为独特的门类，它是绘画与诗歌两种艺术相结合的产物。这种因画而作的诗歌，"既指直接题写于画面上的配画诗，也包括题写于画面外的咏画诗。又因为中国绘画不仅仅出现于绢、纸、壁、石上，而且常常作为扇面、屏风的主要装饰，故咏扇面画诗、咏屏画诗也属题画诗"。② 这是有关题画诗的广义界定。

诗为有声画，画为无声诗。基于诗画之间的这种亲缘关系，有学者曾总结出题画诗的六大要素："文体必须是诗；创作的时间必

---

① 马冀、杨笑寒《昭君文化研究》，呼和浩特：内蒙古人民出版社，2004 年版，第309 页。

② 王韶华《元代题画诗研究》，北京：中国传媒大学出版社，2010 年版，第 3 页。

须在画之后;创作的动机必须是作者先见到画并由画引发;创作的
过程必须时刻不离画;创作的内容必须或多或少关系到画;创作的
结果是与画并存。"①但其实今天所见到的古代题画诗大多是只见
诗不见画,真正题在画上的诗作仅是一小部分,绝大多数题画诗是
以文学样式而存在。它们一般依据画作,或咏画,或抒情,或记事,
或说理,其内容与画面存在着某种内在的联系,往往具有延伸画境
意绪、抒发诗人情怀的作用,特别是画上的题跋,纸短情长,必须遵
循言简意赅的创作原则,所以题画诗的研究可涉及:"凡以画为题
的诗歌,或题写在画上,或题咏于画外;或称美画作,或寄托情怀,
或阐明事理,或讽谕世情,都属于题画诗的研究范畴。"②

　　题画诗是古代诗歌的重要组成部分,将历史人物及其事迹以
丹青绘之,传之千古,这是古代画家之专长,而画上题诗又是古代
诗人的雅好,所以"循着古人的诗意画境,每每能唤醒封存已久的
人文记忆,使心灵穿越时空隧道,神游于古今悬隔的人文地带,以
史为鉴展望未来"。③ 这也成为人们青睐咏昭君题画诗的重要
原因。

　　追溯古代题画诗的发展历史,题画诗滥觞于六朝,发展于唐
宋,兴盛于元明。有学者依据《御定历代题画诗类》作过统计:"六
朝及隋共有题画诗 34 首,唐有题画诗 175 首,宋有题画诗 1 085
首;而元代的题画诗达到 3 798 首;到了明代,题画诗稍有减少,有
3 752 首;清代因《全清诗》尚无人编辑,题画诗的数量难以作出准
确统计。"④古代咏昭君题画诗由宋至清的发展轨迹与此大致相
吻合。

　　据《新唐书·车服志》记载,最迟在唐代已有"画昭君入匈奴

---

① 王韶华《元代题画诗研究》,北京:中国传媒大学出版社,2010 年版,第 2 页。
② 钟巧灵《宋代题山水画诗研究》,北京:中国社会科学出版社,2008 年版,第 1 页。
③ 陆籽叙《题画诗》,北京:人民美术出版社,2008 年版,第 1 页。
④ 葛琦《元朝诗人萨都剌题画诗的民族特征》,《文艺评论》2013 年第 2 期。

图"。据说唐代著名画家阎立本就曾绘有昭君出塞图,可惜未能流传下来,目前也未见到唐人咏昭君的题画诗。"自是生为延寿误,至今死后画图传"(元·陈高《题明妃图》),由现存的咏昭君题画诗可知,北宋著名画家李伯时、元初著名书法家兼画家赵孟頫、明代浙派画家张平山、明代著名人物及山水画家仇英,还有被明朝封为忠顺夫人的赫赫有名的蒙古族三娘子等,都绘有昭君出塞图,而咏昭君题画诗至迟在宋代已经出现。

据《历代吟咏昭君诗词曲全辑·评注》统计,目前尚存由宋至清的咏昭君题画诗大约有一百二十多首,①这些以《题明妃出塞图》《昭君出塞图》等为题的诗作,多以图画为依托,将绘画、诗歌、历史与现实熔为一炉,在对历史变迁和人物命运的吟咏中,抒发诗人观赏昭君图的所见所思所感,这些诗作和画作都成为今天研究昭君文学与文化的宝贵资料。

一、宋代奠定咏昭君题画诗的基础

古人云:"宣物莫大于言,存形莫善于画。"②题画诗产生于何时,至今众说纷纭,但其源头可以上溯至《诗》,有学者认为"《大雅》诸篇实际是早期的图赞,是最早的题画诗"。③唐代是题画诗发展趋于成熟的时期,据统计,题画诗有 200 首左右,④其内容多涉及山水、羽毛、走兽等。尽管如此,"在中国题画诗发展史上,唐代只是承前启后的过渡阶段,题画诗并没有完全走进诗人的笔下"。⑤

---

①　可咏雪、戴其芳、余国钦、李世馨、武高明编注,郝存柱审定《历代吟咏昭君诗词曲全辑·评注》,呼和浩特:内蒙古大学出版社,2009 年版。

②　张彦远《历代名画记·叙画之源流》载陆机言,《四库全书》本。

③　王韶华《元代题画诗研究》,北京:中国传媒大学出版社,2010 年版,第 7 页。

④　王韶华《元代题画诗研究》,北京:中国传媒大学出版社,2010 年版,第 9 页。

⑤　王韶华《元代题画诗研究》,北京:中国传媒大学出版社,2010 年版,第 9 页。

　　宋代是题画诗繁荣发展的阶段,经过真宗、仁宗两朝前后一百年的休养生息,封建经济得到发展,文学艺术也走向新的高度。宋代的不少帝王虽然治国无方,但绘画书法却大都在行,宫廷还设置了画院,招致四方才殊艺高的画家,可以说书画笔墨已成为宋代官员的普遍爱好,整个社会也呈现出热爱书画艺术的风气。现存宋代题画诗多达千余首,还出现了我国第一部题画诗集——孙绍运的《声画集》,宋代文坛大家苏轼、黄庭坚等也都有为数不少的题画诗传世。有学者曾云:"如果说宋以前将诗题写于画外之举尚只是诗与画之间羞羞答答的牵手,那么,直到宋代,文人们开始将诗题写于画面之上,诗与画才真正联姻。这种富有创造性的艺术举措第一次将诗、书、画这三种不同门类的艺术和谐地融合在一起,构成完美的艺术整体,从而开一代风气,催化了诗、书、画三种艺术的进一步融通,有力地促进了我国题画诗的繁荣昌盛。"[①]

　　据《历代吟咏昭君诗词曲全辑·评注》统计,保留至今的宋代咏昭君题画诗约有十余首,[②]数量虽然不多,但由此可知昭君出塞图在当时已较为常见。晁补之有《题伯时画》的诗作,而王庭珪在《题罗畴老家明妃辞汉图》小序中写道:"李伯时作,明妃丰容靓饰,欲去不忍之状。"这些足以说明北宋著名画家李伯时以昭君为题材的画作不只一幅。而这些为画而作的诗歌,在很大程度上弥补了因画作失传而带来的遗憾,通过这些题画诗,后人得以窥见宋代昭君出塞图及诗人观图有感之一斑。

　　"今日升平无此物,尊前聊写画图看"(郭祥正《右王昭君上马图》),在宋人为数不多的咏昭君题画诗中,诗人们一方面流露出本

　　①　钟巧灵《宋代题山水画诗研究》,北京:中国社会科学出版社,2008 年版,前言第 2 页。

　　②　可咏雪、戴其芳、余国钦、李世馨、武高明编注,郝存柱审定《历代吟咏昭君诗词曲全辑·评注》,呼和浩特:内蒙古大学出版社,2009 年版。

朝无和亲的自满与自豪,另一方面又将关注点凝聚在昭君远嫁的悲、愁、怨、恨上,他们悲昭君"一上玉关道,天涯沦落身"(柴随亨《昭君图》)的无奈无助;愁昭君"穹庐以为居,乳酪以为食"(梅致和《题王昭君图》)的异域生活;怨昭君"当时自倚绝世姿,不将赂结毛延寿"(王庭珪《题罗畸老家明妃辞汉图》)的不谙世事;恨昭君不幸命运的始作俑者:"丹青莫恨毛延寿,娄敬先为作俑人。"(姚勉《题王昭君》)当然也有诗人站在历史的高度,赞颂昭君出塞"静边尘"的千秋功业:"能为君王罢征戍,甘心玉骨葬胡尘。"(郭祥正《林和中家观画卷》五首之四)另外一些题画诗则结合画面,粗线条勾勒出画中人物的情态:"朔风吹鬓影,犹抱琵琶立。胡儿在何许,边头羽书急。"(王灼《题昭君图》)寥寥数笔,画面中昭君赴边时傲然挺立的身姿与从容不迫的气度便呈现眼前。还有的则描绘昭君在胡地的生活场景:"单于射获明妃笑,劝酹葡萄跪小胡。"(晁补之《题伯时画》)这种充满异域风情的和乐场景,既标新立异,又悦人心目,不仅折射出宋代画家的匠心独运,也包含着宋代诗人的灵心慧质,反映出他们对昭君出塞的认可和接受。还有的题画诗则谈古论今,充满哲理意味:"纷纷争赂毛延寿,今日丹青竟不传。万事无过真实处,后人赢得写婵娟。"(裘万顷《题昭君图》)还有的品画论艺,探讨如何画出昭君的神韵和风采:"巫峡昭君有奇色,毛生欲画无由得。但作东风背面身,看来已可倾人国。"(朱之才《次韵东坡跋周昉所画欠申美人》)诗人别出心裁地提出以昭君的背影来取意造境,可以得到再现昭君之美的意外效果,这也是画家和诗人颇有兴趣、喜欢交流的话题。

　　总之,宋代咏昭君题画诗虽然数量不多,内容有限,但从中可见无论是宋代的画家还是诗人,都非常关注昭君出塞这段历史,他们以自己的画笔或诗行,对汉代的和亲历史和昭君的人生命运进行了表现与思考,这些都为后世昭君出塞图的绘制和咏昭君题画诗的发展奠定了基础。

二、元代拓展咏昭君题画诗的内容

元代是题画诗大盛的时代,据统计有题画诗近 4 000 首,①题画诗数量之多、诗人之众前所未有。"元代题画诗兴盛最主要的原因是元代绘画的需求,即元画普遍表达画家的情感,需要一种媒体语言将这种情感直接陈述出来,这种媒体语言便是诗歌,因此,可以说元代题画诗是元代画家诗心之使然"。②

目前已知元代咏昭君题画诗大约有三十多首(其中包括题画散曲两首),这些为昭君出塞图而作的诗歌,就其内容及篇幅来看,有的当题写于画面之上,有的则当题咏于画外,但诗人都以画作为中心尽情发挥,以简洁含蓄的语言或直率辛辣的笔触,或以画论画,或寄情言志,或借史论今,或抒发己意。在传递画作内容的同时,还表达了画家与诗人的心声。正如元代诗人洪希文《题王昭君出嫁图》所云:"平生惯读明妃怨,老来却向图中见。看诗只见古人心,看画又知古人面。"正是在这种见面知心的追求过程中,保留至今的三十多篇元代咏昭君题画诗才呈现出思想内容和艺术表现上的新拓展。

(一)"一出宁胡终汉世,论功端合胜前人"③的昭君之功

"诗中传画意,画里见诗余"(袁桷《辋川图》),一首完美的题画诗必须恪守"诗言志"和"诗缘情"的传统,其内容应阐释并补充图画无法形容的画家情志。"当年下笔人何在,展卷空令感叹多"(李祁《题昭君出塞卷》),在观赏昭君出塞的历史画卷时,元代文人往往心潮难平、诗思涌动。他们一面将自己的情感移注于图画,一面

---

① 王韶华《元代题画诗研究》,北京:中国传媒大学出版社,2010 年版,第 10 页。
② 王韶华《元代题画诗研究》,北京:中国传媒大学出版社,2010 年版,第 11 页。
③ (元)吴师道《昭君出塞图》,《历代题画诗类》卷四十二。

将内心的感受酝酿成诗歌,所以他们的题画诗常常在拓展延伸画面时空的同时,还在深化诗作的思想内涵。

"妲己倾殷褒丧周,女戎伐国胜戈矛"(王旭《题明妃图》),在元代,虽然也有个别诗人对汉代以来的和亲政策存在着模糊认识,但大多数文人能够正确理解汉匈和亲的实质,对昭君出塞的历史功绩予以高度的评价,他们在题画诗中,或对昭君义无反顾的献身精神表达敬意:"天下为家百不忧,玉颜锦帐度春秋。"(虞集《题昭君出塞图》)"一身去国名千古,多少君臣学妇人。"(刘因《昭君扇头》)"谁道佳人倾国,解从绝域和亲。"(袁桷《题昭君图》)或以昭君的口吻表达誓死报国的决心:"此去妾心终许国,不劳辛苦汉三军。"(卢昭《题昭君出塞图》)"此身倘负汉宫恩,杀尽青青原上草。"(李祁《昭君出塞图》)还有一些诗人在听闻昭君胡地生活的情形后,情不自禁地展开丰富的联想:"单于跪进苦劝人,穹庐夜永氍毹暖。"(丁复《昭君图》)"人生正有新知乐,犹胜昭阳赤凤来。"(王恽《王昭君出塞图》)诗歌由单于的体贴相知,写到昭君的释然开朗,像这样的画作和题画诗堪称一扫昭君塞外生活的阴霾,为元代咏昭君题画诗增添了一抹亮色。

张可久则以元人擅长的散曲,痛快淋漓地唱出昭君出塞的高昂之声:

> 辞凤阁,盼滦河,别离此情将奈何!羽盖峨峨,虎皮驮驮,雁远暮云阔。建旌旗五百沙陀,送琵琶三两宫娥。翠车前白橐驼,雕笼内锦鹦哥。他,强似马嵬坡。
>
> ——[越调]寨儿令《题昭君出塞图》

这首咏昭君出塞的散曲,"仪仗丰隆,羽盖、虎皮、翠车、雕笼,处处富贵、气派;白橐驼、锦鹦哥,别致、高雅,令人赏心悦目;旌旗招展,五百沙陀开导于前,三两宫娥簇拥于后,隆重、喜庆。这样的出塞,是喜事是佳话，是光荣是幸福，其意义重大"。① 这种以散曲形式写就的题画之作，不同于前代咏昭君诗中大漠黄沙、朔风寒雪的惯常表述，而是另辟蹊径，别具一格，不仅展现出元代文人洞察历史的真知灼见，而且成为以曲画艺术引领文坛潮流的难得之作。

（二）"君王岂是无奇策，闲却将军用女郎"②的谴责之辞

众所周知，绘画的优长是展现"景"，诗歌的强项则是表达"情"。题画诗的目的之一就是将画作上的景中情或情中景传递给读者。"从这个意义上讲，绘画之表情达意是模糊的，是不确定的，而诗歌则赋予了它一种又一种确定的情感"。③ 元代文人在题写昭君出塞的画作时，往往直抒胸臆，表述清晰，他们或质疑汉代伊始的和亲政策："两龙雄策在山河，一女区区可结和。"（胡只遹《明妃出塞图》）或表明反对和亲的态度："汉室御戎无上策，错教红粉怨丹青。"（王思廉《昭君出塞图》）或认为汉匈和亲是帝王的耻辱："甘向匈奴作妇翁，而翁首祸羞千古。"（艾性夫《昭君出塞图》）或谴责和亲政策的始作俑者："和亲纳侮号上策，建议贻谋娄敬责。"（许有壬《题友人所藏明妃图》）或嘲讽御边无策的大臣："汉庭公卿无远举，却使娇姿嫁边土。"（高明《昭君出塞图》）或怀念足智多谋、驰骋疆场的猛将勇士："君不闻樊舞阳霍票鹞，英略奇谋竦廊庙，精兵十万可横行。"（邵复孺《昭君出塞图》）或以昭君的口吻追怀历史："当时卫霍兵犹在，未必明王弃妾身。"（贡师泰《题出塞图》）他们有时则直接嘲讽最高统治者："君王岂是无奇策，闲却将军用女郎。"（陈宜甫《昭君出塞图为姚承旨赋》）这些包含着诗人主观议论的题画诗，因画有感，依画叙事，借画抒情，有力拓展并延伸着画面的内容，千载之后，读之仍令人掩卷深思。

---

① 可咏雪、戴其芳、余国钦、李世馨、武高明编注，郝存柱审定《历代吟咏昭君诗词曲全辑·评注》，呼和浩特：内蒙古大学出版社，2009年版，第91页。

② （元）陈宜甫《昭君出塞图为姚承旨赋》，《绥远通志稿》卷五十六《诗辑》。

③ 王韶华《元代题画诗研究》，北京：中国传媒大学出版社，2010年版，第40页。

（三）"自缘谋国无长策,枉使毛生受恶名"①的开脱之意

千百年来,只要提及昭君出塞,汉代宫廷画师毛延寿便成为不能回避的人物。从隋代侯夫人的"毛君真可戮,不肯写昭君"(《遣意》)开始,在文学作品中貌似坐实了毛延寿收受贿赂、丑化昭君之事,这其实是由历史到文学产生的偏差。宋代随着人们对汉代历史的深入研究,文坛为毛延寿鸣不平者日渐增多,自王安石首发"意态由来画不成,当时枉杀毛延寿"(《明妃曲》)的真知灼见,此后文坛为毛延寿诉不平的翻案之作也越来越多。

在元代咏昭君题画诗中,虽然也有诗人认为毛延寿有罪,例如"画工受贿死莫逃,笔底妍丑移分毫"(张渥《题昭君出塞图》),但在更多诗人的眼中,毛延寿是无辜的:"丹青若恨毛延寿,勾践何功得破吴。"(马臻《王昭君图》)有的诗人认为毛延寿被杀实属千古冤案:"君王枉杀毛延寿,似此妒贤人尽有,又有过于画图手。"(张之瀚《题昭君图》)"丹青枉罪毛延寿,嫁祸穹庐本善谋。"(王旭《题明妃图》)还有一些诗人甚至认为毛延寿不仅无罪反而有功:"流连不重君王欲,延寿丹青似有功。"(王恽《王昭君出塞图》)"自售悬知非静女,汉家当论画师功。"(刘因《昭君扇头》)很显然,元代文人通过题画诗不断为毛延寿喊冤叫屈,这一方面体现出诗人们洞察历史的明鉴,另一方面也可以视为他们身处元代遭歧视、被压抑的环境中而用来宣泄心头郁闷与孤愤的一种方式。

总之,元代咏昭君题画诗在宋人创作的基础上,从内容到形式都取得了长足的进步。诗人们在创作题画诗的过程中,目光犀利,思路开阔,他们大力弘扬昭君出塞的历史功绩,谴责朝廷君臣的御边无方,也为无辜的画师毛延寿鸣不平。他们在捕捉画家之心、画作之意的同时,融情、景、人、事于一体,以诗歌的精练语言,或努力延展补充画作的内涵;或借题发挥,倾诉追思历史的感受;或用来

---

① （元）尹廷高《昭君》,《绥远通志稿》卷五十六《诗辑》。

抒发自己怀才不遇的抑郁情怀。其清新的语言、鲜活的形象、典型的场景和深刻的思想,为元代咏昭君题画诗开辟出新的境界。

三、明代继承咏昭君题画诗的传统

据《历代吟咏昭君诗词曲全辑·评注》统计,现存明代咏昭君题画诗有三十多首,这些诗作继承了宋元以来咏昭君题画诗的传统,如"画里传看出塞时,胡骑萧萧汉日低"(谢肃《题王昭君图》)。细读这些诗作,可以推测明人所见多为以昭君为主角的人物画,并且由邓定的《昭君出猎图》、曹孔章的《题王高瀚单于昭君夜坐图》等可知,此时已出现了有关昭君胡地生活绘画的新题材,这是明代咏昭君题画诗的一种新变。

明人唐龙在《明妃篇并引》中曰:"渔石子访午谷子,午谷子出明妃图以观渔石子。渔石子曰:'恶观乎是!夷狄之炽,中国之衰;君政之否,女德之辱也。恶观乎是!虽然,有鉴之理也。'"渔石子在这里一方面表明他不愿意观看明妃图的原因,是异族兵力强盛、中原统治衰败、王朝政治不良和妇女德行耻辱;但另一方面,他也认为明妃图中的确有令人深思、值得借鉴的道理,即"抑谗夫恔人蔽人之贤犹夫是也。是故屈原匡楚,上官间其直;子胥强吴,宰嚭疏其忠。属镂赐死,吴亦以亡;汨罗自沉,楚随之削:是可以鉴矣"。渔石子由明妃图联系到历史上那些专门说人坏话的奸佞之人,是他们堵塞了贤人之路,由此联想到历史上的屈原匡正楚怀王,上官大夫却谗陷屈原的正直;伍子胥助力吴国强大,宰嚭却污蔑子胥的忠贞;最终导致屈原投汨罗江自沉,伍子胥自杀身亡。渔石子将昭君的远嫁异族同古代贤人的遭诬被害联系起来,很明显反映出古代文人观看昭君图时深沉的历史思考与复杂的心理变化。

"往事悠悠已若兹,佳人一去古今思"(张宁《赵雪松昭君图》),

明代诗人在赏画静思之后,思绪万千,感慨良多:"君不见汉道昌,单于朝建章;君不见汉道衰,宫女嫁胡儿。胡汉和亲自高帝,以色媚人非远计。遂令留患及子孙,内家又遣王昭君。……即此堪为中国叹,不唯青冢草萋萋。"(谢肃《题王昭君图》)诗人由汉代和亲联想到朝廷盛衰、国家兴亡,并对和亲政策为后世带来的影响表现出一种忧虑,像这样思深虑远的诗作在当时并不多见。明代大多数题画诗将笔墨集中在对昭君红颜薄命和思乡之情的反映上,将人们的审美想象引向画外,产生了浮想联翩的艺术效果。

(一)"一身不幸颜如花,一朝漂泊在天涯"①的薄命之叹

饱读诗书的明代文人对汉匈和亲这段历史十分关注,他们在观赏画家所作的昭君出塞图之后,常常悲从中来,心绪难平。其实自汉代以来,诗人笔下感叹昭君红颜薄命、远嫁匈奴的诗作早已是屡见不鲜。宋代以后吟咏昭君出塞的题画诗多抒发诗人观赏画作之后的感受与思考,明代诗人也不例外,他们由观画而触发的情思常使诗作充满抑郁之气。

"惟有蛾眉常锁恨,却疑彩笔未能描"(张凤翼《题明妃出塞图》),绘画的长处是以视觉形象感动人,但就表述思想而言,它远不及文学来得深刻。正如学者所言:"即使是情节性人物画的传情表意,如若没有起码的画题诱导,也难以将内涵明示于人。因此,中国画的思想表述常常要借助画上的题跋,尤其是题画诗的引申作用。"②在明代诗人看来,昭君出塞图对昭君远嫁复杂心情和特定情景的描绘意犹未尽,所以他们纷纷在画上或画外题诗,试图代昭君这一汉代的弱女子直抒胸臆,言悲写恨,淋漓酣畅地宣泄其内

---

①　(明)曹孔章《题王高瀚单于昭君夜坐图》,见可咏雪、戴其芳、余国钦、李世馨、武高明编注,郝存柱审定《历代吟咏昭君诗词曲全辑·评注》,呼和浩特:内蒙古大学出版社,2009年版,第210页。

②　陆籽叙《题画诗》,北京:人民美术出版社,2007年版,第1页。

心的感受。诗人们哀叹昭君"一身不幸颜如花,一朝漂泊在天涯"(曹孔章《题王高瀚单于昭君夜坐图》)的不幸际遇和坎坷人生,所以悲叹昭君红颜薄命就成为明代题画诗的重要主题。

　　明代咏昭君题画诗一悲昭君命运不济,被弃深宫:"昭君生长昭君村,汉宫选入昭阳门。倾城自负颜色好,薄命不得承君恩。"(陈伯康《昭君出塞图》)将昭君入宫未得君王宠幸的原因归结为昭君的貌美自负。二悲昭君红颜薄命,远嫁异域:"交河初过虏尘昏,马上琵琶不可闻。解得红颜多薄命,古来谁似汉明君。"(徐学谟《昭君出塞图(其二)》)将昭君视为古代女性红颜薄命的代表人物。三悲昭君身死胡地,空留青冢:"交河北去是龙庭,曲奏明妃不忍听。无限深思兼远恨,陇头衰草为谁青?"(吴之器《题明妃渡河卷》)昭君远嫁异乡,最终埋身青冢,留下的只有不尽的思念与遗恨。这些诗作以或婉曲或直白的语言,为貌美如花却命运多舛的昭君愤愤不平又哀伤不已,尽情地抒发了诗人观赏昭君出塞图之后的个人感受。

　　与此同时,诗人们还在题画诗中不断追溯造成昭君悲剧命运的根源,他们或将昭君的远嫁归于君命难违和夫为妻纲的礼教:"君命和亲劳敢惮?夫纲定分死难移。"(陶安《昭君图》)或对汉代的和亲政策提出质疑:"胡汉和亲自高帝,以色媚人非远计。"(谢肃《题王昭君图》)诗人们无论从哪个角度进行思考,都对身处异域、死葬胡乡的昭君充满了同情和怜悯。他们或以昭君的口吻自嘲命运的不幸:"莫恨丹青画不真,后宫那得更无人。和亲果是宁边计,何惜区区妾一身。"(董纪《昭君图》)或以劝慰之语,为昭君排解忧愁:"莫向西风怨画师,从来旸谷日光遗。当时不遇毛延寿,老死深宫谁得知。"(邱濬《题明妃图》)或以反语代昭君宣泄心头之恨:"君王不是无恩宠,海宇因之得奠安。"(邓雅《题昭君图》)由此可见,明代诗人不论是在画上题诗还是在画外作诗,叹红颜薄命和悲昭君远嫁是其不变的基调。

（二）"万里毡房明月夜,谁知思汉泣琵琶"[①]的思乡之情

古人记载历史,多遵循着前史不详、后史补记的原则,但古籍文献有关昭君胡地生活和生命轨迹的记载却十分有限。昭君在漠北的大半生是如何度过的,古籍文献已无从查阅,这不能不说是一种历史的缺憾。但从另一个角度来看,这无疑给古代诗人留下发挥想象的空间,特别是明代文人在观赏了昭君出塞图之后,他们因画有感,因画成诗,对昭君的胡地生活展开大胆的联想,从而弥补了历史记载不足的遗憾。

明代涉及昭君异域生活的题画诗,最具有代表性的是反映昭君思恋故国和家乡的诗作,其中琵琶、汉宫、月夜和梦境等是构成昭君漠北生活片段影踪的经典元素。

琵琶本是由西域传入中原的一种弹拨乐器,史载:"枇杷本出于胡中,马上所鼓也。推手前曰枇,引手却曰杷,象其鼓时,因以为名也。"[②]西汉时期中原是否有琵琶,昭君远嫁是否如诗歌所言或图画所绘的怀抱琵琶,学界至今仍存有疑问。而在古代咏昭君诗中,已知最早将琵琶与昭君出塞相关联是西晋的石崇,他的《王明君辞》小序曰:"昔公主嫁乌孙,令琵琶马上作乐,以慰其远道之思。其送明君,亦必尔也。其造新曲,多哀怨之声,故叙之于纸云尔。"此后,琵琶作为与昭君相伴的陪嫁物,频繁出现在历代咏昭君诗中:"一曲琵琶千种恨,百年图画几人看。"(邓雅《题昭君图》)琵琶也成为昭君出塞图和明代题画诗中替昭君抒怨言悲的利器。诗人们以凄凉的琵琶曲如泣如诉地传递着昭君远嫁的哀伤:"交河初过房尘昏,马上琵琶不可闻。"(徐学谟《昭君出塞图》)"云中环珮魂难返,马上琵琶曲未调。"(张凤翼《题明妃出塞图》)"抱得琵琶归

---

① （明）浦源《题明妃出塞图》,见可咏雪、戴其芳、余国钦、李世馨、武高明编注,郝存柱审定《历代吟咏昭君诗词曲全辑·评注》,呼和浩特:内蒙古大学出版社,2009 年版,第 206 页。

② （东汉）刘熙《释名》卷七《释乐器》,北京:中华书局,1985 年版,第 107 页。

绝漠,相传此曲出中华。"(谢孟安《昭君出塞图》)与此同时,琵琶作为昭君漫长胡地生活的陪伴者和见证者,也如影随形地伴随昭君度过了一个又一个春夏秋冬:"琵琶弹泪翠眉颦,白草黄花暗塞尘。"(无名氏《昭君图》)"琵琶声断雪纷纷,三月龙沙不见春。"(史谨《题明妃出塞图》)在诗人的笔下,琵琶似乎同昭君一起面对着塞外的苦寒生活,它也深知昭君在异乡的困窘处境:"粉泪流香湿绣鞍,琵琶声咽朔风寒。莫将旧日宫中曲,却向呼韩幕里弹。"(朱诚泳《昭君出塞图》)"单于未醉酒频倾,琵琶不弹断肠声。"(曹孔章《题王高瀚单于昭君夜坐图》)这些诗句高度浓缩了诗人对昭君大漠生活的想象,在他们的意识中,无论何时何地,琵琶就如同昭君的知己,能够代替昭君倾诉无处言说的心事,抒发昭君鲜为人知的心声,排遣昭君内心的忧愁和痛苦。

　　"汉宫"也是明代题画诗中出现频率较高的一个词,它可以狭义地理解为汉朝或汉朝的宫殿,但更多的时候,它是汉地、故国和故乡的代名词。如"腥酪膻帷是洞房,汉宫虽冷胜胡乡"(徐学谟《昭君出塞图》),这里的"汉宫"是汉地之意;又如"帝遣才人出汉宫,远投殊域为和戎"(边贡《昭君出塞图》),这里的"汉宫"则是汉朝宫殿的代称。在明代题画诗中,昭君对故国和家乡的思念无时不在、无处不在:"八月天山雪作花,合围千骑度龙沙。传呼莫射南飞雁,欲寄平安到汉家。"(邓定《昭君出猎图》)在昭君的心中,秋去春来的大雁能够带去她对故国家乡的祝福,也能捎回远方亲人的消息。而"马蹄踏踏暗胡沙,马上怀恩忆汉家"(刘昭年《题昭君出塞图》),则是昭君追忆故乡的深情表达;"回首汉宫云一片,承恩今日是何人"(史谨《题明妃出塞图》),是昭君遥想往事、挥之不去的追问。这些展现昭君怀念故国、家乡和亲人的诗句,有些显然是来自图画中昭君黯然神伤、忧虑痛苦的神情,诗人看在眼中,悲在心里,化情成诗,意随笔行,所以题画诗再现了昭君日思夜想、刻骨铭心的思乡之情。

明代咏昭君题画诗还常以月夜和梦境来烘托昭君对故国和家乡的怀思和眷念,昭君的月下心事和梦中幻境屡屡出现在题画诗中。"香梦空迷紫塞云,蛾眉愁对穹庐月"(陈伯康《昭君出塞图》),"生长阳台下,分明见汉君。孤弦弹破梦,恍惚一行云"(邱濬《明妃图》),是昭君梦迷汉宫的愁苦和梦醒时分的恍惚;"犹怜边地月,曾照汉宫人"(王应桂《题王昭君画》),"谁知万里多情月,只与昭阳一样明"(曹孔章《题王高瀚单于昭君夜坐图》),是以月写人,烘托出昭君身处异域的悲哀;"几度穹庐明月夜,梦魂犹忆汉宫春"(无名氏《昭君图》),"纤纤残月迢迢梦,犹在昭阳女伴中"(刘麟《题明妃图》),是昭君月夜思乡和梦回深宫的瞬间迷茫。这些题画诗描绘夜深人静、明月当空时,昭君思乡梦迷的恍惚痴情和痛彻心扉,将昭君身在异乡的孤独、寂寞和忧伤形象化,具有鲜明的画面感。

总之,明代咏昭君题画诗充分发挥想象,以精练的语言深化了自古以来人们悲叹昭君红颜薄命、远嫁匈奴、身在塞外却心念故乡的主旨,正如学者所言:"当绘画辅以诗思的诱导,画面的意境营造变得深邃而富有思想,当题诗的书行成了画面的组成部分,对画外之境的引申也就不再含糊不清。"[①]可以说,明代咏昭君题画诗的这种传情方式,直接影响着后世咏昭君题画诗的发展。

四、清代迎来咏昭君题画诗的新变

据《历代吟咏昭君诗词曲全辑·评注》统计,清代咏昭君题画诗约有四十多首。由其诗题可知,清人观赏过明代著名画家仇英、张平山以及三娘子所绘的昭君出塞图,另外清代的黄遵古、徐芝仙等也曾绘有昭君出塞图。与前代相比,清代咏昭君题画诗的数量略有增加,其新变主要表现在密切了题画诗与画作之间的联系。

---

① 陆籽叙《题画诗》,北京:人民美术出版社,2007年版,第1页。

有些题画诗不仅描述画面内容,品议画作的优劣得失,还评点绘画表现技法,这是以前题画诗很少涉及的内容,它对读者深入了解画作和诗作很有帮助。除此之外,清代咏昭君题画诗还深化了前代咏昭君题画诗的常见题材,在歌颂昭君出塞功绩、嘲讽将相无能和悲叹昭君命运等方面,都呈现出新的时代风貌。

(一)"欲知今古情中事,只看琵琶出塞图"①的观画有感

题画诗的特点是因画成诗,图画是赋诗的基础,诗歌则是对画面含义的补充和引申,其自身具有相对的独立性,是展示画境的一种表现方式。"青冢"早在唐代就成为诗人吟咏的对象,但画坛的青冢图却并不多见。到了清代,不仅有青冢图,还有专咏青冢的题画诗,其中最具有代表性的是以下两首:

一是唐建中的《题徐芬若从军沙漠路经青冢嘱虞山黄遵古绘图赋诗咏之》,这首题画诗篇幅较长,内容也较为复杂:

> 咄哉徐君真好奇,劝客一饮连十卮。
> 酒酣手持青冢图,邀客为作青冢诗。
> 自言边地尽飞狐,青冢犹在边西陲。
> 世人但闻图经说,我昔从军亲见之。
> 前临黄河后祁连,黄沙千里胡马迷。
> 其地万古无春风,但见白草常离离。
> 一抔独戴中华土,青青之色长不萎。
> 我时往拜值寒食,系马冢前古柳枝。
> 此柳亦疑汉宫物,枝枝叶叶皆南垂。
> 下有无名之石兽,上有无主之荒祠。
> 兽腹依稀青冢字,刻画认是唐人为。

---

① (清)吴骞《观闺秀祝瑄藏明妃出塞图》,见光绪二十年(1894)刻本《拜经楼丛书十种》所收《蠡塘渔乃》,第18页。

> 祠中络绎献胴酪，碧眼倒地呼阏氏。
> 至今牧儿不敢上，飞鸟绝声马不嘶。

从诗题便知诗人所观的青冢图出自清代画家黄遵古之手，其创作起因是徐芬若从军，途径漠北，路过青冢，所以他嘱托友人为之作画，徐芬若对黄遵古所画的青冢图甚是欣赏，在宴席酒酣之际，他一边自豪地展示青冢图，一边盛邀客人为画题诗，同时还结合画作讲述自己亲历青冢的所见所闻。通过徐芬若的快言快语，可知青冢在清代已是柳古祠荒、颓寂落寞，但在当地人的心中它依然神圣，拜祭不断。此外，诗人还借青冢图言及昭君出塞的命运，并由此联系徐芬若的坎壈人生：

> 徐君之才满一石，白首著书十指胝。
> 新诗句句在人口，清如珊瑚敲玻璃。
> 可怜三载饥臣朔，文章酷召数命奇。
> 虽从王门掌书记，时平不复投毛锥。
> 非无要路与捷径，丈夫致身羞以赀。
> 正如明妃恃其貌，倔强不肯赂画师。
> 人生遭遇有不一，侘傺岂即非良时。
> 假使明妃宫中死，安得香名流天涯。
> 披图知君心独苦，别有块垒非蛾眉。
> 君不见杜陵咏怀生长明妃村，
> 乃与庾信宋玉蜀主诸葛同伤悲。

在诗人看来，昭君的远嫁异乡、埋身青冢，其实质同徐芬若等贤才的怀才不遇、仕途坎坷有相通之处，所以无论是青冢图，还是赏识青冢图的文人，都不过是借他人的酒杯浇自己心中的块垒，这或许是徐芬若珍爱青冢图的原因，也是历代咏昭君诗经久不衰的根源之一。

二是孔尚任的《题徐芝仙画青冢图》。虽然诗歌一开始就对以青冢入画提出异议："生长明妃村已无，魂归月夜影偏孤。蛾眉曾被丹青误，荒冢何须入画图。"但诗人还是一边描述画作内容，一边道出青冢图催人泪下的缘由："至今墓草难描写，何况盈盈上马人？绝代佳人去不回，魂迷野草古今哀！谁知一片青青冢，却得图形入塞来。坟前谁奠酪酥茶？古柳飘绵草放花。何事披图偏湿泪，人传殉葬是琵琶。"①面对绘有古柳飘絮、酥酪祭奠的青冢图，诗人不禁联想到当年与昭君日夜相伴、一生相随、殉葬入墓的琵琶，这真是岁月无情、琵琶有情，怀想至此，一种物是人非、世乏知音的哀痛不言自明。

清代还有一些咏昭君题画诗较为详细地描述了昭君出塞图的画面内容，多少能够弥补一些因画已失传而带来的遗憾。人们根据题画诗提供的信息，大致能勾勒出画面布局和基本轮廓，例如"明妃一出萧关道，玉颜不似当时好。却留青冢地长春，复有画图容不老。汉官佩剑卒举旗，分布四马连尻雕。毛端飒有风沙吹，侍女颇具宫中仪。中有襜褕拥独骑，落日黄沙万马迹。临风翠袖双蛾眉，欲到穹庐前几许。贤王迎跪庐儿语，琵琶曲终泪如雨"（姚鼐《仇英明妃图》），这是对明代著名画家仇英所绘明妃图的描述，展现了昭君已过汉关、初到漠北的场景，画面一边是风沙中整肃威仪的送亲队伍，有历经风霜的昭君、佩剑的汉官、举旗的兵卒、仪态如常的侍女，以及首尾相连的战马；另一边则是落日黄沙和万马奔腾过后独骑而行的单于，不远处的穹庐前还有跪地迎接的贤王和呼唤的孩子，虽然画面背景稍显落寞，却也不失迎接的氛围。

舒峻极《明妃出塞图》则以昭君出塞的凄凉情景与匈奴跃动欲发的场景相映衬，更加突显昭君的愁苦与孤寂："朔风浩浩扬黄沙，

---

① 汪蔚林编《孔尚任诗文集》，北京：中华书局，1962 年版，第 390 页。

披图恍惚闻悲笳。烟尘蔽野关山黑,明妃车辆天之涯。琵琶有泪向谁语,回首长安路何许？毡幛貂裘弗裹寒,玉珥罗襦色凄楚。马上紫髯碧眼儿,分行逐队黄金羁。猎犬在地鹰在臂,垂鞭鸣镝流星驰。控弦雁欲落,狐兔走大漠。战气暗旌幡,军令严吹角。辫发儿童骑击鼓,盘鬟妖姬善歌舞。一时悲欢各不同,白日荒凉照后土。"

何家琪《明妃图歌》的画面情景也十分耐人寻味：

汉时画工死已久,世上日出明妃图。

我抚此图三叹息,前后左右皆匈奴。

中一弱女子,独坐橐驼车。

橐驼高步,里无万千。

昨日汉殿,今日汉关。

出汉关非汉地,风沙四障云如盖,苜蓿衰草亦旌旆。

肥赤走卒牛羊秽,生吞鹿肉蒲桃醉,胡妇跨马来入卫。

头戴绒冠不挽髻,别有风姿中华异。

画面以云低天暗、风沙弥漫、衰草连天为远景,以独乘橐驼车的昭君为中心,这一弱女子处在匈奴赤膊肥壮的走卒、散发戴冠的胡妇以及沾满污秽的牛羊的包围之中。此情此景纯然是画家的想象,其本意大概是为了突出昭君远嫁匈奴之悲,经过诗歌的铺排叙述,这幅并不高明的昭君出塞图如在目前。但是这一缺少应有诗意的画境也缺乏必要的人文底蕴,所以诗人对这类画作并不欣赏,故而在诗末曰："妾身一出和议定,徒令后世陈绢败纸长光辉。"这幅被清代诗人斥为"陈绢败纸"的图画如今早已不见踪影,但通过这首题画诗,人们却能够对清代画坛良莠不齐的昭君图又多几分了解,这也体现出题画诗特有的认识价值。

　　清代诗人在关注、品赏昭君出塞图的同时,还针对画作的描绘技法和艺术构思提出自己的不同观点,他们或点评,或议论,或赞

赏,或质疑,态度鲜明,言辞恳切。朱彝尊在《题张平山水墨明妃出塞图》中,充分肯定了张平山水墨明妃出塞图的与众不同之处:

> 画师偏写春风面,杀粉研朱总未娴。
> 似此澹描翻绝世,按图谁复诋平山。

面对昭君图的不同画法,诗人认为黑白两色、淡笔轻描的明妃出塞图别有神韵,远远胜过浓墨重彩的刻意渲染,从中可见诗人的审美偏好。申函光的《题明妃画》则对明妃图的人物绘画提出新的构思:

> 五月边霜毡帐秋,罗衣脱尽换貂裘。
> 芦笳一夜肠应断,画上何缘不白头?

以诗人的设想,若画一个秋凉时节身着貂裘的白发昭君,就能够最大限度地表现出昭君的满腹愁苦,“画上何缘不白头”的反问,透露出诗人的奇思妙想,展现出诗人对画境的独特理解。包文憓的《明妃出塞图》则对改变昭君出塞图的风格色调提出不同的想法:

> 荒原猎猎北风吹,羽骑如云出塞时。
> 拭泪过关思故主,含羞倚马拨新词。
> 风尘拂面红颜改,雾雨沾衣缘鬓垂。
> 寄语画工加彩笔,几时歌舞再相随。

诗人认为这幅明妃出塞图的人物和色调都过于灰暗沉闷,应当以歌舞场面的彩笔亮色,渲染昭君出塞的情景。有关题画诗的评议原则,有学者曾说:“‘论画以形似,见与儿童邻。赋诗必此诗,定非知诗人。’就画题诗一如对景吟咏,讲究的是率真之气,所忌的是停留在就事论事的层面上,作肤浅的形似描述与图释。"①由此可见,即使是同一幅画作,在不同心境的诗人笔下,也会缘生出不尽相同的意绪,其诗境的高下则可看出诗人各自的诗外之功。

(二)"他年重画麒麟阁,应让蛾眉第一功"②的流芳百世

从宋至清,画坛流传的昭君出塞图屡见不鲜,这些昭君图及咏昭君题画诗的不断涌现,足以证实昭君的流芳百世之功和名垂千古之实。清代有不少赞扬昭君长存史册、芳名永传的题画诗,他们有的赞美昭君和好两族、带来后世承平的功绩:"见说两朝曾款塞,不知通好是阏氏。……想像承平光景好,风流边将画蛾眉。"(查慎行《题三娘子图四首并序》)有的夸赞昭君见识不凡,名照汗青:"大抵美女如杰士,见识迥与常人殊。春花不枯秋不落,要令青史夸名姝。一日不画画千载,安用黄金百镒烦鸦涂。"(李含章的《明妃出塞图》)有的盛赞昭君御敌安邦、为主分忧:"不作倾城孽,还为却敌兵。安危双主重,社稷一身轻。"(黄世成《题昭君图》)有的直言快语,在一问一答中指明昭君的历史地位:"身在胭脂山外,心在琵琶声里。青冢是何人? 汉功臣。"(蒋敦复《明妃出塞图》)还有的则认为以昭君之功应列于麒麟阁之冠:"他年重画麒麟阁,应让蛾眉第一功。"(葛季英《题明妃出塞图》)甚至还有诗人认为是画师改变了昭君老死后宫的命运,庆幸昭君埋身青冢的千秋功绩:"冢畔青青草色稠,芳名史册著千秋。画师若把黄金嘱,老守长门到白头。"(方婉仪《次韵题明妃图》)上述这些题画诗在承袭前人弘扬昭君功绩的基础上,进一步肯定昭君的历史贡献,深化了昭君名垂青史的主题。

(三)"从此玉关无夜警,将军高枕听琵琶"③的冷嘲热讽

清代为昭君图题咏的诗人因为受到画作内容的影响,所以他

---

① 陆籽叙《题画诗》,北京:人民美术出版社,2007年版,第2页。

② (清)葛季英《题明妃出塞图》,见《青冢志》卷十。

③ (清)许秉铨《题明妃画册》,见《青冢志》卷十。

们对汉代的和亲政策、汉朝的无能君臣以及索贿贪婪的画师进行了冷嘲热讽，反映出诗人观画后的激动心情和诸多思考。诗人们有时谴责孱弱汉朝的和亲拙计："我闻灭秦诛项困冒顿，汉廷宵旰惟匈奴。和亲下策出高帝，例刷民女称皇姑。鲁元誓不作阏氏，娄敬有女归氈庐。嫖姚兵还贰师死，元帝孱弱无人扶。"（李含章《明妃出塞图》）有时嘲讽汉室无人、将相无能："将军嫖姚不复起，汉室成功望女子。"（舒峻极《明妃出塞图》）"朝廷专倚和亲力。"（李蘅《题明妃出塞图》）有时语言貌似平淡，实则话锋犀利："美人一曲安天下，愧煞貔貅百万师。"（王峻《题明妃出塞图》）"从此玉关无夜警，将军高枕听琵琶。"（许秉铨《题明妃画册》）有时态度明确，大胆追责："边塞安能凭女子，当年将相是何人?"（张玉纶《题画昭君出塞》）。特别是对当年改变昭君命运的画师毛延寿，清人的态度似有缓和，虽然也有"黄金买取龙泉剑，寄与君王斩画工"（无名氏《题昭君图》），"区区延寿安足诛"（李含章《明妃出塞图》）的愤恨之声，但更多的诗人还是将谴责的矛头对准御边无策的朝臣："北庭边衅感初开，太息官家乏将才。竟赖红颜销虏气，论功也合画云台。"（郭名昌《明妃出塞图》）诗人一边感慨朝廷缺少雄才，一边为安邦有功的昭君鸣不平，体现出清代诗人的冷静与理智。

（四）"相随只有宫中月，犹向天涯照妾身"①的孤独哀伤

悲叹昭君红颜薄命是咏昭君题画诗的常见主题，清人承袭前代的传统，将昭君的孤寂哀愁主要集中在悔丹青误人、叹路途多艰、思故土难返、恨葬身青冢等方面体现出来，高度浓缩了昭君一生的悲愁泪恨，也反映出诗人观画后的不安心绪和复杂情感。清代题画诗将昭君"相随只有宫中月，犹向天涯照妾身"（李调元《明妃出塞图》）的孤独哀伤，主要通过以下几个方面加以体现：

一写昭君佳人招妒，为丹青所误："画工亦妒佳人貌，竟累红颜

---

①　（清）李调元《明妃出塞图》，见《青冢志》卷十。

嫁紫台。"(郭兆昌《明妃出塞图》)"从来艳色偏招妒,当时悔不千金赂。自倚蛾眉绝代无,此生竟被丹青误。"(李调元《明妃出塞图》)"早知身被丹青误,但嫁巫山百姓家。"(黄幼藻《题明妃出塞图》)

二写昭君泪别故土,塞途多艰:"遥辞汉殿泪痕稠,沙漠凄凄雁阵秋。"(智圆《次韵题明妃图》)"朔漠边风冷紫台,汉宫回首有余哀。"(刘大受《昭君出塞图》)"荒原猎猎北风吹,羽骑如云出塞时。"(包文憻《明妃出塞图》)"天外边风掩面沙,举头何处是中华。"(黄幼藻《题明妃出塞图》)"只愁前路马蹄疾,一日风沙一日寒。"(汪士慎《题昭君倚马图》)

三写昭君异域思乡,孤苦自知:"绝漠明驼去不回,年年草色委尘埃。"(刘端《明妃出塞图》)"不堪回首忆长安,一曲琵琶一曲酸。"(金颖第《题明妃出塞图》)"回首汉宫不知处,李陵台上月轮高。"(曾元海《昭君出塞图》)"和亲此去委胡尘,绝域难逢内地人。"(李调元《明妃出塞图》)"登高不向天山望,万壑千岩似妾家。"(陈崇砥《昭君出猎图(步明邓子静韵)》)

四写昭君埋身青冢,魂魄难归:"此身竟作呼韩妇,墓草空青恨未灰。"(刘大受《昭君出塞图》)"生辞汉殿金难赎,死葬胡沙骨不回。"(刘绶青《明妃出塞图》)"竟教青冢长埋玉,不及文姬赎得回。"(黄元采《明妃出塞图》)"青冢有魂归不得,泪洒巫山十二峰。"(李调元《明妃出塞图》)在这一主题之下,特别值得一提的是陈寿祺的《明妃出塞图》:

> 锦帔明珰出汉关,白云回首失阴山。
> 他年居次重归汉,可有魂随爱女还?

这首极富想象力的题画诗,以昭君的魂魄追随爱女返回中原,写尽昭君的思念之苦和一生憾恨,在入画频率较高的传统题材中,这首咏昭君题画诗可谓避开俗套,取得了出人意料的效果。由此可见,清代咏昭君题画诗做到了诗画融合,相得益彰,缘生出丰富的画中情和画外意,拓展了绘画的传情方式和表达思路,在切题造境上也多有新变,提升了古代咏昭君题画诗的艺术品位。

纵观由宋至清的咏昭君题画诗,依据不同时代的昭君出塞图,其诗作也呈现出题材与风格的转变,不仅丰富了历代昭君出塞图的内容,而且延伸了绘画无法拓展的空间,袒露了古代文人由昭君出塞图引发的历史之思和人文情怀。特别是诗、书、画、印四位一体的传统格局形成之后,大多数咏昭君题画诗在深化画境内涵的同时,还借题发挥,抒情言志,一吐胸中真言,达到了以诗画传情的目的。这些历经千百年沧桑却依然鲜活如初的咏昭君题画诗,至今仍散发着强烈的感召力,为古代咏昭君诗开辟出新领域和新境界。

第四节　昭君和亲文学景观的双重呈现

文学景观的全称是文学地理景观,它是文学地理学研究的独特内容之一。文学景观是地理环境与文学相互作用的结果,"就是指那些与文学密切相关的景观,它属于景观的一种,却又比普通的景观多一层文学的色彩,多一份文学的内涵"。[①] 换言之,文学景观就是具有文学属性和文学功能的自然或人文景观。

文学景观又可分为虚拟性文学景观和实体性文学景观。所谓虚拟性文学景观,是指文学家在作品中所描写的景观,大到一山一水,小到一亭一阁,甚至一草一木。大凡能够让文学作品中的人物看得见、摸得着,具有可视性和形象性的土地上的景、物和建筑以及土地本身,都可以称为虚拟性文学景观(或称文学内部景观)。所谓实体性文学景观,是指文学家在现实生活中留下的景观,包括

---

① 曾大兴《文学地理学概论》,北京:商务印书馆,2017年版,第233页。

他们光临题咏过的山、水、石、泉、亭、台、楼、阁等等。大凡能够让现实中的人看得见、摸得着,与文学活动密切相关,且具有一定观赏价值的自然和人文景观,都可以称为实体性文学景观(或称文学外部景观)。[①]

文学景观作为"刻在大地上的文学"[②],不仅反映在古代文人的笔下,还传播于民众之口。与文人的作品相比,民间有关昭君和亲的传说,可能显得比较幼稚、粗糙,但其中真挚的情感和传播昭君故事的口述形式,呈现出与文人作品完全不同的审美视角。所以,汇聚于古代文人笔下与广大民众口头的昭君和亲文学景观,能够使人更深刻地感受到雅俗文学的不同风格和各自的优长之处。其中昭君村、香溪、昭君台、昭君墓和昭君庙等文学景观,由于不断地被书写、被改写、被生新,其文学价值和文化意蕴也因此得到丰富和提升。

一、昭君村

昭君的故乡在今湖北省兴山县,地处鄂西山区,在长江西陵峡北侧,这里东连宜昌、保康,南与秭归毗邻,西接巴东,北靠神农架林区。据历史记载:"昭君村,在兴山县南,有昭君院,开宝元年移兴山治于此。"[③]由此可知昭君村位于兴山县南部、香溪上游。古时又称明妃村、妃台村,现称宝坪村。宋代曾立有"昭君故里"碑,明代重修昭君院,清光绪十年(1884)又重立故里碑。这些都足以说明无论是官方还是民间百姓,人们从未忘记和亲异域的昭君,没有忘记她为汉匈和平做出的贡献。

---

① 以上参见曾大兴《文学地理学概论》,北京:商务印书馆,2017 年版,第 233—234 页。

② 曾大兴《文学地理学概论》,北京:商务印书馆,2017 年版,第 229 页。

③ (清)和珅《大清一统志》卷一百三十《宜昌府》,《四库全书》本。

（一）文人凭吊怀古之地

从现存的咏昭君诗来看，唐宋时期有一些诗人先后来到秭归，他们拜访昭君故里，寻觅昭君遗迹，并写下相关的诗作。唐代崔涂有《过昭君故宅》：

> 以色静胡尘，名还异众嫔。
> 免劳征战力，无愧绮罗身。
> 骨竟埋青冢，魂应怨画人。
> 不堪逢旧宅，寥落对江滨。

诗作以昭君宅为题，抒发诗人经过昭君故宅时睹物思人的情怀，高度赞扬昭君为国家"静胡尘"和"免劳征战力"的功绩。

白居易也是唐代较早到过昭君村的诗人，他的《过昭君村》谈古论今，具有很强的现实感：

> 灵珠产无种，彩云出无根。
> 亦如彼姝子，生此遐陋村。
> 至丽杨难掩，遽选入君门。
> 独美众所嫉，终弃出塞垣。
> 唯此希代色，岂无一顾恩。
> 事排势须去，不得由至尊。
> 黑白既可变，丹青何足论。
> 竟埋代北骨，不返巴东魂。
> 惨淡晚云水，依稀旧乡园。
> 妍姿化已久，但有村名存。
> 村中有遗老，指点为我言，
> 不取往者戒，恐贻来者冤。
> 至今村女面，烧灼成瘢痕。

诗作描述诗人亲历昭君村的所见所闻,一边抒发昭君因貌美遭众妒而出塞的己见,一边感慨当地因昭君入宫而村女灼面成瘢痕的陋习。白居易观察到的这一习俗,在史料中也有反映:"昭君村,村人生女无美恶,皆炙其面。"①此后写昭君村的诗人多吟及这一习俗:"十二巫峰下,明妃生处村。至今粗丑女,灼面亦成痕。"(王十朋《昭君村》)"村女至今犹灼面,恐教红粉葬胡沙。"(德克晋步《昭君村》)但直到清人笔下,才一反前人对此陋俗的单纯叙述,引申为颂扬昭君和亲:"生女不须频灼面,明妃还自汉屏藩。"(阮文藻《昭君村在归州东北四十里》)视昭君和亲为国之屏障,唱出了时代的高亢之音,由此也提升了此类诗作的思想境界。

宋元明三代现存咏昭君村诗数量较少。宋代的苏轼和苏辙都作有《昭君村》:

> 昭君本楚人,艳色照江水。
> 楚人不敢娶,谓是汉妃子。
> 谁知去乡国,万里为胡鬼。
> 人言生女作门楣,昭君当时忧色衰。
> 古来人事尽如此,反复纵横安可知!
> ——苏轼《昭君村》

> 峡女王嫱继屈须,入宫曾不愧秦姝。
> 一朝远逐呼韩去,遥忆江头捕鲤鱼。
> 江上大鱼安敢钓,转柁横江筋力小。
> 深边积雪厚埋牛,两处辛勤何处好?
> 去家离俗慕荣华,富贵终身独可嗟。

---

① 《宜昌府志》卷二《疆域》,台北:成文出版社1970年版,第112页。

不及故乡山上女,夜从东舍嫁西家。

——苏辙《昭君村》

前一首诗中诗人叹息貌若天仙的昭君离乡去国,死在万里之外的胡地,由昭君的命运推想到自古以来世事难测又难以把握。联系苏轼一生的坎坷遭际,可知他是在借昭君的经历和命运,抒发自己一生坎坷的内心苦楚。后一首诗则将昭君故乡的山川景物和劳动生活与塞外的苦寒处境作对比,感叹昭君虽终身富贵,但其命运不及"夜从东舍嫁西家"的普通村女,实则是代昭君抒发思乡之情。

　　明代缪宗周的《咏昭君村》则发挥想象,由昭君村推演至青冢:"贤村江畔广阳斜,生长明妃未有家。自出金扉仍汉家,年年青冢照胡沙。"写尽昭君远嫁不得回归故乡的愁怨。贾三近的《昭君村》是明人咏昭君村诗的代表作:

荆门草色几经春,十里江花尚锦茵。
试问蛾眉山上月,当年曾见汉官人?

诗人感慨月圆月缺,时光流逝,江花春草依旧,独不见昭君其人,一种物是人非之感横跨古今。安磐的《峡中作》则是诗人途经昭君故里的有感而发:"昭君村抱琵琶峡,神女祠连云雨台。侧壁倒崖无鸟过,古藤昏树有猿哀。"诗作虽未直言昭君和亲之事,但寥落荒颓的景物,反衬出诗人途经此处的心绪和处境,不乏借题发挥之意。

　　与其他时代相比,清代咏昭君村的诗作数量最多也最耐人寻味。据粗略统计,清代咏昭君村的诗作有二十余首,题为《昭君村》的就有十余首,另有《明妃村》《昭君故里》《王嫱故里》等诗。清代诗人或翻山越岭,探古访幽;或吟咏相继,以古伤今:"雾鬟烟鬓几叠山,明妃村在此山间。"(孙五嘉《明妃村》)"荒村寂寞枕江斜,云是明妃旧时家。"(乌拉灵寿《昭君村》)"欲诗贤村怯径斜,归州见说旧为家。"(陈吉昌《昭君村》)"至今入归峡,众口齐声喧。巾帼有丈夫,英雄推淑媛。"(王大绅《王昭君故里》)面对昭君村的青山绿水,古迹遗址,诗人们抚今追昔,感慨万千:

> 山村寥落径通斜,传说明妃旧有家。
> 想见当年钟毓处,江干孤月照晴沙。
> ——修仁《昭君村》

诗人以貌似平淡的语言写作,实则难掩心头的怅惘与苦涩:寂寞的山乡,传说的旧宅,当年的繁华早已不复存在,唯有千古不变的一轮孤月依旧高悬。于是,清代诗人将这种怀古的复杂心绪融入诗行:"红颜兔颖描难肖,青冢龙沙怨未伸。世代屡移遗迹在,琵琶休拨暮江滨。"(李专《昭君村》)由此可见,代昭君抒悲申怨已成为清代咏昭君村不可或缺的内容。

生时频有梦,死后香魂归。昭君当年无论是闭锁汉宫,还是身处大漠,故乡始终是她魂牵梦绕、插翅难回的地方。古代诗人在回顾历史、追忆昭君时,才清晰地意识到"梦"与"魂"对昭君的重要,所以清代咏昭君村的诗作有不少围绕昭君的"梦"与"魂"而展开:

> 薄雨匀山黛,村容上晓妆。
> 昭君浣纱处,溪水至今香。
> 波镜秋磨月,岩花晓破霜。
> 紫台应有梦,归佩绕郎当。
> ——陶澍《昭君村》

> 万里和戎不可论,家园回首降荆门。
> 琵琶马上关山月,梦到香溪第几村。
> ——李星沅《昭君村》

诗人们视通千里,思接古今,在他们的笔下,无论是汉宫中的良家子,还是异域中的宁胡阏氏,昭君都是乡梦遥远,有家难回。直到她完成国之重托、葬身青冢,她的香魂才得以自由地返回故乡:"峡云江月凄清里,应有芳魂返故巢。"(林纾《明妃村》)"香溪清水走荆门,玉虚洞口空归魂。"(徐志鼎《明妃村》)每每思及昭君魂归故里,诗人心头那种跨越时空、贯通古今的悲哀便不可遏止:

> 汉宫遗恨不堪论,故里流传迹尚存。
> 玉质销沉埋紫塞,香魂归去近黄昏。
> 空余易水闻哀咽,难觅湘筸记泪痕。
> 落日停车凭吊处,长堤衰柳绕荒村。
>
> ——陈元龙《昭君故里》

> 溪流流不尽,万古故乡情。
> 环佩魂空返,琵琶恨莫平。
> 烟凝村树暗,月涌镜台明。
> 谁道关山远,年年青草生。
>
> ——王绍钰《香溪明妃村》

　　面对或者遥想残阳晚照的荒村、斑驳陆离的遗迹旧址,诗人们追思昭君沉埋塞外的遗恨,伤感其魂归故里的孤寂,一种不胜古今之叹油然而生。当时只有以酒酹奠,寄托哀思;以诗抒悲,表达心迹:"荒山余故里,过客酿清酤。"(恒庆《昭君村》)"琵琶远嫁灵均放,词客年年吊秭归。"(姚莹《秭归昭君村屈原宅皆在归州北》)从文学地理学的角度看,峡谷荒村、江滨旧宅和香溪浣纱处等摄入诗中,都成为昭君村的文学景观。这些景观或大或小,或远或近,既反映出昭君曾经的生活印记,又表现出古代诗人咏昭君的思想情感、价值观念和审美趣味,昭君村文学景观的文化内涵由此也得到丰富。

（二）民众讴歌昭君之乡

与古代文人游历昭君村、发思古幽情不同，作为昭君的出生和成长地，宝坪村有关昭君的传说播于众口，比比皆是。有学者曾说："传说是一个社会群体对某一历史事件或历史人物的公共记忆。"①的确，在代代相继、口耳相传的集体记忆中，昭君是当地百姓的自豪和骄傲，是他们宁静和谐生活的保护神。

据《宝坪村的由来》②讲述，原来的烟墩坪（即宝坪村）穷山恶水，人烟稀少，自打昭君出生后，这里就有了山绿水清、树茂花开的勃勃生机，人们都说这是昭君带来的福气。昭君的父母为她修建了一座望月楼，从小就聪明伶俐、勤奋好学的昭君在楼上读书作画，弹琴歌舞，刺绣梳妆，生活得舒心快意。至今村人提起昔日的望月楼还是如数家珍般地描述："宅前百步，有一个石头垒砌的方形台子，周围长满了石碾子粗的大柏树。台子面对碧蓝碧蓝的香溪河，背靠云缠雾绕的王字岩、稀荒垭；站在台子上朝前远望，正好与十里外的妃台山遥遥相对。"更重要的是，在望月楼的遗址上，"千百年来，每逢中秋佳节，皓月当空，宝坪村里的男女老少就聚集在这里，抬头望明月，低头吊明妃"。③ 望月楼早已成为村民们怀念昭君、讲述昭君传说的最佳场所。

《楠木井》④讲述昭君为当地百姓寻找水源的故事。据说楠木井在昭君家的大核桃树下，井口以楠木镶边作盖，井水清甜香醇。当初为了这口井，昭君率领村里的众姐妹，赶走霸占泉坑的黄龙，日夜开凿才打出来的。为了保住井泉，昭君曾独上纱帽山，请青龙来镇井；又登峨眉山，寻采楠宝树，以确保井水清澈。最后在仙翁的帮助下，终于将楠木泡在井中，这样村人才有了夏喝清凉消暑、

---

① 万建中《民间文学引论》，北京：北京大学出版社，2006 年版，第 187 页。
② 吴一虹、吴碧云编《王昭君传说》，兰州：甘肃人民出版社，1983 年版，第 1 页。
③ 吴一虹、吴碧云编《王昭君传说》，兰州：甘肃人民出版社，1983 年版，第 4 页。
④ 吴一虹、吴碧云编《王昭君传说》，兰州：甘肃人民出版社，1983 年版，第 21—27 页。

冬饮温热暖身的泉水。《娘娘井》①则讲述昭君带领姑娘们打井抗旱、浇灌庄稼的故事。因为岩石坚硬，凿石打井一干就是几年，但她们始终坚持，绝不放弃。这种精神感动了七仙女，最终在仙女的帮助下，终于实现了"凡是井水流过的地方，马上长起了苞谷、柑桔、板栗、苍松、翠竹"的心愿，荒凉的宝坪村从此旧貌换新颜，日子越过越富裕。这些人们津津乐道的故事，在传播中不断生新，从中流露出乡邻们对昭君的感激之情。

在《绣鞋洞》②的传说中，昭君则成为村民口中的送子娘娘。据说当初昭君乘船离乡入宫时，在龙潭将浪花打湿的绣花鞋放在山腰的小岩洞内。一对因路远未赶上送别昭君的夫妻，便向放绣鞋的洞内投石祷告，祝愿昭君此去平安。之后不久，妻子有了身孕，待孩子满月时，夫妻俩便说出那天在龙潭投石祷告的事，于是人们便说昭君留下绣鞋就是留下秀孩儿。从此，这个小洞被称为"绣鞋洞"，而且越传越神，传说只要向洞内投石子，便无儿得儿、无女得女，生下的孩子也都长得像王昭君。人们都说："昭君姑娘没有离开我们呀，我们天天都能看到她。"而向绣鞋洞投石子的风俗也就此流传下来。

在宝坪村还有一处充满神奇的文学景观——王字崖③。据说昭君出塞后，宝坪村人用了三年时间，在昭君宅前修建了一座"王字宝塔"。自塔建成后，每逢过节人们都要来此祷告，向昭君默诉家乡平安的消息，遥祝昭君在塞外安稳度日。村中的罗财主觉得高高耸立的王字塔压住了他发财的龙脉，便在王字塔对面修了高达十八层的"压王文笔"。正当村人担心"压王文笔"会挡住他们北望昭君的视线时，据说是昭君在塞外显灵，将王字塔搬上沙帽山，

---

①　吴一虹、吴碧云编《王昭君传说》，兰州：甘肃人民出版社，1983年版，第17—18页。

②　吴一虹、吴碧云编《王昭君传说》，兰州：甘肃人民出版社，1983年版，第50—52页。

③　吴一虹、吴碧云编《王昭君传说》，兰州：甘肃人民出版社，1983年版，第95—97页。

所以至今在沙帽山的板壁崖上,还留有一个天然的"王"字,人称王字崖。这一昭君在塞外显灵的传说,一方面体现出村民战胜邪恶的愿望,另一方面也流露出他们希求得到昭君保护的心理。

《三熟地》①的传说,更是把昭君身在塞外而心念故乡讲述的活灵活现。传说:昭君出嫁到了塞外,因思念生她养她的宝坪村,夜里在梦中,她觉得自己也变成了一只金色的大雁,飞回了心爱的宝坪村家乡。当昭君挨家挨户地看望父老乡亲,却发现由于年景不好,庄稼歉收,家家都是吃了上顿愁下顿。昭君四处询问如何才能有好收成? 老农夫们说:"如果一年种三季,一年三熟,我们宝坪村就真的是个聚宝盆了。"

昭君一听,认为这是个好法子,很快请来了谷神、山神、天神和土地神,将乡亲们的苦楚说了一遍,恳请诸神帮忙。诸神则对昭君说:"昭君公主身当胡汉和亲大任,有胆有识,可敬可佩! 我等老神正愁不能为公主献微薄之力,今夜既蒙公主吩咐,岂有不尽力效劳之理!"昭君听罢,躬身拜谢诸神,诸神还叮嘱道:"还有要事一桩,万望昭君公主记在心间:北方粟谷籽儿饱满,成熟早,又耐旱,你去后,别忘了捎回一些种子来!"昭君连连点头答应。

第二天,宝坪村的乡亲们都说昨夜梦见昭君回乡了。更新奇的是,都说土地爷爷跟他们转告了昭君的话,叫他们试种一年三季的庄稼,她去北方后一定捎回粟谷种子。

第二年,宝坪村的乡亲们耕好了田,下足了肥,眼巴巴地望着北方,盼着昭君捎回粟谷种子。有一天,北方天空几道金钩闪闪一晃,接着几声炸雷,扇形田里便传来了簌簌下雨的声音。大伙站在田边仔细一瞧,嘿! 全是圆溜溜、金闪闪的小籽粒。老农夫看了说:"这不就是昭君捎回的粟谷种子吗!"这种子落地才六十天,庄稼就黄熟了。全村的男女老少手捧金黄喷香的粟米,登上望

---

① 吴一虹、吴碧云编《王昭君传说》,兰州:甘肃人民出版社,1983年版,第89—94页。

月楼,遥望北方,挽袖作揖,感激昭君给家乡亲人带来人寿年丰的光景。

这篇充满神奇色彩的传说,讲述昭君心念故乡,于梦中为乡邻们排忧解难,不仅请来各路神仙帮忙,还从北方捎回粟谷种子,帮助家乡人过上人寿年丰的好日子。有学者曾说:"传说既是故事,又不是故事。这是因为,故事的虚构可以达到荒诞不经的地步,而传说无论在流传的过程中被附加了多少成分,被填充了多少内容,如果剥落那一层一层的厚厚包裹,其中心之物总是要与现实有着丝缕相牵的联系,存在着一个真实的内核,一个可资纪念的事物。"①这篇传说的内核就是昭君的所作所为是为了让人民都过上衣食无忧的安稳日子。

由上述传说可以看出,播于众人之口的传说早已将昭君的故事融入家乡的山山水水,在乡邻们的心中,昭君从未远去。村民们满含深情地讲述昭君故事,弘扬昭君舍己为人、兴利为民的美德,将昭君善良无私、坚韧豁达的品格,像种子一样播撒在听者的心田。与此同时,宝坪村的望月楼、楠木井、娘娘井、绣鞋洞、王字崖和三熟地等文学景观,也深深烙印在大众的心中,吸引着人们纷至沓来,探寻昭君踪迹,缅怀昭君功绩。正如学者所言:"村里的旧址遗迹,趣闻轶事,真伪如何并不重要,无须费力考查,重要的是它寄托着故乡人民对王昭君怀念的深情。是骄傲,是象征,是纪念。"②

二、香溪

香溪是长江的一条支流,发源于神农架,于香溪镇东侧注入长

---

① 蒋方《汉月边关万古情——昭君与昭君文化》,北京:商务印书馆,2015年版,第182页。

② 吴道周《昭君故里》,武汉:湖北人民出版社,1984年版,第13页。

江,全长九十余公里。据史籍记载:"香溪,州东南二十里。源出兴山县南,流入江,其入江处谓之香溪口。一名昭君溪,相传昭君曾涤妆于此,因名。……又名昭君溪,州东北四十里,盖有昭君村。……兴山县有香溪,即王昭君所游处。见《寰宇记》。香溪源出昭君村,水味甚美。"[1]一般人们习惯将昭君村前响滩到秭归这一段称作香溪河。"楚人但爱香溪水,溪边为有昭君村"(元·阎伯敏《圣泉峰》),这或许是对古代诗人偏好吟咏香溪的最好诠释。

（一）古代诗人笔下的灵秀之溪

香溪作为咏昭君诗中的文学景观,目前已知始于唐代蒋冽的《巫山之阳香溪之阴明妃神女旧迹存焉》一诗,其诗云:

> 神女归巫峡,明妃入汉宫。
> 捣衣余石在,荐枕旧台空。
> 行雨有时度,溪流何日穷?
> 至今词赋里,凄怆写遗风。

诗题标明昭君故里在香溪之南,按诗中所述,在唐代香溪河畔尚存有昭君的旧迹遗台。但此后宋元明的诗人很少在诗中提及香溪,直到清代,才又有了以香溪为题的诗作:

> 溪女浣春妆,溪流溅粉香。
> 分明一奁镜,不照汉宫王。
> ——凌如焕《香溪》

> 闻道香溪水,神仙旧有家。
> 岸低风簇浪,滩浅石笼沙。

---

① 《宜昌府志》卷二《疆域》,台北:成文出版社,1970年版,第64页。

入盏浑疑酒，当炉可试茶。
昭君已北嫁，空自衬朝霞。
——周启运《香溪》

明妃有遗迹，遥望野烟笼。
珮响如流水，衣香俨过风。
啁啾山鸟下，摇漾草花红。
恍惚琵琶怨，犹弹夜月中。
——彭锦心《香溪》

这三首题为《香溪》的诗歌，第一首感叹昔日昭君在香溪边梳妆打扮，但如今明镜般清澈的香溪水再也无缘照见昭君；第二首借景抒情、以典寓意，以香溪岸低水浅、滩石流沙空映朝阳的情景，抒发诗人对昭君远嫁的无限感慨；第三首借香溪河畔的遗迹旧址、鸟鸣花红，遥想当年昭君月夜弹奏琵琶的举止和幽怨。总之，清代诗人吟咏香溪是通过展现昭君当年的生活场景，在山水相映、绿野红花的大自然中，烘托昭君当年淡然平静的生活，由此抒发诗人们对时光流逝、物是人非的叹惋。

在清代诗人的笔下，香溪是昭君故里的代名词，是孕育昭君灵心慧质的秀美之地："清清香溪水，水清清见底。生长有昭君，秀灵钟彼美。"（王大谦《王昭君故里》）"明妃钟秀地，溪水尚留香。"（李拨《吊昭君》）香溪是昭君魂牵梦绕的溪流："溪流流不尽，万古故乡情。"（王绍钰《香溪明妃村》）同时也是人们触景生情、思念昭君的地方："香溪溪水碧天涯，照见云鬟日浣纱。溪上泉声和珮响，教侬怎不忆琵琶。"（《秭归竹枝词》）"昭君浣纱处，溪水至今香。"（陶澍《昭君村》）在清代诗人的眼中，香溪钟灵毓秀，当年昭君浣纱的遗迹犹在，余香尚存，昭君在此生活过的印记从未消散。

清人笔下的香溪作为昭君故乡的代名词，常与昭君生活的另一空间——塞外形成鲜明的对比："香溪流影魂飞动，塞上吹箫风有无。"（张鹏翩《昭君青冢》）"可怜憔悴边关月，长照香溪洗翠鬟。"（贾治《七连坪吊明妃》）"香溪流水吊娉婷，生忆南朝死北庭。"（李映棻《昭君》）"雁门古冢生青芜，香溪碧水流珊瑚。"（李含章《明妃出塞图》）这些诗句，一句说湖北香溪，一句言塞北边地，由昭君的生长地香溪，直接跳跃到昭君的掩埋地塞外，这种空间的快速转换，越发显现出香溪孕育了昭君的灵秀，见证了昭君故乡生活的美好。香溪在昭君心中的无可替代，也成为古代诗人咏昭君的神思凝结之处。

（二）故里乡邻口中的追思之源

香溪又称"木箱溪"，原本是昭君村前一条无名小溪。据《木箱溪》①传说，由木箱溪到香溪的更名与昭君的一段往事有关：很早以前，宝坪这地方没有溪河，人们全靠挖泥坑、接雨水、开荒地、刨石缝过日子。离村子不远有一个乌龙洞，常能听到流水声，却不见水流出。据说洞中有条老乌龙，将满山的流水全都吞进肚子里去了。

有一年天旱，村人去乌龙洞烧香求雨，跪拜了三天三夜，乌龙并不开恩。恰好此时神农大仙由此经过，他答应帮村人找水，于是挑着绿色木箱走进乌龙洞，很快洞中流出的泉水汇成了小溪，解除了旱灾。

昭君从小就喜欢在小溪边梳头理妆，村中的鲁员外因痛恨昭君常给村民讲神农大仙赠宝箱、降乌龙的故事，便暗中施计，利用绿色木箱漂流到昭君梳妆台前便打着旋圈停留下来的事，散布"乌龙发怒，要娶昭君，如若不然，全村扫平"的谣言，弄得方圆百里人心惶惶。

为了安抚百姓，昭君凭着她对当地风雨气候和溪河水性的认

① 吴一虹、吴碧云编《王昭君传说》，兰州：甘肃人民出版社，1983年版，第28页。

识,坦然面对鲁员外的挑衅,先是借助洪水让大木箱顺利飘过梳妆台,后又在神农大仙的帮助下,巧换溪中的木箱,挫败了鲁员外胁迫自己的阴谋诡计。从此,宝坪村的人便将村前的这条无名小溪定名为木箱溪。后来,因昭君出塞和亲,她洒泪告别父老乡亲时,将浸透了泪水的香帕在溪水中洗涤,溪水尽香,便更名香溪了。

另外,《香溪免潮》①在讲述香溪的由来时,也附会了这一说法。据说昭君出塞和亲之前,曾回宝坪村探亲。在离开家乡之际,昭君心中涌起难舍之情,"泪水湿透了她的丝罗香帕,她就伏在船边在溪河里洗着。帕子上沾着泪水的脂粉溶在水里,把深深的溪水给染香了。从此,乡亲们就叫这条溪河为香溪河"。② 这些有关香溪得名的传说,或讲述昭君以聪明智慧与当地恶霸相抗争的故事,弘扬昭君一身正气、爱民护民的无畏精神;或描述昭君对故乡的依恋难舍之情。总之,这条与昭君早年生活相伴的溪流,不仅流淌在昭君生命的深处,而且成为乡邻故旧讲述昭君故事的地理定位和空间背景。由此,香溪也成为昭君传说中不可或缺的文学景观。

《免潮》③和《香溪免潮》可视为昭君传说中的姊妹篇,它们从不同的角度,试图解释香溪入海口没有浪潮这一自然现象。在"长江三峡两岸,有上百条溪河汇入大江,每条溪河的口子上,都浪潮汹涌,波涛翻腾。独有王昭君故乡香溪河口上,一年四季,水势平稳,无浪无潮"。④ 为什么唯独香溪口无浪无潮呢? 民间传说这与昭君有关。

传说一曰:昭君省亲回长安时,乘小龙舟来到长江与香溪汇合处,刚到溪口,长江便翻起波浪,一浪接一浪,打得小龙舟颠簸起

---

① 吴一虹、吴碧云编《王昭君传说》,兰州:甘肃人民出版社,1983 年版,第 71—74 页。
② 吴一虹、吴碧云编《王昭君传说》,兰州:甘肃人民出版社,1983 年版,第 71—72 页。
③ 吴一虹、吴碧云编《王昭君传说》,兰州:甘肃人民出版社,1983 年版,第 68—70 页。
④ 吴一虹、吴碧云编《王昭君传说》,兰州:甘肃人民出版社,1983 年版,第 71 页。

来。昭君不知发生了什么事,对着浪头轻轻说了一句"免潮",那浪便听话地退去,溪水从此变得如镜子般清亮平静。①

传说二曰:即将远嫁塞外的昭君要离开家乡了,乡亲们都站在河岸高坎上为她送行。心事重重的昭君隐约望见归州城东脊鱼山上的屈原庙和衣冠冢,她连忙下跪三拜,并且表示要以屈原为楷模,为汉朝贡献微薄之力。她发自肺腑的话语,引得送行人群纷纷向昭君下拜。这一拜不打紧,霎时间,长江涛声如雷,排江倒海的大浪奔泻而来,直扑香溪河口。老艄公说这是昭君为国为民的高尚品德感动了长江,所以七百里峡江水前来朝拜昭君。大潮涌向沙洲,昭君也连忙三次回拜浪潮,并连声说:"免朝! 免朝!"昭君的本意是叫江水免了向她朝拜的礼节,没想到被听成了昭君叫它们从此不要在香溪口汇聚。昭君的话刚说完,那浪潮顿时退了下去。从这以后,千百年来,香溪河口就再也不见浪潮翻卷了。②

这两篇充满神奇色彩的传说,将香溪无潮的自然现象,巧妙地解释为浪潮聚而为昭君送行,昭君的一句"免潮",带来了意想不到的效果。长江浪潮对昭君免潮的言听计从,其实是民众赋予昭君的神力,更是民众信奉崇拜昭君的一种体现。

三、昭君台

在湖北兴山城南的香溪河畔,有一座拔地而起的圆锥形小山,人称妃台山。据记载:"昭君台,在县前南山之阳。《图经》:'在兴州山南。'汉掖庭待诏王嫱,字昭君,南郡秭归人。邑人悯昭君不回,立台以祭。"③昭君台作为备受人们关注、贯穿古今文学的一处

---

①　吴一虹、吴碧云编《王昭君传说》,兰州:甘肃人民出版社,1983 年版,第 68 页。

②　吴一虹、吴碧云编《王昭君传说》,兰州:甘肃人民出版社,1983 年版,第 72—74 页。

③　(清)迈柱《湖广通志》卷七十七《古迹志·武昌府·兴山县》,《四库全书》本。

景观,不仅是古代文人登临吊古、伤悼昭君的叹惋之处,也是乡邻们遥想往事、追思昭君的必提景观。

（一）文人登台怀古的凄婉悲怆

从现存的诗歌来看,古代文人最早以昭君台为题的诗作,是宋代诗人范成大的《昭君台》,诗前小序曰:"在兴山界中,乡人怜昭君,筑台望之,下有香溪。然三峡女子,十有九瘿。"诗曰:

> 天生尤物元无种,万里巴村出青冢。
> 高台望思台已荒,东风溪涨流水香。
> 婵娟钟美空万古,翻使乡山多丑女。
> 灸眉作瘢亦不须,人人有瘿如瓠壶。

这首诗在抒发对时光荏苒、台荒溪涨无限感慨的同时,还表达了诗人登临昭君台的复杂心绪和深深忧思:眼前的香溪依然如故,但昭君台却早已荒芜一片。自古以来就出绝色美女的昭君村,如今的女儿们却面灼瘢痕,自毁容颜,这一触目惊心的习俗令诗人震惊。针对这一现象,有学者曾言:"王昭君出生的地方,如今却变成了丑女成群,瘿疾肆虐,事实上未必如此,作者藉此立论,说明腐败的社会政治,伤害的不是昭君一人,而是整个三峡女子,而且不止一代,还代代相传!"[①]如此说来,这首咏昭君台诗作的意蕴不容小觑。

古人有关昭君台的吟咏,主要集中在清代,目前尚存 10 首咏昭君台的诗作。清代诗人登临昭君台吊古伤今,抒发内心的感慨,其中叶调元的《昭君台》立意不凡,值得关注:

---

① 可咏雪、戴其芳、余国钦、李世馨、武高明编注,郝存柱审定《历代吟咏昭君诗词曲全辑·评注》,呼和浩特:内蒙古大学出版社,2009 年版,第 67 页。

> 生长明妃何处村,高台犹倚白云根。
> 名山一角余芳泽,薄命千秋共泪痕。
> 那得黄金赂画手,但留青冢答君恩。
> 琵琶声里沙场静,却胜文姬返玉关。

诗人由昭君台遥想历史,叹昭君命运坎坷,赞昭君集忠善于一身的美德,认为昭君出塞起到了为君王解忧、保边疆安宁的作用。这在清人咏昭君台的诗歌中,可谓是立意高远的难得之作。

清代诗人登临妃台山,其遐思自然追随昭君而去,眼前不变的山水景色、千年遥响的琵琶声,历史的影踪不断地涌上他们的心头,于是"台在人已没,人去台亦渺"(乔守中《过昭君台》)的千古忧思,便流淌至笔端:"环佩辞家园,荒台几岁华。野花含别泪,山鸟沂悲笳。露濯莓台古,云生石径斜。"(吴胜初《昭君台怀古》)"同感荒台明月里,空留胜迹晓晴初。鞍鞯辞国人何在?巾帼和戎计已疏。满面胡沙红粉绝,倾城竟已叹丘墟。"(褚坛《和昭君台书怀》)这种物是人非、人去台荒的眼前景,不禁勾起诗人心中的无限情,可以说叹惋和哀伤便成为清人登临昭君台的共同感受。

除此之外,还有一些诗作,或描述家园依旧、冷水呜咽的凄凉:"妃台山上草青青,妃台山下水冷冷。"(杨定元《竹枝词》)"荆门山下香溪水,日日东流咽夕晖。"(吴羲樽《昭君台怀古》)或描述妃台山的晓日和夕阳,抒发不胜古今之感:"初日照人来,梳妆胜此台。山村余粉黛,溪水涌悲哀。早雾笼青冢,朝烟冷碧苔。"(段大全《妃台晓日》)"巴山夜雨隔前溪,巫峡朝云望欲迷。借问此间何处好?明妃台上夕阳西。"(窦欲峻《明妃台》)或以遗响千古的琵琶声,寄寓昭君一去不回的悲怨:"远嫁匈奴去不归,琵琶声断暮云飞。"(吴羲樽《昭君台怀古》)"榆林烟雨桃花泪,一曲琵琶一断肠。"(刘耀藜《昭君台》)或借伤悼昭君以宣泄自己在现实中无法遁逃的怅惘:"往来凭吊客,惆怅一停车。"(吴胜初《昭君台怀古》)"赖有闲情势笔墨,忽将往返付荒墟。"(汪铭《昭君台书怀》)很明显,清代诗人在登台吊古之时的今昔之叹,既包含着他们回想历史、伤悼昭君命运时的真情实感,同时也流露出他们伤时感怀的个人凄楚,其中不乏世事沧桑的无限惆怅。

（二）民众传述妃台山的瑰丽壮观

自清代以来,兴山就有了"兴山八景"之说,"妃台晓日"则位居"兴山八景"之冠,有关这一盛景的由来,还有一段动人的传说:听老人们讲,昭君从小就天资聪明,心灵手巧,绘得一手好画,绣得一手好花,村邻们找她描花绣图,她从不推辞。

有一次,从凤凰山来了一个老婆婆,请昭君帮忙绣一只凤凰,限期是十天。这下可把昭君给难住了,因为她没见过凤凰,所以左描右描,怎么也绣不出来。到了第十天的早晨,昭君刚起床,就看见一只金色飞鸟在窗前一晃。昭君赶紧下楼去追,金凤凰飞过香溪河,落在一个山台上。等昭君来到山台,金凤凰却不知飞到哪儿去了。昭君正在气恼,没想到她一转身,看到远远的那座山美极了,如同一只展翅的凤凰,被霞光染成了金色,昭君高兴极了。

正在这时,那个老婆婆从山那边走过来,她笑呵呵地对昭君说:"姑娘,也真难为你了。我再给你十天,你就在这山台上来绣吧!"接下来每天都下着连阴雨,可昭君并不气馁,每天清早带着锦绢和针线,渡过香溪河,来到山台上。到了第十天,太阳终于出来了,万道金光,把凤凰山装点得更加瑰丽壮观。昭君迎着朝霞,飞针走线,终于绣出一幅活生生的"凤凰展翅"。老婆婆看了心下喜欢,逢人就说:"昭君姑娘心儿好,手儿巧,真是织女星下凡啦!"从此,昭君常渡过香溪河,来到山台上绣景,人们便将这个山台称为"昭君台"。

几年以后,昭君被选入宫。临行那天,乡亲们早早就赶到昭君台来送行。昭君的彩船渐渐远去,人们翘首眺望,望着望着就见一幅幅奇景展现在眼前:东边是"凤凰展翅",西边是"五指列秀""仙侣春云",南面有"桔林驯鹿""珠潭秋月",北面有"扇岭啼猿""屈洞寒烟"。人们对此赞不绝口,可又觉得只有七幅,要有八幅该多好呵! 大伙正在谈论着,那位请昭君绣"凤凰展翅"的老婆婆也赶来了,她说:"你们看,昭君姑娘常在这儿迎着日出,飞针走线绣景的'妃台晓日',不是也很美么?"听老婆婆一说,人们无不叫好。至此,"妃台晓日"便传开了。①

这则广泛流传于昭君故里的民间传说,一边解释昭君台的来历,一边讲述"妃台晓日"的传奇。既描述妃台山的瑰丽壮观,又赞美昭君的聪明善良、心灵手巧,其中饱含着家乡父老对昭君聪慧灵秀、助人为乐个性与美德的传扬。

四、昭君墓

日本民俗学之父柳田国南在《传说论》中曾说:"传说,有其中心点。……传说的核心,必有纪念物。无论是楼台庙宇,寺社庵观,也无论是陵丘墓塚,宅门户院,总有个灵光的圣址、信仰的靶的,也可谓之传说的花坛发源的故地,成为一个中心。"②青冢作为昭君的核心纪念物,千百年来频繁出现在历代咏昭君诗中,而有关昭君墓的传说也是家喻户晓、妇孺皆知。内蒙古自治区是昭君墓传说的中心区,此外,在安徽、山西、甘肃甚至是新疆等地,也流传着青冢的故事和传说,其传播地域之广、范围之大可见一斑。

从文学地理学的角度来看,青冢既是实体性文学景观,也是可视性的文化景观。作为著名的文学景观,青冢既有能够唤起人们记忆的眼前实物,又存在大量吟咏它的古代诗词,还有以活态方式

① 吴一虹、吴碧云编《王昭君传说》,兰州:甘肃人民出版社,1983年版,第42—45页。

② [日]柳田国南著,连湘译,紫晨校《传说论》,北京:中国民间文艺出版社,1985年版,第26页。

流布于民众之口的传说故事;作为著名的文化景观,青冢是古代历史的一座丰碑,也是今天内蒙古自治区地域文化的一张名片。历史学家翦伯赞曾说:"在大青山脚下,只有一个古迹是永远不会废弃的,那就是被称为青冢的昭君墓。因为在内蒙人民的心中,王昭君已不是一个人物,而是一个象征,一个民族友好的象征;昭君墓已不是一个坟墓,而是一座民族友好的历史纪念塔。"[1]这是对昭君和亲历史功绩的高度赞扬,也是对青冢能够成为著名文学景观和文化景观的最好诠释。"昭君自有千古在,胡汉和亲识见高"(董必武《谒昭君墓》),今天屹立于昭君墓前的诗碑,也为名扬四海的昭君墓增添了深邃的意蕴。

（一）青冢的来历及传说

青冢即昭君墓,蒙语为"特木儿乌尔虎"(汉语意为"铁垒")。据《归绥县志》记载:"汉昭君墓,在旧城南二十里,高二十丈,阔五十亩,有土道可拾级而登,墓前石碑六。……《一统志》:'昭君墓在丰州西三十里,地多白草,此冢独青,故名青冢。'"[2]由此可知青冢的地理位置、名称由来和外形样貌等相关情况。据传说,昭君墓在内蒙古和山西北部等地还有多达十几处,如八拜昭君墓、朱堡昭君墓和伊克昭盟达拉特旗昭君墓等。

民间有关青冢的描述极富想象,充满趣味。据满族传说:"呼和浩特的昭君坟,座落在大黑河畔上,坟堆高达十余丈,象只上供的寿饽饽,孤零零地簇立在平川上,十分醒目。"[3]并云"昭君坟一日三变:'晨如峰,午如钟,酉如釜。'这就是说,昭君坟在晨雾缭绕中,好像一座高大的山峰;晌午,好像一座大银钟蹲在那里;日头落

---

① 翦伯赞《内蒙访古》,《人民日报》1961 年 12 月 13 日。

② 郑植昌修,郑裕孚纂《归绥县志·舆地志》,台北:成文出版社,1968 年版,第115 页。

③ 佟靖仁编著,岳文瑞校订《呼和浩特满族民间故事选》,呼和浩特:内蒙古大学出版社,1989 年版,第 90 页。

时，又像座大蘑菇山长在草原上。"①而流传于新疆的传说则云："这坟的式样，每日要三变：当'日出三竿'，便像仰盂模样；正午便似盖盎；到日落时，又像笠子一般了。"②（《昭君坟传说在新疆》）这些传说的发源地距离遥远，但对青冢样貌的描述却有异曲同工之妙。

在《回天宫》传说中，青冢的来历则充满浪漫色彩。据说，昭君奉天帝之命要回天宫去，在升天的过程中，从昭君"头上掉下的一颗绿玉石，闪闪发光，变成了这座山顶的青草和树木，一年四季从不枯黄，这就是今天的昭君坟。"③《昭君活在草原上》的故事则讲述昭君在丈夫去世后，要求儿女陪她回汉地老家探亲，当他们渡过大黑河，来到雁门关，百姓纷纷出关来迎接她。昭君高兴地站在勒勒车上招手，不料从颠簸的马车上跌了下来，她用手指了指大黑河畔，便含笑离开了人间。于是"人们按着她的心愿，把她安葬在大黑河南畔，为她建起了坟墓。久而久之，昭君坟也长得山一样高大！有人说，胡汉（即昭君的丈夫）的坟有多大，昭君的坟就有多大，夫妻相随嘛！又有人说，昭君坟四季长青的原因就在于她思念家乡四季如春的缘故；同时，也表达了她的美好愿望：让塞北也同江南一样秀丽长青！"④显然传说中昭君的离世以及青冢的来历，都寄寓着人们对昭君的美好想象。昭君生前为汉匈人民的和平生活作出了贡献，死后她还会留在边地，继续护佑两地的生民百姓。

---

① 佟靖仁编著，岳文瑞校订《呼和浩特满族民间故事选》，呼和浩特：内蒙古大学出版社，1989年版，第102页。

② 王世祯《中国神话事迹篇》，台北：星光出版社，1981年版，第282页。

③ 余尚、洁芒《流芳百世今尤炽》，见巴特尔编选《昭君论文选》，呼和浩特：内蒙古人民出版社，2004年版，第419页。

④ 佟靖仁编著，岳文瑞校订《呼和浩特满族民间故事选》，呼和浩特：内蒙古大学出版社，1989年版，第102页。

（二）古代文人咏青冢由悲至赞

古代文人咏青冢始见于唐代,目前已知最早将青冢写入诗歌的是唐代诗人常建,他笔下有"汉家此去三千里,青冢常无草木烟"(《塞下曲》)的诗句。此后,李白有"生乏黄金枉图画,死留青冢使人嗟"(《王昭君》)、杜甫有"一去紫台连朔漠,独留青冢向黄昏"(《咏怀古迹》其三)的咏叹,白居易、杜牧、胡曾等还留下题为《青冢》的诗作。白居易的《青冢》写尽昭君墓的荒寒阴怨:"上有饥鹰号,下有枯蓬走。茫茫边雪里,一掬沙培塿。传是昭君墓,埋闭蛾眉久。凝脂化为泥,铅黛复何有。唯有阴怨气,时生坟左右。"此后,唐人咏青冢也多沿此哀怨凄伤的情调:"恨为秋色晚,愁结暮云阴。"(张祜《赋昭君冢》)"蛾眉一坠穷泉路,夜夜孤魂月下愁。"(杜牧《青冢》)"至今青冢愁云起,疑是佳人恨未销。"(胡曾《青冢》)唐代诗人将青冢写得愁云惨淡、魂孤恨结,这种表达方式,正如学者所言:"这些诗人在被称作青冢的昭君墓前,树立了一块抒情的堕泪碑,一千多年来,在这块堕泪碑前,洒遍了诗人的眼泪,题满了诗人的挽歌。"[1]在唐代只有张蠙的《青冢》思路开阔,别开生面:

倾国可能胜效国? 无劳冥寞更思回。
太真虽是承恩死,只作飞尘向马嵬。

诗人将昭君与杨玉环的命运进行对比,在宽慰昭君的同时,肯定她的和亲为报国之举。

宋代已有亲历青冢而作的诗歌,此后历代相续。宋代冯山的《青冢行》为寒食节纪实之作:"隔溪青冢高巍巍,砖片露出空余碑。子孙因官往南北,温暖时节无人知。虚有官阶又无食,旧日松楸已荆棘。不及寻常百姓家,泉中却得儿孙力。"诗人一面感叹青冢砖露坟荒

---

[1]　翦伯赞《从西汉的和亲政策说到昭君出塞》,《光明日报》1961 年 2 月 5 日。

的景象，一面为昭君后人游官在外，寒食节都不得为之上坟而悲哀。

元代访青冢并留有诗作的文人不多，耶律楚材在《过东胜用先君文献公韵》中描述："荒城潇洒枕长河，古寺碑文半灭磨。青冢路遥人去少，黑山寒重雁来多。"反映出青冢在元代荒颓寂寥的真实情景。他的《过青冢次搏霄韵》和《过青冢用先君文献公韵》（二首）则借史抒悲、语气沉重：

> 汉室空成一土丘，至今仍未雪前羞。
> 不禁出塞涉沙碛，最恨临轩辞冕旒。
> 幽怨半和青冢月，闲云常锁黑河秋。
> 滔滔天斩东流水，不尽明妃万古愁。
> ——耶律楚材《过青冢次搏霄韵》

> 当年遗恨叹昭君，玉貌冰肤染塞尘。
> 边塞未安嫔侮房，朝廷何事拜功臣？
> ——耶律楚材《过青冢用先君文献公韵》其一

> 朝云雁唤天山外，残日猿悲黑水滨。
> 十里春风青冢道，落花犹似汉宫春。
> ——耶律楚材《过青冢用先君文献公韵》其二

这三首诗否定了汉代的和亲政策，既代昭君抒悲言恨，又讥讽汉廷的腐朽昏昧，只可惜未跳出前人悲吟昭君出塞的窠臼。

在古人咏青冢的诗作中，明代霍瑛的《青冢吊明妃》（二首）则立意高妙，言浅意深：

> 琵琶弹出汉宫秋，青冢千年姓字留。
> 多少红颜承主幸，名随身世尽东流。

　　娥眉出塞万家春，不数将军作虎臣。
　　但使此身能报国，何妨恩宠属他人。

这两首诗盛赞昭君出塞以身报国之举，颂扬和亲为汉匈带来民乐
人和的太平景象，在赞颂昭君的献身精神和崇高品格的同时，也提
升了古人咏青冢诗的境界。朱梦炎的《过昭君墓》则是诗人凭吊青
冢的感怀之作：

　　青冢苍茫古道前，黑河流水自潺湲。
　　千年恨满琵琶曲，万里寒生苜蓿烟。
　　奏凯已闻清朔漠，和亲不用叹婵娟。
　　汉家往事昭前监，有道应须慎守边。

诗人由眼前苍茫的古道、潺湲的流水，联想昭君葬身青冢的孤恨，
同时由汉代因御边无力而实行和亲政策，委婉提醒时人应慎守边
疆，以古鉴今之意甚明。
　　清代有不少诗人因奉使赴边而途经归化城，他们身临其境，访
吊青冢，诗歌也写得真实感人，别具特色。耆英在他的《汉明妃墓》
小序中曾说："咏昭君墓者众，睹其墓者鲜。予于戊申之秋奉使丰
州，公务既藏，以归城廿里青冢具存，随阶爱堂侍郎驰往一观。"并
留下"声泪动天地，名妃垂千古。边草伴芳魂，红颜余朽骨"的歌
吟。此时到过青冢的诗人也纷纷留下诗作，描述凭吊青冢之所见：
"昨出雁门关，行宿黑水边。河边穹碑高嵯峨，大书屹立明妃墓，令
我吊古双滂沱。"（余正酉《青冢行》）"我从去年守边州，访古一到城
南头。暮雨难禁白发感，远山如见翠眉愁。翁仲摧残石马倒，野棠
零落胭脂老。漆灯焰尽不知年，可怜惟有青青草。"（方志光《青冢
曲》）"平畴千里见崇阿，为谒明妃枉道过。浊酒一杯无处觅，尘衣
三拜莫嫌多。芳魂确否留青冢，玉骨曾无委黑波。倘使幽灵终未

隔,夜来祈梦看如何?"(富察明义《过昭君墓》)诗人们寻迹而至,凭吊青冢,一边描述亲历所见,一边抒发所思所感。他们或见碑伤情落泪,或因青冢颓荒而感慨不已,或于墓前拜祭,祈求梦中与昭君的灵魂相遇。这些纪实性的诗歌不仅反映出清代诗人面对青冢的复杂心绪和情感,还有助于后人了解清代昭君墓的真实情况,同时也扩展了青冢景观的人文内涵。

徐兰在出塞途中曾到过青冢,并赋诗二首,其纪实性的写法,具有一定的史料学价值:

> 城南耸古冢,颜色独葱青。
> 冢上狮虎踞,冢前杨柳横。
> 疏花点碧瓦,隧路风凄清。
> 红颜怨其下,白草不忍生。
> 土人俗尚鬼,恐惧修当楹。
> 牛羊莫敢践,黄土沾余荣。
> 客有一卮酒,汉水亲酿成。
> 茫茫寒食天,还向龙堆倾。
>
> ——《清明日酹青冢》

> 谁栽一株柳,万古覆美人。
> 纵非汉时物,约略应千春。
> 春风自东来,叶叶如含颦。
> 长条覆数亩,其下无纤尘。
> 塞外地苦寒,土人恒患贫。
> 木长不过丈,草绿无十旬。
> 扶桑若可攀,不怕摧为薪。
> 此柳得稳卧,无乃有鬼神。
>
> ——《青冢前卧柳》

这两首诗,前者以平实的语言叙述清明节酹祭昭君的情景,不仅使人窥见清初昭君墓的衰颓景象,还透露出青冢在当地人心中的神圣地位,从中可见诗人对昭君的缅怀和敬仰;后者则细致描述冢前一株卧柳的姿态,见物思人,由今及古。那株匍匐倒地却依然生机盎然的卧柳,犹如特写镜头,定格在人们的心中。卧柳以它苍老遒劲的形态,似乎展现出昭君身上那种傲岸不屈的精神和为两族和好至死不渝的坚定与执着。而冢前卧柳的长存,应是当地百姓崇敬昭君的真实体现。"至今青冢草,牛羊不敢龁"(陆燿《王昭君辞并序》),在当地百姓的心中,青冢是神圣的,人们不去青冢边上放牧,牛羊也不敢吃其附近的青草。

张鹏翮在康熙二十七年(1688)曾随同大臣索额图奉使俄罗斯,途经张家口至库伦、恰克图,路过青冢。据他在《俄罗斯行程纪略》中的记述:"城南负郭有黑河青冢古迹,远望如山,策马往观,高二十丈,阔数十亩,顶有土屋一间,四壁累砌,藏以瓦瓮。下有古柳一株卧地。中空如船,而枝干上伸,苍茂如虬,巢有乌鸦。……冢前有石虎双列,白石狮子仅存其一,光莹精工,必中国所制也,以赐明妃者也;绿琉璃瓦砾狼藉,似享殿遗址,惜无片碣可考。"①当时的青冢已经荒芜、零落。他的《昭君青冢》云:

> 独留青冢古城隅,愧杀当年汉大夫!
> 万里长城凭粉黛,千秋国士老樵渔。
> 香溪流影魂飞动,塞上吹箫凤有无。
> 延寿写真君莫恨,长门空锁月明孤。

诗人因袭前人对昭君出塞的传统看法,认为汉匈和亲是汉朝君臣

---

① （清）张鹏翮《俄罗斯行程纪略》,北京:中华书局,1991 年版,第 12 页。

无能的表现,抵御匈奴本应依靠勇武的将士,汉廷却依赖美女御边,而真正的国士却老死于樵渔之间,根本没有施展才能的机会,怀古伤悼之情甚明。

清人唐建中的《题徐芬若从军沙漠路经青冢嘱虞山黄遵古绘图赋诗咏之》诗曰:"自言边地尽飞狐,青冢犹在边西陲。世人但闻图经说,我昔从军亲见之。前临黑河后祁连,黄沙千里胡马速。其地万古无春风,但见白草常离离。一抔独戴中华土,青青之色长不萎。我时往拜值寒食,系马冢前古柳枝。此柳亦疑汉宫物,枝枝叶叶皆南垂。下有无名之石兽,上有无主之荒祠。兽腹依稀青冢字,刻画认是唐人为;祠中络绎献挏酪,碧眼倒地呼阏氏。至今牧儿不敢上,飞鸟绝声马不嘶。"由此可知,青冢在清代虽然已呈现出荒凉颓衰之势,但当地百姓对青冢依然敬若神明,碧眼胡儿也时有供奉膜拜,这些都足以说明历经千年,广大民众并未忘记昭君,昭君依然是他们心中的保护神。

康熙皇帝作有《王昭君》《王明君》《于阗采花》等多首咏昭君诗,他巡边曾经过归化城,作有《昭君墓并序》抒发己见,别具一格。其序文曰:

> 匈奴梗化边陲,自周秦汉唐,无代不有。顷朕于春夏亲统六师,破厄鲁特噶尔丹于克鲁伦河西北,复于秋九月西巡,由张家口出塞,抚察我边鄙。厄鲁特败残之众,降者踵至,其头目来归者,咸予近职,开诚示信、绝无猜疑。冬十月十三日至归化城,为我兵屯戍之所。城南十余里,土阜突然,传为昭君墓,即《志》所云青冢也。昔有不得志于功名或身遭迁谪,往往托昭君怨而为诗,以写其抑郁。则在当日之怨极而悲,又不知何如。此冢之留兹土,适足为汉讥焉。我国家舆图远大,遐迩诸部落,世世臣属,奔走不暇,凡有驱策,如臂之使指,甘为仆婢而不辞。恒自缅怀前烈,敢不慎修思永。夫昭君墓何足咏

也。因之有感于治理,遂成八韵。①

这段序文一是言及自古以来历代朝廷多有边陲之忧,清廷采取了破敌安边、重用降者的策略;二是指出文人士大夫托昭君出塞之事,抒一己之怨的写作传统;三则认为青冢的存在是对汉朝的讥讽,与此同时还为清廷经略边疆有方而感到自豪。其诗云:

> 南北分天地,存亡见庙谟。
> 含悲辞汉主,挥泪赴匈奴。
> 目睹当年冢,心怀四海图。
> 葆旌巡远徼,藩落效驰驱。
> 欲笑和亲失,还嫌饵术迂。
> 开诚示异族,布化越荒途。
> 漠漠龙沙际,寥寥雁塞隅,
> 偶吟因有触,意独与人殊。

康熙皇帝遥想昭君当年洒泪离宫的情景,以今日犹存的青冢,一边讥讽汉朝的和亲政策,一边展现其安边定国、以诚心感化异族的豪情壮志,谈古论今,深谋远虑,身为帝王的心胸和眼界实非一般诗人可比。

清代诗人无论是否到过青冢,在吟咏青冢时,大多都从昭君和亲效力于国家民族的高度,赞扬昭君的青史留名和千古流芳。彦德的《青冢》作于他镇守绥远城之时,诗歌以其高远的立意,堪称清人咏青冢诗的佳作:

> 闺阁堪垂世,明妃冠汉宫。

---

① (清)玄烨《圣祖仁皇帝御制文集》卷四十七,《四库全书》本。

一身归朔漠，数代靖兵戎。

若以功名论，几与霍卫同。

人皆悲远嫁，我独羡遭逢。

纵使承恩宠，焉能保始终。

至今青冢在，绝胜赋秋风。

诗人高度赞扬昭君和亲之功，认为昭君和亲安边的功绩与卫霍抗击匈奴的功劳无异，由此发出羡慕昭君以身报国的心声。此外，其他诗人也有"安刘直继苏卿节，自是穹庐胜掖庭"（叶廷芳《昭君墓和友人作》），"不共赵家讧祸水，能令虏幕息征尘"（徐树璟《青冢拥黛》）等诗句，这些诗作一反前人咏青冢以悲愁泪恨为常态的写法，代表着清代咏昭君诗的一种新变。有学者认为，清人这种观念及表述方式的转变，与清代的社会状况和文化思潮密切相关："清代经世致用的实学思潮使王昭君也追求才以致用，而公羊学派的重新兴起，那种'夷狄'可以进而为'中国''诸夏'可以退为'夷狄'的民族融合观念，也在一定程度上消减了清人的心理压力。故同为异族统治，清人便一反元人的态度，大唱和亲的赞歌。"①这段话也许有助于我们理解古代文人咏青冢由悲至赞的社会原因。

（三）民众口传昭君坟神奇无限

青冢作为出现较早的著名文学景观，不仅与汉匈和亲密切相关，而且与民间百姓的情感密不可分。在民众口耳相传的过程中，青冢的传奇与神奇，随时代的发展而历久弥新。

"虚构乃传说的特权。传说中的事件，并不一定是现实中发生

---

① 王羣《在历代吟咏中逐渐偶像化的王昭君形象》，见巴特尔编选《昭君论文选》，呼和浩特：内蒙古人民出版社，2004年版，第83页。

过的,传说中的人物也不一定就是现实生活中的人物"。① 民间有关昭君坟的传说,多通过虚构的奇情异事和高度夸张的手法,给听众带来强烈的想象冲击。它们多以离奇曲折的情节和超人间的内容,吸引听众并表达主题,既出人意料又在情理之中,极大地满足了民众的精神和心理需求。《昭君与放羊后生的故事》②就讲述了昭君坟的神奇:父母早亡、受哥嫂虐待的放羊后生,只有在昭君坟才能得到庇护。放羊后生只要钻进昭君坟的小洞内,不仅可以睡足吃饱,躲雨避寒,还能用洞中的草根、草叶治病。

《昭君坟里的家俱》和《昭君娘娘借物济贫》都讲述了昭君对百姓"有求必应"的传奇故事:"古时候,土默川地广人稀,昭君坟周围村庄的人家每逢红白大事时,总要到昭君坟去借办事业用的家具。"③当地的百姓只要在昭君坟南坡的小亭内上香祈祷,便可借到那些原是汉宫里的老古董家具,直至天长日久这些老家具被耗损至光,无法再借。《昭君娘娘借物济贫》则讲述一位守寡多年的老婆婆要给独生子娶媳妇,却借不到摆酒席的桌椅,她在昭君坟前哭诉自己的苦衷,第二天她的院子里不但有了桌椅,而且连杯盘碗筷也一应俱全。从此,"三乡五里的贫苦百姓凡遇上难事,都纷纷到昭君坟去求借。而昭君娘娘呢,则是有求必应,灵验无比"。④这两段有关昭君坟的神奇传说,将昭君对大众的福泽从生前延续至死后,昭君有求必应、无私奉献的精神,也因大众的口碑而千古流传。直到今天,民间仍流传着"昭君坟里的家具——全是古董"

---

① 万建中《民间文学引论》,北京:北京大学出版社,2006 年版,第 175 页。

② 可永雪、余国钦编纂《历代昭君文学作品集》,呼和浩特:内蒙古人民出版社,2004 年版,第 485—486 页。

③ 佟靖仁编著,岳文瑞校订《呼和浩特满族民间故事选》,呼和浩特:内蒙古大学出版社,1989 年版,第 103 页。

④ 呼和浩特市群众艺术馆编《青城的传说》,呼和浩特:内蒙古人民出版社,1989 年版,第 117—179 页。

"昭君坟里的东西——好借不好还"等俗语。

有学者曾说:"有正史记载、民间传记和文艺创作的民间传说,其情节越简单的离的时间越久远;反之,随着时代的变迁,故事化情节日益完整、内容不断丰富演进的,离今天的时代越近。"[1]《金马驹》[2]的故事则以抗日战争为背景,为昭君坟的传说增加了新的时代内容:从前,昭君坟的顶上,有一个很深很深的洞,放牛的娃娃们拣石子向洞口里一丢,过好一阵儿才能听到响声,那响声仿佛有一匹小马驹,戴着一串铜铃铛,在撒欢地跑呢!日子久了,人们都说昭君坟里有个金马驹。

日本鬼子听说昭君坟里有个金马驹,以为这是个发横财的好机会。五个日本军官抢先来到昭君坟挖宝。鬼子一到昭君坟,看见坟前摆着许多好吃的:猪羊鱼肉,米饭馒头。原来,住在周围的老百姓,每逢吃好东西,都要欢欢喜喜地来给昭君娘娘上供,以表他们热爱昭君娘娘的一片心意。鬼子闻到肉香,心想先饱餐一顿,有个鬼子抓起一块羊骨头就啃,不料碎骨头正好卡在嗓子眼上,很快就给噎死了。有个鬼子气不过,抓起一个馍馍就咬,结果一口就把自己的半个舌头给咬掉了。另一个鬼子气得没法子,跑到坟顶上,往顶上的大洞里溺了一泡尿,可他还没溺完,小肚子就疼的受不住了,从坟顶滚下来,断了气。第四个家伙心眼鬼,他想不如先把顶上的洞口用土封死,改日带上大队人马再来试试。他操起铁锹,就往洞里扔土,但没扔几锹,脑袋昏的站不住,展溜溜摔了个仰八叉。这阵势把第五个鬼子给吓坏了,他跑到邻村的老百姓家里,抢来了白纸和墨汁,把坟上立的一些墓碑拓印回去作分析。他拓了五六块碑一看,发现那本来不一样的碑文,印出来却都是一样的,上

---

① 谢娅萍《民间文学题材的交融与民间文学样式的整合——以王昭君民间传说与民间歌谣为例》,《昭君文化高层论坛》(会刊)2008 年,第 118 页。

② 吴一虹、吴碧云编《王昭君传说》,兰州:甘肃人民出版社,1983 年版,第 118—120 页。

面写着"镇妖石"三字。鬼子吓得屁滚尿流，赶紧跑回去报告了。

鬼子头领听完报告，发誓要把昭君坟铲平，亲自率领大队人马，浩浩荡荡地来到了昭君坟。没料到这时的昭君坟，长起了一人多高的芦苇。鬼子的人马进去后，陷在淤泥里拔不出脚来。突然，枪子儿砰砰啪啪地响成一片，鬼子顿时死的死，伤的伤。鬼子头领气红了眼，下令向芦苇丛发动冲锋。突然"叭"地一声，从芦苇丛中飞来一颗子弹，正好把他的天灵盖给揭掉了。

这时，冲锋号响起，一支庄稼汉模样的队伍冲出来，追歼逃窜的敌人。原来，昭君坟周围的老百姓听说鬼子要来扫荡昭君坟，都争先恐后地上大青山，向游击队报告，游击队派了一支骑兵连夜下山，设下了埋伏。

从此之后，鬼子们再也不敢来昭君坟了，而老百姓却常常远道而来，和昭君坟里的金马驹耍得可痛快哩！

这一以抗日战争为背景的昭君传说，随着时代的发展被赋予新的内容。在民众的口中，贪婪的日本鬼子接连猝死在昭君坟，鬼子的大队人马也被游击队一举围歼，昭君坟成了日本鬼子的葬身之地。这一传说其实反映出当地百姓的内心愿望，那就是他们希望昭君如同神灵般永远存在，能够随时扶危济困、罚恶扬善，因为老百姓需要昭君这样的救星和保护神。这种与时俱进的传说，充分体现出昭君故事延绵不绝的生命力。

上述有关昭君坟的神奇传说，以夸张的叙事、非凡的事件，融入民众强烈的爱憎情感和信仰观念，为昭君坟的传说增添了无穷的魅力。美国著名旅游家布扎克先生在游览青冢后曾感慨道："我到过世界上一百多个国家，参观过不少帝王陵墓，但从来没有听过人民为一个妇女修了十几座墓。从这事实本身就可以表明，王（昭君）是一位伟大的女性，她为人民做出了贡献，人民热爱她。"①时

---

① 王建义《民族友好纪念塔——访内蒙古昭君墓》，《文汇报》1983 年 10 月 18 日。

至今日,青冢作为著名的文学景观,凭着雅俗文学而荡起的文化情怀,吸引着四面八方的人们跋山涉水到此一游。与此同时,作为供人游览瞻仰的文化景观,青冢早已成为广大民众追忆怀思昭君的必到之处。

直到今天,诗人们仍在深情地讴歌这座人民心中民族友好的纪念塔:

> 昭君墓,
> 历史垒成的一堆土:
> 高欲比对面的阴山,
> 圆却仿身边的穹庐。
>
> 两千年来:亲钦,疏?
> 好好恼恼:汉耶,胡?
> 汉家的女儿胡人的妻,
> 昭君呵,中间你可做得主?
>
> 不过是,兵戈歇时,
> 汉来填土胡栽树:
> 汉人想的是多少代的姑奶奶,
> 胡家念的是多少辈的老祖母。
>
> 如今呢? 土堆越大树越粗,
> 土离不开树来树离不开土:
> 最可喜,青冢黄昏看月出,
> 难分那对对情侣是啥民族!①

---

① 阿拉坦托娅《昭君墓》,《诗刊》1983 年第 11 期。

这首当代诗人的深情歌吟,不仅传扬了昭君流芳千古的历史功勋,而且歌颂了民族融合、亲如一家的美好现实。从古至今,有关青冢存在的意义,有学者曾分析:"重要的是昭君坟是一个象征,——在过去,它象征一个受统治者陷害的,但在国难当头挺身而出,情愿远嫁异域,免去人民的刀兵之苦的一个女子的一生,被人们怀念、崇敬,吸收爱国主义的思想教育,被文人骚客们感叹唏嘘,洒下同情之泪;在今后,随着人们历史知识的增长,随着正确历史观念的传播,它将作为一个历史上民族友好传统的证明,昭示人们为民族友好贡献力量,它会像久而弥坚的民族间的友谊传统一样,随着今后民族友谊的不断增长,世世代代巍然长存!"①所以说,历史上出现的包括青冢在内的十几处昭君墓,不愧为一座座历史的纪念塔。北方各族人民早已奉昭君若神明,这不仅寄托着民众对昭君的爱戴,而且蕴含着人们希冀民族和平友好的心愿。

五、昭君庙

庙,旧时指供奉神佛、祖先或有功德的人的地方,它与民众的信仰和精神生活密切相关。据《归州志》记载:"明妃庙在州北四十里。"②这里的"州"指归州,"州北四十里"应在兴山县昭君村附近。另外在《明一统志》中也有"乡人为之立庙"之说。唐代诗人李远的《听王氏话归州昭君庙》诗曰:"献之闲坐说归州,曾到昭君庙里游。"可见由汉至唐昭君庙一直存在。但令人遗憾的是,在唐以后的文人咏昭君诗中,很少有人再提及昭君庙,大约像诗人所言"遗庙久倾圮"(王大绅《王昭君故里》)的缘故吧。

有人说"传说就是为了信仰而存在,并由于历代的信徒保存传

---

①　洁芒《昭君坟漫话》,《光明日报》1961 年 10 月 14 日。

②　(清)陈凤鸣《归州志》卷三《宫庙》,台北:成文出版社,1975 年版,第 206 页。

诵到了今天"。① 的确如此,在普通百姓的心中昭君是女神,是他们幸福生活的保护神,所以将昭君庙讲述得有声有色的是民间传说。就此而言,民间传说的丰富性和生动性,无疑弥补了作家文学之不足。据传言,昭君庙曾出现在两个地方:一是在昭君的老家兴山,一是在内蒙古自治区的鄂尔多斯。

(一)南方安乐的明妃庙

在昭君的故里,人们把流芳千古的昭君铭记在心,传说中的家乡山水都与昭君密不可分,很多处古迹遗存都能够引起乡邻们对昭君的追怀和纪念。

据《香溪孕秀》传言,昭君庙又名"水府庙"。昭君在出塞之前,曾回故乡省亲。来到香溪口,她将一只翡翠玉镯投入溪水中,"刹那间,碧绿湛蓝的水面上翻出了绿浪,一座小庙慢慢地浮出水面。庙里立即涌出许多人来,这些人站在庙前向昭君姑娘打拱致敬"。② 这就是昭君故里对昭君庙由来的追溯。另一个有关昭君庙的传说则是一个斗智斗勇的故事。传说:当年妃台山上的昭君庙规模很大,巨石砌基,殿宇前后三进,飞角流丹,高檐滴翠,苍松古柏掩映山门。大殿内立有昭君的彩色塑像,形态逼真,身段匀美,是一个住持和尚的杰作。这和尚法号智空,足智多谋,很有才华。

有一年,归州来了一个黄太守,此人十分骄横,上任好几个月了,还不到昭君庙去进香。智空便设下了昭君显圣的妙计:他先在庙侧的草坪上挖了一个大坑,里面倒了一担黄豆,又在黄豆上浇几桶水。然后,再在黄豆上面铺了一张薄木板,木板上面放上一个铸有昭君像的铁钟,最后将松土、草坪掩上,不留破绽。一切安排就绪,便放出风声,说昭君要从塞外飞回故乡显灵。黄太守不信,

---

① [日]柳田国南《传说论》,北京:中国民间文艺出版社,1985年版,第32页。

② 邹志斌、蔡长明《昭君文化丛书·传说卷》,成都:四川美术出版社,2010年版,第108页。

智空要他上山亲自看看。这时正值黄豆发胀，生出豆芽，顶着铁钟上升，露出了地面。黄太守信以为真，捣头便拜，这消息一传十，十传百，昭君庙的烟火更旺了。①

另有一篇《明妃庙》的异文，传播范围也很广。据传古时候，兴山人民怀念出塞和亲的王昭君，在县城南边的妃台山上修造了一座明妃庙。横行霸道、鱼肉乡民的黄太守欲拆掉明妃庙，为自己建造花园。庙里的住持和尚智空借助昭君在当地百姓心中的影响，以昭君在妃台山显灵的计策，智斗黄太守，阻止其胡作非为。此后，"乡亲们把由这以后得到的安乐，全归功于昭君娘娘的保佑，人们到明妃庙去进香，礼拜更勤了"。② 虽然因为年代久远，昔日的明妃庙今天早已荡然无存，但妃台山依然青黛如故，人们在妃台山上还重造了昭君亭，用以寄托对昭君的崇敬和追思之情。昭君故乡的人民也依然以她为自豪："说到昭君是远祖，骄颜喜色上眉尖。"③昭君及昭君庙凭借着口耳相传的故事，深深地扎根于民间，留存于民众的心底。

（二）北方灵验的昭君庙

流传于北方的《昭君庙》传说，详细描述了昭君庙的位置及建筑风格，作为文学景观具有一定的观赏性和审美价值：

> 在鄂尔多斯北部，面临黄河的地方，有一座昭君坟。昭君坟南坡半腰，有一座不大的昭君庙，庙是马背梁形的，庙顶上盖着黄红色的琉璃瓦，四堵墙用红砖砌成，两扇深红色的木门，迎南而开，显得庄重肃穆。④

---

① 吴道周《昭君故里》，武汉：湖北人民出版社，1994 年版，第 73—74 页。

② 《湖北民间故事传说集》，武汉：湖北省群众艺术馆，1980 年版，第 58—60 页。

③ 林干、马骥《民族友好使者——王昭君》，呼和浩特：内蒙古人民出版社，1994年版，第 4 页。

④ 吴一虹、吴碧云编《王昭君传说》，兰州：甘肃人民出版社，1983 年版，第 115 页。

据当地人传说,这座庙的兴建与昭君显灵、惩凶罚恶、护佑当地百姓有关。善良的人遇到灾难,只要走近昭君坟,一定会得到救助或保护,而恶棍歹人一接近昭君坟,定会受到惩罚,所以四周的老百姓因感恩昭君,祈求保佑,便在昭君坟的旁边修建了昭君庙。

由此可知,昭君庙无论是建在南方还是北方,都是因为当地百姓需要从昭君那里得到支持的力量、精神的慰藉和心灵上的安宁,所以人们才立庙膜拜,祈求祷告,如同神佛般供奉着昭君。昭君庙早已成为南方与北方人民珍藏和寄托美好心愿的所在。

很明显,与南方流传的昭君传说相比,"北方的昭君故事,把昭君加以神化的特征更为鲜明,为我们描绘出一位恭谨贤惠、热爱人民、致力于巩固和发展民族友好的保护神形象。塞外人民至今还把她看做和平、幸福的女神,时加奉祀祭奠。另外,与湖北等南方昭君故事不同,北方的昭君传说更多地和塞外的山山水水、风俗人情交织一起,彼此辉映,因而具有浓郁的北方草原和游牧民族特色"。① 从昭君坟的传说来看,的确也显现出南北方不同的特点和地域风貌。

综上所述,文人笔下的昭君村、香溪、昭君台、昭君墓和昭君庙,或咏史述怀,或纪游怀古,诗人无论是着眼于国家民族的大事,还是有感于个人际遇的小事,多是以昭君村、香溪、昭君台、昭君墓和昭君庙这些实体性景观作为触发点,抒怀言情,寄慨遥深,由此记录历代诗人的心路历程,并留下令人向往的文学景观。民间的昭君传说作为反映广大民众思想感情的珍贵资料,则以奇幻的景观丰富着人们的视野和想象空间。可以说,这种雅俗文学双重呈现下的昭君和亲文学景观,蕴含着时代政治、民族历史、文化精神、观念信仰、思维方式、民风民俗以及生命意识等方面的深刻意蕴,

---

① 马冀、杨笑寒《昭君文化研究》,呼和浩特:内蒙古人民出版社,2004 年版,第229 页。

而"文学的思想性或者文化内涵,更会唤起人们对历史、现实、自然和人生的某些感悟,或者追寻"。① 而且,按照文学景观的理论来看,"景观的形象,在未曾光顾或者登临的人们心里,原是很抽象,或者很模糊的。但是凭借文学的描写,人们会由此而生出丰富的联想或者想象,于是这些景观的形象便在脑海里浮现,变得具体可感。这样就会产生游览的愿望或者打算。优秀文学作品的传播效应、广告效应,超过了世界上任何职业的广告人所做的任何广告"。② 从这个角度来说,长期以来存在于雅俗文学中的昭君村、香溪、昭君台、昭君墓和昭君庙等文学景观,除了具有一定的认识价值、教育功能和审美意义之外,在今天还拥有不容忽视的经济价值。

---

① 曾大兴《文学地理学概论》,北京:商务印书馆,2017 年版,第 252 页。
② 曾大兴《文学地理学概论》,北京:商务印书馆,2017 年版,第 252 页。

第三章　汉藏文学兼有的唐蕃和亲

在中国古代和亲史上,唐蕃和亲无疑占有重要的位置。唐朝以文成公主和金城公主远嫁吐蕃,揭开了唐蕃友好的新篇章,促进了唐蕃间在政治、经济、文化上的交流,增进了两族人民和善亲睦的关系,在汉藏关系史上写下了光辉的一页。有关唐蕃交往、交流与交融的历史,不仅记录在汉藏史籍之中,而且流传于民众之口,那些至今口传声授的和亲传说、歌谣和藏戏等,是民间社会记忆和传承历史的一种方式,也是广大民众信仰和情怀的真实流露,它们早已成为和亲文学重要的组成部分。

第一节　唐蕃和亲及交流交融

吐蕃是藏族的祖先,最初为四世纪前后崛起于西藏雅隆琼结地区的雅隆悉补野部落。吐蕃又称"图伯特",国外称之为 Tibet。"吐蕃"一词始见于唐代,因其方位处于中原西方,又称"西番"。明代改称为"乌斯藏",清代称为"卫藏"或"西藏"。

据《旧唐书·吐蕃传》称:"其种落莫知所出也,或云南凉秃发利鹿孤之后也。……改姓为窣勃野,以秃发为国号,语讹谓之吐蕃。"[1]《新

---

① (后晋)刘昫等《旧唐书》卷一百九十六《吐蕃传》,北京:中华书局,1975 年版,第 5219 页。

唐书·吐蕃传》认为，"蕃、发声近，故其子孙曰吐蕃，而姓勃窣野"。[①] 即认为吐蕃为秃发的音转。中外学者普遍认为，"蕃"是由古代藏族信奉的原始宗教——"本"（bon）音转而来；也有学者认为，"蕃"意为农业，与"卓"（bro，牧业）相对。

　　相传聂墀赞普是吐蕃的第一位赞普。"赞普"系藏语音译，意为雄强的男子汉，后来就成了吐蕃君长的称号。贞观三年（629），松赞干布继承赞普之位后，在其叔父的辅佐下，彻底清查叛乱的旧贵族，使吐蕃内部迅速稳定下来。而后仅用了几年的时间，就征服了达布、娘布和苏毗等部，约于公元644年最后兼并了羊同，完成了统一西藏的任务，建立起部落大联盟的吐蕃王朝，并且将政治中心迁到逻些（今拉萨），实行了军政合一制度。从此，吐蕃作为一个强大的奴隶制政权在中国西南地区崛起。[②]

一、唐蕃间的两次和亲

　　松赞干布继位时，唐朝经济繁荣，文化发达，唐太宗被尊为"天可汗"，所以松赞干布希望与唐接触，建立关系。贞观八年（634），松赞干布派使者向唐朝贡，当他听说突厥和吐谷浑都娶有唐朝公主，"乃遣使随德遐入朝，多赍金宝，奉表求婚"，[③] 但此时因唐朝刚与吐蕃交往，对其缺乏了解，所以没有答应这次请婚。于是，松赞干布在贞观十一年率羊同攻破吐谷浑，抢掠其财物畜产，将吐谷浑赶到青海以北。不久又率领20万军队进攻唐之松州（今四川松

---

　　① （宋）欧阳修、宋祁《新唐书》卷二百十六《吐蕃传》，北京：中华书局，1975年版，第6071页。

　　② 参见崔明德《中国古代和亲通史》，北京：人民出版社，2007年版，第197—198页。

　　③ （后晋）刘昫等《旧唐书》卷一百九十六《吐蕃传》，北京：中华书局，1975年版，第5221页。

潘），并扬言：“公主不至，我且深入。”①又致书唐太宗：“若不许嫁公主，当亲提五万兵，夺尔唐国，杀尔，夺取公主。”②公开以和亲为条件威胁唐朝。对此，唐太宗派兵出击，偷袭吐蕃在松州的军营，大破吐蕃。后松赞干布派使者到唐请罪，并坚决请婚。经过反复较量，唐太宗认为松赞干布并非等闲之辈，有必要予以安抚，于是答应与吐蕃和亲。

　　贞观十四年冬，松赞干布派大相禄东赞（又称“伦布嘎”）“献黄金五千两，它宝称是”③为聘礼，率领百余人的请婚使团，正式向唐请婚。禄东赞到长安后，对唐太宗的提问对答如流，唐太宗终于答应把自幼养在宫中的宗室女封为文成公主，嫁给松赞干布。贞观十五年正月，唐太宗命礼部尚书江夏郡王李道宗主婚，持节送公主入蕃。于是，文成公主离开长安，向雪域高原进发，由此唐蕃建立了姻亲关系。

　　自文成公主出嫁吐蕃，唐蕃之间往来频繁，关系密切，“数十年间，一方清净”，④但是随着唐蕃首次和亲的缔结者相继离世，双方关系逐渐发生了变化。永徽元年（650）五月，松赞干布去世，其孙乞黎拔布继位，辅佐朝政的大相禄东赞积极推行扩张政策，在大非川（今青海共和县境内）击败唐军，唐蕃关系开始恶化。仪凤四年（679）十月，乞黎拔布去世，器弩悉弄继立，文成公主曾遣大臣向唐朝告丧，并请求和亲，但高宗未许。

---

　　① （宋）欧阳修、宋祁《新唐书》卷二百十六《吐蕃传》，北京：中华书局，1975 年版，第 6073 页。

　　② 萨迦·索南坚赞《王统世系明鉴》，沈阳：辽宁人民出版社，1985 年版，第79 页。

　　③ （宋）欧阳修、宋祁《新唐书》卷二百十六《吐蕃传上》，北京：中华书局，1975 年版，第 6074 页。

　　④ （后晋）刘昫等《旧唐书》卷一百九十六《吐蕃传上》，北京：中华书局，1975 年版，第 5227 页。

永隆元年(680)，在吐蕃生活了近 40 年的文成公主去世。此后，吐蕃侵扰河源，唐蕃关系趋于紧张。分析吐蕃一改亲唐政策的原因，有学者认为：一是武则天临朝后，唐朝政局一直不稳，吐蕃感到有机可乘；二是唐王朝扶植吐谷浑，而吐蕃也想争夺吐谷浑；三是吐蕃此时正处于发展时期，社会形态比较落后，中原丰富的财物刺激了他们侵唐的胃口。① 就此，唐蕃之间时断时续地交战长达二十多年，双方互有胜负，都已精疲力尽。

长安二年(702)，唐军在悉州击溃吐蕃军队，吐蕃赞普遣论弥萨等人向唐求和。第二年吐蕃又"遣使献马千匹、金二千两以求婚，则天许之"②，后因赞普在征伐泥婆罗门时死于军中，所以此次联姻未果，但唐蕃经过冲突和战争之后，又有了和好的愿望。

景龙三年(709)吐蕃"更遣使者纳贡，祖母可敦又遣宗俄请婚"③，唐中宗决定以金城公主嫁与吐蕃赞普弃隶蹜赞④，于是有了唐蕃间的第二次联姻。金城公主是唐高宗与武则天的重孙女，唐中宗的侄孙女，雍王李守礼的女儿。唐和吐蕃对这次联姻都极为重视，唐中宗下《金城公主出降吐蕃制》说明了再次和亲的原因、意义和期望，制书曰：

　　自文成公主往化其国，因多变革，我之边隅，亟兴师旅，彼之蕃落，颇闻凋散。顷者赞普及祖母可敦、酋长等，屡披诚款，积有岁时，思讬旧亲，请崇新好。金城公主，朕之少女，岂不钟念，但为人父母，志息黎元，若允乃诚祈，更敦和好，则边土宁

---

① 参见崔明德《中国古代和亲史》，北京：人民出版社，2005 年版，第 273—274 页。

② (后晋)刘昫等《旧唐书》卷一百九十六《吐蕃传上》，北京：中华书局，1975 年版，第 5226 页。

③ (宋)欧阳修、宋祁《新唐书》卷二百十六《吐蕃传上》，北京：中华书局，1975 年版，第 6081 页。

④ 弃隶蹜赞，藏文史籍称之为"墀德祖赞"，汉文译音为尺带珠丹或赤德祖赞。

宴,兵役服息。遂割深慈,为国大计。①

由此可知,唐朝远嫁金城公主,是为了重续前好,偃兵息人,密切汉藏两族的关系。吐蕃派出多达千余人的迎亲使团,并特地在悉结罗岭凿石行车,开辟出由今陕西入青海,经西宁,最后到达逻些的道路。

景龙四年正月,唐中宗亲自将金城公主送至始平县(今陕西兴平县),在为公主设宴饯别的席间,唐中宗对吐蕃迎亲使者"谕以公主孩幼,割慈远嫁之旨"②,并令随从大臣赋诗送别,又下令赦免始平县死罪以下的囚犯,免除天下百姓一年的租税,将始平县改为金城县,又改其乡为凤池乡,地为怆别里,以示对金城公主出嫁的重视和对她出嫁的永久纪念。待金城公主临行时,唐中宗"念主(指金城公主)幼,赐锦缯别数万,杂伎诸工悉从,给龟兹乐"③。

金城公主入蕃后,经吐蕃请求,唐又将九曲之地划给吐蕃作为金城公主的汤沐邑。对此,有学者曾分析:"唐把九曲之地划给吐蕃作为金城公主的汤沐邑,本来有利于汉藏关系的加深和吐蕃经济的发展,却为吐蕃贵族所利用,成了对唐发动战争的军事基地。"④此后,随着吐蕃势力的日益强大,唐蕃之争在西北一带时有发生,但唐朝碍于金城公主的处境,始终未敢大力攻伐吐蕃。

开元二十一年(733)二月,吐蕃又以金城公主的名义,上表请立界碑于河源附近的赤岭,以此划分唐与吐蕃的边界,并告知各州

---

① (后晋)刘昫等《旧唐书》卷一百九十六《吐蕃传上》,北京:中华书局,1975年版,第5227页。

② (后晋)刘昫等《旧唐书》卷一百九十六《吐蕃传上》,北京:中华书局,1975年版,第5228页。

③ (宋)欧阳修、宋祁《新唐书》卷二百十六《吐蕃传上》,北京:中华书局,1975年版,第6081页。

④ 崔明德《中国古代和亲通史》,北京:人民出版社,2007年版,第217页。

县,唐蕃和好,互不侵扰。开元二十七年,金城公主去世,她在藏地生活了 29 年。有学者分析说:"金城公主是在唐和吐蕃交战都已筋疲力尽双方一致要求和好的背景下进入西藏的。她不仅在入藏时带去了中原文明,而且入藏后,在她的请求下儒家经典及其他重要文化典籍也源源不断地传入西藏;在双方爆发战争时,她始终处于调停地位,既动员说服吐蕃赞普和唐朝皇帝尽快缔结停战和约,又积极主动地提出树碑立界的建议,以避免争端。"①金城公主在吐蕃生活期间,她极力化解唐蕃间的矛盾和误解,及时向唐通报赞普等的和好愿望,她还克服种种阻力,努力促成了唐蕃间的两次会盟,扩大了汉藏两族在赤岭易马、在甘松岭互市的贸易往来。她在加强交流、传播文化和维护唐蕃友好方面做了不少具体的工作,所以她同文成公主一样,在汉藏关系史和藏族文明史上占有特殊的位置。

天宝十四年(755),弃隶蹜赞去世,其子墀松德赞嗣位,因其年幼,大权由此旁落。而此时唐朝正逢安史之乱,西北边境空虚,吐蕃遂乘机而起,数年间,凤翔以西,邠州以北,多被吐蕃占领。大历十四年(779),德宗即位,以抚绥政策怀柔吐蕃,唐蕃关系才略有好转。长庆三年(823),唐与吐蕃立"唐蕃会盟碑",将"舅甥相好""须合舅甥亲近之礼"刻于碑上,以示友好。直至武宗会昌二年(842),吐蕃由于长期争战的巨大耗费和内讧,再加上朗达玛被杀,吐蕃王朝开始崩溃。

二、唐蕃间的交流与融合

吐蕃王朝由盛而衰的历史长达二百余年,这期间唐朝面对吐蕃的强盛和扩张,采用了武力征服和和亲怀柔等恩威并举的策略。

---

① 崔明德《中国古代和亲通史》,北京:人民出版社,2007 年版,第 220—221 页。

其中最引人注目的是唐蕃间的两次联姻,不仅缓和了唐蕃之间的紧张关系,还促进了双方在政治、经济和文化上的广泛交流,为汉藏友谊奠定了坚实的基础。

谈起藏汉两个民族的友好往来,人们一般认为是从松赞干布派使臣求婚并迎娶文成公主开始的,但其实从《格萨尔》史诗的描述来看,早在"格萨尔时代"之前,藏汉之间就有往来。格萨尔在称王之前,其母子二人曾被逐玛域,当时的玛域虽然极为荒僻,但已经有商旅经过,所以在《格萨尔王传》中有这样的谚语:"商旅往来藏汉莫叹苦,赚钱时候自会有。"①后来格萨尔王在开辟、建设玛域时,惩治强盗,确保商旅安全,进一步疏通了汉地峨嵋与上部、汉地与拉达克等多条商路。"汉地货物运至卫地,并非藏地不产什么东西,而是为把汉藏关系联络起。汉地商品藏地销,并非藏地没财宝,愿为汉藏同心结的牢"。② 史诗的其他部分本也多有藏汉互通贸易的记述,至今古老的歌声仍在藏区传唱着:"从西藏到内地,自古往来人烟稀;好心的商人结成队,赶着骡马常来去;上等的砖茶和绸缎,源源不断送到藏民手里。"(《源源不断的内地货》)③"右手端的瓷杯多么漂亮,产自遥远的汉族地方。感谢商人奴布桑竹,跋千山涉万水运来西藏。这是一个有福气的瓷杯,吃茶喝酒都能如愿以偿。"(《瓷杯赞》)④通过不辞劳苦的商人们,许多内地货源源不断地进入藏区,满足着高原人们的生活需求,所以"对汉人讲情会欢喜,对藏民造福得安乐",⑤早已成为藏汉人民的共识。这些有关民族和睦、互利互惠的谚语和歌谣,充分反映出藏族人民的开

---

① 王兴先《格萨尔论要》,兰州:甘肃民族出版社,1991 年版,第 214 页。
② 王兴先《格萨尔论要》,兰州:甘肃民族出版社,1991 年版,第 54 页。
③ 《西藏民间歌谣选》,拉萨:西藏人民出版社,1985 年版,第 73 页。
④ 中央民族学院少数民族语言文学系藏语文学教研室藏族文学小组编《藏族民歌选》,上海:上海文艺出版社,1981 年版,第 240 页。
⑤ 王兴先《格萨尔论要》,兰州:甘肃民族出版社,1991 年版,第 213 页。

阔心胸、博大襟怀和诚挚情感,这也是自古以来藏汉之间通商贸易、共同发展的牢固基础。

据记载,随着文成公主和金城公主的先后入蕃,体现内地文化的生活方式也逐渐被蕃人接受。据说茶就是在文成公主入蕃时带去的,到中唐时,内地的各类茶叶在吐蕃已是应有尽有:

> 常鲁公使西蕃,烹茶帐中,赞普问曰:"此为何物?"鲁公曰:"涤烦疗渴,所谓茶也。"赞普曰:"我此亦有。"遂令出之,以指曰:"此寿州者,此舒州者,此顾渚者,此蕲门者,此昌明者,此邕湖者。"①

由吐蕃茶叶的种类之多,可见吐蕃对内地茶文化的接受与喜爱程度。另外,吐蕃人原是以"毡帐而居"、身着裘衣的民族,自文成公主入蕃后,不少蕃人"释毡裘,袭纨绮,渐慕华风"②,开始接受中原汉文化的影响。长庆二年(822),唐朝使臣刘元鼎前往逻些会盟,吐蕃赞普设宴招待,席间"乐奏《秦王破阵曲》,又奏《凉州》《胡渭》《录要》杂曲,百伎皆中国人"③。在金城公主入蕃百年之后,在雪域高原仍能听到《秦王破阵乐》等风靡大唐的流行乐曲,可见汉文化对吐蕃的影响之深。

随着唐蕃关系的不断加深,汉藏之间互派使臣,往来频繁,茶马贸易日益兴盛,经济文化的交流与影响更加深入。当时藏民所需的茶叶由内地汉人提供,而内地因农耕运输也十分需要蕃人的马匹。唐初马匹的来源较多,唐与突厥、吐谷浑和党项等地都有茶

---

① 李肇、赵璘《唐国史补 因话录》,上海:上海古籍出版社,1979 年版,第 66 页。
② (后晋)刘昫等《旧唐书》卷一百九十六《吐蕃传上》,北京:中华书局,1975 年版,第 5222 页。
③ 《全唐文》卷七百十六《刘之鼎使吐蕃经见纪略》,北京:中华书局,1983 年版,第 7360 页。

马互市。开元初年,吐蕃占领了吐谷浑、党项故地,特别是在金城公主入蕃后,唐将河西九曲之地作为公主的沐浴地划给了吐蕃。从此,内地所需的马匹主要来源于吐蕃。开元初,唐朝拥有的牧马总数不过二十四万多匹。经赤岭互市后,不过十年左右,牧马总数迅速增至四十三万匹。如此多的马匹是用内地的丝、茶来交换的,而这一数量和规模都超过从前。

在唐蕃经济贸易频繁进行的同时,吐蕃独特的文化也逐渐渗透到唐人的生活中来。马球最早起源于吐蕃,[①]后来,随着唐蕃之间的密切交往,马球首先在唐朝宫廷流行开来。在唐朝的二十多位天子中,热衷击马球者超过半数。到了开元年间,马球已走出宫廷,走出长安,普及到全国,形成了有唐一代空前的马球热潮。而"马球作为一种体育运动,除了有极大的刺激性、观赏性、娱乐性并能达到强身健体的作用外,更重要的马球还能寓军训于游戏之中,能借以增强军士体质,提高作战技能,锻炼高超的骑术,培养勇敢顽强的精神及快速反应能力,以适应克敌制胜保卫国家的需要"。[②] 所以,马球一传入唐朝,很快便受到唐朝最高统治者的青睐和唐人的普遍欢迎。唐诗对唐人所热爱的马球运动也多有反映:"廊下御厨分冷食,殿前香骑逐飞球。"(张籍《寒食内宴二首》其一)"杖移鬓底拂尾后,星从月下流中场。"(张建封《酬韩校书愈打球歌》)韩愈的《汴泗交流赠张仆射》一诗,更是生动描绘出马球比赛的热闹场景:

> 汴泗交流郡城角,筑场千步平如削。
> 短垣三面缭逶迤,击鼓腾腾树赤旗。

---

① 陶柯《论藏族文化对汉族文化的影响》,北京:民族出版社,2006 年版,第 96—97 页。

② 陶柯《论藏族文化对汉族文化的影响》,北京:民族出版社,2006 年版,第 98 页。

······
分曹决胜约前定，百马攒蹄近相映。
球惊杖奋合且离，红牛缨绂黄金羁。
侧身转臂著马腹，霹雳应手神珠驰。
超遥散漫两闲暇，挥霍纷纭争变化。
发难得巧意气粗，欢声四合壮士呼。

如此鼓声雷动、马嘶人欢的景象，充分说明了马球运动的魅力和唐人对它的喜爱，而且这种"击球运动并没有因唐朝的灭亡而消失，它历经宋辽明清诸朝，延续千年之久，成为中国古代最具有影响力的传统体育项目之一"。①

另外，吐蕃女子赭面、椎髻以及戴念珠、璎珞等生活方式，也传入中土，成为大唐的一种时尚潮流。白居易的《时世妆》对此就有描述：

时世妆，时世妆，出自城中传四方。
时世流行无远近，腮不施朱面无粉。
乌膏注唇唇似泥，双眉画作八字低。
妍媸黑白失本态，妆成尽似含悲啼。
圆鬟无鬓椎髻样，斜红不晕赭面状。
昔闻被发伊川中，辛有见之知有戎。
元和妆梳君记取，髻椎面赭非华风。

这种流行一时的"元和妆"，其特点是女子脸上不施朱粉，在脸部涂上圆形或条形的赤褐色图案，描画八字形双眉，抹上乌黑的唇泥，头发则梳成椎髻。这种看上去有"含悲欲泪"效果的妆扮，与唐朝

---

① 陶柯《论藏族文化对汉族文化的影响》，北京：民族出版社，2006 年版，第 103 页。

女子原本的浓妆艳抹迥然不同，它因模仿吐蕃女子的妆容而显得十分新奇。"元和妆"的流行表明唐人在不知不觉中已接受了藏族文化的影响。

至于汉族的藏化，最早最集中的体现就是在唐蕃联姻中。当初两位公主和亲时，每次都有不少随从人员陪同前往，文成公主入蕃时，仅侍女就有 25 人，另外还有拉噶、鲁噶等力士若干人；而跟随金城公主入藏的还有"杂伎诸工悉从"，其队伍更加庞大，应该说，在长达三四十年的藏地生活中，包括两位公主在内的这些汉人后来完全被藏化了。实际上我们从文成公主的随从力士拉噶、鲁噶的名字上，就能感受到藏化的味道。另据《西藏王统记》载，文成公主入蕃后，主动学习藏语，后来竟达到可以用藏语作诗的程度，这足以说明和亲队伍的藏化程度。

三、千古长存的碑铭记录

碑铭文是人类较早使用的一种古老的记录方式，是指那些刻在石头或钟鼎上的文字，最初多用来纪功、立传或发表文告。因为石刻字迹保留的时间较长，所以刻石者多希望碑铭文字能流传千古。汉民族的石刻文字最早可推溯至周朝的石鼓文，汉代的刻石纪功也受此影响，这些都说明古人对石刻碑铭的重视。吐蕃时期的古藏文文献中，留存下来不少盟誓碑文和铸钟铭文，大多是记述和约盟誓或祝颂祈祷一类的文字，其中有的歌颂德政功勋，有的记录臣属忠贞功绩，有的盟誓信佛崇法，有的颁赏王族特权，特别值得关注的是记述汉藏关系的碑文。

自汉藏和亲之后，唐蕃之间往来密切，协商会盟频繁进行。吐蕃彝泰八年（822），唐蕃间的第八次会盟在拉萨东哲园举行，会盟由吐蕃最高僧官钵阐布贝吉云丹主持，会盟的内容以条文的形式记录下来。彝泰九年，唐蕃双方为永久纪念，将盟文刻石立碑，树于大昭寺门前的公主柳下。这块盟碑呈扁柱形，碑高一丈一尺，宽二尺五寸，盟文以藏汉两种文字刻成，这就是后世所谓的"唐蕃会盟碑"，又称"长庆会盟碑"或"甥舅和盟碑"。至今这块石碑仍然屹立于大昭寺前，虽历经千年的雪雨风霜，其文字大多尚可辨认。而其中有关唐蕃和亲的文字也格外引人注目，其藏文部分汉译如下：

> 东方之地曰唐，地极大海，日之所出，此王与蛮貊诸国迥异，教善德深，典笈丰闳，足以与吐蕃相颉颃。初，唐以李氏得国，当其创立大唐之二十三年，王统方一传，圣神赞普弃宗弄赞与唐主太宗文武圣皇帝和叶社稷如一，於贞观之岁，迎娶文成公主至赞普牙帐。此后，圣神赞普弃隶蹜赞与唐主三郎开元圣神文武皇帝重协社稷如一，更续姻好。景龙之岁，复迎娶金城公主降嫁赞普之衙，成此舅甥之喜庆矣。然，中间彼此边将开衅，弃却姻好，代以兵争，虽已如此，但值国内政情孔急之时仍发援军相助（讨贼），彼此虽有怨隙，问聘之礼，从未间断，且有延续也，如此近厚姻亲，甥舅意念如一，再结盟誓。父王圣神赞普弃猎松陛下，深沉谋广，教兴政举。受王之慈恩者，无分内外，遍及八方。四境各部，来盟来享。与唐之好夫复遑言，谊属重亲，地接比邻，乐于和叶社稷如一统，甥舅所思熙融如一。与唐王圣神文武皇帝结大和盟约，旧恨消泯，更续新好。[①]

这段碑文叙述唐蕃之间的和亲历史，同时也不回避联姻之后边将开衅的兵戈之争，最重要的是它表达了藏汉两族共崇旧好、永息争端的愿望。其文字质朴无华，语言通俗流畅，气势浑厚雄壮，读来琅琅上口。其严谨的结构与高超的表达技巧，既显示出藏族人民的坦荡襟怀，又展现出藏族文化的高度发展。这块历经千载尚存

---

① 王尧《唐蕃会盟碑疏释》，《历史研究》1980 年第 4 期。

的石碑,早已成为藏汉两族自古以来团结友好的有力见证。

唐蕃和亲早已成为历史,但汉藏一家、和睦亲善的传统却世代相续,汉藏两族自唐以来形成的你中有我、我中有你的亲密关系延续至今,生生不息,这也是中华多民族大家庭形成与发展的一个缩影。

第二节　藏族文学对文成公主的记述

有唐一代,随着唐蕃间的两次和亲,汉藏联系更加紧密,两族关系亲善和睦,双方的交流与融合得到进一步加强,这些不仅记录在汉藏史籍之中,而且反映在藏族民间文学里:"天上的一对日和月,地上的一双唐和蕃;日月照亮人间美,唐蕃联姻成亲家。"[①]"高山平坝各是各,风吹雨打一样疼。大河小河各是各,流入东海一般深。汉族藏族两民族,语言不同一颗心。"[②]诸如此类的歌谣传唱久远。在藏区,还流传着许多有关文成公主的传说、歌谣和藏戏等,它们或讲述文成公主密切汉藏关系的逸闻趣事,或传述公主入蕃为青藏高原带来的变化和影响。有学者曾说:"文成公主到吐蕃后的事迹,在正史中只有一鳞半爪的记载,以致我们无法对她做出确切的评价。可是,藏族人民对她的钦仰和怀念,却是历史为这位献身于民族和好的公主所做的最好的鉴定。"[③]正因为如此,有关文成公主和亲的传说、歌谣和藏戏,由雪域高原传向四面八方,历久弥新,传播至今。

---

① 边多《西藏音乐史话》,北京:中国藏学出版社,2006 年版,第 134 页。

② 中央民族学院少数民族语言文学系藏语文学教研室藏族文学小组编《藏族民歌选》,上海:上海文艺出版社,1981 年版,第 205 页。

③ 张正明《和亲论》,见马大正主编《中国古代边疆政策研究》,北京:中国社会科学出版社,1990 年版,第 464 页。

一、口耳相传的和亲史事

古代少数民族文学最初多为口传声授的诗歌、民谣或民间传说。《格萨尔王传》是我国著名的三大民族史诗之一，被誉为"东方的荷马史诗"。作为以传唱形式流传于民间的史传文学，虽然它缺少史料应当具备的文字记载，但却以神话的叙事、夸张的语言、夹叙夹议的说唱方式，生动再现了远古时代藏区由零星分散到逐渐统一的过程。这部被藏族人民视为"根谱"的英雄史诗，具有民间性、口传性、变易性以及不同艺人传承的差异性等特点。它犹如古代藏族历史的多棱镜，反映出藏族发展的重大历史阶段和社会结构形态，描述了纷繁复杂的民族关系，表达了藏族人民的崇高理想和美好愿望，特别是那些与和亲联姻相关的篇章，反映出汉藏自古以来的友好往来和密切交流，所以格外引人注目。

众所周知，婚姻是家族构成与发展、亲族产生与扩大的基础。《格萨尔王传》所反映的"格萨尔时代"的婚姻俗制，尚留有古老的原始群婚的痕迹，其婚姻形式有掠夺婚、惩罚婚、转房婚、赏赐婚、和亲婚等。虽然"由不太稳定的对偶婚姻家庭已开始逐步向比较稳定的一夫一妻的个体婚姻家庭过渡，但占统治地位的还不是一夫一妻制的专偶婚"。[①] 在藏民祖先实行氏族外婚制的时代，不仅民族间的通婚习以为常，而且为了缓和矛盾，以加强或维系部落联盟为目的的"和亲婚"也时有发生。例如，在姜岭大战中，辛巴梅乳孜受格萨尔之命出使姜国，为劝降姜雏，他假造霍尔王派他前来说亲，就对姜雏玉拉托居尔说："霍尔国和黑姜国，和解的人儿就是我。亲事一成人民乐，亲事不成动干戈。"[②] 由此可知，和亲联姻早

---

① 王兴先《格萨尔论要》，兰州：甘肃民族出版社，1991 年版，第 164 页。

② 索穷《格萨尔王传及其说唱艺人》，拉萨：西藏人民出版社，2003 年版，第 14 页。

已成为藏族与其他民族或部落之间消除纷争、和平共处的一种方式。另据《西藏王臣记》记载,当吐蕃求婚使伦布噶一行人奉松赞干布之命,行抵汉地神京吉祥门唐主太宗之宫廷,准备向唐王朝求婚时,"其时天竺法王之使臣百骑,亦为请婚公主而来;格萨武王之使臣百骑,亦为请婚公主而来;大食富王之使臣百骑,亦为请婚公主而来;白达霍尔王之使臣百骑,亦为请婚公主而来也。不同种族之求婚使臣各五百骑,皆于一时,会集唐都"。① 这里以铺排的语言,描述外来求婚使云集京城长安的景象,侧面反映出多国、多地、多民族欲与大唐王朝和亲通婚的盛况。

作为口头传播的史传文学,《格萨尔王传》没有明确的时代和纪年,但它所讲述的故事却打上了深深的历史烙印。在《格萨尔王传》中,有关于汉皇将三个女儿分别嫁给岭国僧伦王、霍尔国白帐王和姜国萨当王的传说。其中曾提到格萨尔有一位同父异母的哥哥甲擦协尕尔②,他是汉族公主所生,他的身世可以从甲擦奉命请弟弟觉如参加岭国赛马选王活动所唱的歌词得到了解:

> 你如不认识我是谁,我住欧曲朝宗不变城,
> 名叫甲擦协尕尔,是白岭冬姓大英雄。
> 东方汉公主有三人:长公主拉嘎尔玛是她名。
> 嫁给僧伦作王妃,我协尕尔就是她亲生。
> 二公主噶司拉茂是她名,嫁给了霍尔白帐王,王子拉乌列保是她生。
> 三公主名叫姜萨梅朵钟,乃是萨当姜王妃,有子尼赤是她生。
> 甲擦、尼赤和拉乌,是大汉皇帝三外甥。③

---

① 索南坚赞《西藏王统记》,北京:民族出版社,2000 年版,第 60 页。
② "甲擦"在藏文中是"汉族外甥"之意。
③ 王沂暖、唐景福译《格萨尔王传——赛马七宝之部》,兰州:甘肃人民出版社,1988 年版,第 216—217 页。

从甲擦协尕尔的介绍中,可知汉藏之间血脉相连的亲密关系。联系藏族与周边各民族和亲联姻的历史,或可将这段介绍视为唐蕃和亲在藏族民间口传文学中的生动再现。

《柱间史》①相传为松赞干布所著,因埋于拉萨大昭寺佛殿的柱下而得名,它是《玛尼全集》的一个组成部分,其中心内容是有关松赞干布的传说。据《柱间史》记载,松赞干布娶文成公主是受到菩萨的指示。松赞干布由观音像眉间射出的蓝光,向东方望去,"他远远看见东方京都盖希万门城中,汉唐皇帝的女儿文成公主。这女子芳龄一十有六,玉肌晰嫩泽亮,口含白檀芬芳,身着七彩霓裳,举止典雅大方,才华经天纬地,美貌国色天香。赞普预见,若与文成公主联姻,吐蕃不仅可以因此而得到作为陪嫁的释迦牟尼十二岁等身金像,还可凭借这尊佛像的加持神力,一字不漏地获得汉唐的所有佛经"。② 这里的描写虽然有一定的历史依据,但神奇的虚构和浪漫的幻想,则为故事增添了浓厚的神话色彩,这种讲述方式对藏族后来的传记文学和历史文学都产生了重大的影响。

二、戏剧化地渲染求婚过程

在《西藏王统记》《西藏王臣记》中,皆有吐蕃向唐求婚过程的艺术化记述。据《西藏王统记》载:"延至七日,上与侍臣驾游宫外,伦噶方以金币七枚,献为觐仪,并将镶嵌朱砂宝石之琉璃铠甲一袭,献于御前而启白曰:'大王,此琉璃宝甲具有诸种功德,若遇人畜瘟疫时,着此铠甲,绕行城市一周,人畜病疫,立即消除。若遇霜冻冰雹,身着此铠,绕行田间一周,即能制止冰雹。设遇战争,衣此铠甲,定获胜利。赡部洲内,此铠价值,无物可量。仅以此物,作为

---

① 《柱间史》有的版本翻译为《柱下遗教》《柱间遗嘱》《拉萨志》《松赞干布遗训》等。
② 卢亚军译《柱间史:松赞干布遗训》,兰州:甘肃人民出版社,1997年版,第78页。

公主聘礼,陛下美妙公主,请许赐为我吐蕃之王妃。'"①这段极富
戏剧性和文学色彩的史述,言及蕃使以具有法力的铠甲作为聘礼,
一方面赋予故事神秘的宗教色彩,另一方面也反映出藏王求娶公
主的真诚之意。而唐王却以藏地是否能建立十善法律,是否有修
建佛殿之能力和是否有受用之财物问难蕃使,蕃使则按藏王行前
所嘱,当场一一化解其难题。这些细节描述既表明了藏王的料事
如神和法力威严,同时也说明吐蕃求娶公主与大唐结缘的迫切心
愿。诚如学者所言:"文成公主入藏联姻,对西藏来说,确实具有很
大的意义,不过本书(《西藏王统记》)在叙述这一章时仍然带有很
多宗教色彩,而且有些完全是属于文学上的描写,虚构成分很多,
甚至还有幼稚可笑之处。不管怎样,它反映了一个事实,就是由于
文成公主进藏带来许多对人民有好处的东西,人们出于衷心的感
激和爱戴,乐于称道她,甚至还把公主当成神人来供奉。"②的确,
在青海藏区至今仍流传着与此相关的传说,据《文成公主》③传讲:
藏王派足智多谋的大臣葛尔为使臣,去求娶文成公主。行前藏王
给葛尔七枚金币作为拜见唐朝皇帝的见面礼,另备有一副嵌着琉
璃的宝甲作为文成公主的聘礼,最后藏王还写了三封密信,吩咐葛
尔在唐朝皇帝提出难题时依次呈上。

　　葛尔一行人经过数月的行程,终于到了京城长安。一见到唐
太宗,葛尔便献上七枚金币和一副琉璃宝甲,并且强调说:"这副宝
甲是稀世宝物。如果时疫流行,穿上它绕城一周,可消除百病;如
果天降冰雹,穿上它绕行田间,冰雹即止;如果有外国来侵略,穿上
它可以百战百胜。这副宝甲是我吐蕃稀世之宝,吾王珍视此宝胜

　　①　索南坚赞《西藏王统记》,北京:民族出版社,2000 年版,第 60—61 页。
　　②　索南坚赞《西藏王统记》,北京:民族出版社,2000 年版,第 7 页。
　　③　乔永福、黄绍宣《青海藏族民间故事》,西宁:青海人民出版社,1984 年版,第
1—10 页。

过自己的生命。现在吾王特命下臣呈献陛下作为聘礼,其至诚之心可想而知,望陛下将贤淑的文成公主许嫁我王。"太宗认为吐蕃路途遥远,地方偏僻,不愿将女儿嫁给藏王,便提出几个难解的问题,想让藏王的使臣知难而退。

太宗先是问及吐蕃能不能以"十善"作为施政纲领,让葛尔回去问藏王。葛尔便将藏王的第一封密信呈给太宗,上面写着:"我决心在一天之内以我的五千化身建立起十善的国法,到那时请将公主许配给我。"太宗看罢,十分惊疑,但仍然镇静地说:"你们吐蕃能不能建立寺院? 如果能够,我就将公主许配藏王。你赶快回去,问好了再来回复我。"葛尔又把第二封密信交给太宗,上面写着:"唐朝佛法兴盛,也有精工巧匠大力兴建庙宇。我们吐蕃虽然没有建立寺院的力量,但是只要陛下肯将公主许配给我,我就可以显出五千化身,建立起一百零八座庙宇,并使所有的庙门都面向大唐。"太宗看罢,更加惊奇,好不容易才镇静下来,"藏王的口气实在太大了。我再问你,你们吐蕃有没有五大享受? 如果没有。我是不能将公主许配给他的! 你先回去问个明白。"于是,葛尔将第三封密信呈上,只见上面写着:"只要陛下肯把公主嫁给我,我将以五千化身,制造出无数的金银财宝、粮食珍肴、绫罗绸缎、衣服饰物等。此外,我要遍设市场,让天下的财宝源源流入吐蕃,顷刻之间使藏族成为最富强的民族!"太宗看罢,简直吓慌了,心想吐蕃虽然地处边陲,藏王却有未卜先知之明,看起来这件事不能视若儿戏,必须慎重考虑了。于是想出用比赛智慧的方法来决定将公主嫁给哪国的君主。

从上述内容可知,不论是从史传文学还是从民间文学的角度来看,藏王求娶文成公主的过程,都具有不可忽视的历史价值和文学内涵。有学者曾说:"不管是叙述文成公主的事迹,或其他历史事件,大多是根据当时流传的野史逸闻进行编写的。……所写的历史,类如演义式的历史小说,或传奇式的话本小说,把历史事件作了文学上的加工。然而,由于借助于这些方法才把许多重要史实保留下来,而且广为传播,家喻户晓,深入人心。"①有关文成公主的传说生动地再现了唐蕃和亲的过程,从而反映出汉藏两族交往、交流、交融的历史。见微知著,以少胜多,这也是这类民间传说不可忽视的存在价值和现实意义。

在民间盛传的文成公主故事中,讲述吐蕃向唐朝求娶文成公主的数量最多,也最为精彩。据粗略统计,有关求娶文成公主的故事大约有三十余篇,其中代表性的篇目有《文成公主的故事》《藏王的求婚使》《文成公主》《机智的噶尔大臣》《松赞干布智娶文成公主》《文成公主入藏的传说》《甲萨公久卓玛成婚》《大相禄东赞》《禄东赞智胜唐王》《智力超群》等等,这些故事多为藏族民间传说;此外,还有西蒙古卫拉特传说《巧记请王后》,土族民间传说《伦布噶丹说媒》等,这些传说以青海、四川和西藏等地为中心向外传播,影响久远。

《文成公主的故事》②堪称是求娶文成公主传说中流传最广且最为精彩的篇目之一,主要讲述松赞干布派大臣嘎瓦到唐廷求婚的过程,其情节紧紧围绕唐太宗以五大难题测试各地求婚使臣而展开:很早以前,藏王松赞干布听说内地汉区的光景很好,吃的、穿的啥也不用愁;还听说内地有个文成公主,人年轻,又长得漂亮。他想:内地的汉人真能干呀! 要是把这个文成公主要来,内地一定会派很多人来帮助西藏。于是他便派大臣嘎瓦带着礼物去求婚。就在大臣嘎瓦到内地时,印度、波斯等好些国家也派了使臣到内地求婚。皇帝决定让求婚的使臣们比赛智慧,说哪个最聪明,就把公主许配到他们那里去。

----

① 索南坚赞《西藏王统记》,北京:民族出版社,2000 年版,第 8 页。
② 中央民族学院少数民族语言文学系藏语文教研室藏族文学小组编《藏族民间故事选》,上海:上海文艺出版社,1980 年版,第 3—10 页。

第一次,皇帝派人牵来一百匹马驹和一百匹母马,叫使臣们找出马驹的妈妈。别个使臣都抢先去分,结果都分错了。嘎瓦先把马驹同母马分开关起来,隔了一夜才把母马一匹匹地放到马驹当中去,马驹一看自己的妈妈来了,忙去吃奶,很快就分辨出它们的母子关系。

第二次,皇帝又让人找来一百只小鸡和一百只母鸡,叫使臣们分出它们的母子关系。别个使臣到鸡群里胡乱认了一阵,无法区分。嘎瓦则先把小鸡、母鸡分开,到喂鸡食的时候,把母鸡一只只叫到小鸡群中,小鸡一见母鸡,就跟着啄食去了,很快就全认出来了。

第三次,皇帝又出了一个难题,要各个使臣在一天内把一只羊的肉全吃光,皮子鞣出来,还要喝一坛酒,自个儿走回住处去。别的使臣连半只羊也没吃完,连半坛酒也没喝光,就一个个都不行了。嘎瓦去的时候拿了一团线,把一头拴在住处的门闩上,边走边褪着线团到了皇宫。他边喝酒吃肉,边鞣羊皮,不知不觉就把羊肉吃完了,酒喝光了,羊皮也鞣出来了。他也有些醉了,可是他边走边缠线团,还是走回去了。

第四次,皇帝让人拿来一块很大的玉石,要使臣们用线穿过上面的一个洞眼。这个洞眼很小,中间是一条很长的曲曲弯弯的孔道。别的使臣都被难住了。只有嘎瓦把丝线拴在一只蚂蚁腰上,然后把它放在洞眼上慢慢吹气,蚂蚁一步步地往里爬,整整用了四天才从另一个洞眼里爬出来。

第五次,皇帝又把各个使臣叫到一起,准备让他们从五百个姑娘中,认出哪位是文成公主。这次嘎瓦心里很着急,后来,他从一位汉族老妈妈在宫中当侍女的女儿那里打听到文成公主的相貌、在人群中的位置、以及有两只蜜蜂环绕等信息。所以,第二天嘎瓦很快就从五百个穿戴一模一样的姑娘中,认出了文成公主。

所有的难题都被西藏使臣解开了,皇帝想:一个使臣都这么聪明能干,那藏王就更聪明能干了,所以就答应把公主嫁到西藏去。

　　这则在西藏各地广为流布的传说,演绎了求娶文成公主的曲折过程,俨然记述了一场智力和体力的综合竞赛。"比赛的内容虽然都是日常生活中司空见惯的事物,但解决的方法却是那么新颖奇特,既出人意料,又合乎生活逻辑,充满劳动生活的气息。在这方面,噶尔·东赞(即上文中的嘎瓦)这个人物在很大程度上,变成了劳动人民智慧的集中代表。哪一件不是劳动人民的本行! 这也曲折地反映了人民群众在汉藏长期友好交往中所起的主导作用"。[①] 所以一波三折的求婚过程,既淋漓尽致地展现出藏族人民的聪明才智,同时也反映出藏汉人民对唐蕃和亲的高度重视。

　　《文成公主的故事》主要情节在《西藏王统记》[②]以及藏戏、壁画和长诗中都有所涉及,这足以说明这一故事在十四世纪以前就已广为流传,与之相关的民间传说则是大同小异,异文众多。其虚构的求婚情节和精彩的智力比拼,无疑增强了唐蕃和亲的喜剧色彩,特别是"幻中求真"的结构方式,也体现出藏族文学极富幻想的民族特色。

三、细致描述文成公主的情感和际遇

　　和亲公主是封建时代一个非常特殊的群体,"吾家嫁我兮天一方,远托异国兮乌孙王"(《细君公主歌》)。在我国古代,像这样出自和亲公主之口的歌吟是难以听到的,我们只能从历史记载或文学记述的字里行间,间接地去了解那些为了国家利益而远嫁异域的弱女子们的心声,感受她们曾经有过的复杂情感和不平凡的

---

①　马学良等《藏族文学史》,成都:四川民族出版社,1985年版,第70页。
②　《西藏王统记》约成书于1388年。

经历。

据《西藏王统记》记载，当吐蕃求婚使伦布噶从三百名华装炫服的女子中选出公主时，尽管蕃使对公主极尽赞美之词，但被选中的公主仍止不住含涕落泪。而"噶为止其涕泣，使发欢喜之心，遂引吭而歌。其歌词曰：'至奇希有，天人公主，请听我语。吉祥如意，吐蕃藏地，五宝所成。赞普宫中，神作人主。松赞干布，大悲观音，神俊英武，见者钦羡。以教治邦，人民奉法，诸臣仆等，悉歌升平，出佛慧曰，擎功德灯。山具诸木，土地广博，五谷悉备，兹生无隙。金银铜铁，各宝具有，牛马繁殖，安乐如是，至奇希有，公主垂听'"。蕃使的一番安慰和夸耀果然奏效，"歌已，公主暗自思量，诚如此歌所言，则与吾之乡土何异。遂即拭泪，随藏臣而行。藏臣乘公主以马，周行市廛，炫示吾等藏人实较汉族霍尔为优，公主将为吾辈迎去，其他诸使皆可以指塞口，[无言哑坐矣]"。① 这段描述细致入微，文成公主由落泪到拭泪再到乘马随蕃使而去的动态描写，客观地反映了她由最初的不愿意到不得已开始接受的心理变化。

回宫之后，当皇帝对公主说出"汝当往为吐蕃王妃"②时，公主的情绪异常激动，内心真实的想法不禁脱口而出，所以接下来父女间的对话也更加耐人寻味：

> 公主曰："无有佛法，土地贫瘠，道路遥远，难与父母兄弟相见，儿不欲往。"父王云："汝必当去，勿作是语，赞普有大神通变化、具足法力。凡朕所有问难，其臣未返藏地，即已具答于所寄缄札之内。设知汝不去，立遣兵五万到此，杀我掳汝，并劫掠一切城市，将如之何？兹观察其臣所为，似以去之为

---

① 索南坚赞《西藏王统记》，北京：民族出版社，2000 年版，第 66 页。
② 索南坚赞《西藏王统记》，北京：民族出版社，2000 年版，第 66 页。

宜。"公主向王父叩头奏曰："无论唯一父皇命，抑出母后之懿
旨，抑或吾兄所教言，何其离奇至于此，竟遣我往吐蕃地。有
雪邦土之境域，气寒酷冷地粗恶，复多天龙鬼怪妖。雪山如兽
张獠牙，巉岩俨似野牛角。心无欢乐意不适，不生五谷饥馑
地。下劣食肉罗刹种，行为粗鲁无礼教，边地佛履所未践，无
有佛教黑暗洲。由无梵宇无神像，故无积福所凭依。"①

公主先是以藏无佛法、土地贫瘠、路途遥远、难与亲人相见为由，表
明自己不愿前往吐蕃的原因，但当父皇言明不去和亲的后果时，公
主则一边埋怨父母兄长遣自己远嫁异域，一边描述她想象中的雪
域高原地僻酷寒、龙鬼怪异、五谷不生、佛礼不行。可以设想，对于
一个生长于锦衣玉食环境中的金枝玉叶来说，背负着国家与民族
的重任而远赴雪域高原，这需要具有大无畏的牺牲精神和义无反
顾的心理准备，所以公主此时的埋怨、犹豫、悲伤和痛苦都在情理
之中。在父命难违、国家利益高于一切的大背景下，文成公主最终
只能听从命运的安排。从文成公主提出的入蕃条件来看，她对异
域生活充满了忧虑：

> 若欲儿即往彼处，父皇所供本尊神，释迦佛像请赐我。
> 有雪邦土饥饿乡，宝仓御库请赐我。
> 有雪邦土气萧寒，请赐一世温暖衣。
> 吐蕃贱民人龌龊，赐我陪伴诸侍女。②

文成公主除了向父皇请求陪嫁佛像、吃穿用度和陪伴侍女之外，还
特别向父皇请示道："如是边鄙邦土内，与诸藏庶共处时，我之行仪

---

①　索南坚赞《西藏王统记》，北京：民族出版社，2000 年版，第 66—67 页。
②　索南坚赞《西藏王统记》，北京：民族出版社，2000 年版，第 67 页。

应如何？"①希望父皇指点自己入蕃后如何处世为人，这一描写充分反映出文成公主明理豁达、成熟稳重的个性。无论她怎样难舍故乡和亲人，无论她如何畏惧高原的生活，她最终没有忘记自己身为和亲公主的使命。这些有关公主出嫁前的细节描写，为我们塑造了一个聪慧理智、大度果敢、个性鲜明的公主形象，也正是具有如此品质的公主，才能担负起汉藏友好、民族交流与融合的大任。

据《西藏王统记》记载，文成公主入蕃后历经坎坷，受到重重考验。在抵达藏地之后，文成公主先是受到尼妃的嫉妒，后又遇上伦布噶的刁难，在"尚无定居，未获依处，未晤王面，未受诰封，未识内外上下臣僚"②的情况下：

> 汉女公主伤心已极，回忆自己本土父母兄弟及享受尊荣富贵等，心中倍极悔恨，但亦无可如何，乃弹琵琶而作歌曰："女离乡远适，送觉阿像来，送占星学来，携来绫罗宝，来为乳取酥，来为酥变酪，来为细纺丝，来为篮作绳，来为陶变缶，来为安水碾，来携蔓育种。汉地福运损，藏土享康乐。女在母家能，出阁倍伤情。来藏为成家，呼犬入门挞，吐蕃实无良。小刃利近柄，小曲悲动听。女在母家能，王口随臣转，夫口随妇转，机随纬线转，劣田随荽转，我无留住理，伦布噶有愧。"③

初到蕃地，环境陌生、语言不通、生活不适、情感失落，再加上小人的刁难，这一切让公主心灰意懒、倍感悔恨，她一度甚至产生了回

---

① 索南坚赞《西藏王统记》，北京：民族出版社，2000 年版，第 67 页。
② 索南坚赞《西藏王统记》，北京：民族出版社，2000 年版，第 74 页。
③ 索南坚赞《西藏王统记》，北京：民族出版社，2000 年版，第 75—76 页。

汉地的想法，但最后倔强的公主还是经受住了考验，在一番周旋和据理力争之后，"王果来欢宴之所，与公主会晤"，①公主以她的坚韧和智慧化解了初到藏地的尴尬困境。

《甲萨公久卓玛成婚》②的传说，也讲述了文成公主入蕃经受种种考验的故事，从中可见文成公主坚定执着、勇敢刚正的品格：甲萨公久卓玛（即文成公主）跟随使臣嘎尔当巴及随从离开长安，途中甲萨公久卓玛问："距离西藏还有多远？"使臣故意说："我们来的时候走了五年，现在还要走两年。"甲萨公久卓玛听后，边哭边上马。接着，嘎尔当巴对甲萨公久卓玛说："我们藏王松赞干布好是好，就是有狐臭，你愿意做他的妻子吗？"甲萨公久卓玛想了想说："我从汉区走了三年才到这里，不管藏王有没有狐臭，都要嫁给他。"后来，嘎尔当巴大臣先回到松赞干布那里，讲了求亲的全部经过，又对松赞干布说："汉区皇帝的女儿，有什么漂亮的？她是一个豁嘴巴呀！"松赞干布说："接都接来了，就是豁嘴我也要了。"甲萨公久卓玛到了西藏，藏王松赞干布举行了隆重的仪式，迎接公主。公主听使臣嘎尔当巴说过松赞干布有狐臭，就用袖筒捂着嘴。松赞干布以为甲萨公久卓玛捂着嘴，真的是一个缺嘴。他们相处以后，才知道这是大臣嘎尔当巴搞的把戏。松赞干布和甲萨公久卓玛相亲相爱地过了一辈子。

这则流传于四川若尔盖地区的民间传说，故事虽然短小，却使人感受到公主入蕃后面临的诸多问题。可以设想，如果文成公主没有坚强的意志、准确的判断力和处理问题的能力，就很难面对这样错综复杂的情形和艰难的境遇。这些短小精悍的传说，侧面反映出文成公主既平凡又不平凡的人生际遇。

---

　　①　索南坚赞《西藏王统记》，北京：民族出版社，2000年版，第76页。
　　②　中国民间文学集成全国编辑委员会、《中国民间文学集成·四川卷》编辑委员会《中国民间故事集成·四川卷》，北京：中国ISBN中心，1998年版，第965—966页。

四、真诚表达欢迎文成公主的热情

据史籍记载,文成公主于贞观十五年(641)正月离开京城长安向蕃地进发,漫漫长路,由关中平原奔赴雪域高原,其旅程之艰辛可想而知。一路之上,文成公主翻越终年积雪的高山,忍受着盛夏降霜的恶劣气候,经过两千余里不见人烟的空荒之地,渡过一条又一条大大小小的河流,最终于藏历四月十五到达逻些。在艰险的旅途中,文成公主经受了怎样的心理考验,今天我们从日月山的故事、倒淌河的来源等民间传说的记述,或许能够做出一些猜想。广泛流传于藏区的歌谣,也生动传述着文成公主入蕃的艰辛旅程:

> 吉祥的羊儿哪里来? 吉祥的羊儿汉地来。
> 文成公主出嫁到西藏,带着白羊黑羊彩色羊。
> 趟过波浪滚滚的甲曲河,只剩下白羊黑羊在身旁。
> "阿姐甲莎呵,不要哭,文成公主呵,莫悲伤!
> 白羊儿我什么颜色都能染,黑羊儿我不沾染料更漂亮。"
> ——《吉祥的羊儿哪里来》(山南果谐)[①]

民歌以温馨的话语,劝慰初来乍到、过河时失去了彩色羊的文成公主,流露出他们对公主的体贴关心,同时也侧面反映出文成公主进藏途中过急流、渡险滩的艰辛。

如今在藏区,在当年文成公主经过的地方,仍留下许多与公主有关的史迹、传说和歌谣,至今还能听到人们的歌唱:

[①] 《西藏民间歌谣选》,拉萨:西藏人民出版社,1985 年版,第 82 页。

正月十五那一天，
文成公主答应来西藏；
不要怕过宽阔的草原，
有百匹好走马迎接你；
不要怕翻高峻的雪山，
有百头乘牦牛来接你；
不要怕涉奔涌的急流，
有百条马头船来接你。
来到了拉萨的"乌洁"滩，
有百辆木轮车来接你；
来到了拉萨的"洞青苏"，
有百名俊少年来接你；
来到了拉萨的"咔阿顿"，
有百名美姑娘来接你。
来到了拉萨的红山官，
有百名亲信大臣来接你。
四个国家派出求婚使者，
公主的命运连着雪域高原。
——《埃玛央吉松》(堆谐)①

在工当拉莫山的山腰上，
神泉唐桑旺波绿波溢荡；
头一个在神泉里饮水的，
是汉妃文成公主。
文成公主从此如意吉祥，

---

① 《西藏民间歌谣选》，拉萨：西藏人民出版社，1985 年版，第 78 页。"埃玛央吉"的汉语意思是"喂，听一听"。

工当拉莫山也有了名望。
——《在工当拉莫山顶上》(堆谐)①

这两首民歌或安慰鼓励历经艰险前往雪域的文成公主,或抒发因公主驾临,家乡山水也为之扬名的自豪。质朴真切的情感,简练准确的语言,自然流露出藏区民众欢迎文成公主的热情,从中也能感受到藏区民众对入蕃公主的尊敬和怀念。还有不少民歌表达热切企盼文成公主的到来和迎接公主的真情厚意:

文成公主来了,来了!
文成公主到我们家乡来了。
我们的家乡呵,
是产上等氆氇的地方。
我们献上白云一样的氆氇,
请公主做一件合身的衣裳!

文成公主来了,来了!
文成公主到我们家乡来了。
我们的家乡呵,
是产上等松石的地方。
我们献上最珍贵的蓝松石,
请公主做一副三匝的耳环。

文成公主来了,来了!
文成公主到我们家乡来了。
我们的家乡呵,

———————————

① 《西藏民间歌谣选》,拉萨:西藏人民出版社,1985年版,第94页。

> 是产上等白青稞的地方。
> 我们献上最吉祥的白青稞，
> 请公主亲口尝一尝。
> ——《文成公主来了，来了！》（察雅锅庄）①

这首民歌开篇以热情的呼唤，反映出藏区百姓因公主来到自己家乡而激动、兴奋，他们向公主献上家乡特有的白氆氇衣裳、蓝松石耳环和吉祥的白青稞，表达了藏区百姓欢迎文成公主的热情。质朴的语言、真诚的情感，令人感动。另外，在江孜金嘎地区还流行着一首《洗氆氇歌》②，其中唱到：

> 美丽的玉盆姑娘啊，
> 请来帮我姑娘漂洗氆氇；
> 今天你来帮我洗氆氇，
> 明天我来帮你洗氆氇；
> 洗氆氇要偏偏地洗，
> 揉氆氇要圆圆地揉；
> 这乌黑发亮的氆氇，
> 是一百只小黑绵羊的毛织成的呵！
> 是一百个健壮青年用剪刀剪下来的；
> 是一百个健壮妇女用指头捻出来的；
> 是阿妈卓玛吉用智慧织出来的呀；
> 要给文成公主缝一件美丽的长裙！

这是本诗的第二章，在第一章和第三章中分别邀请家乡的守护女

---

① 《西藏民间歌谣选》，拉萨：西藏人民出版社，1985年版，第80页。
② 《西藏民间歌谣选》，拉萨：西藏人民出版社，1985年版，第87—88页。

神和水神姑娘帮助洗氆氇,表达了藏族阿妈总巴吉和白玛吉"要给英主松赞干布缝一件新藏袍""要给宝贝王子缝一件花的衣裳"的美好愿望。歌谣以藏族民歌的"鲁体"形式写成,回环排比,反复咏叹,表达了高原人民对松赞干布和文成公主喜结良缘的诚挚祝福和美好祝愿。

五、生动记述公主入蕃带来的影响

和亲联姻作为民族友好的一种方式,不仅密切了唐蕃关系,而且有力地推动了汉藏两族在经济和文化等领域的广泛交流。从求婚到公主出嫁,其间要经历交纳聘礼、约定婚期、商讨出嫁细节等诸多事宜,双方使者往来不断,迎亲队伍人数众多。可以说,围绕和亲开展的一系列活动,每一次都伴随着规模不小的经济与文化交流。在和亲之后,还有诸如答谢、奉献方物及汇报公主情况等活动,这不仅为双方经济与文化的交流提供了便利,而且也为少数民族浸染中原文明创造了有利的条件。

据《西藏王统记》记载,文成公主出嫁前,唐太宗曾答应为公主准备丰厚的妆奁:

> 利乐源泉觉阿像,舍此如舍寡人心,
> 仍以赏赐我娇女。诸种府库财帛藏,
> 众多宝物虽难舍,仍以赐赏我娇女。
> 告身文书金玉制,经史典籍三百六,
> 还有种种金玉饰,此赏赐我娇女。
> 诸种食物烹调法,与及饮料配制方,
> 玉片鞍翼黄金鞍,此赏赐我娇女。
> 八狮子鸟织锦垫,并绣枝叶宝篆文,
> 赐女能使王惊奇。汉地告则经三百,

能示休咎命运镜，以此赏赐我娇女。

工巧技艺制造术，高超能令人称羡，

如此工艺六十法，以此赏赐我娇女。

四百又四医方药，四方、五诊、四论医典，六医器械皆赐汝。

一世温暖锦绫罗，具满各色作服饰，凡二万匹赐与汝。

身材妙曼可意儿，善承人意诸女伴，二十五名作侍女。①

待公主启程前往吐蕃时，"上赐公主嫁奁极丰，不可计量"，"复赐负运此珍宝、绫罗、衣服、饰品以及当时所需资具之马骡骆驼等甚众。对诸吐蕃使臣，款以盛宴，并厚其赏赐"。② 如此种类齐全、数量众多的财物和各种技艺，在一定程度上满足了吐蕃对中原文明的向往和追求。借由文成公主的入藏联姻，汉地先进的生产技术如种植、养蚕、酿酒、碾花、制陶、造纸以及医药、历算等源源不断地传入西藏，使西藏的物质生活和生产技术发生了极大的变化。可以说，唐蕃和亲架起了汉藏经济文化交流的桥梁，也奠定了汉藏共同发展的基础。这些因和亲带来的多方位交流，反映在藏族民间文学中，便产生了从各个角度描述因公主入蕃，给高原生活带来种种新变的民歌，其中有的民歌盛赞公主将谷物粮食、工匠和牲畜带到蕃地，满足了高原人民生产和生活的需求：

远从汉族地区，来了王后公主。

把三千八百种粮食，带到咱们藏土。

藏地从此开始，种上了各种粮谷。

远从汉族地区，来了王后公主。

---

① 索南坚赞《西藏王统记》，北京：民族出版社，2000年版，第68页。

② 索南坚赞《西藏王统记》，北京：民族出版社，2000年版，第69页。

把五千五百名工匠，带到咱们藏土。

给西藏地区工艺，打开了发展门户。

远从汉族地区，来了王后公主。

带来了五千五百，各种各样牲畜。

给藏地洁白乳酪，打下了丰产基础。①

有的夸赞公主为高原带去牲畜，促进了当地农业生产的发展：

公主把黄牛带到西藏，

从此犏牛族繁支旺，

犏牛耕过的田地啊，

庄稼格外茁壮。

　　——《公主带来的黄牛》②

有的则充满感激地唱道：

求神打卦多年，

疼痛总不离身，

公主带来的曼巴（医生），

治好了我的病根。

　　——《公主带来的曼巴》③

---

①　王沂暖、唐景福《藏族文学史略（十）》，《西北民族学院学报》1984 年第 4 期。

②　中央民族学院少数民族语言文学系藏语文学教研室藏族文学小组编《藏族民歌选》，上海：上海文艺出版社，1981 年版，第 203 页。

③　《中国少数民族文学作品选》编辑委员会编《中国少数民族文学作品选》（第四分册），上海：上海文艺出版社，1981 年版，第 6 页。

> 龙纹瓷杯啊，
> 是公主带来西藏；
> 看见杯子呵，
> 就想起了公主的模样。
> ——《公主带来的瓷杯》①

这些饱含着浓情挚谊、短小精悍的歌谣，当是文成公主入蕃、造福藏地人民的真实写照，侧面反映出文成公主入蕃对藏地生活的影响。对此，有学者曾分析："像传说中所说的青稞等粮食种子和牛羊等牲畜，在藏族地区是早已有了的。传说中所说是文成公主带去的，乃是文学上典型集中的手法及传说中夸大、神化的结果，同时也曲折地反映了汉族农牧业方面的先进生产技术传入西藏的良好影响和作用。它体现了时代的要求，传达了人民的心声，具有极大的艺术真实性。"②正因为如此，藏族人民才发自内心地欢迎文成公主，感谢她为雪域高原带来的一切。

在西藏各地，至今仍流传着许多歌颂文成公主的民歌，它们讴歌文成公主圣洁的心灵，赞美她如白度母般的仁慈和善良，歌唱她为西藏带来的变化，歌吟她为藏地带来的和平与安宁。那曲地区的山歌唱道：

> 天空最亮的星星是太阳，
> 人间最美的宝物是黄金；
> 汉妃大姐的心灵哟，
> 胜过太阳胜过黄金。③

---

① 中央民族学院少数民族语言文学系藏语文学教研室藏族文学小组编《藏族民歌选》，上海：上海文艺出版社，1981年版，第203页。
② 马学良等《藏族文学史》，成都：四川民族出版社，1985年版，第70页。
③ 边多《西藏音乐史话》，北京：中国藏学出版社，2006年版，第134页。

日喀则地区的果尔谐歌舞《汉妃大姐好》①中唱道：

> 汉妃好哟大姐好！
> 仁慈善良像度母；
> 她的智慧如大海，
> 她的心胸如蓝天。
>
> 这双长城图案的好鞋子，
> 鞋上刺绣的大鲜花；
> 都是汉妃大姐她，
> 亲手教我制作的。
> 这彩虹般的小围裙，
> 温暖柔软的氆氇衣；
> 都是汉妃大姐她，
> 亲手教我们编织的。

以上一首首流传于藏地的山歌民谣，唱出了百姓的心声，记录了汉藏交融的历史，珍藏着藏族人民对唐蕃和亲的美好记忆，也蕴藏着人们对社会的认知，对历史本源、生活本质和价值观念的追寻。

流传于藏区的《文成公主饮茶的传说》②，则讲述了文成公主影响藏区形成喝茶风气以及促进茶马贸易的过程。相传：文成公主喜欢喝茶，所以她带了各种各样的茶来到西藏。

刚入藏时，文成公主对西藏多肉的饭食好长时间都不适应，牛羊奶的气味也使她很不习惯。后来，她想出个办法，就是早餐时先

---

① 边多《西藏音乐史话》，北京：中国藏学出版社，2006 年版，第 134—135 页。
② 牛娟、程忠红《西藏神话与传说故事集》，拉萨：西藏人民出版社，2016 年版，第 84—85 页。

喝半杯奶，然后再喝半杯茶，这样感觉会舒服一些。后来为了方便，她就干脆将茶和奶放在一起喝。久而久之便养成了一种习惯，在喝茶时加上一些奶和糖，这就是最初的奶茶。

文成公主的这种做法逐渐引起权贵群臣的效仿，文成公主也常常以奶茶赏赐群臣，款待亲朋。从宫中到藏族居住区，人们很快地效仿起文成公主的这种做法来，饮茶之风一时盛行。

为了满足宫中及藏民们对日益增多的茶的需求，公主还建议用西藏土特产如牛羊、毛皮、鹿茸等去内地换取茶叶。在长期的饮茶体验中，人们逐渐体会到饮茶的种种妙处，既可以醒脑提神，又能去清除油腻，这对于以肉食为主的藏民们尤为重要。同时，为了增加喝茶的品味和乐趣，聪明的公主还在煮茶时加入松子仁、酥油等，并根据人们的喜好加糖或盐巴，酥油茶由此诞生。

茶叶以其"通利""疏滞腻"的药用价值，迅速得到了藏族人民的喜爱，藏区对茶叶的需求大大增加，中土的茶叶开始大量进入西藏，汉族人民开始用茶叶和藏族人民交换马匹和土产，这就是历史上有名的"茶马互市"，这些输入藏族地区的茶叶，被人们称为"边茶""藏茶""边销茶"。至今在藏区，还会听到人们满怀深情地讲起文成公主喝酥油茶的故事呢。

这篇传说将文成公主与藏区的饮茶风气联系起来，文成公主从喝奶茶开始，逐渐适应着藏区的生活方式，藏族人民效仿她独特的饮茶习惯，便有了后来深受人们喜爱的酥油茶。而内地茶叶与西藏马匹、土产的交换，自然促成了双方的"茶马互市"，在这种互通有无的经济交往中，高原与内地相互依赖的关系不断得到加强。这篇有关文成公主饮茶的传说，既是广大民众对唐蕃和亲带来汉藏交流的回味，也是人们对文成公主入蕃功绩的一种肯定。

综上所述，唐蕃和亲已成为历史，但它成了汉藏和平共处的良好开端。从古至今，来自藏区民间的传唱和文史记述，虽然有不少已散落在历史的风尘之中，但有幸流传至今的古老歌声和传说故事，始终昭示着汉藏一家、友好相处的美好前景，这也激励着我们继续谱写今天汉藏和谐亲睦的新乐章。

第三节　文成公主入蕃的地名传说及其现实意义

"地名是人类社会发展到一定阶段的产物，是应人类社会生活的需要而产生"。[①] 地名作为人类社会赋予某一特定空间位置上自然或人文地理实体的专有名称，它"产生于文字之前。自人类文明的帷幕启开之始，地名——这一集历史民族文化广泛信息的载体，就出现在社会之中，为人类服务，每条地名，或行于文字、或出自语言、或蜚声文学、或置身历史、或涉及外交、或名噪战争、或与民族有关、或与宗教联系、或利于考古、或易于旅游……是新兴的综合学科"。[②] 所以，地名作为自然环境和人文环境相结合的产物，或以地形命名，或以水文命名，或以姓氏命名，或以寓意命名，或以起始点命名，或以道路命名……其早已成为研究地理学、历史学、语言学和民俗学等的重要依据。正如学者所言："地名是信息的载体，它具有承载、积淀和传播文化信息的功能。因此，地名既是语词文化的标志，又是地名实体所含历史文化的化石、地理文化的镜像、乡土文化的窗口。"[③]换言之，一个地名的由来或更替，常与当地的地理、历史、民族、宗教、语言和民俗等密切相关。

地名作为民族文化遗产，积淀着深厚的文化传统，"每个地名的形成、演变都要经历一个历史过程，一些古老地名世代相传、沿

---

① 中国地名委员会办公室《地名学文集》，北京：测绘出版社，1985 年版，第 18 页。

② 雀丹搜集整理《神奇的九寨沟——川甘清滇藏区地名传说》，成都：四川科技出版社，1988 年版，后记。

③ 宋久成《地名文化研究——概念、少数民族语地名及其他》，北京：法律出版社，2013 年版，第 10 页。

用至今，其历史沿革与中华民族的历史进程相伴而行。所以，每个古老地名的语词文化都记录了中华民族的一段历史"。① 的确，作为带有历史文化内涵的新兴学科，地名研究早就受到地理学界的重视，而对地名传说的研究，近年来则伴随着文学地理学的兴盛而展开。从文学地理学的角度研究地名传说，其深厚的文学价值和文化内涵才能得以挖掘与彰显。

唐太宗时期的唐蕃和亲，密切了汉藏两族在政治、经济和文化上的交流，这段历史距今已有一千三百多年，但当初因唐蕃联姻而出现的地名有些却沿用至今，并且在民间还流传着不少与之相关的地名传说。如果说地名的出现或更替属于历史地理学研究的范畴，那么有关地名传说的研究则无疑是文学地理学探究的范畴。这些地名传说不仅反映出唐蕃和亲的悠久历史，而且饱含着藏区民众对文成公主入蕃的认识和理解。这些经久不衰的地名传说，真可谓是"竭尽山川之灵气，博彩自然之精华，凝聚历史文化之精髓，是作证千古历史的证人"②，它们是汉藏两族交流与互相影响的印记，也是唐蕃友好往来的见证，反映出汉藏人民对文成公主的敬仰与怀念，其中蕴含着历史演变和社会生活等信息，其特殊的史料价值和现实意义值得关注和重视。

一、历史典籍中文成公主的入蕃路线

白寿彝先生在《中国交通史》中曾说："疆域所及即是交通所至。"内地经青海省进入西藏自治区的交通道路并非一日间突然出现，而是伴随着历代君王对疆域的着力经营而逐渐形成的。换言

---

①　宋久成《地名文化研究——概念、少数民族语地名及其他》，北京：法律出版社，2013 年版，第 27 页。
②　雀丹搜集整理《神奇的九寨沟——川甘清滇藏区地名传说》，成都：四川科技出版社，1988 年版，后记。

之,唐蕃古道古已有之,后因文成公主入蕃才声名远扬,进一步定型。有学者曾言:"唐蕃古道,这个因为一场盛大的婚礼而得以发展延续的道路在千年后的今天依旧被人们怀想,理由不仅仅是因为曾经繁忙的古道给当时汉藏政治、经济、文化带来的繁荣,更重要的是,那是两个强大帝国之间交好的标志,是汉藏两个民族友好关系的开始。"①

据典籍记载,文成公主在贞观十五年(641)正月从地处渭河平原的长安出发,奔赴远在青藏高原的逻些。有关文成公主的入蕃路线,学界历来说法不一。具有代表性的观点主要有:

一是黄显铭先生以汉文、藏文的历史语言资料、实地考察和其他资料为依据,认为文成公主是从东道康区进藏的,即"由长安经宝鸡、天水、文县、松潘、金川、丹巴,沿鱼通河谷(丹巴至泸定一段大渡河古名),到康定、木雅,皆沿河谷,或西行又沿河谷,终于到达金沙江河谷,经邓柯、玉树,而经通天河河谷,再逾唐古拉山口,经过黑河而至拉萨。此为内地到拉萨从来交通的孔道,公主当由此道而行。这条路线,既可避免北面昆仑山山险,又可避开东来横断山脉的险隘"。②

二是崔明德先生根据《新唐书·地理志》"鄯州鄯城"条注,对文成公主入蕃路线作了较为详细的记述:文成公主一行离开长安,经凤翔、秦州、河州向龙支城(今青海民和县古鄯)进发。到达龙支城,又西行 100 里抵湟水县(今乐都),由此西行 120 里抵鄯城,又西行 60 里到达临蕃城(今镇海堡),又西行 60 里有白水军、绥戎城(今湟源西南),又西南行 60 里有安戎城,由此向南隔涧行走 7 里到天威军(石堡城),又西行 20 里到赤岭(今日月山),入吐谷浑界。由此再经尉迟川、苦拔海、王孝杰米栅 90 里到达莫离驿

---

① 崔永红《文成公主与唐蕃古道》,西宁:青海人民出版社,2017 年版,第 3—4 页。
② 黄显铭《文成公主入藏路线再探》,《西藏研究》1984 年第 1 期。

（今海南州曲沟附近），再往前行就到达了公主佛堂（今兴海大河坝以北）。从公主佛堂再往前走，路过大非川，抵达那录驿，经过暖泉就到了列谟海。松赞干布率兵在柏海（今札陵湖）西边安营恭候。离开柏海，行走 470 里到众龙驿（今札布隆山口）。经此渡过西月河（雅砻江上游），行进 210 里到多弥西界。又经犁牛河（金沙江上游），过藤桥行 100 里到列驿。再经食堂、吐蕃村、截支桥、截支川，行 440 里到婆驿。然后渡大月河，经罗桥、潭池、鱼池行 530 里到悉诺罗驿（原为苏毗建牙所）。又经乞量宁水桥、大速水桥行走 320 里至鹘莽驿（当拉岭）。又行十余里，经过鹘莽峡，再行 100 里到达野马驿。又经吐蕃垦田、乐桥汤 400 里到閤川驿。又经恕谌海行 130 里到蛤不烂驿，旁有三罗骨山，终年积雪不化。再前进 60 里抵突录集驿。然后经柳谷、莽布支庄、汤罗叶遗山及赞普祭神所行走 250 里到农歌驿。由此往东南再行 200 里，终于在藏历的四月十五日到达逻些。①

三是崔永红先生认为文成公主是由甘、青、藏一带藏族自古沿用的入藏大道（亦称入藏朝佛大道），即经天水、临洮、兰州、乐都、西宁、日月山、恰卜恰、温泉、黄河源，越巴颜喀拉山，由清水河镇至玉树，逾唐古拉山经西藏那曲而入藏。并且认为"目前学术界已基本达成共识，即公认第三种说法符合文成公主进藏所走的道路"。② 这条道路途经玉树地区，而玉树地区通往西藏的道路又比较多。虽然起点（称多县清水河镇）和落点（西藏那曲）是一致的，但具体走法却有较大区别，大致有西线、中线、东线三种不同说法。西线是从清水河经今曲麻莱县，大体溯通天河西南行，过郭由拉山口经西藏的那那曲至拉萨；中线是从清水河经今玉树市、杂多县，出查午拉山口，过那曲至拉萨；东线是经今玉树市、襄谦县及西藏的丁

---

① 崔明德《中国古代和亲史》，北京：人民出版社，2005 年版，第 264—266 页。
② 崔永红《文成公主与唐蕃古道》，西宁：青海人民出版社，2017 年版，第 34 页。

青县、巴青县，过那曲至拉萨。崔永红先生认为从称多县经玉树巴塘、囊谦的入藏之路，即上文所述东线，是文成公主进藏的路线。[①]

　　与略显单薄的古籍记载相比，文成公主入蕃的地名传说则灵活生动，引人深思遐想。至今仍播于民众之口的精彩故事，既有文成公主从东道康区进藏的地名传说，也有途经朝佛大道的地名传述和丰富多彩的逸闻趣事，为众说纷纭的路线探研增添了几分神秘的色彩。

二、文成公主入蕃的地名传说及影响

　　地名传说作为连接地理、历史与文学的桥梁，它的出现和流传，与民族历史、地域文化和大众的精神生活密切相关，有的地名传说跟民众熟知的历史人物相联系，其实是表达了人们的历史情感。自从文成公主奔赴雪域高原，青、川、藏等地便产生了具有区域性特征的地名传说，这些传说中的地名虽然有些用汉字书写，但汉字之间没有字（词）义的联系，形似汉语地名，实则为藏语音译的地名，且每个地名的由来都与文成公主入蕃有关。这些地名的出现或沿革，很显然承载着唐蕃历史的文化信息，它们在粗线条勾勒文成公主入蕃路线、沿途遗迹和地名演变的同时，真实地反映出藏区民众对唐蕃和亲的认识与情感，从中可见文成公主入蕃带来的影响。换言之，这些地名传说是千百年来广大民众为汉藏友好树立的口碑。

　　在民间，有关文成公主入蕃的地名传说，主要有三个传播中心：一是在今青海省的湟源县和共和县一带，二是以四川甘孜藏族自治州的炉霍县为中心向外扩展，三是在西藏各地。笔者目前已收集到文成公主入蕃的地名传说三十余篇，这些情深意长的美

---

① 崔永红《文成公主与唐蕃古道》，西宁：青海人民出版社，2017年版，第34—37页。

好传说,历经千年而不衰,生动地讲述着汉藏友好、和睦相处的历史,凝聚着广大民众对两族交往、交流、交融的集体记忆,至今仍具有重要的文化价值和现实意义。

（一）青海有关文成公主入蕃的地名传说

青海作为历史上内地与西藏之间联系的纽带,作为唐蕃古道的必经之地,留下了不少有关文成公主入蕃的地名传说,其中流传最广的是日月山、倒淌河、龙羊峡和柏海的传说。

1. 日月山和倒淌河由来的传说

日月山古称"赤岭"①,因其土质呈红色而得名。日月山位于今青海省西宁市湟源县西南40公里处,是内地通往西藏的咽喉之地,是青海省入海水系和内陆河流的分水岭,是划分农区与牧区的界山,也是区分塞内与塞外的界限,古来即有"过了日月山,两眼泪不干"的说法。

民间有关赤岭更名为日月山的传说很多,而且都与文成公主入蕃有关。据传当年文成公主在离开长安前,唐太宗请长安城的巧匠铸造了一对纯金的日镜和月镜,这日月宝镜的神奇之处就在于无论走多远,都能从镜中看见长安的景物和亲人。

传说一曰:文成公主就要启程离开长安,前往西藏。临行前,唐太宗送给她一对日月宝镜,并说如果想家,可拿出来看看。西行至赤岭,公主想到自己即将成为异乡人,看着宝镜,忍不住伤心哭泣,停留不前。随从大臣见状便提醒公主不要忘记和好两族的责任,冷静下来的公主喃喃地说:"宝镜呀宝镜,你虽让我看到家乡,可也磨去了我的决心呵!"说着,果断地把日月宝镜摔碎在赤岭,从此人们改称赤岭为日月山②。

---

① 藏民称其为"尼玛达娃",蒙古族称其为"纳喇萨喇",均为日月的意思。

② 本社选编《不见黄河心不死——黄河传说故事》,杭州:浙江文艺出版社,1987年版,第41—44页。

传说二曰：在青海湖畔，文成公主为了坚定自己入蕃的决心，一边吟诵着"两行相思泪，化作日月山"的诗句，一边将日月宝镜用力掷出，"只听轰隆隆一阵巨响，电闪雷鸣，金光万道，等到风息雷静，面前出现一座苍翠雄伟的大山，这便是日月宝镜化作的日月山"。[①]

传说三曰：吐蕃使臣禄东赞为了让文成公主安心奔赴雪域高原，以抽梁换柱的方法，用石头制成的镜子偷换公主的日月宝镜，不明真相的公主误以为父皇在哄骗她，一气之下将石镜摔下赤岭。就在石镜破碎的瞬间，一只金鸟飞向空中，一只白兔奔向山顶，人们说这是日精和月精，这座山是宝山，从此赤岭就叫做日月山了，后人还在日月山顶修了日亭和月亭。[②]

传说四曰：当文成公主行至日月山巅，难过落泪，不肯前行，禄东赞取出暗中偷换的石制镜子，很严肃地对公主说："你的父母尊为人主，富有四海，金银财宝堆积如山，独以顽石给你配送，意在让你西去吐蕃，心如石坚，你快快不走，还有什么留恋？"公主听罢，便把石制镜子抛于山下，毅然前行，后人便以日月名山。[③]

以上这几个地名传说大同小异，都将日月山的更名与文成公主入蕃联系起来，意在彰显文成公主勇往直前、奔赴雪域高原的执着精神。

日月山下有一条顺山势向西流淌的河流，这段四十多里长的河流，沿着东高西低的地形注入青海湖的耳海，这就是倒淌河。倒淌河水量不大，名声却不小，其特点是"天下江河皆东去，唯有此水向西流"。据《日月山和倒淌河》传说：公主来到青海湖畔，见湖水即将枯竭，岸边土地干裂，草木稀疏，牛羊因断水缺草十分瘦弱，于

---

① 雀丹搜集整理《神奇的九寨沟——川甘清滇藏区地名传说》，成都：四川科技出版社，1988 年版，第 76—78 页。

② 林乃新《中国历代名媛》，上海文艺出版社，1993 年版，第 264—267 页。

③ 《青海风物志》，西宁：青海人民出版社，1985 年版，第 423 页。

是她焦急地四处找水，最终找到一条离青海湖很远的河流。公主只好请求宝镜帮忙造山，挡住东流的河水，但宝镜说造山之后你再也看不见长安和爹娘了。文成公主略为犹豫，便将镜子朝地上一竖，于是一座峻峭的大山，便在青海湖的东南方竖了起来，那条原先东流的大河立刻流向西北。从此青海湖变了样，庄稼茂盛，牛羊肥壮。①

另一传说也十分神奇，说是文成公主走下日月山，当她回头遥望家乡，视线被高高的日月山遮挡，她禁不住流下眼泪。公主的这种行为，感动了这里的草木山石，万物似乎都在为公主哭泣，就连河水也顺着公主西行的方向"倒淌"，从此便有了"倒淌河"的称呼。②

很明显，日月山和倒淌河这些同出一源的地名传说，其情节大同小异，结局却不谋而合，都是借高山大河之名，却突破了山川的阻隔，在广阔的空间传播着文成公主远赴青藏高原的传奇经历。这些传说讲述从文成公主行至青海的犹豫彷徨，到最终毅然决然奔赴雪域高原的复杂心理和情感变化。人们言传的角度虽然不同，叙事却有异曲同工之妙，都以瞬间的山川巨变烘托文成公主入蕃的决心和勇气。那些静默于天地间的山川湖泊，也似乎在无言地诉说着唐蕃古道上那段传奇的历史和悠远的往事。

2. 龙羊峡得名的传说

龙羊峡位于青海省海南藏族自治州共和县境内，是黄河流经青海大草原、进入黄河峡谷区的第一个峡口。波涛汹涌的黄河水在流经这条峡谷时，由于断壁陡立，水流湍急，涛声如雷，鸣山震谷，所以当地群众传说这里是"青龙"和"神羊"相斗的地方，③同时也流传着"龙羊峡"的地名传说：据说文成公主进藏行至此处，因思

---

① 祁连休《中国民间故事选——风物传说专辑》，北京：中国少年儿童出版社，1983 年版，第 319—321 页。

② 卢云亭《祖国河山的神话故事》，北京：北京师范大学出版社，1986 年版，第 312 页。

③ 《青海风物志》，西宁：青海人民出版社，1985 年版，第 93 页。

乡念家心切，独自一人在深谷沿黄河漫步散心。忽然，一头怪兽朝她扑来，公主顿时吓得瘫倒在地。危急关头，一只龙羊从洞中蹿出，与怪兽展开激烈的搏斗，最终公主得救了，可那只勇敢的龙羊却不知去向。大臣将此事上奏朝廷，唐王就赐名这个峡谷叫"龙羊峡"。①

这种有神灵相助的地名传说，一方面基于民众对文成公主入蕃路途艰难的想象，另一方面也暗含着他们对汉藏友好来之不易的珍惜。

3. 扎陵湖和鄂陵湖由来的传说

扎陵湖和鄂陵湖古时统称为"柏海"，位于巴颜喀拉山北麓的玛多县境内，是黄河源头两个巨大的高山淡水湖泊。清代学者齐召南在《水道提纲》中记载："查灵海，泽周三百余里，东西长，南北狭。河亘其中而流，土人呼白为查形，长为灵，以其水色白也。鄂灵海在查灵海东五十余里，周三百余里，形如匏瓜，西南广而东北狭。蒙古以青为鄂，言水色青也。"②当地藏族群众则根据两湖的形状和景色称其为"查灵海"和"鄂灵海"，汉语意为"白色的长湖"和"蓝色的长湖"。

据说在文成公主入蕃前，扎陵湖和鄂陵湖都很浑浊，它们之所以变得清澈通透，与松赞干布来此迎接文成公主有关。据《新唐书·吐蕃传》的记载："弄赞率兵次柏海来迎。"③《唐会要》也记载："弄赞至柏海，亲迎于河源。"④在青海蒙古族中盛传着《鄂陵湖水清》⑤的传说，相传：松赞干布从拉萨来到鄂陵湖迎接公主，在举行完迎亲盛

①　本社选编《不见黄河心不死——黄河传说故事》，杭州：浙江文艺出版社，1987年版，第58—59页。

②　（清）齐召南《水道提纲》卷五《黄河》，《四库全书》本。

③　（宋）欧阳修、宋祁《新唐书》卷二百十六《吐蕃》，北京：中华书局，1975年版，第2674页。

④　（宋）王溥《唐会要》卷九十七《吐蕃》，北京：中华书局，1960年版，第1730页。

⑤　胡沙主编《中国丝绸之路著名景物故事系列·名水故事卷》，兰州：甘肃人民出版社，1995年版，第84—85页。

典之后，藏王和公主来到鄂陵湖边观赏景色，可看到的却是混沌的湖水，公主深情地说："这湖，如果也像皇上花园的明镜湖该有多好呀!"松赞干布也高兴地应道："公主说的有理，这湖水如果真能变成一面镜子，使天下有情人的面容都照进湖里，该多欢情呀!"谁知藏王和公主的话刚一出口，鄂陵湖果真变了样，湖面青蓝，清澈见底，所以至今，在蒙古人民中还传诵着一句谚语，叫"公主一句话，能使湖水清"。蓝色的鄂陵湖也由此扬名。

这一流传于蒙古族人民中间的地名传说，将松赞干布与文成公主的情投意合，物化为清澈可见的鄂陵湖水，以如镜的湖水为证，昭示着自唐以来汉藏友好的天长地久。

《文成公主与兄弟湖》①的传说则一波三折，叙述兄弟湖的由来：据传文成公主历经艰辛进入青海高原，吐蕃使臣为了测试公主入蕃的决心和诚意，谎称藏王已经驾崩，奉劝公主返程回朝，但文成公主却说自己是藏王的妻子，执意前往罗协（即逻些），要永远留在雪山王国，为藏汉两族的和好献身。当公主信以为真地在荒漠中为藏王哭灵时，泪水从胸前流到地上，沙地湿了一大片。后来松赞干布前来迎接公主，文成公主喜出望外，立即转悲为喜，高兴的泪水也滴落在沙地上。之后，"在公主流过眼泪的两块地方，出现了两个大湖，一个又大又深，湖水呈蓝色，那是伤心的泪水；另一个小而浅，湖水清净透亮，湖面像公主的笑脸，那是公主高兴的热泪"。这两个湖就是今天青海高原上著名的鄂陵湖和扎陵湖，后人又称其为"兄弟湖"。

由此可知，兄弟湖的得名，不仅体现着文成公主远嫁高原的真心和诚意，而且表明汉藏两族兄弟般的密切关系，地名虽然普通，寓意却十分深厚。

---

① 胡沙主编《中国丝绸之路著名景物故事系列·名人故事卷》，兰州：甘肃人民出版社，1995年版，第294—297页。

以上关于日月山、倒淌河、龙羊峡和柏海的传说，长期流传于汉、藏、蒙古族和其他民族中间，虽然斗转星移，时光荏苒，却世代相传，至今不衰。传说中的文成公主不畏险途、翻越丛山、跋涉高原、远嫁西藏的精神和行为令人钦佩，在民间貌似荒诞且超越现实的奇谈中，实则隐含着普通民众对文成公主入蕃的朴素认识和客观评价，是对唐蕃联姻密切汉藏关系、加强往来的集体记忆，更是汉藏两族交流与交融的生动记录。

（二）四川有关文成公主入蕃的地名传说

在历史上，川藏茶马古道也是连接西藏与内地的重要通道，它既是一条经济贸易之路，也是一条文化交流之路。在民间传说中，文成公主由此进入西藏，至今在四川甘孜藏族自治州的炉霍县、康定县和白玉县，仍流传着有关文成公主由此入蕃的民间传说，讲述她开辟前行道路、勇敢奔赴拉萨的经历，这种独特的文学和文化现象，启人深思，耐人寻味。

1.“虾拉沱”“呷拉宗”和“戈巴龙”得名的传说

炉霍县位于四川省西部、甘孜藏族自治州中北部，是一个以藏族为主的少数民族聚居县，这里历史悠久，文化底蕴深厚。炉霍县有个很有名的地方叫“虾拉沱”，是今区、乡行政区的所在地。藏语“虾拉沱”即“鹿子坝”之意，以前这里是鹿群的栖息地，并且与鹿有关的传说也不少。据说：当年文成公主进藏经过打箭炉（即康定），在公主到达这一地区之前，有猎人在“虾拉沱”看到一群美丽的鹿，这些鹿好像有统一组织和指挥似的，它们从东方迎来一只五色闪光的金鹿，然后围着金鹿跳跃长鸣，引得四周的飞鸟和群兽也来围观喝彩。金鹿在检阅了鹿群之后，便驾着祥云朝西方（即拉萨）飞去。当地人认为这是吉祥的先兆，不久文成公主便经过此地去了拉萨。[1]

---

① 雀丹搜集整理《神奇的九寨沟——川甘清滇藏区地名传说》，成都：四川科技出版社，1988年版，第83—84页。

　　这种充满幻想的叙述方式,符合藏族崇拜自然神灵的心理,所以东方金鹿也就成为文成公主的象征。神奇的讲述中,透露出藏区民众迎接公主的热情,而"虾拉沱"的地名能够沿用至今,也正是民众这种朴素情感的自然延续。

　　呷拉宗在炉霍县仁达乡境内,藏语"呷拉宗"即"铁匠寨"之意。传说:文成公主入藏经过康巴藏区,公主千里辛劳,座下马也好像理解公主的入藏之心,一路上平平稳稳驮着公主朝拉萨行进。可就在离呷拉宗不远的地方,公主的马突然受惊,随从冒着生命危险才降住惊马。大臣建议公主换一匹温顺的马来骑,可是公主执意不肯。因为公主知道,按当时的习俗,公主如果不骑这匹马,马就会被杀掉。公主念它一路出力,便不肯舍弃。可自从那匹马受惊之后,公主骑上它总不像过去那样顺从。于是大臣提议在此稍事休息,并在邻村找到一位藏族铁匠,让他为公主的马打了一副铁链绊脚绳带上,这匹马才又规规矩矩地上路了。①

　　"呷拉宗"地名及传说的远扬,成为文成公主途经此地的力证,其中还包含着当地人曾经为公主进藏增添了一份平安的欣慰。

　　戈巴龙在炉霍县宜木乡境内,藏语"戈巴龙"即"转弯"之意。据说:文成公主入藏和亲,走到这里便停止不前。大臣们生怕她留恋故土,提出回京的要求。其实公主深知自己肩负联姻通好的历史重任,她骑在马上,拉住马缰,向西凝望,恨不能飞到拉萨。但按原定路线走,不知何年何月才能抵达拉萨。她通过查看地图,选择了在此地拐弯,直奔金沙江,由巴塘入藏的路线。大臣们依照公主改定的方向前进,果然缩短了进藏的路程。后人为纪念公主的果断决定,就称其地为"哥叭隆",变成了今天汉语书写

---

　　① 雀丹搜集整理《神奇的九寨沟——川甘清滇藏区地名传说》,成都:四川科技出版社,1988年版,第83—84页。

的"戈巴龙"。①

　　这一传说既反映出文成公主的机智灵活,又表明其入蕃的坚定信念,从中可见藏区民众对公主的敬佩。

　　2."夏玛龙"和"扎盘"由来的传说

　　夏玛龙在四川省甘孜藏族自治州康定县境内,藏语"夏玛龙"即"鹿未醒"之意。相传文成公主入藏途中曾驻扎此地:一天,文成公主早起游览当地风光,在林区清泉边发现一只五色花鹿卧地静睡。随行的武士欲张弓射箭,公主急忙制止,她轻手轻脚围着鹿走了一圈,看着这只美丽的五色花鹿恬睡不醒,公主悄声对大家说:"鹿未醒起。"让大家轻步离开,不要惊动花鹿。同行的吐蕃大臣将这事传讲开去,"鹿未醒起"(即"夏玛龙")的地名由此沿用至今。②

　　传说讲述的事情虽小,但说明公主以她的温柔之态和慈爱之心,赢得了民众的接受和喜爱。

　　扎盘是甘孜藏族自治州白玉县建设乡的一个自然村,藏语"扎盘"即"撒头发的地方"之意。传说:文成公主入藏由此经过,见当地风景秀丽,便下令在此安营修整。公主在营寨梳洗时,梳落了不少头发,她看着这些落发沉思良久,最后叫随从把她的头发拿去撒在当地的花草、森林和沟谷中,自此这一地区便得名"扎盘"。③

　　传说由文成公主落发到撒头发的平凡小事,反映出公主的心有所悟、情有所动,重在表现她意欲融入藏区、扎根高原的信念和气魄。地名传说以小见大、由浅入深的魅力,由此可见一斑。

---

　　①　雀丹搜集整理《神奇的九寨沟——川甘清滇藏区地名传说》,成都:四川科技出版社,1988 年版,第 85 页。

　　②　雀丹搜集整理《神奇的九寨沟——川甘清滇藏区地名传说》,成都:四川科技出版社,1988 年版,第 86 页。

　　③　雀丹搜集整理《神奇的九寨沟——川甘清滇藏区地名传说》,成都:四川科技出版社,1988 年版,第 159 页。

3.“壤昂卡”的传说

壤昂卡是甘孜藏族自治州康定县境内的一个行政村。康巴方言“壤”即“山羊”之意，“昂”即“五”之意，“卡”即“驮运”之意。因藏语多见倒装句，所以“壤昂卡”的汉语意思即“山羊五只驮运”，或“五只山羊驮运”。传说：文成公主进藏后帮助藏王料理王室事务，在修建布达拉宫时，公主主张用有色彩的优质泥土来奠基，得到藏王的同意。公主想起她入藏经过打箭炉，有一个地方的泥土色彩金黄呈红，质黏性优，便点名要那里的泥土。打箭炉的藏族群众听说后十分高兴，便挖出泥土，用山羊运输队送往拉萨。由于古代运输极为困难，经过跋山涉水，山羊运输队一路上死的死，逃的逃，最后只有五只山羊驮着土到了拉萨，成为布达拉宫的奠基土。从此打箭炉这一地区的山川和村寨，都被叫作“壤昂卡”。①

这一地名传说反映出文成公主入蕃途中的细心观察和入蕃后协理事务的当机立断。家乡的泥土能够用作布达拉宫的奠基土，当地百姓自然为之兴奋，于是“壤昂卡”的传说便带着特有的自豪与欢欣传向远方。

上述流传于四川境内的地名传说，出自藏区，名以藏语，并且与当地的地理特征、地域风光和民俗风情紧密相联。这些文成公主入蕃途中的趣事和言行，多以想象的生活细节和心理描述娓娓道来，在轻松愉悦的话语中，一方面透露出人们因公主路过当地而溢于言表的兴奋和激动，另一方面也表现出民众对公主的佩服和尊敬。一件件有关公主的遗闻琐事，藏区民众在饶有兴趣地一遍遍传讲中，也一次次分享着文成公主入蕃带来的祥和与安乐。如风的传说，深情的演绎，为这些地名传说增添了深厚的文化内涵和情感分量。

---

① 雀丹搜集整理《神奇的九寨沟——川甘清滇藏区地名传说》，成都：四川科技出版社，1988年版，第87—88页。

（三）西藏有关文成公主入蕃的地名传说

在今人推测的文成公主进藏的三条路线中，西、中、东三线都经过了西藏的那曲。据说"在藏北羌塘古镇那曲的南郊，有一条由西向东流去的河，这便是那曲河。它蜿蜒流过那雪、索宗、边坝……汇集了大小支流，便成了大名鼎鼎的怒江。可是，在那雪、索宗境内的那曲河，人们却称它为'甲莫温曲'，即'汉女汗河'，意思是文成公主流过汗的河"。[①] 传说文成公主一路翻山越岭，艰苦跋涉，终于来到了那雪的怒江边，她捧起河水洗去脸上的汗腻，顿时河水变清澈了。人们都说这是公主带来吉祥才有的变化。为了纪念文成公主，以后便将这段河流叫做"甲莫温曲"了。不仅如此，在这一路上，还有不少关于公主遗迹的传说。据说在腊土拉山腰的岩石上，有两个清晰的脚印，人们叫它"甲萨夏结"，意为文成公主留下的脚印。在一堵岩石上有一个形如石环的圆孔，人们管它叫"甲萨达打萨"，意为文成公主拴马处。[②] 这类地名传说是对遥远时代古迹遗踪的回眸，更是人们心头对文成公主挥之不去的情感眷恋。

1. "角朗""玉荣冲"和"通麦"的传说

"角朗"和"玉荣冲"地名的由来，都与文成公主经过波密的传说有关。据《文成公主路过波密的传说》传讲：文成公主从长安出发，准备从北路经过青海到吐蕃，渡过大渡河后，恰逢历法更替，汉地的卜算高手们通过占卜得出结论，文成公主应该从南方前往吐蕃为好。文成公主依据占卜的结果，从现在的洛隆县来到波密的大道上，在迎请释迦牟尼佛塑像经过现在称作角罗乡的地方时，文成公主在森林和狭窄的险路上开辟了能够行驶马车的新道路。从此以后，这个地方就称作角朗。天长日久，这个地名逐渐地变调

---

① 《中国民间故事集成》全国编辑委员会、《中国民间故事集成·西藏卷》编辑委员会《中国民间故事集成·西藏卷》，北京：中国 ISBN 中心，2001 年版，第 153 页。

② 《中国民间故事集成》全国编辑委员会、《中国民间故事集成·西藏卷》编辑委员会《中国民间故事集成·西藏卷》，北京：中国 ISBN 中心，2001 年版，第 153 页。

了，现在，当地口语就叫成了角罗。①

　　从波密县的松宗往下走，有一条叫作"玉荣冲"的狭路，意为"途经此处时必须将绿松石等装入怀里的险道"。传说它的得名是因为文成公主经过此处，担心首饰被树木刮掉，于是将绿松石和珊瑚等揣在怀里，从此就有了"玉荣冲"的地名。②

　　通麦位于西藏自治区林芝市波密县境内，在今波密县城和八一镇之间，过去的通麦路段是川藏线最险的一段路，号称"通麦坟场""通麦天险"③。传说从"妥米"（意为顺利通过）到"通麦"（意为下坪坝）的地名演变，是因为通麦山高谷深、森林密布、江河交错、道路险峻。当年文成公主和大臣禄东赞等人行至此处，无论是过江还是越险，都遇到很大困难。正当他们困顿焦虑之时，吐蕃所有的护法神和土地神都前来帮忙。于是，险道上的障碍被全部清除。文成公主一行才奉着释迦牟尼的佛像顺利通过。④

　　这些传说讲述文成公主进藏虽遇惊心险途，最终却总能化险为夷，藏区群众将其归结为神灵的护佑，虽是想象之词，但这既是公主所愿，也是百姓的期盼。因为在百姓的心中，远嫁高原的公主历经千难万险却依然坚定执着，所以神灵一定会保佑肩负和平使命的她平安到达拉萨。很明显，传说饱含着广大民众内心深处因文成公主入蕃而生出的感动和祝福，这也是这些地名传说能够生生不息、世代相传的内在动力。

　　2."鲁朗"和"甲萨岗"的传说

　　鲁朗位于西藏自治区林芝市巴宜区，当地流传着《文成公主来

────────────

①　普布多吉《林芝民间故事》，北京：人民出版社，2017年版，第156页。
②　普布多吉《林芝民间故事》，北京：人民出版社，2017年版，第158页。
③　通麦天险，全长14公里，这段路平均要走两个小时左右，这里号称"世界第二大泥石流群"。行走川藏南线，沿线的山体土质较为疏松，且附近遍布雪山河流，一遇风雨或冰雪融化，极易发生泥石流和塌方，故通麦、排龙一线曾有"死亡路段"之称。
④　普布多吉《林芝民间故事》，北京：人民出版社，2017年版，第158页。

到林芝鲁朗的传说》①。据说：在一个叫多如的地方，文成公主向一位老阿婆打听去路，老阿婆告诉文成公主，到前面有村庄的地方，要翻越九座山、九条谷，从此，这个地方就有了九山九谷的地名。文成公主又问老阿婆往南面是否好走？阿婆说那里是个舒适的地方。于是，文成公主一行便往南走，果然来到一个绿树环抱、草坪如茵、百花盛开的地方，文成公主情不自禁地说："这真是一个仙境（藏语为"鲁朗"）！"

林芝在藏民心中是人间少有的仙境，鲁朗的得名来自文成公主的一句赞叹，人们在传讲的过程中，自然流露出来自公主那份的欢欣与亲近。

西藏的达孜县城距离拉萨市约 20 公里，素有拉萨"东大门"之称。这里有一处地名叫"甲萨岗"，藏语意为文成公主停留的地方。传说文成公主入藏途中曾在这里住过。她在这里弄丢了金戒指，在此地修建了三座倒置的佛塔，她还把自己带来的油菜籽撒在这里，所以当地至今流传着一首歌谣："公主来西藏好，住在甲萨岗好，金戒指丢失得好，油菜籽撒这里好。"②在当地百姓一连声的"好"中，文成公主为藏区民众带来的福泽和好运得以传扬。

3. 拉多藏湖由来的传说

拉多藏湖位于西藏自治区林芝市朗县拉多乡的藏村，距朗县县城 35 公里。藏湖共有五个大小不一的小湖泊，分别是万鱼偏嘴湖、逢扎西湖、神马湖、圆环湖和尾湖。五个小湖泊通过小溪相互连接，或呈月牙形，或为圆盘状，湖水总面积约 6 平方公里，平均深度 3—4 米，湖水清澈见底，微波荡漾，游鱼如织，白鹭、野鸭等飞禽嬉戏其间，宛如人间天堂。据《文成公主的五颗

---

① 普布多吉《林芝民间故事》，北京：人民出版社，2017 年版，第 162 页。

② 《中国民间故事集成》全国编辑委员会、《中国民间故事集成·西藏卷》编辑委员会《中国民间故事集成·西藏卷》，北京：中国 ISBN 中心，2001 年版，第 182—183 页。

珍珠——拉多藏湖》①传讲,拉多藏湖的形成与入蕃后的文成公主有关:拉多这个地方以前经常闹旱灾,当地老百姓过着食不果腹的日子。每到大旱,他们还不得不成群结队地走出家门四处讨饭。

文成公主知道此事后,决定为老百姓寻找水源。她带了七七四十九个工匠,跋山涉水,走了七七四十九天才来到拉多村。又花费了七七四十九天,走遍了拉多的山山水水,终于发现了一个汨汨冒沫的沙沅。文成公主命手下挖掘了整整一百天,却始终未掘出泉水,文成公主心里十分焦急。

一天夜里,文成公主瞒着手下,决定亲自挖沙掘水,她刚一动锹,泉水就冒出了沙面。文成公主一看,大喜过望,便使劲地挖了起来,越挖泉水越多,霎时水淹到了公主的腰身。文成公主急忙放下手中的铁锹,唤醒熟睡的随从,一起往高处跑。谁知,在奔跑途中,一不小心,公主鞋子上镶嵌着的五颗珍珠掉到了地上。等到文成公主和随从人员到了安全地带,大家转头望去,发现泉水已经淹没了这块寸草不生的谷地,变成了五个美丽的湖泊。大家都说这五个湖泊是文成公主鞋子上的五颗珍珠变的,便一一给它们起名为万鱼偏嘴湖、逢扎西湖、神马湖、圆环湖和尾湖,拉多藏湖便由此而来。

拉多村自从有了藏湖,再也没有发生过干旱,村民们一天天富裕起来,从此过上了幸福安定的生活。在村里人的眼中,拉多藏湖里的水是圣水,能够清除人们心灵上的五毒和肌肤上的污秽,使人的心灵和文成公主一样纯洁良善、无私奉献。

这一传说演绎了拉多湖的形成过程,在藏区民众的口耳相传中,五个大小不一的湖泊,竟是由文成公主鞋上的五颗珍珠变化而来。充满神奇色彩的传说,蕴含着文成公主急民众之所急、想大众

---

① 《文成公主的五颗珍珠——拉多藏湖》,见马兴鹏《林芝的藏族文化区域》,https://www.360doc.cn/article/58395827_871768140.html5827_871768140.html。

之所想,不畏艰辛、造福于民的不懈努力和执着精神。所以,在藏民的眼中,拉多湖的水是圣水;在村民的心中,护佑着他们过上幸福安定生活的是纯洁善良、无私奉献的文成公主。

　　以上流传于西藏的地名传说,多以地理实体为依托,以神奇的想象、精彩的叙述,将山川湖泊及环境道路等与文成公主入蕃相联系,在人们绘声绘色、头头是道的讲述中,还带着几分不容置疑的自豪感和权威性,这是民间文化的传播力量,更是民意所指、民心所向,藏族自古以来睦邻向善、和谐安邦的美好追求即深蕴其中。

三、文成公主入蕃地名传说的现实意义

　　地名与地名传说如同一对双胞胎同生共长,通过地名传说可以窥见地名实体的地理环境、演进过程和民风民俗等。因文成公主入蕃而产生且沿用至今的地名及传说,凭地理发挥想象,借历史传播文化,由民间话语增添其意蕴和情感,是地理、历史、语言和文学相结合的产物。这些将地理和历史加以文学化的地名传说,让地理与历史在口头叙事中变得丰富生动、充满意趣,也使至今流传的地名传说具有了特殊的史料价值和现实意义。

　　(一)研究民族历史的珍贵文献

　　作为"口传的历史",传说与历史的关系十分密切。传说作为以想象和虚构为特征的口头艺术,往往将人化的自然贯注其间,并且会产生许多"超人间"的场面和情节。因为"人们在讲述中并不一定深究历史事实的原貌,更主要的是把自己对历史的认识评价、爱憎及期望编织进传说中,有时甚至把具有广泛意义的历史生活内容,附会在某个历史事件或人物身上"。[1] 所以,传说是一种建立在生活真实基础上的艺术真实,它的真实也许不具备可考性,但

---

① 　李惠芳《中国民间文学》,武汉:武汉大学出版社,1999年版,第123页。

它却是民众观念和情感的真实流露。因此,传说也成为认识历史、了解民情有价值的参考和佐证。

　　一般来说,历史依托于文字记录和实物考证,当文字记录缺失时,传说便显示出它独有的价值。其实,面对历史,普通民众与历史学家一样也有寻根溯源的愿望,特别是在偏僻的地区,在文字缺失的领域,民众对传说的依赖就会异乎寻常地执着。"因为有了传说的需求,民众的历史想象力和文学创造力有了用武之地;因为有了传说的存在,我们在精英的历史之外发现了民众的历史;因为有了传说的补充,人类历史变得更加丰富而完整。传说回答了我们对历史的各种疑问和猜想,将残断的历史联缀成了一幅完整的画卷。传说在历史缺席之处充当了历史的化身,传说为既有的历史骨骼填充了血肉,传说让历史变得更加饱满、更有温度、更具生活气息"。①

　　千百年来,在青、川、藏以口头讲述或文本方式流传下来的有关文成公主入蕃的地名传说,是民众对唐蕃历史的动态传播,是汉藏交往、交流和交融的口传心授,是研究青、川、藏民众生活和精神信仰的宝贵文献。文成公主不畏艰险、义无反顾奔赴雪域高原的勇气和精神,密切唐蕃关系、加强汉藏交流的功绩和贡献,在藏区民众的口中与山河同在,与日月长存。这些虚实结合、跨越时空的地名传说,表明文成公主的形象早已深深扎根在藏区民众的心中。换言之,这些地名传说在一定程度上满足了人们寻根问祖的文化追寻情结,成为民族记忆的重要组成部分。因此,有关文成公主入蕃的地名传说,既是藏区民众的口头创作,又是有关山川地理的历史叙事,"从这当中可以窥见时间的进展给予人类社会巨大变革的某些痕迹。总之,这就是我们不应把传说同正史混同起来的理由,

---

　　① 施爱东《五十步笑百步:历史与传说的关系——以长辛店地名传说为例》,《民俗研究》2018 年第 1 期。

同时，又必须从史料价值方面，对传说给以高度评价"。① 由此说来，因文成公主入蕃而产生的地名传说，就是一种口述山川地理和历史嬗变的方式，是民间贮存的唐蕃友好、汉藏和睦的珍贵资料。

（二）传承地域文化的鲜活载体

地名传说的地域性特征是显而易见的。在地名及其传说的产生地，民众往往依托地理样貌或历史遗存的蛛丝马迹，发挥想象，虚构夸张，演绎出符合当地地形地貌、历史环境和民情风俗的传说，使地名与传说在最大程度上相吻合。这种地名传说最常见的是附会当地出现的某一历史人物或历史事件，形成传说学中所说的"箭垛式"现象②。此时地名传说就成为当地民众对某一历史人物或历史事件的想象式阐释，成为传承地域历史文化的活态载体，并且潜移默化地影响着民间的历史观和价值观，反映出当地民众的认同观念和价值追求。

有学者曾言："传说实际上是民间群体通过自己的方式建构起来的地方历史，却被正统的占主导地位的史学家们拒之于历史的门外。从记忆过去的层面看，传说和历史没有本质区别，只不过一个是'说'出来的，一个是'写'出来的，都是对过去生活世界的重构和组合。"③所以从严格意义上来说，传说不是真实的历史，但它是民众关于历史的口头叙事，反映着民众对社会、历史的认识和看法，反映出某一地域在特定时期的历史生活和精神风貌。

青藏地区相对于内地而言地广人稀，口头传说在传承历史文化、丰富社会生活、传授生活经验和维系精神信仰等方面的作用，远比在现代媒介与语境下的信息传播重要得多。从文成公主入蕃所产生的地名传说来看，地名文化的区域性、连续性和多元性得以

---

① ［日］柳田国南《传说论》，北京：中国民间文艺出版社，1985 年版，第 9 页。

② "箭垛式"现象，即多个传说比较集中的指向一个历史人物或历史事件。

③ 胡芳《青藏地区民间传说的文化史价值》，《青海社会科学》2010 年第 1 期。

充分体现。青海有关文成公主的地名传说,多借山川地貌等特征传述文成公主入蕃的坚定信念和坎坷经历;四川有关文成公主的地名传说,多讲述公主入蕃途中的有趣事件和传奇细节;西藏有关文成公主入蕃的地名传说则多讲述文成公主所到之处,排除重重困难的前尘往事。如果抛开静态的文本研究,将这些地名传说的讲述还原到具体的场域之中,那么,在民众口头一遍又一遍重复着的地名传说,其实就是民间社会在生活语境中对人与自然关系、对社会历史嬗变的一种回顾与反思。时至今日,这些地名传说在现实生活中依然起着回望民族历史、传承古老文化的特殊作用,也成为推动地域文化发展的潜在力量。

（三）民众信仰的生动体现

在良莠不齐的口传世界,传说是生动鲜活的,但有时也是牵强附会的。只有当我们抛开驳杂的言说,深入到民众文化信仰的层面,才能找到支撑民间社会、民众精神的价值体系。正如学者所言:"传说、记忆和口述史往往三者合一,成为具体时空中人们共同拥有的传统。"[1]

民间有关文成公主入蕃的地名传说,不仅反映出藏区民众对唐蕃联姻的积极评价,而且反映出民众对文成公主的尊崇和礼敬。藏区民众通过津津乐道的传说,塑造出具有民间情怀、纯洁高尚、刚毅执着、善良无私的公主形象,并且赋予公主能够满足大众心理需求、为民众带来福泽的神性,人们视信奉佛教的公主为天上的"菩萨娘娘",是"绿度母"的化身,所以传说中的公主具有大慈大悲、救苦救难等特点。

藏区民众崇拜大自然,信奉万物有灵,因此为公主入蕃的地名传说带来神奇色彩和浪漫情调。无论是传说中的日月山、倒淌河、柏海,还是民众口头的峡谷龙羊、东方金鹿和恬睡的花鹿,都脱胎

---

① 　万建中《传说建构与村落记忆》,《南昌大学学报》2004 年第 3 期。

于自然崇拜和万物有灵的文化信仰。还有日月山顶的日亭和月亭，与传说中的日精金乌和月精玉兔紧密相联；《夏玛龙》的传说貌似信口开河，实则以信而有灵、托文成公主为东方金鹿的言传，体现出藏族百姓视文成公主如女神的心理；通麦险途中为文成公主清除障碍的护法神和土地神，则是藏民虔诚信仰宗教的一种表现。所以，"传说，不单纯是种子落了下来，发了幼芽，而应比作土壤的营养、空气的力量等，用眼睛不能得见的因素，催其开出美丽的花朵，多少年来飘逸着芳香，所以我们在列举其枝枝丫丫的分权问题之前，首先必须看清其主干和主根"。① 文成公主入蕃地名传说的"主干和主根"，就是藏区民众追求一视同仁、平等和睦的"和为贵"信仰，这是一种没有世俗偏见、没有民族隔阂的博大胸怀，也是中华民族自古以来追寻的理想境界。

（四）发展旅游业的宝贵资源

地名与地名传说具有与当地山川地理和历史文化结缘的特性，它们常常在客观反映地形地貌的基础上折射出历史嬗变的轨迹，体现出特定地区的民间信仰、价值追求、风俗习惯和行为方式，具有浓郁的地域特色。文成公主途经青、川、藏多地，产生了不少藏语地名及传说，这些附丽于山川景观上的传说，再现了有故事情节和人物活动的历史生活画面，增强了自然景观和人文景观的魅力，激发了人们"到此一游"的兴趣和好奇心。这些地名传说不仅帮助人们了解山川景观的特征，还以其丰富的文化内涵，有力推动了地方旅游业的兴盛与发展。特别是"由于地名传说具有地域性、民族性、传承性等特点，往往为一个地区所独有，很难模仿和复制。因此，在旅游竞争中就减少了可比性，具有垄断的地位，易形成强有力的竞争能力，也易于创出自己的特色和品牌"。② 所以，在旅

① ［日］柳田国南《传说论》，北京：中国民间文艺出版社，1985 年版，第 61—62 页。
② 韩晓时《地名传说的旅游价值》，《中国地名》2010 年第 9 期。

游业蓬勃发展的今天,地方政府可借助地名传说,充分彰显地域文化特色,让人们在轻松愉悦的旅游中,在获得地理与历史知识的同时,开阔心胸、扩大眼界,以此推进区域经济文化的快速发展。

当然,地方政府在重视地名传说影响力的同时,还应尊重"民间是民间文化的生存之地,民众才是民间文化的主要承载者"这一自然规律。如果为了发展旅游业而生硬地制造传说或景点,那就可能陷入传说失去灵魂、传统遭受破坏的困境。换言之,不恰当的外力介入,可能会导致地名传说等民间文化失去赖以生存的土壤,只有将地名传说等民间文学与文化放在民间社会加以保护和发展,才能最大限度地发挥其以古通今、振奋人心的力量。

综上所述,地名传说作为口述文学,它是历史记忆的一种呈现方式,具有储存历史、社会和文化信息的特殊功能。当然,"对过去时代产生的地名、街名、桥名等等来历,向来有相同或不同的说法,何时得名多不可靠。那些解释性传说可以满足人们的好奇心,人们不必问它的真伪,因为传说毕竟是传说,是老一代人传下来的说法,只要符合人们的意趣,它就有生命力,人们就肯信肯传,这些传说本身具有鲜明的地方色彩,以朴实单纯的故事、离奇生动的情节,表现着不同寻常的主题"。① 青、川、藏等地为人们喜闻乐道的有关文成公主入蕃的地名传说,饱含着民间社会对唐蕃和亲的深情回忆,添枝加叶的传说虽然凡俗微小,但主题和文化意蕴却不容忽视。千百年来,不管高原的历史如何演变,文成公主入蕃的地名传说始终珍藏在民族记忆的深处;文成公主圣洁的美名善德,通过传说从银装素裹的高原传向四面八方;声名鹊起的唐蕃古道至今仍散发着跨越时空、沟通古今的无穷魅力;自唐以来矗立于汉藏人民心中的友好丰碑依然巍峨壮观。

---

① 陈正平《巴渠民间文学与民俗研究》,成都:四川大学出版社,2001 年版,第 59 页。

第四节　咏传金城公主的诗歌与传说

金城公主远嫁吐蕃，是汉藏关系史上的又一重大事件。唐中宗时，金城公主出嫁弃隶蹜赞，使唐蕃重续前缘，往来更加频繁，金城公主在汉藏关系史和藏族文明史上的贡献是显而易见的。

与众多传述文成公主的民间文学作品相比，目前已知传咏金城公主和亲的汉藏文学作品数量十分有限，但从为数不多的唐诗、清诗、藏族民间传说及民歌中，仍能感受到唐蕃双方对这次和亲的高度重视，体会到古代文人和普通民众对金城公主入蕃的认识与态度。阅读流传至今的诗歌和传说，能够加深对唐蕃关系、汉藏融合的深入思考，更加理解汉藏两族嵌入式社会结构形成的基础，更加相信汉藏友谊的源远流长。

一、唐代朝臣赋诗送别金城公主

唐蕃间的两次联姻在汉藏典籍中均有记载，但很遗憾在《全唐诗》中未见唐人吟咏文成公主入蕃的诗作，所以唐中宗命从臣所作的题为"奉和送金城公主适西蕃"的送别诗就显得十分珍贵。据《旧唐书·吐蕃传》记载，金城公主出嫁吐蕃之时，唐中宗亲帅百官送金城公主至始平县（今陕西省兴平县），临别在即，"上悲泣歔歟久之，因命从臣赋诗钱别"。① 从张说《奉和圣制送金城公主适西蕃应制》一诗可知，当时唐中宗亲撰诗歌送行，并命张说等和作，一时间随从的朝臣苏颋、徐彦伯、李适、韦元旦等纷纷挥毫唱和。虽然唐中宗所作的诗歌没能流传下来，但《全唐诗》却存留了 17 首仿

① （后晋）刘昫等《旧唐书》卷一百九十六《吐蕃传》，北京：中华书局，1975 年版，第 5228 页。

照其诗所写的唱和之作,这些奉皇帝之命所作的五言律诗,虽为应制之作,却成为金城公主远嫁吐蕃这一历史事件的文学见证。其写作者既是当时政坛的要员,也是诗坛的能手,他们在饯别金城公主这一特定场合奉旨赋诗,既要表明对唐蕃和亲的态度,又要抒发送别公主的个人感慨,可以说,这些诗歌较为清晰地反映出当时的真实情形和诗人的情感心态。

（一）赞君王虑远谋深,以和亲安边定远

在"奉和送金城公主适西蕃"的应制诗中,有的诗作从国家或帝王的角度出发,阐明和亲的要义,颂扬以和亲解决民族争端的英明才智：

> 圣后经纶远,谋臣计画多。
> 受降追汉策,筑馆许戎和。
> 俗化乌孙垒,春生积石河。
> 六龙今出饯,双鹤愿为歌。
> ——赵彦昭①《奉和送金城公主适西蕃应制》

这首诗堪称 17 首应制诗中咏赞唐蕃和亲的代表性作品,诗人将唐蕃的再次联姻视为帝王的深谋远虑、群臣的足智多谋,在回溯汉代和亲历史的同时,还热切期待着金城公主和亲能够带来和平与安宁。

除此之外,还有一些诗人由古及今,追溯汉藏通婚的历史,感念今日公主的远嫁："怀戎前策备,降女旧姻修。"(崔湜《奉和送金城公主适西蕃应制》)"甥舅重亲地,君臣厚义乡。还将贵公主,嫁与耨檀王。"(阎朝隐《奉和送金城公主适西蕃应制》)"青海和亲日,潢星出降时。戎王子婿宠,汉国舅家慈。"(张说《奉和圣制送金城公主适西蕃应制》)有的诗人将和亲视为帝王的仁慈割爱、怀柔远

---

① 一作崔日用诗。

人的皇恩浩荡:"还将膝下爱,特副域中欢。"(武平一《奉和送金城公主适西蕃》)"皇恩眷下人,割爱远和亲。"(唐远悊《奉和送金城公主适西蕃应制》)"皇情眷亿兆,割念俯怀柔。"(郑愔《奉和圣制送金城公主适西蕃应制》)"天道宁殊俗,慈仁乃戢兵。怀荒寄赤子,忍爱鞠苍生。"(薛稷《奉和送金城公主适西蕃应制》)有的诗人则言及汉藏和亲的重要性:"旋知偃兵革,长是汉家亲。"(苏颋《奉和送金城公主适西蕃应制》)"柔远安夷俗,和亲重汉年。"(韦元旦《奉和送金城公主适西蕃应制》)"羌庭遥筑馆,庙策重和亲。"(徐彦伯《奉和送金城公主适西蕃应制》)还有的诗人憧憬着和亲带来的边境安宁:"广化三边静,通烟四海安。"(武平一《奉和送金城公主适西蕃》)朝臣们通过赋诗唱和,一边歌颂皇帝的英明仁慈,一边回顾唐蕃和亲的历史,对金城公主的再度联姻给予厚望。

(二)悲公主远嫁异域,以月、乐抒悲言愁

悲远嫁是古代和亲诗常见的题材,当朝臣目送金城公主远去,内心五味杂陈,情感复杂。他们一边描述为公主饯行的场景,一边叙写公主远去的情形:"春野开离宴,云天起别词。"(张说《奉和圣制送金城公主适西蕃应制》)"龙笛迎金榜,骊歌送锦轮。"(唐远悊《奉和送金城公主适西蕃应制》)"日斜征盖没,归骑动鸣鸾。"(武平一《奉和送金城公主适西蕃》)他们还为金城公主渐行渐远的漫漫长途而忧虑:"卤簿山河暗,琵琶道路长。回瞻父母国,日出在东方。"(阎朝隐《奉和送金城公主适西蕃应制》)"帝女出天津,和戎转蔚轮。川经断肠望,地与析支邻。"(苏颋《奉和送金城公主适西蕃应制》)这些诗句尽情渲染了金城公主离别时的难舍之情。诗人们甚至还想象公主在跋山涉水的途中,必然经历痛彻心扉的离思之苦:

> 帝子今何去?重姻适异方。
> 离情怆宸掖,别路绕关梁。

> 望绝园中柳，悲缠陌上桑。
> 空余愿黄鹤，东顾忆回翔。
> ——马怀素《奉和送金城公主适西蕃应制》

诗歌以问句开端，强调金城公主为唐蕃的再次结缘而远赴异域，思及公主如同一去不复返的黄鹤，一种难以抑制的悲怆涌上诗人的心头。

朝臣们的送别诗往往借月抒怀，以乐诉悲，婉曲表达金城公主的哀怨愁苦。其中有的诗歌是月与乐相对而出："奏曲风嘶马，衔悲月伴人。"（苏颋《奉和送金城公主适西蕃应制》）"琴曲悲千里，箫声恋九天。唯应西海月，来就掌珠圆。"（韦元旦《奉和送金城公主适西蕃应制》）"月下琼娥去，星分宝婺行。关山马上曲，相送不胜情。"（薛稷《奉和送金城公主适西蕃应制》）有的是以月托愁："旌旆羌风引，轩车汉月随。"（刘宪《奉和送金城公主入西蕃应制》）有的则借乐抒悲："箭声出虏塞，策曲比秦楼。"（郑愔《奉和圣制送金城公主适西蕃应制》）"箫鼓辞家怨，旌旃出塞愁。"（崔湜《奉和送金城公主适西蕃应制》）"空弹马上曲，讵减凤楼思。"（张说《奉和圣制送金城公主适西蕃应制》）"箫声去日远，万里望河源。"（徐坚《奉和送金城公主适西蕃应制》）这里的月，衔悲伴人，以慰行者；这里的乐，与曲相连，无论是琵琶、胡箭、箫鼓还是琴曲、马上曲，它们都成为诗人代金城公主抒悲言愁的媒介，也成为这些朝臣宣泄心中不平之气的一种依托。

（三）叹诗人言不尽意，以微词表露心迹

据《旧唐书·吐蕃传》记载，有关唐蕃和亲之事，有些朝臣并不支持，他们认为以唐朝公主许嫁吐蕃，是朝廷软弱的一种表现。再加上吐蕃地僻遥远，路途多艰，所以大臣多不愿陪送金城公主入蕃。唐中宗曾召侍中纪处讷谈及此事，但处讷以自己无办理边事的经验而婉拒。中宗又召中书侍郎赵彦昭，欲使之充任入蕃使臣，

"彦昭以既充外使,恐失其宠,殊不悦",更有赵履温私下对他说:"公,国之宰辅,而为一介之使,不亦鄙乎?"①赵彦昭也借故推脱。最后唐中宗令左骁卫大将军杨矩为使臣,送金城公主赴蕃。由此可知,当时在朝堂之上,的确有些大臣对唐蕃和亲存在着不满的情绪。

　　这组"奉和送金城公主适西蕃应制诗"出自身为朝臣的文人之手,他们受儒家"温柔敦厚"诗教的影响,即使对唐蕃和亲有不同的看法,但限于送行饯别的氛围,心中有话也不便明言,只能以委婉的语言出之。对于这种现象,有学者曾分析:"尽管诗人们在特定的场合下,对本朝的和亲发出过一些赞美之辞,但是,无论是对离别场景的悲情渲染,还是言辞间暗含的怨愤,都或隐或显地将反对和亲的心情表现了出来,说明他们在心理上对和亲多持反对态度。"②沈佺期《奉和送金城公主适西蕃应制》便是表达愤愤不平之情的代表作:

> 金榜扶丹掖,银河属紫阍。
> 那堪将凤女,还以嫁乌孙。
> 玉就歌中怨,珠辞掌上恩。
> 西戎非我匹,明主至公存。

从诗作中"那堪""非我匹"等字眼,就可明了诗人委婉反对和亲的心迹。除此之外,语有微词、曲意表达观点的还有:"汉帝抚戎臣,丝言命锦轮。还将弄机女,远嫁织皮人。"(李峤《奉和送金城公主适西蕃应制》)"那堪桃李色,移向虏庭春。"(唐远悊《奉和送金城公主适西蕃应制》)另外一些诗人则自责朝臣御边无策,烦劳圣主忧

---

　　①　(后晋)刘昫等《旧唐书》卷九十二《赵彦昭传》,北京:中华书局,1975年版,第2967页。

　　②　李小凤《从唐诗看金城公主入蕃和亲》,《西北第二民族学院学报》2005年第1期。

心，其实也是不满唐蕃和亲的一种情绪流露："顾乏谋臣用，仍劳圣主忧。"（崔湜《奉和送金城公主适西蕃应制》）"圣心凄送远，留跸望征尘。"（徐彦伯《奉和送金城公主适西蕃应制》）从这些或直接或婉曲的诗句中，能够感受到朝臣们对和亲的否定。对此，有学者曾分析："从感情的角度否定和亲政策，终究是后世的书生之见。结合当时的情势和中国境内各民族的发展，其时出现和亲政策绝不是某些帝王的一时冲动，也绝不可能是失策，其实这是边地民族发展到当时情势向中原王朝靠拢的历史必然，虽然表面上青冢骨已成灰，但中原与边地民族和平交往的和亲模式永留各民族心中，成为一个强大的民族文化和民族心灵的联系方式。和亲的交往模式为中国多元一体文化格局的历史发展，为中华民族多元一体格局的最终形成做出了不可磨灭的贡献。"[1]

　　总之，这组同一诗题下的应制诗，既有歌功颂德之作，也不乏反对之声，这也较为真实地反映出朝臣送别金城公主入蕃时的场景、情感和态度，侧面反映出他们对汉藏和亲的态度与理解，是我们了解唐蕃和亲的难得之作，也是中国古代和亲诗不可缺少的组成部分。

二、清代诗人咏金城公主

　　清代由于实行了驻藏大臣制度，一些以官员身份进藏或驻藏的文人得以用诗文描述亲历藏地的所见所闻、所思所感，其中有些诗作涉及唐蕃联姻的历史和遗迹，从中可见唐蕃和亲的深远影响。

　　（一）孙士毅的《金城公主曲》

　　清朝大臣孙士毅（1720—1796），字智冶，一字补山，浙江仁和（今杭州）人，乾隆二十六年（1761）进士。在反击廓尔喀入侵时，大

---

[1]　顾浙秦《清代藏事诗研究》，广州：中山大学出版社，2017年版，第425—426页。

将军福康安命孙士毅为四川总督,当时孙士毅虽已步入古稀之年,但仍随军入藏,督运粮饷,为数万入藏之兵保障供给。有学者曾言:"有清一代,用汉文描写过西藏的诗人颇多,但据目前所见到的资料,描写西藏诗篇数量之多,题材之广,莫过于乾隆时期的孙士毅,其艺术质量也比较高。"①孙士毅进藏之后,沿途吟咏山川地理、历史风云、宗教寺庙和风俗民情等,留下不少宝贵的纪实之作。

　　身处与内地风土习俗迥然有异的雪域,孙士毅写下大量的纪行诗和述事之作。藏地的历史建筑和古迹遗址,每经涉猎,便引起他对历史风云的怀思遐想,有感而发的诗作便泉涌至笔端。他的《金城公主曲》②以 96 句、672 字的宏大结构,溯源唐蕃缔结甥舅友好关系的种种史事,具有强烈的历史感和深沉的思虑。全诗可分为四大部分:

> 花宫珠阙无遮会,玉立天人俨冠盖。
> 沁水池台大渡西,兰陵邸第中华外。
> 当年远嫁过龙堆,急拨惊弦小忽雷。
> 拟将巫峡峰前雨,消得昆明劫后灰。
> 和亲两字分明记,博得呼韩恩礼异。
> 慧业应开蕢葡林,繁华别起鸳鸯寺。
> 散花游戏到穹庐,成佛生天事岂诬。
> 不及玉真公主贵,帝京封号即元都。
> 揭来持节诸边使,雪窖冰天万里至。
> 蓬莱清浅几人过,为话金城旧时事。
> 剧怜唐室少边才,燕郡新兴去国哀。

---

① 赵宗福《孙士毅和他的西藏诗》,《西藏研究》1987 年第 4 期。

② (清)孙士毅《百一山房赴藏诗集》,见中央民族学院图书馆编《川藏游踪汇编》卷三。

更有咸安麟德殿，画图唤得可敦来。

第一部分概述金城公主与赞普弃隶蹜赞联姻的史事。诗歌从拉萨无遮大法会上金城公主俨然玉立天人写起，描述她远在大渡河西的华丽宫殿和池台；追忆金城公主远嫁之时，历经冰天雪地的万里长途来到高原的过程。诗人一边感慨唐室缺少治边之才，一边为金城公主以及远嫁回纥的咸安公主而伤感。

> 金城本是雍王女，桂殿秋风独延伫。
> 章怀窜徙下巴州，宫甲天津遭一炬。
> 嗣王还得相王怜，正是金轮改历年。
> 谁遣后宫怜弱息，中宗八女小差肩。
> 差肩姊妹年三五，都尉风流道姓武。
> 就中最是裹儿娇，墨敕斜封别开府。
> 百万金钱领度支，神工新辟定昆池。
> 太平偶舞公卿拜，安福门前上寿时。
> 长宁豪侈宜城僭，七主相夸日开燕。
> 阿父黄台抱蔓归，凄凉玉叶无人见。
> 秃发南凉转战劳，峨眉出塞阵云高。
> 吹箫夫塿蛮夷长，终胜丹阳赌佩刀。
> 天子临轩一流涕，龟兹乐部从西邸。
> 金城县北凤池乡，自此遂呼怆别里。

第二部分主要叙写金城公主的身世、在宫中的地位及远嫁的场景。金城公主本是雍王李守礼之女，得唐中宗宠爱，收养居留深宫多年。当时唐中宗有八位年龄相仿的公主，最尊贵的太平公主曾经开府治国，支百万金钱兴建定昆池，在安福门前祝寿时，连公卿都纷纷拜见太平公主。还有豪侈的长宁公主、僭越的宜城公主，这七

位公主每日大摆宴席,相互夸耀,寻欢作乐。而远嫁吐蕃的金城公
主却在金城县北凤池乡与前来相送的中宗洒泪相别,从此有了"怆
别里"的地名。

> 白头宗女有文成,相见都伤故国情。
> 记得文皇贞观日,河源甥馆见亲迎。
> 亲迎弄赞来西极,尽道阏氏好颜色。
> 九边部落献金鹅,十姓弓刀罢银鹘。
> 毡帐低回三十秋,钦陵跋扈又戈矛。
> 最怜寡妇孤儿手,教陷羁縻十八州。
> 褓中孙是宾王后,留犁能取强臣首。

第三部分追忆文成公主入藏联姻的情景,叙写唐蕃关系的今昔变
化。松赞干布去世后,由于噶尔家族的专权,唐蕃争战又起。诗人
设想,如果满头白发的文成公主能够与金城公主相见,那么她们共
同的哀伤必定是远离故国的痛苦。当初文成公主入蕃刚到河源,
松赞干布便远道相迎,他对美貌的公主赞不绝口,周边的部族也纷
纷表示友好。文成公主在藏地生活了三十多年,未料想跋扈的钦
陵又挑起战争,唐朝羁縻的州府有不少已经陷落,唐蕃关系令人担
忧。所幸赞普的后裔赤都松赞设计讨伐钦陵,被动的局面才得以
扭转。

> 王姬殊礼侄从姑,依旧天家作甥舅。
> 凄凄切切似啼螀,此际闻之欲断肠。
> 不堪家难重回首,更忆君恩一望乡。
> 望乡几见蒲桃熟,朔雪边风愁万斛。
> 主家原得赐田庄,九曲河西作汤沐。
> 画堂甲观藏江滨,不数司农赵履温。

北渚回波名帝子，层城飞雉号夫人。

无端却背神龙誓，霜幕西风频掩袂。

闻说青骡栈道行，伤心天宝开元岁。

从此牟尼一串珠，莲花幢底赤双趺。

琅环玉册羞翁主，璎珞花鬘称佛奴。

别有宫人能入道，十三豆蔻方娇小。

慧相庄严优钵花，经声宛转迦陵鸟。

粉碓花田第一功，铜龙金兽化人宫。

谁怜玉骨锁青冢，节度犹劳九道攻。

第四部分描述金城公主联姻之后的史事和公主的藏地生活。远离故土的金城公主忍受着思念故乡家人的痛苦。虽然皇家赐九曲之地为公主的汤沐邑，但吐蕃却无端违背神龙誓言，这使得公主忧心忡忡，万分难过。公主既为躲避安史之乱的玄宗皇帝伤心，也为开元、天宝盛世的一去不返而痛苦。这个为密切唐蕃关系而做出贡献的公主，惟有潜心礼佛，化解忧愁，直至葬身青冢。

这首字数颇多、篇幅较长的《金城公主曲》，以唐蕃联姻的历史为背景，一边回顾文成公主入蕃的情景，一边叙写金城公主延续汉藏舅甥关系的史事，粗线条地勾勒出唐蕃关系的发展变化，较为细致地反映出金城公主入蕃的过程、生活和情感，充分肯定了金城公主的历史贡献，成为清人反映和亲观念、塑造公主形象不可多得的篇章。

（二）咏唐蕃联姻的相关诗作

藏民笃信佛教，藏地寺庙众多。寺庙作为历史文化的厚重载体，自然也会引起内地诗人的关注。西藏的大昭寺、小昭寺以及大昭寺外的唐柳，都成为入藏诗人的吟咏对象。

"大昭"亦写作"大诏"，藏语全称为"惹萨垂朗祖拉康"，简称"祖拉康"，意为"羊土神变经堂"。相传寺址原为一片湖淖，由山羊驮土填湖得以奠基而建寺。建于 7 世纪中叶的大诏寺,据说是文成公主选址设计,由尼泊尔尺尊公主兴建,藏、尼、汉工匠历时 1 年才得以建成。初时规模不大,后经元、明、清三代不断扩建,成为西藏地方政教活动的一个中心。因为寺内供有松赞干布、尺尊公主和文成公主的塑像,所以历代入藏官员和清朝驻藏大臣每到拉萨,必得前来瞻拜。时至今日,文成公主带去的释迦牟尼等身金像仍是大昭寺的镇寺之宝,每天受到信徒和游客的顶礼膜拜。孙士毅的《大诏》写道:

> 宝相庄严玉辟邪,虚传神女到天涯。
> 燕支关塞相思果,金碧楼台称意花。
> 蒼葡有林开鹿苑,琵琶无语怨龙沙。
> 定昆池畔灰犹热,阅尽恒河几岁华。

这首诗以华美的语言,幽深的意境,展现大昭寺的历史渊源,描述当年唐蕃联姻的情景和公主入蕃后的复杂情感,从中可见诗人对大昭寺厚重历史的重视。和宁的《大招寺》则言简意赅,质朴凝练:

> 北转三轮地,西来五印天。
> 雪飘金殿瓦,风静铁门帘。
> 古柳盟碑在,昙云法象传。
> 唐家外甥国,赞普迹萧然。

这首五言律诗叙写大昭寺的外观,记述寺内供奉着文成公主从长安带来的觉卧佛像以及寺外的唐柳和甥舅碑,以精练的笔触集中描写与唐蕃和亲相关的古物遗迹,以此昭示唐蕃友好的历史。

　　小昭寺又称小诏寺,亦作小召寺,藏语称"惹莫切"。据传是 7 世纪松赞干布专为文成公主建造的,寺内曾供奉着文成公主从长

安带来的释迦牟尼 12 岁等身镀金铜像，即觉卧佛像。孙士毅的
《小诏寺》①借寺咏人，表达文成公主对故国的恋念。

> 大诏北去小诏迎，金瓦流辉玉砌平。
> 不信西来皈净土，却因东向望神京。
> 从姑又见称甥舅，成佛当时有弟兄。
> 驻马倍教增恋阙，寺门遥指日华生。

诗歌原注为："小诏寺门东向，因唐公主思帝乡也。"诗人强调寺门
向东开，是为了表明文成公主对家乡的思念。而小昭寺吸引信众
的能力，也反映出藏地民众对中原文化的向往。据历史记载，8 世
纪初金城公主进藏后，便将小昭寺的觉卧佛像改供于大昭寺主殿，
至今尚存的小昭寺早已成为唐蕃友好的历史见证。

　　和瑛(1741—1821)，原名和宁，出身于蒙古族世家。乾隆五十
八年(1797)，他担任西藏办事大臣，驻藏长达八年之久。他的《小
招寺》诗曰：

> 左计悲前古，和亲安在哉。
> 乌孙魂已断，青冢骨成灰。
> 独有金城座，长留玉殿隈。
> 千年香火地，应作望乡台。

诗歌以悲伤的口吻重述历史，感伤汉代以来的和亲史事，当年与汉
朝和亲的乌孙，如今早已不复存在，眼前只有唐朝金城公主的坐
像，还独存于寺庙玉殿的一角。在诗人看来，小昭寺这个千年极盛

---

① 　(清)孙士毅《百一山房诗集》卷十，见《清代诗文集汇编》(第 347 册)，上海：上
海古籍出版社，2010 年版，第 589 页。

的香火地，应当就是和亲公主的望乡台。这首富有感情的诗歌，充满对和蕃公主的同情，虽然诗人对和亲政策评价不高，但仍将小昭寺视为唐蕃联姻、汉藏往来尚存的烙印。

另外，大昭寺前那株唐代植种的古柳，也成为触发清代诗人情思的媒介，令诗人们吟咏不已。清代诗人马若虚，四川人，二十年中曾三次入藏。他的词作《台城路·唐柳》借物抒怀，以柳写人：

> 前朝一树垂杨柳，龙钟乱拖青尾。枝占春先，根填海满，遗恨文成同系。年华逝水，曾阅遍兴亡；断红零翠，伴侣残碑，藓痕凝绕佛头髻。
>
> 腰支尚同弱女，放青青双眼，斜依萧寺。竖拂禅和，寻春游客，哪识千余年事？纷纷蚁子，指梵宇金铺，尚存唐字。蝉翼轻摹，古香生茧纸。

位于大昭寺前的唐柳，相传为唐代文成公主栽种。诗人将唐柳比做弱女，实则暗喻远嫁青藏高原的文成公主。这株历经千年的柳树，早已成为唐蕃历史发展的见证者。词中的"千余年事"和"尚存唐字"，更加印证了西藏与内地一千多年来的密切关系。其他诗人的笔下也有吟咏唐柳的诗作："一种灵和树，婆娑信可怜。根株依佛土，栽植记唐年。"（杨揆《唐柳》）这株千年古树在诗人的心中，早已成为西藏与中原往来交流的一种象征。有的诗人则将这株唐柳与和亲公主相联："忆自金城降，曾经凤辇过。"（孙士毅《唐柳》）"一自金城公主过，舞条多学内人腰。"（孙士毅《杨柳铺作塞外柳枝词》）诗人或遥想当年金城公主嫁到拉萨，她的凤辇曾从柳树下经过；或以柳条的变化暗喻公主入蕃对藏地产生的影响，这株扎根雪域高原千余年的唐柳，早已成为自唐以来汉藏联姻、友好往来的历史见证。

总之，清人笔下这些有关金城公主的诗作，突破了一时一事的吟咏,以联姻历史、寺庙建筑和古树风物等连接历史与现实,宏观展现风起云涌的时代变迁和文化时空,成为回味唐蕃历史和汉藏关系的宝贵资料。

三、有关金城公主的传说

与唐太宗时期吐蕃请婚历经曲折相比,金城公主远嫁吐蕃出现在唐蕃关系紧张后的松弛阶段,所以请婚过程较为顺利。据《西藏王臣记》[①]记载,金城公主的出嫁颇有几分离奇的色彩:

> 王配妃江摩·赤尊生子名江察拉温。王子容颜俊美,视无厌足,择配藏中少女为妃,而无一当意者。乃遣使臣,携带聘礼,前往唐都,请婚唐王亚姜李赤显朗玛之女金城公主。主有宝镜,能预示休咎。取而观之,见雅砻土地,具十善德,小王俊美,有如天神,遂即来藏。

由这段文字可知,唐蕃间的再度联姻,因金城公主手中有那面能预示吉凶的宝镜,便虚化了联姻的诸多细节,可见这段婚姻在吐蕃人的心中是天遂人愿的良缘。这一方面反映出唐蕃再度联姻进展顺利,另一方面也表明人们对和亲的认可和期待。

在藏族地区,至今仍有不少有关金城公主的史迹、传说和民歌。据说当年在唐蕃古道上有一处温泉,此处曾有金城公主沐浴的石房,后来便成为唐蕃使者往来的落脚处。在林芝地区流行的民歌中,有一首以神鸟大鹏之口,表达了藏族人民对远离家乡的金城公主的安慰与祝福:

---

① 　索南坚赞《西藏王臣记》,北京:民族出版社,2000 年版,第 34 页。

公主莫要愁苦伤悲，

去拉萨可见到赞普健壮的御体。

我已赐福你吉祥如意，

人们将赶着骏马迎接你，

人们将献上百条哈达欢迎你，

载歌载舞的百伎舞女也会迎接你。

赞普在拉萨请公主登上绿松石宝座，

簇拥你的是幸福美满的五彩大旗。①

金城公主入蕃后，在逻些由祖母赤玛列主持举行隆重的结婚庆典，全城上下一片欢腾，庆贺唐蕃间的再次和亲、再度友好。

民间有关金城公主的传说，目前搜集到的篇目较少，主要有《金城公主的故事》《王子认母》《"灵岩寺记"的故事》等。这些来自民众的口头传说，生动再现了金城公主远赴青藏高原的过程以及她在蕃地的生活，它们多在史实的基础上增添了不少虚构的情节。

作为第二个来到藏域的和亲公主，金城公主在蕃地的生活及遭遇也同样令人关注。据《西藏王臣记》记载，在金城公主出嫁的途中，王子江擦拉温被仇家刺死，金城公主不得已，只好按照藏族的风习，与王子的父亲赤德祖赞成婚。"及公主生子，那囊萨乃强行夺走，作为己出。王臣上下，虽多惑疑，然有所忌，未敢妄议。……不久，为举行小王站立喜筵，招请二妃父家暨诸臣僚赴宴。会中老王以满盛米酒之金杯，授与小王之手而语之曰：'金杯满斟此美酒，子可献与汝亲舅，谁为汝母凭此信？'言毕，小王则将金杯付与诸汉人之手，并言曰：'赤松我乃汉家甥，何求那囊作舅氏？'"②这段内容，在

---

① 刘忠《汉藏文化交流史话》，北京：中国大百科全书出版社，2001年版，第37页。

② 索南坚赞《西藏王臣记》，北京：民族出版社，2000年版，第35页。

民间便演绎成为《金城公主的故事》①。据说：吐蕃王子姜擦拉温到了该娶亲的年龄，赤德祖赞学习先祖松赞干布的榜样，派大臣娘·赤桑为请婚使节，前往内地，向中宗皇帝请婚。

娘·赤桑和随从人员到了京城长安后，便向中宗皇帝献上请婚奏函和聘礼。皇帝看后，答应把女儿金城公主嫁给羌擦拉温。金城公主听说让她嫁给吐蕃王子羌擦拉温，心里不知是喜是忧。幸好她有一面神奇的宝镜，可以照见未来和远方的事物。她从镜中看到吐蕃的雅隆地方富饶美丽，王子羌擦拉温也极为威武英俊，因此满心欢喜，就答应嫁往吐蕃。

金城公主出发时，中宗皇帝亲切地嘱咐她，要为汉藏两族的友好团结多做些有益的事情，并为她举行了隆重的送行仪式，还亲率百官送到始平县。当中宗皇帝许婚和金城公主从京城长安起程的消息传到吐蕃，王子羌擦拉温心情激动，骑马前去迎接金城公主。不料在途中从马上摔下来，不幸身亡。

这时，金城公主等人已经来到汉藏两地交界的地方。赞普赤德祖赞派人对公主说："我的儿子羌擦拉温在迎接你的路上去世了，如今你是愿意照藏族的风习来这儿嫁给我呢，还是愿意回自己的家乡，请你自己考虑决定吧！"金城公主听了这话，心里想道：从内地临来时，父皇嘱咐我要为汉藏两族的友好团结做些事，我要遵命照办；再说姑娘只能嫁出一次，所以，无论如何我不该返回家乡！于是便对使者说："为了汉藏两族的合好，我决心到吐蕃地方去！请你回去禀告赞普。"说完便带领随行人员继续前进，不久到了拉萨城。赤德祖赞和臣民们都欢欣鼓舞，为金城公主举行了盛大的欢迎仪式。

金城公主于兔年生了一个儿子，可孩子却被纳囊家族的妃子

---

① 中央民族学院少数民族语言文学系藏语文教研室藏族文学小组编《藏族民间故事选》，上海：上海文艺出版社，1980 年版，第 11—17 页。

喜登抢去了。赞普赤德祖赞和大臣为了判明孩子到底是哪个妃子生的,便将婴儿放在平坝一头的洞中,让公主和喜登去抱。金城公主拼命先跑到那儿,把儿子抱在怀中。喜登后到,见孩子被金城公主抱去,便不顾死活地从公主怀中抢夺孩子。公主生怕把孩子抢伤了,便放了手。喜登把孩子抢到手中,得意扬扬地走了。大臣们看见这种情景,都暗中断定孩子是金城公主生的。但是,因为纳囊权大势众,大家都不敢明说。

过了一年,王子已经周岁了,在"迈步庆祝宴会"上,赤德祖赞拿起盛满美酒的金杯交给王子,然后对他说:"快把这只满注美酒的黄金杯,献给你真正的舅家亲,谁是你的亲生母由此判伪真!"说完,便让王子去认自己的亲舅舅。

这时,坐在右首的纳囊氏亲友们,手里拿着小孩喜爱的东西逗引着王子,但王子对他们连看也不看一眼,大声说道:"赤松德赞我是汉家的好外甥,纳囊家族怎能当我的亲舅舅!"说完,举着金杯,笑眯眯的走到左边,把酒杯献到汉族亲舅手中。金城公主见此情景,不由得满心欢喜,把赤松德赞紧紧地抱在怀中亲吻着。赞普赤德祖赞和大臣们也都十分高兴,大家都载歌载舞,沉浸在欢乐与幸福之中。

这一有关金城公主的故事,主要由金城公主嫁子改为嫁父、生儿被人抢夺两个情节组成,如果说不得已改嫁父王是命运的捉弄,那么儿子出生即被抢走则是人为制造的祸端,所幸故事的结局是圆满的。这一故事反映出藏族人民对金城公主的同情与爱怜,同时也是顾全大局、敦睦唐蕃关系的金城公主深受藏区民众喜爱和尊重的真实写照。

唐代的"灵岩寺"即今甘肃省永靖县的炳灵寺石窟,在唐朝三公主(弘化公主、文成公主、金城公主)西嫁吐谷浑和吐蕃后,炳灵寺所在地便成为唐朝京城长安至西藏驿道上的主要津渡之一。

《"灵岩寺记"的故事》①传讲了金城公主在蕃地的一段往事：金城公主和赞普弃隶蹜赞结婚已有二十多年。在这期间，唐朝和吐蕃在边关曾经发生过多次摩擦，金城公主总是从中修好，力促团结。

有一天，金城公主对赞普说长安有一贵重的宝物，赞普猜想不是珍珠就是玛瑙，公主则说这一宝物一则可以点石成金，二则能够带来聪明，三则会让赞普爱不释手。赞普听得动了心，于是马上派大臣尚赞吐为使臣，按照金城公主的吩咐，到京城长安去讨宝。原来金城公主准备向父王索要的是《毛诗》《礼记》《左传》《文选》等经典著作。

玄宗皇帝看了女儿的书信，即刻召集文武大臣面议。有的大臣认为："吐蕃人聪明坚强，善于学习，如果读了这些书，一定更懂得用兵权谋，愈生变诈，此书不该送！"也有大臣不同意这种说法："你只知道书里有权谋变诈，难道不知'忠信礼义'也在其中吗？"于是，大臣们各抒己见，争论不休。唐玄宗左右权衡，最后定夺。他感叹道："我女儿果然是个知书达理之人，她这样做，是为了我们唐蕃子孙后代和睦相处，长期友好。可谓慧眼识宝，用心良苦啊！准其请求，速速办理。"于是按照金城公主所求，准备好典籍，由御史大夫崔琳为首的和蕃使团将宝书郑重地送往拉萨。

开元十九年（731）正月，崔琳率领70多人离开长安西行。他们冒着风雪越陇山，在永靖风林关渡过黄河后，在炳灵寺石窟朝拜佛祖，游览胜境，撰刻了流芳百世的《灵岩寺记》。

这篇名为《"灵岩寺记"的故事》的传说，实则是金城公主入蕃后汉地文化不断传向吐蕃的缩影式反映。故事中的金城公主作为唐蕃友好的使者，深谋远虑，积极寻求密切汉藏关系的途径，搭建起中原与雪域高原文化交流的桥梁。

金城公主在高原生活了近30年，其间，唐蕃间的冲突和征战

① 石磊搜集整理《炳灵寺与刘家峡传说》，兰州：甘肃少年儿童出版社，1991年版，第9—12页。

不断，金城公主为恢复双方"和同一家"的亲密关系，竭尽心力，作出了自己的贡献。而有关金城公主故事的长久流传，则是民间"口述历史"的讲述者及广大民众给她的高度赞赏，也是汉藏人民世代向往民族团结、追求和睦相处的一种体现。

第四章　民间传说青睐的满蒙联姻

满族及其先民自古生活在白山黑水之间。据《山海经》记载，满族的先民为肃慎人。秦汉之挹娄、南北朝之勿吉、隋唐之靺鞨、辽金之女真、明清之满洲，同属于肃慎族系，只是时代不同而称谓有别罢了。唐初，靺鞨人建立"渤海国"，随后，女真部首领阿骨打推翻辽王室，建立大金王朝。明万历四十四年（1616）努尔哈赤统一女真诸部，建立后金政权；崇祯九年（1636），皇太极称帝，改国号为大清国；顺治元年（1644）清军入关，顺治皇帝入主中原，君临天下。满族人从东北兴起，历时二十八年，最终问鼎中原，开疆拓土，统一中国版图。

满蒙联姻是清朝奉行不替的基本国策，这一以"姻好"缔结"盟好"的策略，在满人入关、清廷统一全国和巩固政权等方面发挥过极其重要的作用。联姻中形成的满蒙关系，不仅在中国古代民族关系史上绝无仅有，即使在世界民族关系史上也十分罕见。

有关满蒙联姻的历史，在《满文老档》《清实录》等史料中有不少的记载，但涉及满蒙联姻的文学作品却数量有限，特别是古代文人很少咏及满蒙联姻，目前主要是通过口耳相传的民间传说，才让我们得以观照满蒙联姻的坎坷历程、生动细节和人物形象。所以，这些来自民众记忆深处的满蒙联姻传说就显得十分珍贵。

第一节　满蒙联姻的过程、特点及作用

女真人的先祖生活在辽东白山黑水的广阔地域,他们的活动范围主要在长白山以北,松花江中上游、牡丹江流域的广大地区。女真的西北与漠南蒙古相邻,向南进入山海关就是明朝的范围。永乐年间,明朝在东北设置了女真三卫[①],他们都受明王朝册封,皆听命于明廷。明末的蒙古则"东接盛京、黑龙江,西接伊犁东路,南至长城,北逾绝漠,袤延万余里"。[②] 以大漠为中心,蒙古分为漠南蒙古、漠北蒙古(即喀尔喀蒙古)和漠西蒙古(即卫拉特蒙古)三大部分。

十七世纪初,在中国的政治舞台上,形成了明朝、蒙古和后金三家鼎立的局面。此时的明王朝已日趋衰落,明廷曾采取"以西虏(蒙古)制东虏(满洲)"的联蒙抗金政策,实际效果却不佳。当时的蒙古仍不失为一个较为强大的民族,但其内部分裂、战争频繁,实力锐减,衰颓之势已然显露。而努尔哈赤在统一女真之后,建立了后金政权,发展势头迅猛,但仅凭后金一方的力量,也很难与明朝抗衡。所以,联合长于弓马、骁勇善战的蒙古诸部,便成为后金扩大势力、壮大发展的关键所在。因此,努尔哈赤以武力为后盾,奉行"招抚为主,征剿为辅"为原则,大力争取蒙古,在此过程中,和好满蒙两族的通婚联姻便自然产生,且效果显著。

一、满蒙联姻产生的基础

"所谓'满蒙联姻',主要是满族皇家与蒙古各部领主博尔济吉

---

① 女真三卫:即建州女真、海西女真和野人女真(东海女真)。

② (清)穆彰阿、潘锡恩《大清一统志》卷五百三十四《外藩蒙古统部》,上海:上海古籍出版社,2008 年版,第 482 页。

特氏、乌梁海氏、绰罗斯氏之结姻,他们是两个民族的政治代表,因而他们之间的政治性联姻,以两个民族——'满蒙'称之"。① 据《满文老档》《清实录》及皇家族谱《玉牒》等记载统计,从努尔哈赤时期到清末,在长达 300 年(1612—1912)的时间里,满蒙联姻双方嫁娶共有 595 次。显然,满蒙联姻不是一时之计,而是长期政策,它的形成与发展经历了相当长的历史阶段,与当时的历史环境、经济因素、民族信仰、语言文字和文化习俗等密切相关。

(一)历史环境

在中国漫长的历史发展过程中,入主中原、建立大一统王朝的少数民族只有蒙古族和满族。1234 年蒙古灭金,建立元朝,女真人作为元朝的臣民,自然与蒙古发生密切的联系。1368 年明灭元后,蒙古族依仗强大的势力不断向东渗透女真人的地盘。明初,二十万蒙古大军占据了辽东,欲恢复"大元一统天下"的蒙古军,以软硬兼施的策略联合女真。此后由于蒙古内部出现内讧和争战,其实力不断被消耗。到了明朝末年,蒙古与满洲形成了既是竞争对手、又是盟友的微妙关系。后来随着清军入关,清廷实现了入主中原的目标,满蒙各自的身份地位也随之发生了根本变化。为了享有既得利益,蒙古自然愿意与清皇室保持联姻,而清王朝出于巩固统治的需要,也必须借助蒙古的军事力量,才能解除边疆的后顾之忧。所以,满蒙承传入关前的联姻传统,将两族的和好联盟一直延续至清末。

(二)经济因素

战争会消耗大量的人力、物力、财力,所以必须有充足的物资保障。无论是努尔哈赤统一女真,还是皇太极挺进中原,都必须有坚实雄厚的物质基础作为后盾。这种物质保障,首先来自女真内部的经济生产,但女真部面积不大,物资有限,再加上女真采取军

---

① 杜家骥《清朝满蒙联姻研究》,北京:故宫出版社,2013 年版,第 9 页。

民合一的制度，一旦发生战争，部落内从事生产的人口就会大为减少，所以必须要有外部的经济援助，才能满足战争的物资需求。女真人早期同蒙古科尔沁和扎鲁特等部的联姻，得到的不仅是军事支持，还有经济援助。并且随着蒙古各部的不断归附，后金的军备力量和经济援助进一步得到增强，为战争提供了最直接最有力的保障。

（三）民族信仰

萨满教曾经是北方少数民族共同信仰的宗教。女真人的先祖信奉萨满教，努尔哈赤曾"立一堂宇，绕以垣墙，为礼天之所"。[①]蒙古族最初也信仰萨满教，成吉思汗时期还将萨满教定为国教，入元以后才逐渐信奉喇嘛教。当喇嘛教传入后金，努尔哈赤不仅在赫图阿拉建造喇嘛庙，还将蒙古大喇嘛奉为尊师，他本人也虔诚地崇敬之："奴酋常坐，手持念珠而数之。将胡则颈系一条巾，巾末悬念珠而数之。"[②]努尔哈赤对蒙古喇嘛教的接受与信奉，使满蒙两族在宗教情感上进一步融合，逐渐形成坚韧的精神纽带。清朝后嗣的统治者始终信仰蒙古喇嘛教，由此带来两族在宗教心理上的相通与亲近，这也是满蒙联姻能够稳固发展不可忽视的因素。

（四）语言文字

满语属于阿尔泰语系满—通古斯语族满语支，蒙古语也属于阿尔泰语系。由于接触频繁，两种语言在语法和词汇上有相同或相似之处。女真人最初使用的文字由女真大字和女真小字组成，这两种文字或以契丹字为模板，或仿汉字而制成，直到金亡元兴才逐渐衰落。努尔哈赤在同蒙古人交往的过程中，学会了蒙语。入明以后，努尔哈赤力主以蒙古字母拼写满语。据记载："上欲以蒙

---

①　《栅中日录校释·建州闻见录校释》，辽宁大学历史系《清初史料丛刊》第8、9种，1978年版，第43页。

②　《栅中日录校释·建州闻见录校释》，辽宁大学历史系《清初史料丛刊》第8、9种，1978年版，第43页。

古字制为国语颁行。巴克什额尔德尼、扎尔固齐噶盖辞曰：'蒙古文字，臣等习而知之。相传久矣，未能更制也！'上曰：'无难也！但以蒙古字合我国之语音，联缀成句，即可因文见义矣。吾筹此已悉，尔等试书之。何为不可？'"于是，努尔哈赤"将蒙古字制为国语，创立满文，颁行国中"。① 万历二十七年（1599），以女真人语言为基础、以蒙古字母为符号的满语创制成功，这种无圈点的满文，后人称其为"老满文"。语言文字的相通，更有利于满蒙之间的交流与沟通，也为满蒙联姻的顺利进行提供了便利条件。

（五）文化习俗

满族与蒙古族都是北方具有悠久历史的民族。满族属于渔猎文化的捕猎民族，蒙古族则属于草原文化的游牧民族，他们有着相近的生活方式和风俗习惯。努尔哈赤曾说蒙古与满洲"语言虽异，而衣食起居，无不相同，兄弟之国也"。② 他们都长于骑马，精于涉猎，生活习俗大致相同，有着共同的社会基础。清初，满族统治者曾明确表示："夫草昧之初，以一城一旅敌中原，必先树羽翼于同部。故得朝鲜人十，不若得蒙古人一；得蒙古人十，不若得满洲部落人一。"③基于这种认识，剽悍骁勇、尚武骑射的蒙古族自然成为满人联姻结盟的最佳选择。

二、满蒙联姻的发展过程

在满蒙长达三百年的联姻过程中，由于外部条件、联姻目的、地域范围和实施效果的变化，满蒙联姻也呈现出阶段性特征。总

---

① 《清实录》第一册《清太祖高皇帝实录》卷三，北京：中华书局，1986 年版，第110—112 页。

② 《满洲老档秘录》（上编），《喀尔喀遣使问齐赛罪状》，天命四年八月。

③ （清）魏源《圣武记》卷一《开创·开国龙兴记》，上海：世界书局，1936 年版，第6 页。

的来说,"入关前,满蒙联姻的第一个高潮发生在皇太极时期,且在这一时期满洲联姻的数量表现为迎娶的人数是出嫁人数的一倍;入关后至康熙二十年,迎娶和出嫁的总人数趋于平等,且有出嫁人数高于迎娶人数的趋势。至康熙之后,已无蒙古王公之女成为高位皇妃的例子,满蒙联姻以清皇室出嫁宗室女为主要表现形式"。[①]

有关满蒙联姻的发展过程,专家学者各抒己见,看法不一。有入关前和入关后两个阶段的划分,也有太祖太宗时期、顺治初年到乾隆中后期、乾隆后期到清朝末年三个阶段的划分,[②]还有努尔哈赤时代(包括建元天命以前)、皇太极至福临初、康熙至乾隆、嘉庆以后至清末四个阶段的划分。[③] 以下按四阶段说来阐述满蒙联姻发展的过程。

（一）发生阶段——努尔哈赤时期

满蒙联姻的发端可追溯到满人入关之前。据统计,"在努尔哈赤时期,满蒙之间至少有 14 次联姻。这些联姻的主要目的是与蒙古建立政治和军事同盟"。[④] 从地域范围来看,当时最接近建州女真的是漠南蒙古的科尔沁和内喀尔喀五部,所以,努尔哈赤与蒙古的联姻通好便首先从这几个部落开始。仅明万历四十年至四十三年(1612—1615)这三年间,就有万历四十年努尔哈赤首聘科尔沁明安之女;万历四十二年,努尔哈赤的次子代善娶蒙古扎鲁特部钟嫩贝勒之女,五子莽古尔泰娶扎鲁特部内齐汗之妹,八子皇太极娶科尔沁莽古斯之女;万历四十三年,努尔哈赤又纳科尔沁孔果尔贝勒之女,十子德格类娶扎鲁特部额尔济格贝勒之女。可以说,当时

① 杨怡、丁万录《后金至清初满蒙关系演变考述》,《青海民族大学学报》2014 年第 1 期。

② 邵骏《从〈蒙古游牧记〉透析清王朝与外藩蒙古的关系》,《赤峰学院学报》2009 年第 1 期。

③ 参见华立《清代的满蒙联姻》,《民族研究》1983 年第 2 期。

④ 崔明德《中国古代和亲史》,北京:人民出版社,2005 年版,第 475 页。

蒙衰满兴的局面,有力地促成了建州女真与漠南蒙古的频繁通婚,这是努尔哈赤审时度势之后采用的政治策略。与科尔沁等部的联姻结盟,不仅增强了建州女真的军事实力,而且减少了努尔哈赤统一海西女真的阻力。明万历四十四年努尔哈赤建立了后金。事实证明,满蒙联姻产生的化敌为友、为我所用的效果不容低估。

(二) 发展阶段——皇太极至福临(顺治)时期

天命十一年(1626),努尔哈赤在战斗中负伤后去世,皇太极成为后金的最高统治者。天聪十年(1636),皇太极在盛京(今辽宁省沈阳市)称帝,改元崇德,改国号为"大清",改族名为"满洲",从此满族历史进入一个新的时期,满蒙联姻也随之得到空前发展。

首先,继续保持与科尔沁部的通婚盟好。早在天命十年,皇太极就迎娶莽斯之子斋桑之女布木布泰为侧福晋,崇德元年(1636)册封为庄妃;崇德八年,庄妃的姐姐海兰珠也嫁给皇太极。还有努尔哈赤十二子阿济格、十四子多尔衮、皇太极长子肃亲王豪格等均娶科尔沁蒙古姑娘为福晋。在顺治帝的后宫纳有六名蒙古后妃,先后有两名科尔沁蒙古之女被立为皇后。与此同时,科尔沁部也是蒙古各部中迎娶满族公主最多的部落。通过联姻,科尔沁部具有了"以列朝外戚荷国恩厚,列内札萨克二十四部之首,有大征伐必以兵从"①的重要地位。

其次,笼络漠南前来归附的蒙古各部,扩大通婚的地域范围。随着满洲势力的不断壮大,到天聪、崇德年间,前来归附的蒙古部落从努尔哈赤时的四部猛增到二十二部。于是,皇太极及时将联姻的重点转向广大的"外藩蒙古"。巴林、敖汉和奈曼等部归附后,皇太极于天聪二年以郡君(贝勒之女)嫁给巴林部色棱,天聪三年以哈达公主下嫁敖汉部酋长索诺木杜棱,天聪七年以长女固伦公

---

① (清)祁韵士《皇朝蕃部要略·内蒙古要略》,太原:三晋出版社,2014年版,第152页。

主下嫁敖汉部班第。崇德四年苏尼特部来归,次年便将郡主下嫁
该部酋长腾机思。从此外藩额驸的比例大为增长,逐渐形成了日
后所谓"北不断亲"的祖制。"事实证明,这些额驸生活在后金国
内,与满洲统治阶级融合最快,不但他们的下属变成了后金国家的
编户齐民,他们自己也演变为满洲统治集团的一部分,在清前期的
军事战争中发挥了重要作用"。[①]

　　再次,以联姻怀柔对手,密切与漠南察哈尔部的关系。察哈尔
部是蒙古大汗的嫡系后裔,察哈尔的林丹汗是努尔哈赤与皇太极
父子在统一蒙古过程中遇到的最强硬的对手。天聪年间,皇太极
联合已归附的蒙古部落,几次征伐察哈尔,最终于天聪八年击败林
丹汗。不久,西逃青海的林丹汗病死在大草滩。次年,林丹汗之子
额哲投降后金。皇太极不计前嫌,不仅自己纳娶林丹汗的遗孀(后
封为东衍庆宫淑妃),还将次女固伦公主下嫁额哲,以此拉近后金
与察哈尔部的关系。

　　清军入关后,清廷全力统一中国,蒙古作为清朝的大后方,以
自己的军事力量鼎力支持,清皇室也继续笼络蒙古诸部。顺治皇
帝曾经对蒙古王公说:"朕世世为天子,尔等亦世世为王,屏藩百
世。"[②]由此可见清初统治者对蒙古的倚重。此时的联姻也持续不
断,"总计顺治一朝,清皇室与蒙古通婚共 45 次,其中娶蒙古女 23
人,出嫁皇家女 22 人,顺治朝皇家总出嫁女为 38 人,嫁蒙古者占
了一半以上。这一比例在有清一代都是比较大的,可见当时对满
蒙联姻的重视"。[③] 通过频繁的通婚结亲,清朝得到统帅蒙古各部
的权力,由此也获得了战略上的优势地位。

------

　　① 华立《清代的满蒙联姻》,《民族研究》1983 年第 2 期。

　　② (清)祁韵士《皇朝蕃部要略·内蒙古要略》,太原:三晋出版社,2014 年版,第
152 页。

　　③ 张凯旋《试论木兰围场的设立对清朝满蒙联姻地域分布的影响》,《承德职业学
院学报》2006 年第 1 期。

（三）完善阶段——康熙至乾隆时期

这一时期的满蒙联姻，地域范围从漠南蒙古扩大到漠北和漠西蒙古，并且围绕联姻形成了维护两族上层特殊亲戚关系的一系列制度。

经过长期的攻伐征战，到了康熙二十年（1681），清王朝在中原内地的统治基本稳定。从全国的形势来看，到康熙二十二年，清廷已经平定了三藩之乱，统一了台湾，但要治理地域辽阔、人口众多的国家，清王朝仍面临着巨大的考验。特别是雄踞西北的蒙古准噶尔部，直接威胁着西北边陲的安全，成为清王朝的心腹大患。康熙二十七年，漠西蒙古准噶尔部进攻漠北的喀尔喀蒙古，最后竟然打到距离北京七百里的乌兰布统，这引起清廷的极度不安，此时清王朝必须借助蒙古各部的军事力量来稳定边疆、巩固统治。

康熙二十七年，漠北喀尔喀蒙古①的土谢图、车臣、札萨克图三汗率部归附，康熙皇帝亲临内蒙古多伦诺尔与之会盟。随后将和硕恪靖公主嫁给土谢图汗察珲多尔济之孙敦多布多尔济，又先后纳札萨克图汗部亲王策旺扎布及三音诺颜部酋长策棱为额驸。当漠西蒙古和罗理部不堪噶尔丹欺凌而投奔清廷时，康熙将其安置于阿拉善旗，并以郡主下嫁和罗理之子阿宝。"这样，在地域范围上，清廷与蒙古各部的联姻活动第一次越出漠南蒙古，推广到漠北和漠西两大部分，从而使蒙古的三大部分都与清朝统治集团建立了不同程度的姻亲关系"。②康熙后期，漠北和漠西蒙古西端的阿拉善蒙古成为清廷新增的联姻地区，这也可以视为清廷为平定准噶尔所作的长远部署。

雍正朝至乾隆中期以前，曾一度出现"联姻热"，有过一年之中漠南蒙古多次迎娶宗室女之事。雍正十一年、十二年（1733、1734），

---

① 漠北喀尔喀蒙古：又称外喀尔喀蒙古，驻牧地相当于今天的蒙古国。
② 华立《清代的满蒙联姻》，《民族研究》1983 年第 2 期。

康熙帝长子胤禔先后有四个女儿出嫁科尔沁部和敖汉部。乾隆二十三年(1758)，清王朝终于完成了平定准噶尔的大业，由此乾隆朝的联姻也达到了满蒙联姻的最高峰。有学者统计："乾隆60年间，嫁与蒙古的皇家女儿多达179人，平均每年出嫁3人，最多的年份为乾隆四十四年(1777年)出嫁8人。"①这一时期的满蒙联姻不仅强化了清朝与漠南蒙古的政治联盟，而且以血缘纽带将漠北和漠西蒙古也纳入中央政权的统辖之下。可以说，满蒙联姻与清王朝稳定边境、治理边疆和统一全国的大业相伴始终。

清廷入关后，为了维护满蒙联姻的长期性和实效性，逐渐形成了一套旨在维护满蒙上层特殊亲缘关系的制度，诸如指婚制、内廷教养制、备指额驸制等一系列制度，这些制度的不断完善和有效执行，有力保障了满蒙联姻的顺利实施。

（四）因循沿袭阶段——嘉庆至清末

自准噶尔战争胜利之后，清朝进入相对稳定的发展时期，中央集权高度加强，军队武备相对减少，蒙古王公的作用也日益减弱。中央政权与蒙古各部的联系虽然仍不失密切，但满蒙联姻在此时却没有太多的发展，清廷选纳蒙古额驸的数量开始锐减，结亲的地域范围也在缩小，仅局限于漠南蒙古的七部十三旗。道光朝至清末仅有三十多名宗室女出嫁，且只是沿袭旧例保持通婚，由此反映出清统治者与蒙古王公的感情正在逐渐疏远。出现这种现象的原因，有学者曾分析："和亲的双方都有那么一种若即若离的关系，欲分还合，欲合还分，又联合又斗争。假如双方势均力敌，谁也用不着屈己从人，通过联姻而实行和亲就是徒劳无补的事。假如一边倒，双方建立了确定的君臣关系，就根本不需要再搞什么和亲了。"②这段论述一语道破了满蒙关系后期变化的实质。

---

① 杜家骥《清朝的满蒙联姻》，《历史教学》2001年第6期。

② 张正明《张正明学术文集》，武汉：湖北人民出版社，2007年版，第203页。

　　嘉庆以后至清末,清皇室虽然对满蒙联姻表现得较为冷淡,但此时非官方的满蒙王公之间的自行通婚却异常火热。这种随满蒙联姻而派生出来的通婚现象,其实早就存在,只是在嘉道之后成为主流。"尤其是嘉庆以后至清末这百余年间,满蒙王公间自行结婚达 146 次,已占当时满蒙联姻总次数的 90%".① 这种多见于驻京蒙古王公与满族宗室王公之间的自行通婚,无疑增进了满蒙贵族间的亲密与和睦,同时,也奏响了满蒙三百年间结亲通好的结束曲。

　　鸦片战争以后,中国社会发生急剧变化,清政权与蒙古贵族的联盟,逐渐转变为满族贵族与汉族地主阶级的联合专权,满蒙联姻因此更加松懈。

三、满蒙联姻的特点

　　满蒙联姻长达 300 年,这种以血缘为纽带,笼络蒙古王公与满族政权结成联盟的方式,超越了历代的和亲,其特点主要有以下三个方面:

　　(一)以"姻好"巩固"盟好"的政治活动

　　满蒙联姻是满洲贵族与蒙古王公之间的一种政治活动,是满蒙双方结盟友好并相互制约的政治手段。它在产生之初,就具有极强的政治目的,即使女真贵族与蒙古王公结成政治联盟。蒙古通过联姻企图遏制内部的争夺,保持军事实力;女真则通过联盟,将蒙古发展成能够为女真效力的一股力量。在努尔哈赤和皇太极时期,每次与蒙古联姻,都会用政治盟约来约束对方,皇太极曾以"申以盟誓,重以婚姻"②八个字概括了满蒙联姻的政治内涵。

---

　　① 杜家骥《清朝满蒙联姻研究》,北京:故宫出版社,2013 年版,第 667 页。
　　② 齐木德道尔吉、巴根那《清朝太祖太宗世祖朝实录蒙古史史料抄·乾隆本康熙本比较》,呼和浩特:内蒙古大学出版社,2001 年版,第 109 页。

满蒙联姻以盟誓和婚约建构了"满蒙一体"的格局。满洲以大量的真公主嫁与蒙古王公,表现出他们与蒙古结亲的真心诚意。皇太极共有 14 个女儿,其中有 10 人出嫁蒙古博尔济吉特氏,这 10 个女儿中又有 9 个女儿的母亲是蒙古族妇女。康熙帝共有 25 个女儿,除 12 个早年夭折未出嫁外,其余的 13 个女儿中,有 6 个出嫁到蒙古科尔沁或喀喇沁部,占出嫁公主的二分之一。[①] 正因为如此,入关前,满蒙结亲以血缘关系,使蒙古王公成为满族进军中原牢不可破的政治同盟;入关后,满蒙联姻虽然成为君臣间的通婚,但割不断的血缘关系又把双方结成休戚相关的利益共同体。蒙古王公贵戚及其统领的强悍骑兵,在平定三藩之乱、平定准噶尔部及平定青海罗卜藏丹津叛乱等战役中,都立下了汗马功劳。蒙古额驸对清皇室忠心耿耿,在维护边疆安全等方面也发挥了重要的作用。康熙十四年(1675),察哈尔亲王布尔尼反叛,喀喇沁右翼旗的扎什曰:"我等与大清结亲,蒙恩甚厚。……布尔尼决不可从。"[②]所以,他不仅不参加叛乱,还密报清廷,并率兵平叛。这种忠诚与坚定,正是以联姻促联盟带来的结果。

(二) 大规模、多层次且频繁持续的互相嫁娶

满蒙联姻的突出特点之一,是改变了其他时代单向出嫁的通婚形式,满蒙双方代之以互相嫁娶的双向通婚。一方面是清廷的皇室女出嫁蒙古各部,蒙古上自亲王、郡王,下至台吉、塔布囊,各阶层很多人都与清宗室通过婚;另一方面,清帝和宗室贵族王公也不断迎娶蒙古贵族之女为后妃、福晋。据统计,"入关前后的整个清朝,满蒙联姻达 586 次,入关前联姻的 32 年间,为 84 次,入关后的 268 年间,为 502 次。这总计 586 次的通婚,满族皇家出嫁给蒙

---

① 　以上参见崔明德《中国古代和亲通史》,北京:人民出版社,2007 年版,第 434—435 页。

② 　徐尚定点校《康熙起居注》,北京:东方出版社,2014 年版,第 257 页。

古的女子(包括皇女公主及其他宗女格格)多达 430 名,其中入关前 27 名,入关后 403 名。满族皇帝及宗室王公子弟娶蒙古王公之女 156 名,入关前 57 名,入关后 99 名"。① 并且联姻的范围颇广,涉及漠南、漠北和漠西蒙古诸多部落。很明显,满蒙联姻并不是一两个女子出嫁,而是一大批公主、格格嫁往蒙古各地。通过这种大规模、多层次且频繁持续的联姻,清廷与蒙古王公各阶层形成广泛的血缘关系。这种特殊的亲属关系,使蒙古王公对清王朝产生了休戚与共、亲如一家的认同感,于是蒙古诸部也就成为维护和稳定清皇室统治的重要支柱。

(三) 形成维护满蒙联姻的系列制度

有清一代,满蒙联姻时间长久、涉及人数众多,为了更好地发挥这种政治联姻的作用,逐渐产生出维护满蒙上层特殊亲缘关系的一系列制度。正如学者所言:"清朝满蒙联姻刚开始时内容也是很简单,作为一个笼络措施仍显粗糙,除了带有政治色彩的通婚外看不到其他更多的内容和细节,特别是后金实力尚弱时,联姻效果不够突出、稳定。随着势力的强大,清朝也采取一系列的联姻支持政策,从公主到额驸及其子孙的各类优惠政策,使满蒙联姻更加完善、稳固,达到笼络蒙古王公贵族的目的,从而使其更好地为国家效力。"②这的确是满蒙联姻的独特之处。

1. 指婚制是满蒙联姻的核心制度

指婚制即清皇室及宗室王公子女由皇帝掌握其婚配权。这种制度在乾隆朝得到进一步完善,每年年底,由宗人府和理藩院将符合条件的八旗官员子弟和蒙古王公子弟上报,再由宗人府将这些王公子弟及宗室女的基本情况面呈皇帝,以备指婚。指婚制的严格推行,保障了清廷与蒙古王公贵族联姻的持续性。

---

① 杜家骥《清朝的满蒙联姻》,《历史教学》2001 年第 6 期。
② 香莲《清代满蒙联姻关系及对蒙古的经济援助》,《赤峰学院学报》2014 年第 6 期。

2. 内廷教养制保证了联姻的长远效果

这一制度始于康熙朝,规定蒙古王公、贝勒、贝子、札萨克之子等,年十五以上者通过选拔可以来京教养。有了内廷教养的经历,这些蒙古王公子弟从小便与清皇室有了密切接触,待其长大成人,能力才干得以增长,便委以重任,以报效清廷。其中有不少精干英俊的年轻子弟后来被指为额驸。

3. 备指额驸制择优栽培后备人选

清朝入关后不久,便开始在漠南蒙古科尔沁、巴林、喀喇沁等七部十三旗优先挑选清室额驸。首先查明并上报七部十三旗中,年龄在十五岁以上、二十岁以下的旗王、贝勒、贝子、公之嫡亲子弟及公主、格格之子孙,聪明俊秀、堪指额驸的台吉、塔布囊,注明衔名、年命。已列入名单之人,其父兄于年节请安时,须带来京中备指额驸,以保证清宫优选蒙古诸部中的后备力量。

4. 俸禄俸缎制保障公主、格格及其额驸的物质待遇

顺治十八年(1661),首次明确规定了下嫁外藩的公主、格格及其额驸的俸禄标准。乾隆时期,清廷进一步明确公主、格格及其额驸每年享有的岁俸银和俸缎的具体数目,以确保他们享有优厚的生活待遇。

5. 入京朝觐制给予蒙古贵族特殊的"恩遇"

清代的蒙古王公、额驸有定期入朝觐见的制度。每年,这些蒙古王公贵族轮班到北京或承德觐见皇帝,接受宴赏,这些活动增进了他们与皇家的情感联络。后来又制定了公主子孙台吉①入京朝觐制,这表明清帝对大批公主子孙、姻亲的优待,以此增强其对清廷的向心力。

6. 回京省亲制有利于发挥公主的作用

已经下嫁外藩的公主,清廷不允许其长期在京居住。顺治朝

---

① 公主子孙台吉:指清代公主所生之子及其后裔。

初步规定公主等人来京必须请旨,待批复后方可入京。主要是为了防止下嫁公主等久住京城,不利于发挥其羁縻监督蒙古贵族王公的作用。

此外,清廷还以生子予衔制保障公主、格格子孙的优越地位,以赐恤致祭制表达对亡故者及其家属的特殊关怀。这些制度的日益完善和严格执行,有力地保障了满蒙联姻的执行力度和实际效果。

四、满蒙联姻的作用

清统治者在入主中原、建立王朝的过程中,依靠皇室和宗族的大批女子,与边区的蒙古族保持了三个世纪的通婚,建立了世代姻亲关系,使得北方两大尚武民族长期和好,繁衍出具有满蒙血统的混血后裔,促进了民族交流与融合,也为蒙古地区的政治、经济和文化带来深远的影响。

（一）协助清廷完成统一大业并稳固统治

明末,明朝、蒙古和后金三足鼎立的局面,决定了明与后金谁能得到蒙古的支持,谁就掌握了征战决胜的主动权。努尔哈赤"以亲女羁縻所欲剪除之人,笼络所欲招徕之敌"[①]的策略,通过联姻得到蒙古贵族的支持,改变了明朝与后金政权的实力对比。

清初,在入关征战中原之时,蒙古人冲锋陷阵,锐不可当,蒙古八旗逐渐成为清军的主力;入主中原以后,兵力强盛的蒙古军队又驻防各地,协助清廷完成了统一全国的大业。可以说,清朝大一统局面的形成和稳固,离不开蒙古王公的倾心归附和军事贡献。蒙古各部的稳定,不仅强化了中央政权对边疆少数民族的管理,而且

---

① 转引自李禹阶、秦学欣《中国古代外戚政治》,北京:商务印书馆,2017 年版,第533 页。

震慑了其他少数民族。清朝长期以来在北部边疆不设边防,而是以蒙古部落为天然屏障,其中透露出清廷对蒙古的高度信任。康熙帝曾说:"昔秦兴土石之工,修筑长城,我朝施恩于喀尔喀,使之防备朔方,较长城更为坚固也。"①由此可知,骁勇善战的蒙古早已成为稳定大一统政权的中坚力量。终清一代,满蒙两大民族的和平共处,勠力同心,在维护北部边疆安全、巩固清朝统治和抵御沙皇俄国侵略等方面都发挥了极其重要的作用。

(二)推动了边疆地区的开发进程

清代的满蒙通婚不仅扩大了满蒙两个民族的交往,而且促进了蒙古边区经济的快速发展。清皇室的公主和宗室女子出嫁蒙古时,必有一定数量的陪伴者。大量的陪送人员随出嫁女在蒙古草原安家落户,他们将内地较为先进的生产方式和生产技术带到边地,促进了当地农业生产的发展。到十八世纪后期,在长城沿线的归化、热河、察哈尔等地,形成了相当数量的农业区,不少蒙古牧民也开始放弃游牧转而务农,改变了当地原本单一的经济格局,出现了"蒙古佃贫农,种田得租多,即渐罢游牧,相将艺黎禾"②的新变化。

外来移民的迁入,解决了蒙古地区人少地多、劳动力不足的问题,加速了当地人口的增长。农业经济的发展,反过来又促进了工商业的繁兴。很快,在蒙古地区便出现了诸如归化、恰克图、绥远等著名的商业市镇,出现了"农耕蕃殖,市肆殷阗"③的景象。

(三)加强了民族文化的交流与影响

随着满蒙通婚范围的扩大,满、蒙、汉三族人民因联姻而跨越地域生活在一起,多民族文化的交流与影响由此自然展开。

---

① 《圣祖仁皇帝圣训》,《四库全书》本。

② (清)和珅《钦定热河志》卷九十二《山田》,《四库全书》本。

③ (清)和珅《钦定热河志》卷七十三《学校》,《四库全书》本。

　　首先,联姻带来满蒙语言文字的互用。下嫁蒙古的公主、格格自然将满语带进家庭,影响到子女学说满语。为了便于各民族间的交流,康熙和乾隆都非常重视辞书的编撰工作,在他们的关心和主持下,《御制满蒙文鉴》《御制满蒙汉三合切音清文鉴》和《御制五体清文鉴》等辞书得以编撰完成,方便人们学习和使用满、蒙、汉语言文字。当时的清政府甚至将精通满、蒙两种语言作为下属官员升官晋级的主要条件之一。

　　为了体现对少数民族语言文字的尊崇,乾隆皇帝曾经降旨:"镌刻清、汉、蒙古、西番、回子五体字,以昭我国家一统同文之盛。"①所以,在北京紫禁城、沈阳故宫、承德避暑山庄等重要场所,至今仍能见到包括蒙古族文字在内的多民族文字刻石。

　　其次,满蒙联姻推动了蒙古地区文化教育事业的发展。据记载,清朝在蒙古地区开设八旗官学,"每旗各设学一,择本旗满洲、蒙古、汉军之子弟来补充之"。②官学的设立,不仅为满八旗的子弟提供了就学的便利,也为蒙古贵族子弟提供了受教育的机会,这对提高蒙古地区的文化水平大有裨益。

　　再次,借助满蒙结亲的机缘,汉民族的经典之作被译成蒙古文字,在蒙古地区广为流传。诸如《红楼梦》《西游记》《三国演义》《水浒传》《聊斋志异》等都出现了蒙文译本。另外,随着公主、格格的下嫁,包括京剧在内的各种戏曲也传唱到塞外。随着满、蒙、汉文化的相互渗透与影响,蒙古族知识分子的作品,如希哲的《西斋偶得》《风城琐录》,萨囊彻辰的《蒙古源流》,尹湛纳希的《一层楼》《泣红亭》等作品,也借助联姻过程中往来的人群得以外传,加深了多民族文化的交流与影响。

-----

　　① 《清实录》第二三册《高宗纯皇帝实录》卷一千一百八十八,北京:中华书局,1986年版。

　　② (清)昭梿《啸亭杂录》卷九《续录·八旗官学》,上海:上海古籍出版社,2012年版,第203页。

（四）形成了满蒙的血缘纽带关系

从满洲形成的历史来看，满族很早就融入了蒙古血统。据记载："夜黑国，始祖蒙古人，姓土墨忒，所居地名曰张。灭胡笼国内纳喇姓部，遂居其地，因姓纳喇。后移居夜黑河，故名夜黑。"①夜黑即叶赫，其始祖的血统半是叶赫，半是蒙古。后来，建州女真灭掉乌拉和叶赫，他们也都汇入满洲。

满蒙联姻建立了清皇家与蒙古贵族世世代代的姻亲关系，皇家公主、格格与蒙古额驸繁衍了大量的王公台吉。这些子孙后裔与清朝皇帝或为甥舅、或为外孙外祖父的关系，不少人还被清帝指婚，招为额驸。在清初的宗室中，血统一半满族一半蒙古族的贵族为数不少。清太宗皇太极的生母叶赫纳拉氏就有蒙古血统。皇太极的中宫皇后和四位贵妃都是蒙古人，清世祖顺治皇帝福临的血统也半是满族、半是蒙古族。

清代出嫁蒙古的公主、格格有三百余名，她们在蒙古地区繁衍了庞大的贵族阶层，其子孙台吉有相当一部分人后来成为领主的承袭者。联姻较多的蒙古部落，封爵受禄，地位显赫，在蒙古诸部中也备感殊荣。可以说，蒙古王公与清皇室的"亲如一家"，以血缘为纽带，奠定了大清江山的稳固基石。

（五）改变了原有的婚姻习俗

清入关前，满蒙极少受儒家伦理观念的影响，寡妇再嫁和收继婚都被视为理所当然；清入关后，受儒家伦理道德的影响，开始规范妇女的生活和婚姻，规定嫁娶必须按照辈分进行，不准一夫多妻，有妻者只能纳妾。最重要的是要求妇女恪守"妇德"，保持贞操，从一而终。乾隆朝开始实行旌表贞节制度，表彰守节妇女，促使满人形成如汉人一样强烈的贞节观。这种观念使出嫁的满族公

---

①　《清太祖武皇帝弩儿哈奇实录》卷一《诸部世系》，北平：北平故宫博物院，1932年版。

主、格格视改嫁为于节有亏的耻辱，因此，她们即使出嫁到没有这
种观念意识的蒙古地区，也恪守这一"妇德"，清帝也视之为本家族
的美德。于是，这种汉化道德观念便在蒙古地区传布。此后，一夫
多妻、收继婚等落后的婚姻现象在蒙古地区逐渐消失，促使蒙古地
区的婚姻习俗也开始向文明迈进。

　　总之，清代的满蒙联姻是清王朝不同时期出于不同需求，与蒙
古王公以"姻好"缔结的政治联盟。满族和蒙古族作为曾经入主中
原、建立过统一王朝的两个少数民族，其联姻通好的独特方式和显
著效果，在中国和亲史上留下了令人深思和回味的广阔空间。

第二节　女真部落通婚的传说

　　明初，女真分为建州女真、海西女真和东海女真三大部落，后
又按地域分为建州、长白、东海、扈伦四大部分。明王朝为了获得
东北地区的安宁，以封官赐爵的办法招抚女真部落的酋长，但酋长
们并不能从朝廷领到任何俸银，只能靠朝贡、市易换得银钱和物
资，因为无法满足部落生活的需要，所以女真部落间的掠夺功伐就
成为一种常态，形成了"强凌弱，众暴寡"的局势。"为了生存与发
展，部落酋长们寻求靠山和外援，唯一的手段就是'联姻'，借助姻
盟来壮大自己"。[①] 由此可见，通婚联姻是女真部落在求生存谋发
展过程中的自然选择。努尔哈赤正是不失时机地利用通婚联姻这
一策略，不断地发展壮大建州女真，逐渐吞并了其他部族，最终实
现了统一女真的目的。

　　民间传说总是伴随着历史的发展而出现，有学者曾说："随着
社会生产力的发展和私有观念的产生，各个氏族、部落为了自身的

---

　　① 赵东升讲述，赵宇婷、赵志奇整理《乌拉秘史》，长春：吉林人民出版社，2016 年
版，第 181 页。

利益相互厮杀,出现了部落战争时代。在这一时期,人们为了歌颂自己的部落头领的功绩,教育后代继承本部落的传统,开始以口头形式传颂自己的部落史,歌颂自己的部落英雄,于是就产生了以颂扬部落英雄,传承部落历史为主的民间传说形式。"①现存女真部落通婚传说的数量虽然不多,但作为口头叙事,其涉及的时间、地点、人物和事件却具有一定的真实性,这些传说的讲述者充分发挥想象,以如数家珍的叙述方式,传讲女真部落由分散到统一的艰辛历程,从中可见努尔哈赤以联姻为契机,在不失时机的征伐和兼并中,最终统一女真的发展历史。

一、努尔哈赤通婚董鄂部的传说

董鄂部原本是建州女真的一个部族,是鲜为人知的小部落,但它充分利用地处桓仁、依傍董鄂河的地域优势,经过百余年的励精图治,最终从众多小部族中脱颖而出,成为建州五部中能够称富称强的部落。董鄂部也是努尔哈赤较早与之通婚的部落,依靠董鄂部的帮助,努尔哈赤不用一兵一卒,便智取了鸭绿江边的野人女真部落。据《智胜水鬼军》②传述:罕王在赫图阿拉发迹之后,开始南征董鄂部(现在的通化一带)。当时,董鄂部的力量很强,主要依靠鸭绿江边几个野人女真部。野人女真部落里的男女老少被称为"水鬼",这些"水鬼"们各个骁勇异常,特别善于水战,曾经多次打败明军。

最初,罕王采取联姻的办法,娶董鄂部的公主做自己的妃子,争取了浑江沿岸的一片地方。可是,再想往东和往南推进就不行

①　季永海、赵志中《满族民间文学概论》,北京:中央民族学院出版社,1991年版,第32页。

②　金洪汉《清太祖传说》,沈阳:春风文艺出版社,1987年版,第82—90页。

了。经过一番冥思苦想,努尔哈赤决定只带董鄂妃和九个水性好的水手,到董鄂部向老丈人董鄂部主求援。他请求董鄂部主在十天之内派出三百三十三个樵夫,编成三百三十三只溜筏,再选三百三十三个采药人,董鄂部主全部允承下来了。

随后,罕王化妆成猎人,带着身边最亲信的嘎什哈,拿着董鄂妃从她父亲那儿盗来的腰牌,徒步进入长白山。在山林中,他找到一种有毒的古木德尔根,喝了用这种树木浸泡的水,人就会死;有伤口的,沾上这水就要溃烂,昏迷不醒。

罕王命人砍下毒木,送到九个水手监造木筏的地方。当木筏如数造好后,罕王让九个水手选出九只大木筏,下边拴上毒木,放入水中。其余的木筏,保护着那九只木筏,从鸭绿江部的上游漂流下来。

过了几天,忽听有人来报,说江南岸死的人白花花的一片,岸边哭声震天。原来鸭绿江岸边的野人女真崇拜白色,惯穿白衣,在江中潜伏的"水鬼"死后漂浮在水面上,像一片白虮子,整个温德堡一下子就乱了营。

罕王见时机已到,当下率领亲兵骑马下山,登上木筏划到对岸,直奔温德堡。鸭绿江各部主早已吓破胆,纷纷投降,归顺罕王。就这样,罕王没有打仗,便征服了鸭绿江部,鸭绿江和图们江沿的各部落都纳入了罕王的版图。

这一传说讲述努尔哈赤借助通婚董鄂部的便利,通过董鄂人的帮助,智取野人女真的故事。这一利用优势、化整为零的策略,显现出努尔哈赤的心机与权谋,正是凭借着这种胆识和谋略,努尔哈赤赢得了人心,逐渐征服了女真诸部。

据历史记载,万历十六年(1588),何和礼成为董鄂部首领,努尔哈赤主动将长女嫁给何和礼为妻,董鄂部便主动归附了刚刚崛起的努尔哈赤。随后,何和礼在努尔哈赤平定女真各部的战斗中屡建功勋,后来成为后金的五大臣之一,董鄂部也成为后金乃至清初的重要兵赋之源。这段历史在民间传说中也广为流传,人们津津乐道于老罕王以联姻促统一的明智之举。《罕王嫁女》①的传说生动讲述了董鄂部因联姻而依附建州部的整个过程。据传：当初，努尔哈赤先后征服了相邻的三个建州女真部落，达到了四部统一，唯有最强大的董鄂部还没有臣服。

努尔哈赤心里明白，四部统一的兵力和人口，还不及董鄂部的一半，所以，努尔哈赤采取先弱后强的办法，先攻下了董鄂部两个相对较弱的村寨。恰在此时，董鄂部原部主病死了，他的弟弟何和礼接替部主职务。此前，何和礼和努尔哈赤打过几回照面。努尔哈赤知道，这人的文功武略是建州女真或者说全女真人当中少有的，和这样的人一争高下，以自个儿眼下的兵力，那就是拿着鸡蛋打石头。

这时候，海西女真部老王台，听说努尔哈赤已经统一了四个部落，兵精粮足，就下书联姻，愿意把女儿嫁给努尔哈赤做侧福晋。当时，海西女真的地盘比建州女真大得多，努尔哈赤也早有扩张的心意，所以同意联姻。但是赫图阿拉城距海西哈达部路途遥远，中途还要经过董鄂部和海西女真几个部落的领地，努尔哈赤决定只带骁勇善战的两名大将和武功高强的兵丁，一共十人，装作过往客商，到哈达部迎亲。

谁知他们刚到董鄂部领地，就被董鄂部主何和礼挡住了去路。何和礼深施一礼，说："我早上得到传报，说努尔哈赤大将军乔装客商，到哈达部迎亲，我是特意来保驾护航的。"

努尔哈赤的手下问道："难道你不记我们夺寨的仇吗？"

何和礼一笑说："区区两个寨子算啥？海西女真、野人女真地界千里，大明江山广袤万里，我们女真人内部应该和谐统一，共同抵御外鬼才行啊！"话说得特别诚恳，让努尔哈赤深信不疑。于是在何和礼等人保护下，努尔哈赤顺利接回了哈达部老王台的女儿。

---

①　夏秋《满族民间故事卷·辽东卷》，沈阳：辽宁民族出版社，2010 年版，第 26—31 页。

　　这一路上,努尔哈赤与何和礼无话不说,特别投机,商定两部联合。努尔哈赤为了进一步笼络何和礼,决定把长女东果赐给何和礼做福晋。何和礼对赐婚的事有些为难,推说回去商议了再定。因为他的妻子椒棋不仅人长得美似天仙,武功也特别高强,十五岁就与男将军们驰骋疆场,与何和礼有同等功劳,现在当了董鄂部副帅。这椒棋天生是个醋坛子,自从与何和礼成亲,她再也不准丈夫接触其他女人。

　　何和礼回到董鄂部,先把与努尔哈赤合兵联盟的事说了,尽管许多旧部将和椒棋都记前仇,不愿与努尔哈赤联盟,但经过何和礼的解说讲理,总算通过了合兵联盟的事。但何和礼一说到努尔哈赤赐婚的事,椒棋立马火冒三丈,摘下镇宅宝剑,刺向何和礼,边刺边骂。何和礼无处躲藏,不得已只好逃向赫图阿拉。椒棋见丈夫真的投奔了努尔哈赤,亲点了五十名女兵,随后狂追。

　　努尔哈赤看到满头流汗的何和礼,心中立马明白了,他命人出城迎接椒棋。椒棋进城边走边看,这宫殿飞檐斗拱,金碧辉煌,心想努尔哈赤还真是了不起呀。努尔哈赤见到椒棋哈哈一笑:"久闻董鄂部副帅巾帼英雄,的确不假。我们女真人向来重视人口发展,只有人丁兴旺,家族才能兴旺,事业才能有成。你丈夫何和礼将军是不是位巴图鲁?"

　　椒棋说:"当然是啊,我丈夫十几岁就与父兄一起驰骋疆场打天下,董鄂部能有今日的辉煌,我丈夫功不可没。"

　　努尔哈赤说:"你身为董鄂部副帅,军务公事繁忙,能照顾好夫君生活么?我家格格虽然称不上国色天香,也算得上是十成的人才,女红也都不差,多少王子、贝勒前来求亲我都不应,如今赐与你丈夫为妻,你怎不高兴呢?"

　　椒棋说:"我……我没不高兴,请问罕王,您把女儿嫁给我夫,我们谁为大谁为小呢?"

　　努尔哈赤说:"办啥事都得有个先来后到,你与你丈夫结婚在前，当然你是大福晋，我女儿是侧福晋啦。"

努尔哈赤向殿侧一招手，一位杨柳细腰的女子从殿角屏风后走出，甜甜地叫了一声："姐姐！"椒棋一见东果格格，立马儿就喜欢上了，走过去搂住东果的肩膀。

第二天，努尔哈赤为何和礼与东果举办了婚礼。

三天后，何和礼回董鄂部把属下的六万多部众留下一万左右驻扎原地，其余五万多兵将全部迁往赫图阿拉。从此建州五部完全统一，努尔哈赤又加封何和礼为议事五大臣之一。

这段传说反映出建州女真在统一之前的真实状态，各部之间既有矛盾又有联系，而董鄂部最终能够归附努尔哈赤，显然与努尔哈赤能审时度势、善于化解矛盾，以通婚拉近人心有很大的关系。努尔哈赤能够以通婚兼并董鄂部，还反映出建州女真内部联姻随时顺势的各取所需。这两个部落的结亲，既满足了董鄂部倚强图存的需求，又实现了努尔哈赤招兵买马、壮大实力的心愿，这种互惠共赢、强强联合的联姻，最终使努尔哈赤完成了建州女真五个部落的统一。

传说中的四个关键人物个性鲜明，各具面貌：和蔼大度且深谋远虑的努尔哈赤，理性务实又有几分惧内的何和礼，精明干练、敢作敢为的椒棋，明理乖巧又甜美可人的东果格格。这几个栩栩如生的人物形象借助传说，深深烙印在民众的心中，这一传说也成为建州女真内部以通婚结同盟的一段佳话。

二、建州部通婚扈伦四部的传说

建州女真最初活动在今牡丹江、绥芬河及长白山一带。到嘉靖年间（1522—1566），建州女真分布在今抚顺关以东，海西女真则散居于今开原以北，这两大部落间的联姻结亲与征伐兼并，如同水乳交融，始终并存。

　　扈伦四部属于海西女真,包括叶赫部、哈达部、乌拉部和辉发部。据历史记载,1599 年到 1619 年的二十年间,扈伦四部在东北松辽大地曾称雄一时。当时,哈达部因得到明朝的支持,军事实力最为强劲,但后来哈达部贝勒去世,其子孙为争夺贝勒之位互相残杀,给虎视眈眈的叶赫部提供了可乘之机。逐渐强大起来的叶赫部,不失时机地出兵征讨,最终取代哈达部成为扈伦四部的盟主。万历十九年(1591),努尔哈赤起兵已有 8 年,他征服了大部分的建州女真,其活动范围向东扩展到今长白山、鸭绿江一带,直接威胁到海西女真诸部。此时,叶赫贝勒作为海西女真的代表,出面与努尔哈赤谈判,要求他退还所占领的部分地区,遭到努尔哈赤的拒绝,于是海西女真与建州女真的关系开始恶化。

　　万历二十一年,叶赫部集结哈达、乌拉、辉发、科尔沁、锡伯、卦尔察、朱舍里、讷殷等满蒙九部兵马,号称“九姓之师”,以三万多兵马征讨努尔哈赤,于是发生了著名的“古勒山①之战”。这时的建州女真虽然兵力不足,战略上也处于劣势,但依靠坚固的城池和得法的用兵,努尔哈赤以少胜多,最终击溃了九部联军,但此时尚无力一举吞并扈伦四部。于是,努尔哈赤明智地选择了远交近攻的策略,逐步分化瓦解扈伦四部。其策略之一就是通过和亲通婚,拉近与叶赫、乌拉和哈达等部的关系。在努尔哈赤智胜“九姓之师”的战役中,乌拉贝勒满奉之弟布占泰被俘,努尔哈赤盛情款待布占泰。万历二十四年,布占泰返回乌拉部继承了贝勒之位,为感谢建州部的收留,布占泰将自己的妹妹嫁给努尔哈赤的弟弟舒尔哈齐为妻,乌拉和建州两部开始联姻。

　　叶赫部为了争取时间,恢复实力,继任的贝勒金台石将女儿嫁给努尔哈赤之子代善为妻,再加上之前努尔哈赤早已迎娶叶

---

　　①　古勒山:今辽宁省新宾县上夹乡古楼村西北。

赫部金台石的妹妹孟古格格,此时叶赫部与建州部的联姻,可谓是亲上加亲。依靠通婚和好、各个击破的手段,建州女真蓄势待发。万历二十七年,努尔哈赤率兵攻下哈达城,吞并哈达部。万历三十五年和万历四十一年,努尔哈赤又先后两次出兵,灭掉了辉发部和乌拉部。万历四十四年,努尔哈赤在赫图阿拉称"覆育列国英名汗",国号"大金"(史称"后金"),成为后金大汗,年号天命。

天命三年(1619),努尔哈赤在萨尔浒大败明军,胜利后又兴兵攻打叶赫部,消灭了扈伦四部的最后一个对手叶赫,将海西女真全部吞并。从此"满洲国自东海至辽边,北至蒙古嫩江,南至朝鲜鸭绿江。同一语音者,俱征服。是年诸部始合为一"。[①] 应当说此时满族共同体已基本形成。[②]

女真族如此波澜壮阔、惊心动魄的发展史,自然会留存在女真人的记忆中,人们以喜闻乐见的口述方式,宣讲努尔哈赤及建州部与其他部族的结亲联盟,同时也传播着他们之间纵横交错的姻缘和合以及悲喜交集的复杂关系。

《清代孝慈高皇后》《一女亡四国》《努尔哈赤智取哈达部》和《努尔哈赤征服乌拉国》等民间传说,讲述的都是努尔哈赤以通婚化敌为友,或建立联盟,或个个击破,最终统一女真诸部的前尘往事。与历史的记载不同,这些传说在描述环境、展开情节、塑造人物等方面,都带有叙述者如亲眼所见、亲耳所闻的真实感,绘声绘色地讲述着女真部落的统一过程。

---

① 《清太祖武皇帝弩儿哈奇实录》卷三,天命四年八月条,北平:北平故宫博物院,1932 年版。

② 有关满族形成的时间,学界众说纷纭:有以"满洲"名称的出现(1635)作为满族形成的标志;有以努尔哈赤建国(1616)作为满族形成的标志;也有以皇太极对东北的统一作为标志,即崇德七年(1642)。(参见邵汉明《满族古老记忆的当代解读·满族传统说部论集》第 1 辑,长春:长春出版社,2012 年版,第 149 页)

（一）孟古出嫁拯救叶赫的传说

《清代孝慈高皇后》[①]是广泛流传于吉林省四平市铁东区叶赫满洲镇的一个传说，它细致讲述了叶赫部与建州部通婚联姻的始末。据传：最初萌生与建州部通婚念头的是叶赫部主杨吉努。杨吉努见努尔哈赤相貌堂堂、气宇不凡，就想将努尔哈赤笼络过来为己所用，为自己将来统一女真并夺取大明江山积蓄力量。杨吉努很想以结亲的方式拉近与努尔哈赤的关系，可当时他的二女儿孟古年仅九岁，这又让杨吉努颇为犹豫。当杨吉努最终对孟古说出想与建州部联合，壮大国力，要把她许配给努尔哈赤时，孟古年龄虽小，却非常明事理，她表示为了叶赫部的强大，愿意嫁给努尔哈赤，但同时也提出一个要求，那就是事先要见一见努尔哈赤，看他是否合自己的心意。

第二天，杨吉努便约见努尔哈赤，孟古则躲在屏风后悄悄探看。当她见努尔哈赤身材高大、伟岸威严，颇有帝王之风，便欣然答应阿玛的要求。听到杨吉努提出通婚的想法，努尔哈赤虽然心存疑惑，但还是十分高兴。于是杨吉努让孟古出来相见，努尔哈赤见到仙女般的孟古，眼睛顿时一亮，而孟古的话则让他更加高兴："大王姓氏爱新觉罗，乃金子之意；我叫孟古，是银子的意思。金银合璧，我想乃是上天之意。大王如不嫌弃，就请等我几年，我一定做你的妻子，和你共图大业。"孟古的出语不凡，让努尔哈赤既惊又喜，他爽快地答应了婚事。

后来，哈达部设计在开原城诱杀了杨吉努，并派兵攻打叶赫部，此时的叶赫部危在旦夕。刚刚接任叶赫部主的是孟古的哥哥纳林布录，纳林布录派人送信给努尔哈赤，希望得到他的援助，可建州部援兵却迟迟未到。这时已经十四岁的孟古挺身而出，她让

①　陈明宏、韩昆辉《中国民间故事全书·吉林·四平卷》，北京：知识产权出版社，2009年版，第46—52页。

哥哥把自己送到建州部首府赫图阿拉,与努尔哈赤完婚,并保证想办法劝努尔哈赤出兵援助叶赫部。纳林布录按照妹妹的想法做了,努尔哈赤大喜,以女真族最隆重的结婚仪式举办了婚礼。紧接着,努尔哈赤采取围魏救赵的办法,派兵攻打哈达城。哈达部后方受到威胁,便急忙撤兵,叶赫部就此解围。

可惜此后不久,欲扩大实力的叶赫部竟然忘恩负义,纠集九部人马攻打建州部。听闻此事,孟古心急如焚,她要回叶赫部劝哥哥退兵,使两部重新和好。努尔哈赤佩服孟古的勇敢,但为她的安全着想,便阻止她前去叶赫部。

建州部击败九部联军之后,孟古的叔伯哥哥布斋被俘,努尔哈赤问孟古该如何处理,孟古深明大义,她认为两部交战是国家大事,应依国法从事,该杀就杀,努尔哈赤非常佩服孟古的果断和见识。

击败九部联军使建州部军心大振,努尔哈赤一鼓作气,通过分化瓦解,接连攻下扈伦四部的哈达、辉发和乌拉三个部落,只剩下叶赫部苟延残喘。

此时是孟古最难过的日子,她虽然得到努尔哈赤的宠爱,但却受到努尔哈赤部下的非议,有人甚至向努尔哈赤进谗言,说孟古里通外国,早晚是建州部的祸害。孟古听到这些流言蜚语,内心既痛苦又委屈,可表面上还要装出笑脸,左右逢迎。为了排遣心中的苦闷,她把全部精力都用在对儿子皇太极的栽培上,若干年后皇太极能当上皇帝,与孟古的悉心培养是分不开的。

长期处于险恶的生存环境,孟古的心灵备受煎熬,她终于病倒了。在弥留之际,她想见母亲一面,可是狠心的哥哥却不允许。努尔哈赤恨不得立刻发兵去攻打叶赫部,被孟古制止了。孟古说,我是为叶赫部和建州部永远和好,才来到大王的身边,不想在生前看到两部交兵,屠杀人命。临终前,她还向努尔哈赤提出一个要求,那就是如果有一天建州部灭掉了叶赫部,希望努尔哈赤不要滥杀无辜,要收留她的亲人及叶赫部众。努尔哈赤含泪答应了她的要求,后来果真也践行了这一承诺。

孟古去世后,被安葬在福陵,谥号为孝慈高皇后。在努尔哈赤众多的爱妃中,只有孟古一人享受了皇后的殊荣。

这一情节曲折的通婚传说,生动展现了女真内部通婚和征伐兼并的坎坷历程,塑造出孟古这一美丽善良、识大体顾大局的联姻格格形象:年幼允婚时,她懂事乖巧,机灵中透着少女的天真;叶赫被围时,她临危不惧,勇于担当,及时嫁往建州部,劝说努尔哈赤援救叶赫部;叶赫部亲人被俘时,她头脑冷静,大义灭亲,依规办事,毫不犹豫;临终前,她谆谆嘱托,为叶赫部亲人消灾去难,福泽族人。百姓口中的孟古善良无私、豁达明理、乐于奉献、品格高尚,她那临危不乱、和好部族、福佑百姓的通婚使者形象,深深地烙印在民众心中,世代相传,至今不衰。

(二)东哥色诱拆散"四国"的传说

"扈伦四部"指乌拉、哈达、辉发和叶赫四个部落,明人也称其为"海西四部",它们是古代东北地区逐渐发展起来的四个较大的女真部落,这四个部落的首领都接受了明朝的封号,与明王朝在政治、经济、文化方面关系密切,因为受到中原汉民族先进文化的影响,它们也是女真部落中发展较快的部落。

《一女亡四国》①讲述的就是努尔哈赤借助各部之间的通婚联姻,对"海西四部"分而治之,最终吞并四部的传说,这也是女真部落通婚传说中最为精彩的一篇。传说开篇即交代:"努尔哈赤统一女真各国的过程中,一手握着战刀,一手执着婚约。他把战争和婚姻两个毫无联系的事物,统一在一起,并收到了事半功倍的效果。努尔哈赤先后共有 16 个妻子,除了佟佳氏之外,其余 15 人都是战

---

① 曹文奇《启运的传说》,沈阳:辽宁民族出版社,2003 年版,第 106—114 页。

争的'收获'，即贡品。"①接下来围绕着"一女"即叶赫部首领布扬古的妹妹东哥的曲折经历，讲述了努尔哈赤以通婚为由，拆散"四部"联盟的曲折过程。据传：努尔哈赤在战胜九部联军后，威名大震，远近臣服。扈伦四部纷纷遣使建州部，表示愿意与之结亲和好。叶赫部首领布扬古主动将自己貌若天仙的妹妹东哥许配给努尔哈赤。

其实绝色美女东哥早在八年前，就曾被作为诱饵，许嫁过哈达部贝勒。等到哈达部贝勒前来迎亲时，叶赫部就在途中将其射杀。后来叶赫部为了与乌拉部结盟，又许诺将东哥聘给乌拉部贝勒的弟弟布占泰，因此，布占泰便以叶赫部女婿的身份统帅乌拉部兵马，参加了九部联军去攻打建州部。古勒山战役中，布占泰被俘后押在建州部都城。期间，努尔哈赤非但没有杀掉布占泰，还真心诚意地款待他，甚至将侄女嫁给布占泰为妻。布占泰回到乌拉后，才得知布扬古又将东哥许聘努尔哈赤。但是因为在九部联军攻打建州部时，东哥的父亲战死疆场，所以东哥一直视努尔哈赤为杀父仇人，曾发誓不嫁。于是，布扬古又撕毁与努尔哈赤的婚约，以东哥为诱惑，以杀死努尔哈赤为条件，向海西各部征婚。哈达国王的幼子为东哥的美色所倾倒，跃跃欲试地声称要为叶赫部报仇，于是，布扬古便以东哥许婚哈达部。

大败九部联军是建州部由弱到强的一个转机，此时海西的四部联盟，已成为努尔哈赤实现统一大业的最大障碍。要扫除这个障碍，就要拆散四部联盟。在此形势下，努尔哈赤便以东哥是自己的未婚妻为借口，出兵攻打哈达部。经过一番血战，努尔哈赤收复了哈达部。后来明朝出面向努尔哈赤施加压力，逼迫他归还哈达部的地盘和部众，努尔哈赤表面答应，但不久就以哈达部的乌尔古代投奔自己为借口，名正言顺地占据了哈达部，实现了他灭亡海西

---

① 曹文奇《启运的传说》，沈阳：辽宁民族出版社，2003 年版，第 106 页。

四部的第一步。

紧接着，努尔哈赤便把攻击的矛头对准了辉发部。辉发部原本依附叶赫部，后因部落内发生内讧，受到叶赫部的威胁。辉发部不得已向努尔哈赤求助，努尔哈赤认为这是拆散海西联盟的难得机遇，便发兵援助辉发部。谁知，事后辉发部又受到叶赫部的挑唆和利诱，竟然出尔反尔，食言背约，一边与建州部商议通婚之事，一边又准备迎娶叶赫美女东哥，至此，建州部与辉发部的战争一触即发。一番激战过后，努尔哈赤最终征服了辉发部。

在哈达部和辉发部尚未灭亡之前，努尔哈赤对乌拉部采取的是远交策略。当初努尔哈赤善待乌拉部战败被俘的布占泰，也是出于长远的考虑。布占泰被放回乌拉部并继位后，他出于感激，除了送妹妹给努尔哈赤的弟弟为妻之外，还送侄女给努尔哈赤为妃，而他自己也先后从建州部娶回努尔哈赤的一个女儿和两个侄女为妻。乌拉部与建州部的多次联姻，令叶赫部十分不安。于是，叶赫部又想起那张"王牌"，即先前曾许配布占泰、后又许嫁努尔哈赤的东哥。鬼迷心窍的布占泰一边做着旧梦重圆的美梦，一边折磨他从建州部娶回的三个女子。消息传到建州部，努尔哈赤大怒，他以女儿、侄女受辱和夺妻之恨为由，亲率大兵进攻乌拉部，一举灭掉了乌拉部。

叶赫部见大势已去，便将东哥嫁往蒙古。而努尔哈赤在取得了萨尔浒大捷之后，便乘胜出击，最终灭了叶赫部，海西女真由此消失。努尔哈赤对众人说："以此女故，哈达部灭、辉发部亡、乌拉亦因此而覆亡。此女用谗言挑唆诸国，致启战端。今唆叶赫，勾通明国，不将此女与我而与蒙古，其意使我为灭叶赫而启衅。"进而他得出"一女亡四国"的结论。

事实证明，叶赫部的灭亡，标志着努尔哈赤基本上统一了女真，也意味着明朝对女真各部分而治之的企图彻底失败。

这篇情节复杂、线索交织的传说，以女真部落间的通婚联姻为主线,串联出叶赫部以美女东哥为诱饵,先后拉拢哈达部、建州部、辉发部、乌拉部和蒙古的经过,反映出叶赫部意欲扩张发展,与努尔哈赤相抗衡的复杂过程。努尔哈赤则反其道而行之,充分利用叶赫部许嫁东哥给自己的理由,出师有名,穷追不舍,以软硬兼施的计策,将海西四国一一吞并。由此可以看出,"婚姻不是挡箭牌,在利益面前是没有亲情的。《清史稿》说得好:'疆场之事不以婚媾道,有时乃藉口以启戎,自古则然,不足异也。'"①

在这一传说中,海西四部之间、建州部与海西四部之间的频繁通婚,叶赫部以"一女"许婚多国、因"一女"四国俱亡的传奇,在民间为广大民众津津乐道。被视为红颜祸水的叶赫美女东哥,实际上也是那一时势下的牺牲品,四国的灭亡貌似与之有关,实则是四国首领的野心和贪欲最终导致了覆亡,努尔哈赤只是适时地利用了他们的弱点,最终完成了统一女真的大业。

《努尔哈赤智取哈达部》和《努尔哈赤征服乌拉国》可视为《一女亡四国》传说的细节补充。《努尔哈赤智取哈达部》②主要讲述努尔哈赤以婚姻笼络哈达部乌尔古代的过程。传说:"哈达万汗"临终前想传位给五儿子乌尔古代,但其叔叔和哥哥们不服,欲杀乌尔古代。情急中逃离部落的乌尔古代,路遇努尔哈赤并得到他的救助。努尔哈赤为笼络乌尔古代,不仅好吃好喝好招待,还要将女儿嫁给他。

起初,乌尔古代以阿玛尸骨未寒,拒绝了努尔哈赤的美意。可努尔哈赤并不灰心,他设宴与乌尔古代一起饮酒,并以金杯赐酒,喝得乌尔古代酩酊大醉。

第二天,当乌尔古代醒来,发现身边竟睡着一个姑娘,他吃惊

---

① 谷长春《乌拉秘史》,长春:吉林人民出版社,2016年版,第181页。
② 夏秋《满族民间故事卷·辽东卷》,沈阳:辽宁民族出版社,2010年版,第260—261页。

地问姑娘是谁？原来是努尔哈赤的女儿。见木已成舟，乌尔古代只好同意亲事，成了努尔哈赤的额驸。后来，努尔哈赤收服了哈达地区，就派乌尔古代回去继续做哈达贝勒，掌管哈达部。

传说中的努尔哈赤见机行事，精心布局，以一桩婚事轻而易举地拉近了与哈达部的关系，为日后掌控哈达部做好了铺垫，这令人不得不佩服努尔哈赤的心机和谋略。

《努尔哈赤征服乌拉国》[①]则补足了建州部征服乌拉部的具体情形：当年，布占太势力很大，努尔哈赤就派人去说媒，把一个女儿嫁给了布占太。有一次，布占太说："这满洲的格格不好看啊。"此话被努尔哈赤的女儿听见了："好啊，你敢说我坏话！"布占太性格挺倔强，说："我说你怎么了？别以为你仗着努尔哈赤就了不起。"满族人最忌讳提名带姓，努尔哈赤的女儿就跟布占太吵了起来。

布占太一怒之下就把这个福晋一箭射死了。福晋陪嫁过来的丫鬟偷偷跑回了建州部，告诉努尔哈赤布占太射死了格格，努尔哈赤一听，大怒道："我建州姑娘是你随便射杀的吗？"然后就带着兵马，到了松花江岸，找到布占太。

努尔哈赤说："你好大胆子，竟敢把我满洲的格格给射死了。"布占太不服气地说："你有什么了不起的，你阿玛、爷爷都是打猎的，我家世代为可汗呢！"两人就骂了起来，然后就打了起来。

第一次双方打成了平手，损失都不小。后来，过了能有半年多，努尔哈赤又率兵打了一次，这次布占太吃了大亏，就跑到叶赫部那边去了。

努尔哈赤后来寻思，这乌拉部的地方都是深山老林，也不好控制，他就收服了布占太的小儿子。布占太的小儿子归顺后，努尔哈

---

① 何晓芳《辽宁省少数民族民间故事大系·满族卷》，北京：民族出版社，2015年版，第57—58页。

赤把一个孙女嫁给了他，这样就彻底收服了乌拉部。

从这一传说可以看出，建州女真为征服乌拉部，以联姻为筹码，以建州格格的青春甚至是性命为代价，扫除了统一女真的种种障碍，对努尔哈赤完成统一大业起到了一定的作用。

满族说部对这段历史也有较为详细的叙述："据文献可查，谱牒可证，仅从乌拉国建立到灭亡的五十年间就有九次（联姻）。乌拉亡国到洪匪败死之前又有三次，加起来是十二次，还都是在老罕王努尔哈赤在世时。清入关以后，到逊位的二百六十年间那就更多了。如雍正孝敬宪皇后、乾隆皇后等，都是乌拉纳喇氏，都是老祖纳齐布禄的后代。别的不提，单说说乌拉与建州的'十二次联姻'，就可以知道老罕王努尔哈赤是怎样利用'和亲'的手段来取得成功的，可以说，翻开中国三千年历史，'和亲'的事例也不少，但利用'联姻'为手段来达到建国称王的目的，还是绝无仅有。在中国历史上，这是个特例。"①

总之，上述女真部落通婚的传说，反映出女真诸部错综复杂的结亲联盟，讲述了努尔哈赤统一女真的坎坷历程。可以说，通婚联姻作为政治结盟手段，为努尔哈赤统一女真提供了有利条件，扩大了他的实力和影响，也为后来满蒙两族缔结姻好、携手联盟积累了经验。从某种角度来说，女真部落通婚的传说弥补了文献记载之不足，生动展现出女真人由分散走向统一的演变轨迹，成为后人了解满族发展历史不可或缺的资料，也为研究北方区域民族史、疆域史、民族关系史以及人类学、社会学和民俗学提供了有价值的参考。

第三节　满蒙联姻传说的内容及文化内涵

与汉代历史上因军事处于劣势而进行的和亲不同，满蒙联姻

---

① 谷长春《乌拉秘史》，长春：吉林人民出版社，2016年版，第177页。

不以"和好"的形式来避免战争和矛盾冲突,而是以"姻好"来促进"盟好",联姻成为争取盟友、巩固政治联盟的一种方式,最终达到了清廷统治全国、稳定边疆的目标。

满蒙联姻的历史不仅见于史籍记载,也广泛流传于民间,普通民众对满蒙联姻的认识和理解,通过口耳相传的故事得以传播。正如学者所言:"对于发生于这一历史时段的许多重大事件、故事及信息等历史'本文',各种史料文献中有多种或详或略的记载。然而,需要指出的是,没有握持历史书写权力的北方民族普通民众也是这些历史的经验者,他们对历史也有深切的感受、看法和评价,他们在历史的和声中也要发出自己的声音。于是,一些历史本文经过一代代与其发生关联、对其有所体验的普通民众用心灵去解读和感悟之后,倾注进人们的情感与道德判断,经过时代意识的过滤,汇聚成难以遏制的心声。"①所以,不论这些传说的内容是否真实,在一定程度上都折射出满蒙联姻的历史背景和民众意识。这些来自民间,饱含着情感因子的记忆,在人们乐此不疲地传述中,传递着民众有关满蒙联姻的认识和情感,反映出他们的思想观念和价值判断。

一、传扬珠联璧合的满蒙结缘

在八旗满洲的 360 个蒙古姓氏部落中,科尔沁部是最早与努尔哈赤家族建立通婚关系的部落,也是最早归附清政权、在入关前与清廷交往最为频繁、联姻人次最多、关系最为密切的蒙古部落,可以说科尔沁部在协助清政权统一东北、绥服漠南蒙古、征服朝鲜以及对抗明王朝的战争中发挥了重要作用。据历史记载,后金开

---

①　邵汉明《满族古老记忆的当代解读——满族传统说部论集》(第 1 辑),长春:长春出版社,2012 年版,第 44—45 页。

国前后，博尔济吉特家族的姑侄、姊妹先后有五人嫁给太宗皇太极为后妃。"通计入关前后，科尔沁部是与清皇家通婚人次最多的蒙古部落，也是娶皇家最高身份之女公主人数最多的蒙古部落，而且是唯一所嫁女为皇后、皇太后的外戚部落，康熙皇帝就亲切地称科尔沁蒙古是'朕的舅家'"。① 这些嫁入清宫的蒙古公主掌管内宫，母仪天下，为清廷一统天下和稳定边疆立下了汗马功劳。

在清兵入关到巩固统治、统一全国的"清兴"过程中，孝庄文皇后（布木布泰）成为继清太祖努尔哈赤、清太宗皇太极之后，最为关键的历史人物。作为皇太极的爱妃、清世祖福临的生母，布木布泰（1613—1687）姓博尔济吉特氏，来自蒙古的科尔沁部，其父是科尔沁贝勒塞桑。后金天命十年（1625），13 岁的布木布泰嫁给皇太极，成为皇太极的爱妃，她也是皇太极嫡妻孝端皇后的侄女。崇德元年（1636），布木布泰被封为永福宫庄妃，崇德三年生下福临，就是顺治皇帝。福临继位后，布木布泰被尊为皇太后；福临之子玄烨（康熙）继位后，她被尊为太皇太后。在明末清初政局动荡的数十年间，布木布泰历经了二代（明、清）三朝（清太宗、清世祖、清圣祖）的风云巨变，她将自己的全部精力投入到风云变幻的政治斗争中，先后辅佐夫君清太宗、爱子清世祖、皇孙清圣祖祖孙三代君王，直接或间接地影响着清初的政治生活，为大清江山的稳定与发展起到了极其重要的作用。

民间有关布木布泰与皇太极结缘的传说，充满了天赐良缘的浪漫色彩。据《大玉和小玉》②传说：科尔沁部部主博尔吉济特塞桑贝勒有两个女儿——大玉③和小玉，她们分别嫁给皇太极与多尔衮两兄弟。相传四贝勒皇太极去西山打猎，为追射一头梅花鹿

---

① 杜家骥《清朝满蒙联姻研究》，北京：故宫出版社，2013 年版，第 38 页。

② 赵书、常利民等《八旗子弟传闻录》，长春：吉林人民出版社，2009 年版，第 60—61 页。

③ 大玉：即博尔济吉特·布木布泰，后来的孝庄文皇后。

而误入塞桑贝勒的围场。在这里,皇太极巧遇塞桑贝勒的女儿大玉,两人一见如故,彼此倾心,临别时便定下了终身。

努尔哈赤知道后,积极促成此事,打发大臣到科尔沁去说亲,怎奈他晚了一步,塞桑贝勒刚把大玉许配给叶赫部的佳尔格勒。后来建州兵灭了叶赫部,皇太极才迎娶了大玉,有情人终于喜结连理。等皇太极当了皇上,小玉常来看望姐姐,皇太极的弟弟多尔衮和小玉年纪一般大,两人经常在一起游玩,后来大玉便给他们成了亲。

这段演绎大玉与皇太极巧遇、小玉与多尔衮结缘的传说,以两姐妹先后嫁给两兄弟的亲上加亲,传扬满蒙联姻顺势而为的自然天成,从中可见人们对满蒙结亲的认可和颂扬。

《皇太极迎亲》①则生动讲述皇太极迎娶布木布泰的过程,补足了《大玉和小玉》未能涉及的细节描写,从中可以窥见满蒙联姻的婚礼习俗。据说:在一个和风拂煦的日子里,皇太极带领三十多人的队伍前来迎亲。队伍中,除了骑兵之外,还有三挂四套马的篷车,篷车的四角都垂着用红绸带结成的大花,上面用红线和金线勾边绣成一个老满文的"喜"字,车壁的四周用锦缎围裹着,车厢里铺着用汉文双喜字织的坐垫和厚厚的豹皮。老太监率领着七八个打扮花俏的蒙古宫女压着车。

迎亲队伍在高岗上支起毡帐,搭灶生火,准备迎亲的接风宴。待到新人临近,乐手和护兵便吹打奏乐,皇太极由亲兵簇拥着下岗迎亲。双方在请安施礼后,将新娘抱下车,扶入另一毡帐。接风宴后,起程奔向沈阳。汗王努尔哈赤则在离城十里处率领众妃嫔等候着,将博尔济吉特氏迎回沈阳城后,为她和皇太极举行了合卺礼。

博尔济吉特氏在嫁给皇太极之后,夫妻和睦,她处处以科尔沁

---

①　铁玉钦《沈阳故宫轶闻》,沈阳:春风文艺出版社,1984 年版,第 44—45 页。

家族的传统文化素养潜移默化地影响着她的丈夫。所以，皇太极不仅仅是娶了一位贤淑的妻子，更重要的是得到了一个知音和密友，是贴己的伴侣。

这一传说细致描述满蒙联姻的迎亲过程，将满蒙婚姻视为天赐良缘，在人们娓娓道来的叙述中，回味着满蒙结亲的热闹场景，传扬着博尔济吉特氏的贤德，也传播着满蒙结缘的融洽与和乐。

满蒙联姻中的公主和格格虽然是当时社会的弱女子，但她们为密切满蒙关系发挥了特殊的作用。与其他时代的和亲公主相比，满蒙联姻中的公主不是一两个人，而是一批人，"正是这一大批女子，使清代入主中原的满族，与边区的蒙古族，保持了三个世纪的通婚，建立了世代姻亲关系。也正是这种姻亲关系，对中国北方这两大尚武勇悍民族的长期和好、对清廷统辖与治理边疆蒙古地区，起到了重要的作用"。① 的确，借助满蒙之间源远流长且地域广泛的通婚联姻，繁衍出大批满蒙混血后裔，真正形成了两族融合、亲如一家的姻亲关系。

由于清皇室与蒙古王公的联姻，大批清宫公主、格格及其随行人员进入蒙古地区，不仅为边疆地区的发展带来活力，而且还影响到民间的满蒙通婚。据《满族同蒙古族是姑舅亲》②传说：清朝皇帝同蒙古族结亲的很多，推而广之，民间的满蒙通婚更为普遍。呼和浩特地区满蒙联姻极为普及，土默特十二甲喇几乎都有同绥远城内的满族结为亲家的；同样，绥远城内满族的每个家族中，也几乎都有蒙古族成员。

呼和浩特地区有这样一句俗话："香不过的猪肉，亲不过的姑舅。"满族与蒙古族向来就有姑舅亲之说。由于满蒙关系融洽，土

① 杜家骥《清朝的满蒙联姻》，见薄音湖《内蒙古文史研究通览》（历史卷），呼和浩特：内蒙古大学出版社，2013 年版，第 393 页。

② 佟靖仁编著，岳文瑞校订《呼和浩特满族民间故事选》，呼和浩特：内蒙古大学出版社，1989 年版，第 261—263 页。

默特蒙古族的满化现象也很严重。直至解放初期,土默特蒙古族妇女仍然穿扮旗装,梳两把头,穿花盆底鞋,风俗习惯也很接近满族。就连一些日常用语也受到满语的感染,现在,土默特蒙古族称母亲为"驾",称姑娘为"格格",称嫂子为"姐纪"(这都是由满语衍化而来的)。蒙族老年妇女也叫焙子为"饽饽"、说上街为"上该"等。

总之,在清朝二百多年漫长的历史进程中,呼和浩特地区的蒙古族同满族的关系相当密切,亲如"姑舅",从没发生过什么民族纠纷。

由这段传说可以看出,在蒙古地区,出于驻守边防、共同对敌和商贸往来的需要,满蒙这两大地处边疆、语言相近、习俗相似的民族,由上至下,联姻通婚相当普遍,上自清帝与蒙古王公的联姻,下至普通人家的通婚结亲,满蒙两族在很大范围内,在语言、服饰、习俗等多个方面,相互影响,彼此渗透,深度融合,为满蒙一家的和睦相处打下牢固的基础。

二、讲述满蒙联姻的坎坷历程

恩格斯在谈到欧洲中世纪的婚姻时曾说:"对于骑士或男爵,以及对于王公本身,结婚是一种政治行为,是一种借新的联姻来扩大自己势力的机会;起决定作用的是家世的利益,而绝不是个人的意愿。"[①]的确如此,满蒙联姻作为政治联盟的一种手段,其历史功绩显而易见,也不容置疑。但从另一个角度来看,这种由政治联盟带来的婚姻,违背了当事人的个人意愿,所以不仅会遇到当事人的拒绝和抵抗,有时还会给婚姻埋下祸根,造成悲惨的结局。可以

---

① 中共中央马克思、恩格斯、列宁、斯大林著作编译局编《马克思恩格斯选集》第4卷,北京:人民出版社,1972年版,第74页。

说,在民间流传的满蒙联姻传说中,具有悲剧色彩的传说远远多于天赐良缘的佳话。

《孝庄与儿斗法》①的传说,就讲述了顺治皇帝与母后为废立蒙古皇后而发生的矛盾纠纷。传言:福临被扶上皇帝宝座不久,他的母亲(即孝庄皇太后)便张罗着为他选皇后,太后把自己的侄女,也就是蒙古科尔沁贝勒乌克善的女儿册封为皇后。孝庄这么做,应该说是为大清的江山社稷着想。因为那个时候,清朝刚刚入主中原,还有很多敌对势力存在,还需要依赖蒙古的武装力量,所以与蒙古的姻亲关系不能断。可处于叛逆期,性格执拗、未成年的皇帝福临,一点也不喜欢母亲为她选择的皇后,他以皇后娇生惯养为由,提出要废掉皇后。不管大臣们如何进谏、劝说,他都毫不退让,孝庄不得已只好让步了,就这样皇后被降为妃子。

此后,孝庄又从自己的娘家为儿子选了一位皇后,但福临对这位来自草原的新皇后同样不感兴趣。为了和母亲抗争,他将自己最爱的董鄂妃接入宫中,并封为贵妃。皇帝对董鄂妃的感情远远超过了皇后,皇后一点点地就被疏远了,抛弃了。

终于有一天,顺治提出要第二次废后,他找理由说皇后无才,没什么能力,所以必须得废掉。这一次他母亲可没有让步。在孝庄看来,如果皇后再次被废,就等于蒙古女人在后宫中失去了中宫的地位,这样一来,势必会影响满蒙的关系,动摇大清朝的根基,考虑到这些,孝庄毫不犹豫地制止了儿子的废后之事,从此母子俩感情上就出现了裂痕。

对太后来讲,作为母亲,为了儿子能坐稳江山,为了大清的基业,她必须从大局着想。儿子对她有怨恨,孝庄都默默地忍受,宽容理解。正因为有孝庄在为儿子把关,大清帝国的基业才不致因

---

① 齐海英主编《辽宁省少数民族民间故事大系·蒙古族卷》,北京:民族出版社,2016年版,第100—101页。

后宫发生动摇。母亲的这种苦心,作为儿子并不理解,这恐怕只能说儿子考虑的只是自己的爱情,并不考虑皇权和大局。后来,在心爱的董鄂妃病故后,仅半年时间,这位皇帝也随之而去。这样的儿子,实在是让为之操碎心的母亲感到伤心啊!

这一结局悲凉的传说,以太后母子之间为立皇后而发生的争斗,反映出满蒙联姻的复杂情形。太后明知儿子对自己的不满和怨恨,却坚守满蒙联姻的底线,她之所以这样做,既是为了帮助儿子坐稳皇帝的宝座,也是为了守住大清的基业。这对母子之间的痛苦和悲哀,从某种角度讲,也是清王朝的一种不幸。

从孝庄皇太后的角度来说,她饱经世事沧桑,头脑冷静,顾全大局,行事果断,表现出政治家的理性与坚定;从顺治皇帝的角度来看,他追求个性独立,又追求爱情理想,但他单纯幼稚、感情用事,完全忘记了身为帝王的责任,所以他们母子之间的较量,实则是国家利益与个人情感之间的矛盾冲突,这也是满蒙联姻中无法回避的难题。这一传说的广为传扬,是民间百姓对满蒙联姻中复杂情形的一种关注,也是民间社会对孝庄皇太后这一来自科尔沁草原的奇女子的褒扬,是人们对她为大清王朝作出贡献的高度肯定。

《公主和她的儿子》①则以淑慧公主在清宫时的神奇和她儿子死于宫中的离奇,讲述了满蒙联姻中的另一种悲剧。据说:淑慧公主十几岁的时候,年幼的弟弟(顺治)登上皇位时,龙椅突然摇晃不已。当姐姐淑慧公主抱着他坐上龙椅,才停止了晃动。就这样,淑慧公主在太和殿的九龙皇椅上像影子一样伴随皇上坐了几年。

后来,淑慧公主尊奉皇帝旨意下嫁巴林,生了儿子之后,她偶尔也会带着儿子回娘家。她的儿子虽然年幼,却聪明伶俐、仪态非

---

① 纳钦《从传说到信仰:一个蒙古村落民间叙事传统的文化运行——以珠腊沁村公主传说为个案》,《民族文学研究》2004 年第 2 期。

凡。说来奇怪,这孩子每次进入宫殿,皇上都不由自主地抬身说:
"外甥无罪。"朝中大臣见此情形,极尽挑拨之能事,说皇帝之所以
见到外甥就会抬身离位,是因为这孩子有天子之福,日后必将争夺
皇位。虽说舅甥骨肉相连,但危及皇位的大事,顺治必须当机立
断,于是他赏给外甥一杯毒茶,断送了小外甥的性命。痛失爱子的
淑慧公主极度悲痛,不久也含冤而逝。

在这一传说中,人们极力描述淑慧公主的神奇、善良和富于牺
牲的品格,同时也无情揭示了帝王的自私、狭隘与残忍。透过传说
的表象,人们不禁深思这一传说产生的深层原因。对此,有学者曾
分析:"这则传说的思想倾向发生了本质的变化。其中加入了许多
关于公主与朝廷相互冲突的信息,不仅强调了公主儿子的天子之
命危及当朝皇帝一事,而且使公主的角色转变为朝廷的受害者和
怨恨者。"①原本在民间百姓的心中,淑慧公主是天宫度母的化身,
降生人间当了皇帝的女儿,出嫁蒙古并生养一子是她以行动在密
切满蒙关系,可最终淑慧公主却成为受害者,究其原因是皇帝的多
疑、自私和独断专行。所以,这一民间传说自然将谴责的矛头指向
皇帝,对公主的痛失爱子和含冤离世充满了同情和怨愤,从中清晰
地传递出民间社会的价值判断和内在情绪。

《和硕端静公主与额附噶尔藏》是这类悲剧传说中篇幅较长、
情节曲折的一篇。据传,联姻之前,和硕端静公主与额附噶尔藏各
有自己的意中人,但是他们却无法拒绝这桩政治婚姻。康熙皇帝
在劝说端静公主出嫁时说得十分明确:"满蒙联姻是我们大清国
策,你想,咱满人少,力量薄弱,打天下、保天下还要靠蒙古人,咱们
满人现在分到各地做官,比起汉人来简直是沧海一粟,咱们夺的是
汉人的天下,要是有朝一日汉人起来造反,一人一口唾沫也把咱们

---

① 纳钦《从传说到信仰:一个蒙古村落民间叙事传统的文化运行——以珠腊沁
村公主传说为个案》,《民族文学研究》2004 年第 2 期。

淹死了。"①所以这场出于政治联盟的婚姻,从一开始就埋下了不幸的种子。端静公主在新婚之夜便受到噶尔藏的谩骂和侮辱;结婚之后,端静公主与意中人私通、噶尔藏与情人苟合,这段包办婚姻自始至终危机四伏。直到康熙割去原来属于噶尔藏的土地,激起噶尔藏积蓄已久的不满和愤恨,夫妻二人的矛盾被彻底激化,最终噶尔藏走上图谋造反之路。传说的结局也异常惨烈:端静公主被噶尔藏活活踢死,噶尔藏则被清廷囚死于军营,他们的情人或触柱身亡,或上吊自杀,一桩过程痛苦、结局悲惨的满蒙联姻就此结束。人们在传述这段往事时,一方面为这桩满蒙联姻感到痛惜,另一方面也引人深思造成这一悲剧的原因。在语气沉重的讲述之中,也流露出广大民众对这桩满蒙联姻的朴素认识和复杂情感。

三、反映清廷与巴林部的矛盾冲突

在满蒙联姻传说中,有关固伦淑慧公主的传说数量较多,这些传说不仅包括淑慧公主生前轶事的口述,还有她死后显灵的传闻,其中蕴藏着复杂的历史内容,也透露出民众对清廷与蒙古巴林部关系的观察和揣测。

据历史记载,康熙三十九年(1700),固伦淑慧公主在京城去世,享年69岁。按公主遗嘱,她的灵柩被送回巴林,安葬在巴尔登哈拉山(今巴彦罕山)的塞音宝力格,后迁至凤凰山(今都希苏木格根绍荣山)与额驸色布腾合葬。康熙四十二年,公主陵再次迁至旗北部查干沐沦河西岸公牛山的北坡。淑慧公主去世后,为什么在三年之内先后三次下葬、两次迁陵呢?历史记载有所涉及却又语焉不详,这就带来了民间传述的纷纭复杂和民众揣测的说法不一。

---

① 伊和白乙拉主编《内蒙古民间故事全书·喀喇沁旗卷》,呼和浩特:远方出版社,2014年版,第163—188页。

　　据历史记载,康熙皇帝与他的姑姑固伦淑慧公主感情深厚,淑慧公主归葬巴林时,康熙亲率皇子、诸王、贝勒和贝子等送公主灵枢至裕亲王陵园,并扶棺恸哭,后来还多次差遣官员前赴巴林祭祀,曾谕曰:"公主系朕之姑。太皇太后在时,公主特蒙眷爱,因以托朕。朕亦面允公主,待姑年迈时,迎至京师。凡一切应用之物,朕皆承理,以终天年。及公主病笃,见朕亲临视疾,含笑而逝。病笃之人,朕见者亦多矣,如此含笑而逝者,从未一睹。公主生逢泰运,居蒙古地方五十余载,毫不生事,躬享高年,子孙繁盛,含笑长逝,诸福备矣。朕叹悼之怀,因少解焉。"①淑慧公主去世后,康熙皇帝曾撰写三道祭文,对淑慧公主予以褒赞,这些记载都反映出康熙皇帝与淑慧公主之间非同一般的关系。

　　但是,在民间传说中,康熙皇帝和淑慧公主的关系却表现出极大的反差。据《塞音宝力格山》②传说:公主生前就已选定巴尔登哈拉的塞音宝力格山为自己的陵址,并且留下遗言,那就是为报爱子被毒害之仇,转世要争夺皇位,与朝廷一决雌雄。

　　淑慧公主下葬后,皇帝急忙派两位风水师到塞音宝力格山察看公主陵的风水。风水师发现公主陵建在塞音宝力格山的山梁上,这座山形同一头正要奔向西拉沐沦河去饮水的宝象,公主陵就在这头宝象的长鼻梁上,并且陵寝之上冒着千丈祥瑞之气,漂浮着吉云祥雾。

　　两位风水师惧愕万分,连忙跪拜,念完圣旨,就命人挖开公主陵。风水师还大行妖法,驱开灵气,截断了宝象山的长鼻子,以此阻止宝象山的长鼻梁伸到西拉沐沦河里,如果那样的话,今后就谁也镇压不住它了。在两位风水师的指挥下,公主的遗体被挖出后

---

　　①　齐木德道尔吉、黑龙、宝山、哈斯巴根、任爱君编《清朝圣祖朝实录蒙古史史料抄》,呼和浩特:内蒙古大学出版社,2003年版,第883页。

　　②　纳钦《从传说到信仰:一个蒙古村落民间叙事传统的文化运行——以珠腊沁村公主传说为个案》,《民族文学研究》2004年第2期。

重新入棺,其灵柩移至凤凰山。

　　这一传说不仅讲述公主陵由塞音宝力格山迁至凤凰山的过程,还特别交代了淑慧公主要与清廷势不两立的遗言,但其实这与历史事实完全不符。据历史记载,淑慧公主一生对朝廷忠心耿耿,义无反顾地担负起联姻公主的责任。淑慧公主的母亲孝庄文皇后是蒙古人,把淑慧公主嫁给巴林郡王,也是出于安抚蒙古和巩固皇权的需要。这种"亲上做亲"的关系,密切了清廷与巴林部的进一步交往。公主在巴林部还做过不少善事,对团结和稳定巴林部起到了一定的作用。

　　那么,在民间为何会出现"皇帝毒害公主之子"和"公主决定转世报复朝廷"的说法呢? 究其原因有二:

　　一是传说属于创造者和传播者即民众想象的产物,其中的历史事件有时并非真有其事,只是民间的一种口头创作。正如学者所说:"传说是一种富于想象性的口头文学。它反映现实生活,但所求者不是事实的真实,谁要根据传说去考证历史,那是一定要失望的。但是传说所反映的生活,却往往比一般琐碎的事实更具有历史的代表性。这就是说,传说所描述的有关人物、有关事件,无论时间、地点,或者种种细节,并不与事实完全吻合,而具有相当的想象成分。"①可以说,《塞音宝力格山》传说是民众对现实生活素材的艺术加工,是民间社会根据淑慧公主陵被迁之事,进行夸张、渲染乃至大胆虚构的产物。

　　二是长期以来,清廷与巴林部确实存在矛盾冲突,民间社会猜想皇帝一定会削弱巴林的力量,于是在传说中就以迁陵破坏巴林风水、阻止巴林兴旺发达来解释公主陵被迁之事。对此,有学者曾作过较为深入的分析:"三迁公主陵缘起于皇帝(和他的风水师)对巴林部的防范心理,而在这个防范心理的驱使下,凭借传统风水观

---

　　① 程蔷《中国民间传说》,杭州:浙江教育出版社,1989 年版,第 35 页。

念想象出朝廷与巴林部的风水冲突，导致了一场破风水事件。这场破风水事件又引发了巴林民众的反抗心理，使他们想象出公主与当朝皇帝之间的冲突，并用传说的方式解释了这一事件。而传说中的这个冲突实际上又隐喻了巴林部与朝廷之间的对抗冲突。"①所以，在这一貌似平和的传说中，实则暗藏着民间社会对清廷与巴林关系的推测，包含着广大民众对公主屡次迁陵原因的猜想。在公主第一次迁陵重葬之后，据《格根绍荣山》②传述：钦差大臣来到凤凰山，仔细察看这里的风水。从远处看，这座山活脱一只展翅腾飞的凤凰；到近处瞧，淑慧公主陵与额驸色布腾王陵就像两只即将孵化的凤蛋，安详地躺在母凤的胸脯下。钦差大臣便以公主陵处于不祥之地为由，要遵圣旨将公主陵迁至别处，于是吩咐随从们再次挖出公主的灵柩。为了破掉风水，他们还掘倒山梁上的岩石，挖出很多长方形的白色石条。据说这些石条就是凤凰的羽管，取掉了它们，凤凰就不能飞了。然后又把"凤凰山"改名为"格根绍荣"（意即光明崖）。紧接着，钦差大臣命人抬着公主的灵柩直奔巴林北部的公牛山。

在公主陵迁移至公牛山一年之后，又发生了火化公主遗体并重新下葬之事。据《公牛山》③传说：康熙皇帝又有了异常感觉，夜里常做噩梦。大臣认为其祸因还是起自遥远的巴林，于是钦差大臣和风水师又到公主陵细察风水。

风水师发现新公主陵由于足蹬力量无比的公牛山，使公主的灵魂又一次复活。风水师惊叹巴林山水的祥瑞之气，令人又一次

---

①　纳钦《从传说到信仰：一个蒙古村落民间叙事传统的文化运行——以珠腊沁村公主传说为个案》，《民族文学研究》2004 年第 2 期。

②　纳钦《从传说到信仰：一个蒙古村落民间叙事传统的文化运行——以珠腊沁村公主传说为个案》，《民族文学研究》2004 年第 2 期。

③　纳钦《从传说到信仰：一个蒙古村落民间叙事传统的文化运行——以珠腊沁村公主传说为个案》，《民族文学研究》2004 年第 2 期。

挖开公主陵,并火葬公主遗体,将骨灰装入香罐,还在罐上写下藏文咒符,这才放回原处埋掉了。

为了驱散这里的祥瑞之气,破掉风水,风水师决定让人挖掉山神——公牛的睾丸。挖山之事一开始进行得并不顺利,折腾了好多天,才挖出两颗圆形白色石球。风水师把公牛山的这两颗石球当作宝贝,包在红绸里,飞速向京城赶去。正当风水师要把公牛山的祥瑞带走,淑慧公主的英灵赶到公主桥,截住了风水师的前路。不得已,风水师将一颗石球扔进西拉沐沦河,抱着另一颗逃走了。当他跑到宝如浩特(今乌丹市),发现石球已经腐烂,散发着难闻的臭味,便把石球扔在那里,从此那里便叫做了"乌丹"。

这些传说围绕淑慧公主陵多次被迁的事件,以大胆的虚构、奇异的想象,讲述公主陵被迁及重新下葬的情形,特别强调公主英灵的出现,及时地保护了风水,也就保住了巴林地区的兴旺昌盛。此时,在民众的口中和心中,淑慧公主就是巴林草原的保护神。而民间对公主陵环境及迁移过程的传述貌似荒诞,实则却不无道理,其中还隐含着复杂的时代和历史原因。有学者曾说:"到了康熙时代,固伦淑慧公主下嫁已多年,巴林部与朝廷的关系有了很大程度的改善,但可以肯定地说,巴林部仍旧是他们既拉拢又防范削弱的对象。朝廷防范削弱巴林的方法当然是多种多样的。其中之一应当就是破坏风水的方式。"[①]由此可知,民间百姓之所以热衷传讲公主陵被迁一事,是因为他们意识到清朝统治者对蒙古各部既有安抚拉拢、又有警惕防范之意,他们对蒙古人反抗异族统治的心理是有所了解的,所以"传说中一次次的风水之争,实际上是王权之争,同时也是生存之争,它反映了异族统治下的巴林民众谋求更大

---

① 纳钦《从传说到信仰:一个蒙古村落民间叙事传统的文化运行——以珠腊沁村公主传说为个案》,《民族文学研究》2004年第2期。

的自由与发展的心理愿望和生存需求"。① 这些传说以想象和虚构，将影影绰绰的历史附着于迁陵事件和山川地理之上，将历史事件和历史人物加以传奇化，这不但反映出广大民众对公主陵被迁事件的好奇与关注，同时也能衡量出淑慧公主在民众心中的分量和地位。

四、夸赞公主的贤淑明理和顺时守节

在满蒙联姻的众多公主中，由于每位公主出嫁的情形各不相同，公主的个性品格也有差异，她们在联姻中所起的作用和影响也或大或小，由此也带来公主传说的丰富性和公主形象的多元化。

传说《蒙古贞驸马》②中的"秃子公主"果断决绝，杀身以成仁，成就了一桩满蒙姻缘。相传：清朝某年间的蒙古贞王子武艺高强，才貌出众，皇上十分器重他，多次招他进京。当时土默特出现了猛虎，经常残害牲畜和百姓，皇上限令贞王子七天内杀掉老虎、献上虎皮。贞王子领命来到猛虎出没的地方，他放开歌喉高唱牧羊曲，以此引出老虎。当猛虎向他扑来，贞王子沉着地紧握钢叉刺向老虎的腹部，杀死了猛虎，剥下了虎皮。皇上大喜，立刻将十五岁的公主许配给他。

可谁曾想公主竟是连一根头发也没有的秃子。王子不敢违抗圣命，只好带着公主回府。公主走时，除了皇上给的八个随身丫鬟外，还偷着多带了一个。走到锦州西边，公主对王子说："我这副模样怎能配到你家去呀，你在丫鬟中选一个代替我吧，我就死在这里

---

① 纳钦《从传说到信仰：一个蒙古村落民间叙事传统的文化运行——以珠腊沁村公主传说为个案》，《民族文学研究》2004 年第 2 期。

② 阜新蒙古族自治县民间文学三套集成领导小组编《中国民间文学集成·辽宁卷·阜新蒙古族自治县资料本》（一），1987 年版，第 11—12 页。

了。"说完,趁人不备吞下金戒指死了。王子只好将公主埋在山下,后来人们把这里叫做公主岭。

王子回府后,朝廷对他一直以驸马相待,称作"蒙古贞驸马"。皇上每年还派人送银子给公主花,每次来人都是站在外屋,假公主则坐在里间,传声递话,自然看不露了。直到如今,阜新王府王子的后裔还自称是清朝皇姑爷的后代呢。

这篇传说中的"秃子公主",外貌虽然丑陋,但头脑却异常清醒,她以一己之命保全了一桩满蒙姻缘,也以特殊的方式巩固了满蒙联盟,她甘愿牺牲、勇于奉献的精神,令人赞叹。

《皇姑院里的关大姑》①则讲述一位联姻寡妇不平凡的一生。相传:明、清两代在北京城东四,有条很有名气的小胡同叫石桥东巷,这里原来有一座庙,明代叫圣姑寺,清代叫皇姑院。

据说当年嘉庆皇帝很宠爱才貌双全的怡官格格(即关大姑),后来将她许配给蒙古正蓝旗达王爷的小儿子。正当宫廷和王府为他们筹办婚事时,小王子却在赛马中摔下马来,意外身亡。清朝皇室虽为满族,但入关后全盘接受了儒家文化,所以,小王子一死,怡官格格既不能嫁往蒙古王府,也不能老死宫中,只好依照旧制,让她去皇姑院当了尼姑。

这位关大姑生性善良,多才多艺。她自学医书、种草药、采草药、出资购买草药,无偿地为附近居民看病,对许多疑难病症也下功夫研究。据说关大姑七十多岁了还能给人治病,后来就坐在大槐树下无疾而终。

人们以平淡的口吻讲述这位未出阁便开始守寡的联姻公主,语气之中有同情,有关心,更多的则是对关大姑的尊敬与钦佩。关大姑面对生活的磨难,选择了默默承受,却又毫不气馁,孜孜以求

---

① 中共北京市市东城区委东四街道工作委员会、北京市东城区人民政府东四街道办事处编《日下传闻录·东四故事》,北京:中国社会出版社,2013年版,第26—27页。

地潜心钻研医术，为百姓解除病痛；她以自己的仁爱和才能，活出了自我价值；虽然孤老终身，但她却顺时守节、自强不息，以忘我无私的精神和医者仁心的大爱，赢得了广大民众对她的尊重、敬佩和怀念。

五、神化联姻公主的作用及影响

满蒙联姻传说在讲述公主、格格的往事时，或具有神秘性，或充满神圣感，有些公主还成为民众心中的女神和保护神，而且公主的这种神性不仅体现在她们生前，有时还会延续到她们死后，从中可见口头文学与民间信仰之间千丝万缕的联系。据《公主鞭打河神》[1]传说：巴林桥建成后，公主仔细查看了桥的质量和外观。之后，她左手捧着法典，右手拿着黑鞭，站到西拉沐沧河岸上，一边高声诵读天书，一边使劲抽打河水，也就是在鞭打河神。公主挥舞着鞭子说："以后不管来多大的洪水，也不能往桥外流。"但是西拉沐沧河的女河神，见鞭打自己的也是一位女人，心里很不服气，硬是把一条小支流引向了桥西头，从此，桥西总有一条泥泞不断的小溪。

在这篇传说中，淑慧公主的言行都具有奇异的神性，正如学者所说："从'公主鞭打河神'开始，公主被赋予了神性，在巴林民众或俗民的信仰民俗心理中占据了一定的地位。……而从巴林民众或信众的角度讲，公主却是教法的护神。巴林民众在公主生前就奉她为度母化身。所以，传说中被赋予神性也就顺理成章了。"[2]正是在大众充满奇思妙想的口传心述中，完成了淑慧公主由历史人

---

① 纳钦《从传说到信仰：一个蒙古村落民间叙事传统的文化运行——以珠腊沁村公主传说为个案》，《民族文学研究》2004 年第 2 期。

② 纳钦《从传说到信仰：一个蒙古村落民间叙事传统的文化运行——以珠腊沁村公主传说为个案》，《民族文学研究》2004 年第 2 期。

物到女神的转变,赋予了她非同寻常的神性,此时的公主传说离历史事实越来越远,离广大民众的信仰却越来越近了。

在诸多的传说中,公主都是以保护神的形象出现的,这实际上是满足了民众的一种心理需要,即有神灵相助,能够消灾解难;有公主的护佑,百姓就能得到安宁的生活。所以,公主陵也就成为民众心中的神庙,神圣而不可侵犯。而有关公主显灵、保护民众的街谈巷议,也随风传扬,直至今日。据《公主妈妈显灵》①传言:有一年,珠腊沁的牧民在去大库伦(今乌兰巴托)的路上突遇大火,火势很猛。牧民急了,就向公主陵方向叩拜,祈祷公主妈妈保佑。说来也怪,那大火渐渐地由大变小,最后竟然自消自灭了。后来据一位牧羊人说,刚才看见一位骑着枣红马、穿绿袍子的女人出现在火场,她用手巾打了三下就把大火给扑灭了。于是在一传十、十传百的传述中,人们更加笃信因为公主妈妈显灵,所以才躲过了一场灾难。

另据《运输队入夜遇公主陵》②传言:有一年,一支运盐的车队来到珠腊沁村,不料丢了几头牛,寻牛的人在找牛时自己也迷了路。傍晚时分,他才走到一户人家门口,上前敲门,从里面走出一位身穿绿袍的女人。寻牛的人向她说明来历,并问能否借住一宿。女人说这里不是住的地方,便用手往东指了一下,从手指上发出了一道亮光,在光下出现了一条小径。女人说,你就顺着这条道走吧。于是,寻牛的人顺着那条小径不仅找到了丢失的牛,而且还找到了车队。第二天,当他向当地人打听昨晚去的那户人家时,方知那是公主陵。

由这两篇传说可知,人们口中显灵的淑慧公主骑着枣红马、身

---

　　①　纳钦《从传说到信仰:一个蒙古村落民间叙事传统的文化运行——以珠腊沁村公主传说为个案》,《民族文学研究》2004 年第 2 期。

　　②　纳钦《从传说到信仰:一个蒙古村落民间叙事传统的文化运行——以珠腊沁村公主传说为个案》,《民族文学研究》2004 年第 2 期。

穿绿袍子,哪里有难哪里就有她的身影,在百姓的心中,她早已成为草原上神通广大、灵验无比的保护神。对此,有学者曾分析:"显灵传说也可以被理解为作用于珠腊沁村落的传说,它支撑了本村的公主信仰,而且标志着伴随公主陵的迁移,公主传说的中心转移到了珠腊沁村。后来通过一整套祭祀仪式的渲染,公主神被奉入佛龛,而且让俗民们增加了许多功能,成为多功能的地方保护神了。"①其实,这些源自珠腊沁村的传说,承载着草原人希冀得到神灵保护的心愿,他们希望在冥冥之中,淑慧公主的神灵能够帮助他们抵御不期而遇的灾难,为草原带来人丁兴旺、牲畜繁衍的美好生活。出于对公主的信任和依赖,有关公主显灵的传说才在民间信仰的推动之下越传越远、越传越神。

另一篇题为《公主显灵吓退红帽子》②的传说,则是有关和硕端静公主显灵的传言。相传:清光绪十七年冬十月,在内蒙古东南及辽宁、吉林、河北几省,发生了金丹教③的武装暴乱,因起事暴徒头裹红巾,所以蒙古族称其为"红帽子"事件。

据说"红帽子"主力从赤峰文中镇(现铁匠炉一带)杀过老爷梁,便在上烧锅(今十家满族乡上烧锅村)休整部队,准备向十家方向杀来并攻击喀喇沁王府。在满民们万分焦急的时刻,全村男女老少跪拜在公主陵院内,为公主上香上表,祈求公主保佑。众人齐声祷告:公主奶奶大慈大悲,显灵显圣,保佑旗民。果然,"红帽子"在向十家方向杀过来时,他们眼前出现了无数的清军,吓得"红帽子"大队人马不敢前进,丧胆而逃。从此有关"公主显灵吓退红帽子"的传说,便在民间流传开来。

---

① 纳钦《从传说到信仰:一个蒙古村落民间叙事传统的文化运行——以珠腊沁村公主传说为个案》,《民族文学研究》2004 年第 2 期。

② 伊和白乙拉主编《内蒙古民间故事全书·喀喇沁旗卷》,呼和浩特:远方出版社,2014 年版,第 150—152 页。

③ 金丹教:清代白莲教支派金丹道五圣门的弟子。

这篇有关"红帽子"事件中和硕端静公主显灵救护危难百姓的传说,一边渲染事件的危险急迫,一边夸耀公主的神通灵验,此时被神化的公主已然成为大众心中的保护神,人们对端静公主庇护百姓、解危济困神力的夸饰,其实是抚慰人心、增加安全感的一种心理需求,也是民间信仰的一种体现。

综上所述,有关满蒙联姻的民间传说是先辈留给后人不可多得的文化资源,是珍贵的原生态非物质文化遗产,是满蒙历史文化的重要组成部分,其中饱含着讲述者及普通民众的丰富情感和价值评判。所以,不论是对满蒙联姻事件的讲述、对联姻人物的褒贬、对地方风物和地名来源的解释,还是对联姻公主的信赖和崇奉,都透露出民间社会的历史情怀和民俗信仰,呈现出普通民众的是非标准和艺术情趣。这些蕴含着满蒙历史文化、民间信仰、价值观念和道德情感的传说,储存着满蒙联姻的丰富内容和鲜活信息,至今仍发挥着民间口头文学教化启蒙、传播知识和凝心聚力的重要作用,所以值得珍视和传承。

第四节　满蒙联姻传说的文学景观

景观原指某地或某种类型的自然景色,文学景观是地理的文学呈现,是文学与地理相互作用的结果。作为刻在大地上的文学,文学景观"除了文学的价值,还有地理的价值、历史的价值,以及哲学的、宗教的、民俗的、建筑的、雕塑的、绘画的、书法的价值,有的甚至还有音乐价值⋯⋯如果没有文学的价值,景观往往无由彰显"。[①] 的确,满蒙联姻传说中的文学景观也是如此,如果不是凭借着民间口头文学的巨大魅力和影响力,那么有些文学景观就有可能随着时间的流逝,逐渐为世人淡忘、被后人遗弃,它们的文学

---

① 曾大兴《文学地理学概论》,北京:商务印书馆,2017 年版,第 253 页。

及文化价值也难以彰显。

满蒙联姻传说中的文学景观,最早可以追溯至皇太极时期,如鸿鹄楼文学景观;康熙和雍正时期有巴林桥(公主桥)、翠花宫(伊逊河)、公主陵、公主府等文学景观;乾隆时期有如意河、联姻寨和奶奶庙等文学景观。除此之外,还有清代满蒙王爷自行联姻留下的格格陵等文学景观。这些融入满蒙联姻悲喜交集、苦乐杂陈的文学景观,一方面呈现出满蒙联姻势不可挡的发展进程,另一方面也通过前尘往事,述说联姻公主和格格为密切满蒙关系付出的代价和作出的贡献。其中无论是自然景观还是人文景观,都饱含着民间丰富的想象力,都积淀着满蒙联姻历史与文化的丰富意蕴,展现出满蒙联姻传说的文学价值和独特魅力。

一、鸿鹄楼

相传鸿鹄楼在今吉林省松原市前郭罗斯蒙古族自治县查干湖边,它是有关蒙古族女杰布木布泰的一段传说的发生地。据《鸿鹄楼的传说》[①]:布木布泰小时候曾随父亲寨桑到查干淖尔草原参加那达慕。因为追逐一只野兔,年幼的布木布泰迷了路,幸好有神鸟鸿鹄的引路,她才走出迷途。在回来的路上,布木布泰遇上了多尔衮,面对多尔衮的调戏,布木布泰毫不畏惧,勇敢反抗。正当此时,皇太极由此经过,他为布木布泰解了围,并派人将布木布泰送回寨桑的大营,这段巧遇让布木布泰和皇太极一见钟情。

后来,由布木布泰的姑姑做媒,年仅十三岁的布木布泰嫁给了

---

① 王迅、孙国军主编《中国民间故事全书·吉林·前郭尔罗斯卷》,北京:知识产权出版社,2009年版,第161—163页。

皇太极,这对有情人终成眷属。婚后,布木布泰凭借她的聪颖和悟性,成为皇太极处理军国大事的"贤内助"。布木布泰还以她政治家的谋略和胆识,使儿子福临继承了皇位,还帮助孙子玄烨巩固了皇权。她历经清太宗、世祖、圣祖三朝,为清初的政局稳定和统一做出过重大贡献。

郭尔罗斯蒙古族人民直到今天还很自豪本民族有这么一位英雄女杰,他们专门为庄祖陵设立了一个陈列馆,并在传说布木布泰遇到鸿鹄的地方,建成一个高楼——鸿鹄楼。据说登上鸿鹄楼,不仅能极目远望,还能保佑人们实现心中美好的愿望。

这是一段将历史演绎为"有情人终成眷属"的佳话,传说极力渲染皇太极与布木布泰的浪漫奇缘,高度肯定布木布泰的功绩。而鸿鹄楼文学景观的出现,表明郭尔罗斯蒙古族人没有忘记这位密切满蒙关系的蒙古族公主,这一传说的长久流传便是人们怀思公主事迹、传颂公主恩德的自然流露。在满蒙联姻传说中,这也是为数不多的以蒙古族公主为主角的传说,因此鸿鹄楼文学景观也就显得十分珍贵。

二、巴林桥(公主桥)

蒙古巴林部在古北口外,离北京大约九百六十多里。它东临阿鲁科尔沁,西接克什克腾,南抵翁牛特,北连乌珠穆沁。巴林蒙语为"要塞"之意,位于巴林右旗路口上的巴林大桥,可谓是要塞中的要塞。巴林桥又称公主桥,位于今内蒙古自治区赤峰市巴林右旗境内的西拉沐沦河上。据史书记载,宋辽时期,辽国在西拉沐沦河上修建了巴林大桥(又称潢水石桥),这也是我国北方最古老的石桥。沈括在《使契丹图抄》中记载:"自馆西行稍西北,过大碛二十余里,至黄河。迎河行数里,乃乘桥济河,至中顿。河广数百步,今其流广度数丈而已。俯中顿有潭,潭南沙涧,潭北流广四丈,岸皆密石，峻立如壁，长数十步。虽回屈数折，而广狭如一，疑若人力为之。河出硖中，有声如雷，桁沟以桥。"①由这段记载可知巴林桥当时的地理位置及建筑情况。

另据《东蒙古志·道路篇》记载，由于西拉沐沦河多为沙岸，所以很难建桥，整条河上仅有两座桥梁，即上游的普渡桥和中游的巴林桥。巴林桥作为民众之通衢、军事之要塞，在西拉沐沦河的枯水期，河水从巴林桥的南孔流淌；雨季来临，两孔都可行水；当特大洪水漫过桥面时，石桥也能安然无恙，所以人们赞其为"铜帮铁底"。宋辽时修建的巴林桥，清初已被冲毁。顺治七年（1650），巴林右旗郡王色布腾与固伦淑慧公主重修此桥，所以巴林桥又称为公主桥。

在民间传说和碑铭文字中，巴林桥的兴建与复建都与嫁往蒙古的固伦淑慧公主或固伦荣宪公主有关。

（一）巴林桥与固伦淑慧公主的传说

固伦淑慧公主是清太宗皇太极和孝庄文皇后的女儿，顺治五年，由孝庄皇后做主，淑慧公主嫁给蒙古巴林部辅国公博尔济吉特·色布腾，从此人称巴林公主或固伦长公主，后改封为固伦和顺长公主、固伦淑慧长公主。因为淑慧公主深得孝庄皇后喜爱，所以出嫁之后曾多次回京探母。

西拉沐沦为蒙语"黄色河流"之意，古称"乐水""潢水"或"饶乐水"，全长380公里，在翁牛特旗境内与老哈河汇流为西辽河，自营口入海。横贯巴林的西拉沐沦河，滋养着肥美的草原和牧场，但每到夏秋之际，也时常带来水患。所以在草原上，有关淑慧公主在西拉沐沦河上建桥的种种传说，不仅隐含着人们对水患的忧虑，而且表达了民众对公主的感激之情。

---

① （宋）沈括《使契丹图抄》，见《永乐大典》卷一万八百七十七引宋沈存中《西溪集·熙宁使虏图抄》。

1. 淑慧公主为巴林桥选址的传说

据《巴林桥》[①]传说：淑慧公主在来巴林成婚途中，路过璜水石桥，此桥因年久失修，洪水冲刷，已破损不堪，过往车辆多有危险。婚后，淑慧公主向王爷色布腾提出要在河上建一座桥，以方便车辆和行人的往来。

为确定建桥地址，淑慧公主与王爷沿河畔骑马行进了三四十里。直到傍晚，公主才指着河床较窄、离去京驿道较近的一处说，若不是河流两岸都是黄沙，这里应是建桥的合适地点。次日一早便有人来报，说是在公主昨天指定的建桥地点，河中央竟然长出一座小岛，河两岸也遍布石碴。公主与王爷半信半疑，前去查看，果真如此。于是，选定吉日，在此动工建桥。

2. 修石桥、除水患的传说

据《公主鞭打河神》[②]传述：淑慧公主在下嫁巴林王的第十二年，在巴林瑶鲁山（今白音和硕山）西麓的空地上选定了桥址。她把建桥的重任交给陪房七十二门巧匠，从全旗筹措劳力、车辆、钱物等，最终建成了一座双孔石桥。过往的行人们从此摆脱了水患，在过桥时总念起公主，感激她的恩惠。

3. 因淑慧公主回京探母而建桥的传说

据传：淑慧公主到巴林已有一十二载，某日，忽然得到母后病重的消息，淑慧公主急着要回京探母，但此时草原上连降大雨，西拉沐沦河水暴涨，旧有石桥已被冲毁，无法渡河。

色布腾王爷急忙召集各色匠人架桥，可石块木料全被湍急的河水冲走。后来有人想出以河中石岛为基、建造双孔桥的办法，建

---

①　逸心茶舍《巴林桥》2014－08－15，http：//www.360doc.com/content/14/0815/15/506102_402153635.shtml。

②　纳钦《从传说到信仰：一个蒙古村落民间叙事传统的文化运行——以珠腊沁村公主传说为个案》，《民族文学研究》2004 年第 2 期。

成了这座"公主桥",公主才得以过河回京探母。①

　　以上三个传说或演绎巴林桥选址的神奇过程,或讲述修建巴林桥的艰辛与奇闻,或追溯兴建巴林桥的原因及经过,总之都与固伦淑慧公主有关。这些传说不仅表明满蒙联姻为蒙古地区带来的变化和影响,而且赋予巴林桥文学景观深刻的文化意蕴。这座至今犹存的公主桥,几经岁月打磨、洪水考验,伴随着人们的口传心念,仍默默传递着历史与文化的大量信息。

　　据历史记载,在公主桥落成一百九十多年之后,淑慧公主的七世孙那木济勒旺楚克郡王于咸丰六年(1856)主持重修公主桥,并勒石立碑,②叙述公主建桥的功德和前后两次修桥的原因。这篇碑文不仅印证了淑慧公主修桥的史实,也为民间传说插上了翅膀,对我们了解这段历史颇有益处。全文如下:

　　　　尝闻九月除道,十月成梁,周官有一定之制,夏令有不易之章,以是除道成梁,自古皆然。况吾沙尔沐沧河,东西接域,南北连壤,为驿站之要路,蒙满汉之通衢,而安可不设桥梁也哉!虽然,古之人作车以行陆,作舟以行水,皆有定制,而桥之为物亦安用哉! 盖乘马服牛,负载更难,负载任重致远,泽行尤慎于山行。惟建斯桥,雪拥马蹄脂辖,不伤夫河水;霜伪人迹厉揭,免叹夫苦匏。

　　　　是以在昔顺治十七年,巴林札萨克多罗郡王祖母固伦淑慧大公主,因河水澎湃,有病民行,乃相其地宜,建斯桥于河上。后康熙四十五年,驾幸东北,稳渡此桥。遂采风问俗,命

---

　　① 　王兴贵、穆松《巴林史话》,呼伦贝尔:内蒙古文化出版社,1997 年版,第 64—66 页。

　　② 　此石碑于 1940 年遗落河中。参《巴林右旗志》编纂委员会《巴林右旗志》,呼和浩特:内蒙古人民出版社,1990 年版,第 564 页。

将此桥载《承德志》焉，迄今二百年来。

露白葭苍，渡河者不待营心于野渡；风清霜陨，过水者乃堪托足乎平桥，凡吾行人，孰不感大公主之慈心，诵吾皇上之大德也哉！然而无往不复者，水能长流；有坚必破者，桥岂朽椎？是巴林札萨克多罗郡王、公主之遗恩，荷吾皇上是巡狩，累劝岁修，恐难永久。乃委巴林旗员番丹达、扎兰杨江，会七棵树、长汉他拉铺、永当泰、合成公、万泰隆，四方劝摊资财，重修斯桥，以期长久，而永垂不朽矣！于是四方善士同声相应，踊跃乐从，乃因其旧制，鸠材庀工，不日成之。而巴林桥焕然一新，庶几乎长存万古哉！今将众善士芳名刻列于左，并撰俚词以志之：沙迷渡口水围山，桥上行人去复还。万善同修垂不朽，千家共济俾无难。浮空两道天光映，夹岸双峰地势环。到此诸君回首望，巴林遥在翠云间。

御前行走兼管御围事务、昭乌达盟长、兵备札萨克加级记录三次巴林札萨克多罗郡王那木色，本邑辛亥生员王徵德撰，太原府寿扬县任佩衡书，经理人番丹达。大清咸丰六年岁次丙辰秋月。

这段碑铭文字既是历史记载，也是文学阐释，它简述巴林桥的兴衰，弘扬淑慧公主修桥的功德，叙及重修之必要、四方之响应等具体情况。这段文字不仅丰富了巴林桥文学景观的文化内涵，而且以简洁优美的语言，在加深广大民众历史认识的同时，还扩大了人们的想象空间，引发民众对满蒙联姻及其影响的深思与遐想。

（二）巴林桥与固伦荣宪公主的传说

民间有关巴林桥的传说，还与康熙送固伦荣宪公主出嫁有关。固伦荣宪公主是康熙皇帝的三女儿，其母为荣妃马佳氏，序齿为"二公主"。"二公主"初封和硕公主，后晋固伦公主，其额驸为淑慧公主之孙、巴林部札萨克多罗郡王乌尔衮。荣宪公主在巴林生活了三十七年，平生慈孝，威望很高，当地牧民和配房人尊称她为"二公主妈妈"。据《巴林桥的传说》①：大约在三百多年前的壬寅年间，清朝皇帝康熙要亲自送次女荣宪公主与第四代巴林王乌尔衮成亲。起初一路上还算顺利，不想走了十几天后，在巴林草原却被西拉沐沦河挡住去路。为了不延误婚期，康熙皇帝决定找当地的蒙古族石匠来架桥。对西拉沐沦河地形地貌深有了解的蒙古族老石匠，充分利用地形地利，带着二百多名徒弟没日没夜地干了五日，一座三孔石拱桥便建成了，这就是公主桥。

这一传说以康熙皇帝送荣宪公主嫁往巴林为背景，实则细致讲述蒙古族老石匠造桥的高超技艺和不凡才能。"自古以来，'修桥补路'被认为是一种善行，桥在交通十分不便的偏僻山区，有着非常重要的作用，而旧时代，修桥全凭人力，难度极大。桥实际上是劳动人民智慧和力量的结晶，古代许多富有特色的桥，都有神奇的传说伴随着它"。② 可以说，上述传说中的"桥"都具有一定的象征意义，联系巴林桥又称为公主桥，可知在民众的心中，巴林桥不是一座普通的桥梁，它是满蒙联姻的必经之桥，也是密切满、蒙、汉交往的友谊之桥，其中既饱含着淑慧公主为民解忧的善良仁爱，也汇聚了满、蒙、汉三族工匠的辛勤汗水，是民族智慧的结晶，这应是公主桥文学景观的潜在意蕴。

三、翠花宫（伊逊河）

在今河北省围场满族蒙古族自治县哈里哈镇八十三号村的东山沟里，原有一个清代木兰围场的"们图阿鲁"行宫，满语意为"寂静的阴坡"。据《翠花公主》③传说：有一年秋天，康熙皇帝带领文

---

① 杨荫林选编《草原传奇》，北京：中国民间文艺出版社，1986年版，第260—265页。
② 陈正平《巴渠民间文学与民俗研究》，成都：四川大学出版社，2001年版，第62页。
③ 承德地区民间文学研究会编《裙钗故事》，天津：百花文艺出版社，1986年版，第40—44页。

武官员和翠花公主等人来到木兰围场打猎。在塞罕坝下的"们图阿鲁"行宫附近,翠花公主带着宫娥去鹿花坡上射鹿。途中忽遇一只猛虎,幸得喀喇沁王的儿子金山扎满射杀老虎,才救得翠花公主一命。由此,翠花公主和金山扎满也一见倾心。后来,金山扎满跟随康熙皇帝去平定噶尔丹叛乱,翠花公主日夜思念、忧郁成疾,临终前她嘱咐母后将她埋在鹿花坡,等待金山扎满归来。得胜回来的金山扎满得知公主已逝,万分悲痛,他在安葬公主的鹿花坡前流泪不止。后来这里便出现了两个大泉眼,常年朝外流水,并汇成了一条长河。传说这条河就是金山扎满怀念翠花公主的眼泪汇成的,这条河后人称它为伊逊河。为了纪念翠花公主,康熙皇帝把"们图阿鲁"行宫改名叫翠花宫。

这篇清宫格格与蒙古王子既甜蜜又哀伤的爱情传说,围绕着翠花宫和伊逊河名称的由来,追忆了一段未果的满蒙联姻。战争带来一对佳侣的生离死别,也终结了一桩天作之合的满蒙姻缘。人们在讲述翠花宫和伊逊河传说时,既为清宫格格与蒙古王子曾经美好的爱情激动兴奋,也为他们悲凉哀婉的结局忧伤叹息。翠花宫和伊逊河两大文学景观,不仅包含着广大民众对这段满蒙情缘的惋惜,同时也寄寓着人们对满蒙姻好的厚望。

四、公主陵

满蒙联姻长达三百年,"北不断亲"是清廷的长期国策。嫁往蒙古各地的清宫格格便是这一政策的执行者,她们除了要克服因地域变化带来的生活方式的改变,还要以她们的青春美貌、吃苦耐劳和聪明智慧,密切满蒙往来,敦睦满蒙关系,勇敢地担负起满蒙联姻的使命和责任。公主们不仅要扎根草原,融入草原的游牧生活,而且绝大多数死后也葬在了辽阔的蒙古草原。联姻公主的命运与归宿,往往是民间百姓乐于讲述和传播的话题,在这种口耳相传的过程中,极大地满足了民众对公主境遇和命运的推测与猜想。而公主陵、公主坟、孩子坟及格格陵等文学景观,常常成为人们讲述她们生平际遇的出发点,也成为人们追思怀想公主的落脚点,由此也衍生出不少的民间传说。

（一）固伦公主与公主陵的传说

在今辽宁省锦州市义县九道岭镇的南山坡上,曾经有一座公主陵,其陵址就在今天的九道岭中学内,相传公主陵是在"文革"时期被毁掉的。据《公主陵的传说》[①]:这座陵堂是为清太宗的女儿（即清世祖顺治的姐姐固伦公主）所建。清太宗皇太极登基后,为了关东满蒙地区的安宁与稳定,也为了激励蒙古王爷,就将固伦公主嫁给察哈尔汗王阿布鼎,但阿布鼎的野心始终未泯。一天,阿布鼎在酒后吐出真言,欲领兵造反,与清帝争天下。公主听后,连夜骑马报信,试图阻止一场阴谋,但她自己却死于混战之中。待叛乱平定后,顺治皇帝得知皇姐已死,一面下令将叛贼阿布鼎的人头砍下,祭奠公主的亡灵;一面传旨在九道岭下为公主修造陵墓,刻碑铭文,追录公主的生平功绩。

传说中为密切满蒙关系而嫁往察哈尔的清宫公主,在涉及威胁清廷安全的大事上,头脑冷静,果断地采取行动,甚至不惜以性命为代价,捍卫大清的江山一统。这种身在异乡却不忘使命的公主,在民间传说中实不多见。如今,公主陵早已被毁,但借助民众之口,公主的传说却流传下来,公主陵的文学景观也长久地保留在民众的集体记忆中。

（二）金铃公主与公主陵的传说

据《金铃公主》[②]传说,在科尔沁草原的哲里木,曾埋葬过一位

---

① 太和区文教局、太和区民族事务委员会、太和区文化馆编《中国民间文学集成·辽宁分卷·锦州市太和区资料本》,1985 年版,第 20—23 页。

② 于济源《长白山民间故事》,长春:时代文艺出版社,2016 年版,第 190—191 页。

公主,她是顺治皇帝的妹妹,也就是康熙皇帝的姑姑——雍穆公主。因为雍穆公主生前喜欢悬挂金铃铛,所以死后人称其为金铃公主。相传雍穆公主嫁给了科尔沁的皮里塔格尔王爷,后来王爷在平定叛乱中不幸战死。雍穆公主年轻守寡,在回北京定居后与一个贝勒的儿子相好。康熙皇帝知道后,便以皮里塔格尔的陵墓在科尔沁无人照看为由,让公主回到科尔沁。雍穆公主极不情愿地回到草原,随后小贝勒也偷着来到草原,与公主厮守在一起。康熙皇帝听说此事,非常生气,派人把小贝勒抓回并秘密处死。雍穆公主听说小贝勒死了,难过得又哭又叫,从此悲悲切切地混日子,不到五十岁就死了。她死后,康熙皇帝下令把她和皮里塔格尔王爷葬在一起,她的墓就叫公主陵。

这篇公主陵的传说讲述满蒙联姻中不幸寡居的雍穆公主的悲惨经历。蒙古王爷不幸战死,正当芳年的雍穆公主本应有追求新生活的权利,但是康熙皇帝碍于面子,也出于对满蒙联盟大局的维护,便不顾雍穆公主的个人感受,强行拆散一对有情人,致使雍穆公主在孤寂和痛苦的煎熬中郁郁身亡。个人情感与皇族利益之间的矛盾,是造成雍穆公主悲剧的原因所在,因而,公主陵这一文学景观也成为满蒙联姻血泪斑斑的一个见证。

（三）公主坟与孩子坟的传说

在今河北省承德市围场满族蒙古族自治县与辽宁省交界的地方,有个叫公主陵的村庄。公主陵村外的一座山脚下,有个方圆一亩多地的大洼坑。相传,早先公主坟就在这里,后来公主的棺木被移走了,就变成了一个大洼坑。大洼坑东南三十多里处的山坡上,有一个大土包,那就是孩子坟。人们一看到公主坟和孩子坟,就会讲起"康熙三梦"断送了三条人命的传说。据《公主坟与孩子坟》①

---

① 王宏刚、富育光、李国梁编《康熙的传说》,北京:中国民间文艺出版社,1986年版,第201—207页。

传说：康熙的第一个梦是梦见掌控着北京城水源的水公、水婆即将离开京师，梦醒后他就派大将军白杰前去追赶，白将军虽然追上了水公、水婆，保住了京师的水源，但他自己却永远地葬身水底。

康熙的第二个梦是梦见自己将采摘的白兰花扔给了蒙古的喀喇沁王公，王公接花在手，仰天狂笑。现实中为了弥补对白杰将军的愧疚，康熙封白杰的遗女白英兰为宠女公主，将她嫁给蒙古喀喇沁王爷宝音扎布。婚后公主经常挨打受气，在生下儿子之后，公主竟被醉酒的王爷活活踢死。但饱经世故的康熙并不追究公主的死因，只是风光地为公主办了丧事，并将公主的孩子宝音巴图接到皇宫来抚养。

康熙的第三个梦是梦见金銮殿的柱子上盘绕着一条小金龙，小金龙越长越大，紧紧地盘在康熙的身上，勒得康熙几乎无法喘气。朝中近臣为康熙解梦，说梦中的小金龙就是宠女公主的儿子宝音巴图，他将来长大成人，就会与康熙争夺天下。康熙听后命人送宝音巴图去塞外的公主坟上坟焚香，这孩子走到离坟还有三十里的地方竟然死了。于是人们把这苦命的孩子就近埋在道旁的山坡上，从此就有了孩子坟。

传说宝音巴图是被毒死的，他的精魂化作小鸟，每当它叫妈妈的时候，公主坟就会传来"不孤""不孤"的应答声。这件事康熙听后寝食难安，接着就命人把公主坟迁到别的地方去，原来的公主坟就变成了一个大洼坑。

这篇传说以康熙的"三梦"引出了白杰将军之死、白英兰之死和宝音巴图之死。其中最令人同情的是被封为"宠女公主"的白英兰，她先是经历了丧父之痛，嫁给蒙古王爷后又受尽欺凌，被虐身亡后儿子又遭人陷害，最后竟然连母子的坟茔都被迁移隔离。令人唏嘘落泪的传说和至今尚存的公主坟、孩子坟遗迹，使人们在同情白英兰一家三代不幸命运的同时，也禁不住思考造成这些悲剧的原因。

另据《孩子坟的传说》^①,在今内蒙古自治区赤峰市喀喇沁旗十家满族乡的十家村有一个公主陵,陵的东侧有一个巨大的坟墓,当地人称孩子坟。据说这里埋的是和硕端静公主的儿子,其故事情节与《公主坟与孩子坟》中康熙第三个梦的内容大同小异:传说,康熙有一次午寐时,梦见有一条张牙舞爪的小金龙盘旋于明柱,探出头向康熙扑来。康熙惊醒后,环顾四周,只有小外孙抱着明柱戏耍。这个五岁的小外孙,是和硕端静公主进京探望父皇时带进京的。康熙若有所思地看了一会儿,命人找来军师,详述其梦中所见,军师认为这个小外孙是真龙天子,将来长大了一定会与康熙争夺江山。后来有人给小孩喝了水银(号称百天慢毒),孩子被送回喀喇沁王府后不久就死了,从此就有了孩子坟。

关于传说中的孩子坟,有学者曾专门作过考证,^②发觉此孩子坟的来历虽然与历史有关,但又绝不是信史。所以,有关孩子坟的文学景观,只能作为具有变易性的活性口头文学来理解,因为"传说总是与一定的历史人物、历史事件有联系,或者与一定的现实事物(如某处山水景观),一定的现实活动(如某地某族的风俗习惯)相联系。但当这一切反映到传说中来的时候,无不经过某种程度的变形改造。毫无疑问,传说是要根据一定的历史事实来反映社会生活本质的。但传说的反映不是史实的忠实记录,而是对史实(或借助史实)进行添枝加叶、加油调醋式的加工制作"。^③ 所以,我们应当把这些传说和文学景观置于满蒙联姻的历史背景下来思考,这样才能在同情公主母子不幸命运的同时,理解

① 伊和白乙拉《内蒙古民间故事全书·喀喇沁旗卷》,呼和浩特:远方出版社,2014年版,第129—130页。

② 据乌力吉考证,现在孩子坟所埋之人,可能是和硕端静公主的第三个儿子,但其有无坟墓,年代久远,难以确定。

③ 程蔷《中国民间传说》,杭州:浙江教育出版社,1989年版,第44页。

这些文学景观所蕴含的揭示统治者自私狭隘、残酷狠毒的深刻内涵。

五、公主府

公主府指清代固伦恪靖公主府，坐落于今内蒙古自治区呼和浩特市新城区通道北路，是目前全国保存最完好的清代公主府。公主府始建于清康熙四十二年(1703)，是康熙皇帝六女儿[①]恪靖公主下嫁喀尔喀蒙古贵族后居住的府邸。

据历史记载，康熙三十六年和硕恪靖公主下嫁漠北喀尔喀蒙古土谢图汗部敦多布多尔济，雍正二年(1724)二月晋封固伦恪靖公主。雍正十三年去世，时年五十七岁。据《话说公主府》[②]传述：恪靖公主嫁往喀尔喀之后，曾经三度迁居。起初，恪靖公主住在清水河的临时府邸；后迁往塞外的青城，先是住在归化城西河沿的一座大院内，后迁入归化城北的公主府里。当时由于漠北仍有战争隐患，噶尔丹勾结沙俄入侵漠北，所以恪靖公主留居归化城公主府主要是出于安全的考虑。

据传，恪靖公主到归化城以后，圈占了东郊太平庄的四村水地一万七千余亩作为她的庄园，并在归化城北五里地的大青山下，修建了一座仿照北京御花园格局的公主府。公主府门前原有一座大影壁，门前是一砖砌平台，两旁有一对汉白玉石狮子，拾级而上便是酷似山门一样的府门，府门左右各有一座旁门。公主府是一座五进六院的中式建筑，内有七十余间房舍，各院由月亮门相通。

在公主府正厅的过厅门首有一大匾，上书"静宜堂"三个大字。

---

①　恪靖公主排行是第六，但由于大公主、二公主和四公主在六公主早夭无封，六公主就自然成为三公主。

②　佟靖仁编著，岳文瑞校订《呼和浩特满族民间故事选》，呼和浩特：内蒙古大学出版社，1989年版，第61—64页。

寝门上也有一匾，上书"肃娴礼范"四个大字，据说这是康熙皇帝亲自题写的。后人夸赞曰："公主府内美如画，古朴淡雅帝王家。"康熙出塞路经归化城时，曾不止一次来公主府看望格格。

恪靖公主在康熙年间的归化地区影响不小，她的府地很大，除了东郊的水地，还有马场和牧地。康熙皇帝曾下圣旨：大黑河的流水应首先满足公主府地的灌溉。这道圣旨的石碑至今还矗立在黑沙兔的半山坡上。

据史籍记载，从康熙三十六年恪靖公主下嫁开始，土谢图汗敦多布多尔济祖孙三代皆同皇室女联姻，虽然三次下嫁的格格每次都降了格，但是她们的"和亲"都达到了清廷控制蒙古政治上的重要当权派——土谢图汗和黄教掌权者哲布尊丹巴——的目的。正如康熙皇帝自己所说："我朝施恩于喀尔喀，使之防备朔方，较长城更为坚固。"他还说："柔远能迩之道，汉人全不理会。本朝不设边防，以蒙古部落为之屏藩耳。"①的确，自恪靖公主下嫁喀尔喀后，喀尔喀诸部全体归附，齐心协力，将矛头指向搞分裂的噶尔丹，促进了蒙古各部与内地文化和经济的交流发展。直到今天，公主府不仅是清代满蒙联姻的人文景观和文学景观，而且是研究清代北部边疆史不可多得的实物。公主府也成为边疆各族人民团结友好、共同开发边疆、建设边疆的历史见证。

六、如意河

如意河，蒙古语叫布巴伦多布奇河，在清木兰围场七十二围之鄂勒哲依图察罕围。如意河发源于塞罕坝东坝梁一带，是小滦河的重要支流，它流经草原、森林、丘陵、湖泊和河谷，蜿蜒曲折，景色秀丽。在如意河两岸，民间也一直盛传着乾隆时期清廷公主与蒙

①　《清圣祖实录》卷二百七十五，康熙五十六年十一月丙子条。

古王子一见钟情、喜结良缘的佳话。据《如意河》①传说：乾隆皇帝有个聪明伶俐、天姿姣美的公主，到了出嫁的年龄，公主说要选一个善良、孝顺、勇敢的人做夫婿。

一年秋天，乾隆皇帝带着公主到木兰围场去打猎，公主看见一个身材魁梧、仪表堂堂的蒙古王子，通过侧面观察了解，公主发现这位蒙古王子放走怀孕的母鹿、孝敬对自己有养育之恩的老奴、临危不惧地箭射扑来的黑熊。

在打猎时，这位蒙古王子的骑射技艺最为娴熟，打的猎物也最多。当乾隆皇帝准备给王子赏赐美酒时，公主主动请求由自己献上。乾隆皇帝看出了女儿的心思，他喜在心头，送给女儿一把玉如意，希望它成为女儿表达感情的信物。

后来公主和王子在小河边会面，两人交换了玉如意和长命锁作为爱情信物。为了表达对公主和王子的美好祝福，人们就给这条河起名为"如意河"，而有关公主和王子以如意定终身的传说也一直流传下来。

这一有关"如意河"的传说，是木兰围场秋猎中的传奇故事，也是满蒙联姻中两情相悦、自由恋爱的美好传说。贵为金枝玉叶的公主坚持自己选择夫君的标准，蒙古王子以他的善良、孝顺和勇敢赢得了公主的芳心，而公主的聪明伶俐和善解人意也正中蒙古王子的下怀。这段彼此欣赏、相互爱慕的浪漫情缘，也预示着公主和王子未来琴瑟和谐的幸福生活。人们在绘声绘色的讲述中，将美好的祝福融入其中，如意河的文学景观，也以"如意"二字寄寓着祝愿满蒙联姻双方百年好合、永结同心的理想境界。

七、联姻寨

今河北省围场满族蒙古族自治县的西北部，是清朝"木兰围

① 张学军主编《木兰围场传说》，北京：中国三峡出版社，2016 年版，第 179—181 页。

场"七十二围之一的哈朗圭围①旧址。这里地形地貌复杂、动植物资源丰富,堪称目前自然风貌保存最为完好的"围场"。传说在哈朗圭围曾有过一座联姻寨,而且这个寨子还与一段满蒙联姻有关。据《联姻寨》②传说:乾隆皇帝有五个女儿,其中他最疼爱三女儿固伦和敬公主,而且他一直想把宝贝女儿嫁给科尔沁亲王罗布藏古木布的儿子色布腾巴勒珠尔。色布腾巴勒珠尔从小是皇子的伴读,为人忠厚老实,乾隆皇帝十分喜欢他。

和敬公主十四岁那年,乾隆皇帝带她去哈朗圭围场秋狝,并特谕科尔沁亲王罗布藏古木布和他十六岁的儿子色布腾巴勒珠尔前来陪猎。在围场,乾隆皇帝特许和敬公主和色布腾巴勒珠尔不必随他出猎,可以随心所欲找地方去玩。这对情窦初开的少男少女很快好到形影不离的地步。

于是,乾隆皇帝便主动向罗布藏古木布亲王提出儿女亲事,紧接着选了黄道吉日,在大寨大摆筵宴,亲自主持了隆重喜庆的订婚仪式。乾隆皇帝高声传谕:"朕与科尔沁王公联姻,也是我大清的一大喜事。自此往后,望不负朕厚待蒙古诸部之意,精诚一体,共扶大清江山社稷千秋万代!乾隆皇帝还对亲王说:"这座大寨是朕为三格格特意建造,今日在这寨中两个新人喜结连理,朕与你两家缔成了一世的姻缘,就叫它'联姻寨'吧。"③

这一联姻寨的传说,情节虽然简单,但耐人回味。色布腾巴勒珠尔的皇子伴读身份,使他较早进入清宫,成年后成为备指额驸的人选,他是清朝内廷教养和备指额驸制度培养出来的人才。在哈朗圭围场,因为乾隆的有意安排,和敬公主和色布腾巴勒珠尔有了单独相处、相互了解到心生爱慕的机会。色布腾巴勒珠尔与固伦

---

① 蒙语"哈朗圭",意为发黑之地。
② 张学军主编《木兰围场传说》,北京:中国三峡出版社,2016 年版,第 192—195 页。
③ 张学军主编《木兰围场传说》,北京:中国三峡出版社,2016 年版,第 192—195 页。

和敬公主的结合,当然是出于满蒙联盟的需要,但这一自由恋爱加皇阿玛包办的姻缘,既顺应人情又符合事理,很明显是满蒙联姻中浪漫情缘与政治结盟的最佳状态,也形成了满蒙之间最为牢靠的联盟关系。民间百姓兴致勃勃地讲述这一天作之合、皆大欢喜的联姻故事,客观反映出满蒙联姻由既定政策到形成保障制度带来的显著效果,顺应了满蒙联姻的时代潮流,同时也将"联姻寨"这一文学景观深深地烙印在人们的心中。

八、奶奶庙

《奶奶庙》也是乾隆年间有关满蒙联姻的传说。奶奶庙在今内蒙古自治区赤峰市喀喇沁旗,又称作全安寺。据《奶奶庙》①传讲:乾隆年间,喀喇沁左翼旗年轻的王爷拉特纳吉弟承袭贝子王爵,调京御前行走,后来又封为前锋统领。有一年,拉特纳吉弟西出边疆去剿抚准噶尔,立了大功,乾隆嘉封他为头等塔布囊,并把三公主嫁给他。就在三公主和拉特纳吉弟准备完婚之时,西北战争又起,拉特纳吉弟在赴边作战中不幸身亡。

噩耗传到宫廷,三公主悲痛欲绝。乾隆百般抚慰,最终拗不过三公主的以死相逼,于是同意公主"先出嫁,后送葬"的主张,并且答应了公主提出的三个要求:一是借给公主十万兵马,既为三公主出嫁送亲,也为拉特送葬;二是借给公主黄金三万两,作为出嫁和送葬的费用;三是派人在蒙古王府给三公主修建全安寺大庙。

在结亲和殡葬相连的七七四十九天大礼中,先以十万人马送三公主出嫁,一色的红袍、红马、红旗,鼓乐喧天,簇拥着放有拉特纳吉弟驸马头盔和应天宝剑的楠木寿材。当来到离京城八百多里

① 准喀喇沁民间文学"三项"集成领导小组编《中国民间文学集成·辽宁卷·准喀喇沁资料本》(一),1983年版,第38—41页。

外的喀喇沁左翼旗边界时,十万人马从头到脚按照满族人的习俗,都换上素白孝服。三日之后,人马整队出发时,哀乐阴沉,哭声震天。来到离王府十里以外时,十万送丧的人按着蒙古人的习俗,改着青服。走在前面的公主青服素裹,簇拥着黑棺红寿缓缓哭行。看着拉特纳吉弟的寿材埋入土中,三公主痛不欲生地哭着发誓要为忠心报国的拉特纳吉弟守一辈子。

待全安寺落成,三公主便带领家奴进寺。从此,她每天念经、跪拜、坐地祷告,整整七十年。到她八十八岁时,坐着归天了。后人便把这座庙叫做"奶奶庙"。

这篇讲述拉特纳吉弟之死和三公主为其终身守节的联姻传说,一方面反映出蒙古王公为维护边疆稳定付出流血牺牲的代价,另一方面也表现出三公主对血战疆场的蒙古英雄的爱戴和崇敬。三公主的刚强个性和凛然傲骨,源于她的明理淡泊和宽厚博大的胸怀,其言行使人钦佩,其品格令人敬重,所以有关她的传说才会不绝于口,流传至今。而奶奶庙这一文学景观也包含着清宫公主特立独行、自我牺牲和无私奉献等文化内涵。

九、格格陵

清末,清朝皇室与蒙古王公的联姻数量早已锐减,而此时满蒙王公之间的自行通婚却屡见不鲜。相传,在燕山之北、敖木伦河东岸的九泉莲花月亮山下,有一个长满刺槐树的格格陵。据《格格陵》①传说:在二百多年前,喀喇沁左翼旗王府有一个叫瑚图灵阿的王爷,曾任过左副定边将军,因为立过战功,被封为贝子。这瑚贝子别的都很称心,就是他有一个傻儿子,一直未能娶妻。

---

① 本社编《小喇嘛降妖——蒙古族民间故事选》,沈阳:春风文艺出版社,1982年版,第87—91页。

这一年瑚贝子进北京朝觐皇帝,皇族中有一家亲王请他到家中赴宴。席间谈起儿女婚姻,瑚贝子就夸起自己的儿子如何英俊聪明,这家亲王顺口就把自己的格格许给了瑚贝子的儿子。瑚贝子连忙表示:我瑚图灵阿一家世世代代效忠大清皇上。瑚贝子回家后,请喇嘛择定吉日,立即差人报告北京那家亲王,亲王回信叫新女婿到期亲迎。瑚贝子心下很是高兴,可看到自己那痴痴呆呆的儿子又发愁犯难了。经过一番冥思苦想,瑚贝子计一表人才、聪明伶俐的奴才董僧宝前去迎亲。到了京城,亲王大摆酒宴招待新女婿等,大家见了董僧宝,都说亲王有眼光,选了个好女婿。格格在暗处看到董僧宝,也是心满意足,庆幸自己得到年轻英俊的郎君,结下一桩如意的婚姻。

娶亲的队伍回到瑚贝子府,拜过花堂,洞房里突然闯进一个肥头大耳的傻子。经过追问,格格才明白是别人代替傻子进京娶亲了,顿时昏倒在地。瑚贝子见事情败露,格格又不肯顺从,先是诬赖董僧宝偷盗,将其活活绞死,接着又写信给亲王,说格格做了伤风败门之事。糊涂的亲王竟然修书骂格格给皇家和王府丢人现眼,还赐给她药酒一瓶、绫带一条,要她自寻死路。可怜的格格满怀悲愤,将药酒一饮而尽,含恨死去。之后人们把格格埋在敖木伦河东岸,从此这里便新添了一座格格陵。

这篇传说充满凄情苦调,蒙古王爷瑚贝子狡诈阴险,亲手制造出一桩桩人间悲剧;皇族亲王则糊涂愚蠢,不仅草率允婚,还将自己的女儿逼上绝路;误以为嫁了如意郎君的格格,未料想掉进早有预谋的陷阱;替少爷迎娶新娘的家奴,不仅被诬陷还招来杀身之祸。两百年来,那埋葬着服毒身亡格格的陵墓,以它的存在,无言地向世人诉说着道不尽的委屈和怨恨。而播于人口的凄惨传说,使人在慨叹格格悲惨命运的同时,也更加深思满蒙以联姻促联盟所付出的代价,这也是格格陵文学景观耐人寻味、启人深思的价值所在。

综上所述,满蒙联姻传说中的文学景观虽然数量有限,但鸿鹄

楼、巴林桥(公主桥)、翠花宫(伊逊河)、公主陵、如意河、奶奶庙、格
格陵等文学景观之中却蕴含着不同时期满蒙联姻历史与文化的精
彩内容,它们也成为人们回顾历史、反思现实、瞻望未来的独特窗
口。至今尚存的旧迹遗址和文学景观,伴随着广大民众的口耳相
传流布远扬,对发展当地的经济和彰显地域文化仍能起到一定的
作用。正如学者所言:"文学景观研究是文学地理学参与和支持地
方文化建设的一项重要内容。完整意义上的文学景观研究,应对
曾有的和现存的文学景观进行全面的调查,确定其位置,梳理其脉
络,描述其特点,发掘其价值,阐述其意义,最后就景观的保护和有
限度的旅游开发提出建议。"[①]所以,重视对满蒙联姻传说的解读,
关注并分析其文学景观存在的价值意义,阐述其文学与文化内涵,
既是促进当地经济建设和地域文化发展的一种途径,同时又能为
铸牢中华民族共同体意识提供宝贵的精神养料。

第五节　满蒙联姻的地名传说

地名是历史发展的印记,也是社会文化生活的产物。地名的起
源与沿革与人类的生活密切相关,也蕴含着丰富的历史内容:"地名
的命名一般来说总是有原因的,因物或因事而命名。因此,地名通
常能反映出命名时期的某些历史背景情况,为历史学的研究提供材
料。"[②]一般来说,大地山川等地理实体并不因人事沧桑而随之改变,
自古以来,华夏大地经历了夏倾商继,秦覆汉兴,但山河依旧,样貌
未改,可是地名却会随着人类生活和历史变迁等因素的影响而发生
变化,特别是朝代递嬗、国家兴替、疆域易主、军事征服、经济发展、民
族迁徙,以及发现新土地、开拓新垦殖等,都有可能直接带来旧地名

---

① 　曾大兴《文学地理学概论》,北京:商务印书馆,2017 年版,第 254 页。
② 　中国地名委员会办公室《地名学文集》,北京:测绘出版社,1985 年版,第 13 页。

的消失和新地名的诞生。所以追溯地名的诞生、更替或沿革,能够阐释地名演变的原因,对我们了解其命名时的地理环境、历史政治、经济发展、民族宗教、风俗习惯和语言特征等大有裨益。

地名传说一遍又一遍的口述过程,其实就是一次又一次地解释某一地名的由来与变化,其中不但包含着历史发展和社会变迁的复杂内容,也潜藏着民间认知和大众的接受心理。可以说,地名传说是人们以口述的形式集体回顾过去、记忆历史、判断价值的一种表现。

满蒙联姻的地名传说是满蒙联姻历史与文化的一种阐述方式,与满蒙联姻的发展过程和历史状态联系紧密。现存的满蒙联姻地名传说主要集中在顺治、康熙、雍正和乾隆四朝,流传至今的大公主屯、土炕川、猴儿沙丘、皇姑屯、珠腊沁村、孩子坟、公主围和公主陵等十余篇传说,凭借满蒙联姻故址遗迹的蛛丝马迹,以丰富的想象讲述地名的由来,演绎其命名的过程和细节,再现了满蒙联姻的历史情境和特殊事件,使之与当时的历史状态、地理位置和自然环境最大限度地相吻合。正如学者所说:"地名不仅仅是一个名称或者一个符号,地名传说的故事不仅仅是一个简单的民间口头作品,而是关于当地主人——历史主人经过的历史文化的遗存。"①这些产生于生活语境中的解释性地名传说,往往承载着历史文化的动态信息,在一定程度上代表了民间社会对满蒙联姻的认知、态度和情感,从中可见满蒙联姻的社会烙印。

一、大公主屯

大公主屯位于今辽宁省新民市,在法库县东北部与康平县交界

---

① 海龙、乌云其其格搜集注释《青海德都蒙古地名传说》,呼和浩特:内蒙古人民出版社,2001年版,前言第1页。

的地方,现今这个村庄叫和平村,是和平乡政府驻地。据《大公主屯》①传说:蒙古的达尔罕亲王是顺治年间清廷敕封的四十八亲王之一,他常怀策反之心。为了笼络他,顺治皇帝准备将自己的姐姐大公主嫁给他。深明大义的公主为了清廷的稳定与安宁答应出嫁,但她提出一个要求,那就是要带上七十二行行行都有的匠人作为随从人员。

出嫁北行后,大公主到处跑马占荒,扩大自己的领地。某天,行至一处,天黑了,大公主便命人就地结庐造屋住了下来。第二天天亮,公主看这个地方不错,就留下几个心腹随从,要他们在此兴建家园,以后这里便有了村庄。

大公主与达尔罕亲王结婚之后,并没有忘记这几个心腹随从,每年都带着好多礼物来看望他们,并住上一宿,后来人们就将这个村庄叫作大公主屯。解放后大公主屯改名为和平村。

这一地名传说反映出清宫格格出嫁对蒙古地区产生的影响。大公主屯的出现是满蒙联姻的产物,大公主屯的更名则是历史发展的必然。在满蒙近三百年的联姻过程中,随着清公主的出嫁,为数众多的随从人员与公主一起奔赴塞外,扎根草原,这无疑给蒙古地区的开发和建设注入了新的活力。人们对大公主屯来历的传讲,正是广大民众对满蒙联姻漫长历史的片段记忆,也是人们对蒙古草原发展变化的一种回顾。

二、土炕川和猴儿沙丘

土炕川即今内蒙古自治区赤峰市巴林右旗大板镇白音尔灯苏木哈日毛杜村。据《土炕川》②传说:固伦淑慧公主下嫁巴林郡王

---

① 辽宁省法库县民间文学三套集成办公室编《中国民间文学集成·辽宁卷·法库资料本》,1986年版,第84页。

② 纳钦《从传说到信仰:一个蒙古村落民间叙事传统的文化运行——以珠腊沁村公主传说为个案》,《民族文学研究》2004年第2期。

色布腾时,因随嫁陪房的三百户七十二门匠人尚未来得及修建宅院,公主只好在西拉沐沦河东岸扎营,立起帐房住下来。这时已值晚秋,眼看公主就要在扎营的地方过冬了,身兼婚宴"头官"的同宗亲王就命令兵丁们用木草加固了帐房,帐里还给公主打了土炕,做好了过冬的准备。后来此地便有了"土炕川"之名。

另据《猴儿沙丘》[①]讲述:固伦淑慧公主离开皇宫时带了一只小白猴,那是她从小驯养的宠物。一日,公主带着小猴到土炕川北端榆树林的沙丘上散步,突然失手让小猴跑掉了。慌乱的丫鬟们匆忙追赶,但小猴还是跑得无影无踪。他们找遍树林和山丘,也没有找到。此后,那里就被叫做"猴儿沙丘"了。

很显然,无论是土炕川还是猴儿沙丘,从最初的传闻演化为后来的地名,其实都是为了纪念公主下嫁途中发生的事件。因为"公主下嫁事关重大,对于团结巴林部起到了重要的推动作用,而且对于后来动员蒙古军统一全国产生了积极意义。从另一个角度,也就是从当时的巴林民众角度上说,这是他们的王爷迎娶金枝玉叶,因此公主进入巴林境域后的每一个举动无疑都被认为是十分新奇和值得纪念的"。[②]的确,土炕川和猴儿沙丘地名流传之初,人们一定是怀着几分好奇地传讲草原上的新鲜事。有学者曾说:"公主丢猴的传闻也应当反映了史实,因为当时的巴林没有养猴一习,民众不可能凭空编造出这样的传闻。"[③]在当地百姓口耳相传的过程中,这种新的生活方式开始进入草原,它对蒙古草原固有的生活方式和民风习俗将产生潜移默化的影响。

---

① 纳钦《口头叙事与村落传统——公主传说与珠腊沁村信仰民俗社会研究》,北京:民族出版社,2004 年版,第 91 页。

② 纳钦《从传说到信仰:一个蒙古村落民间叙事传统的文化运行——以珠腊沁村公主传说为个案》,《民族文学研究》2004 年第 2 期。

③ 纳钦《口头叙事与村落传统——公主传说与珠腊沁村信仰民俗社会研究》,北京:民族出版社,2004 年版,第 91 页。

三、皇姑屯

皇姑屯地处今河北省承德市隆化县隆化镇老街区,据《隆化县志》记载,顺治五年(1648),固伦淑慧长公主下嫁蒙古巴林郡王色布腾后,顺治皇帝将波罗河屯①附近的五百顷土地赐给淑慧公主,作为陪嫁的脂粉地②,并招募流民垦荒,村落逐渐扩大。康熙年间,淑慧公主被尊为皇姑,往来巴林与京师途中,常在波罗河屯停驻,于是人们便将这里称为皇姑屯。据《皇姑屯》③传说:顺治当皇上那段,时兴跟蒙古族王子认姑爷,攀亲戚。由太后和皇上做主,把淑慧公主嫁给蒙古族巴林郡王色布腾。一心要帮着皇上治理国家的淑慧公主高高兴兴上了花轿。等到小侄子(也就是后来的康熙皇帝)出生时,淑慧公主准备了獐狍野鹿、山珍等许多礼物,匆匆赶回京城,抱着小侄儿疼爱不够。后来康熙长大一点了,公主就教他说话、背诗,康熙也最喜欢跟姑姑玩。康熙登基当了皇上以后,一直想着报答姑姑,每年从京城到木兰围场打猎时,都要专门去探望姑姑。

随从大臣和家族中那些争权夺势的人看不惯,非常嫉恨公主,常在皇上面前说淑慧公主的坏话,康熙却念着姑姑为大清的好,下了一道圣旨:"今上之姑,恩重如山,赐波罗河屯周围五百顷为其胭脂地。"打那往后,公主到波罗河屯来的趟数就多了,这一带老百姓差不多都认识她。皇姑对老百姓也挺和气,大伙儿只要一听说皇姑来了,都跪到街头接迎。一来二去,皇姑对这块地方的感情也越来越深了。

---

① 波罗河屯:又作"博洛河屯",蒙语意为青城或旧城。
② 脂粉地:公主出嫁,皇帝拨给一些土地,俗称"胭脂地",取其私房化妆品之资的意思。
③ 承德地区民研分会《承德的传说》,北京:中国民间文艺出版社,1984 年版,第 189—192 页。

　　可是,皇宫里那些早先嫉恨公主的人还是不死心,不断在皇上跟前说三道四,有的还假传圣旨欺侮公主。这样闹闹喳喳时间长了,皇上跟公主也就有点疏远了。

　　淑慧公主心里非常难受,整天生闷气。不久,丈夫色布腾又病死了。因为蒙古人有再嫁的风俗,公主身前身后就总有些人缠巴着,想捞到她的欢心。于是公主便在侍从的保护下,来到波罗河屯。谁想她连气带累,做下了病,没过几年就死在了波罗河屯。

　　传说中淑慧公主的亡故地点虽然与历史记载不相符合,但这并不影响普通百姓传讲淑慧公主与波罗河屯的故事。在百姓的心中,淑慧公主善良贤德,忍辱负重,人缘极好。首先,淑慧公主深明大义,能够为朝廷和皇帝分忧,爽快答应下嫁蒙古王爷;其次,她善良仁爱,孝顺父母,对年幼的康熙皇帝呵护有加,对待普通百姓也一团和气;再有,她忍辱负重、清心寡欲,面对别人的妒恨、康熙皇帝的冷落和丧夫的不幸,默默地承受着痛苦和磨难,她最终选择生活在康熙皇帝赐予的脂粉地波罗河屯,就是希望在那里得到安静的生活和心灵的慰藉。正如学者所言:"民间传说所特别注以青睐的,倒是那些历史上不甚注意、甚至受到轻视和不公平待遇的人,只是因为他们身上有一种品质为人们所喜爱,或者遭遇值得同情,⋯⋯这些传说一般并不着力于主人公平生大事大节的描叙渲染。"[①]《皇姑屯》传说就是如此,在民众的传讲中,人们一方面关注并同情善良和蔼的淑慧公主,为她的孤寂境遇鸣冤叫屈;另一方面也反映出淑慧公主在民众心中的分量,折射出她深得民心和受人崇敬的人格魅力。

四、珠腊沁村

　　蒙语"珠腊沁"即执祭灯者之意。珠腊沁村位于今内蒙古自治

---

①　程蔷《中国民间传说》,杭州:浙江教育出版社,1989年版,第47页。

区赤峰市巴林右旗查干沐沦苏木,在查干沐沦河岸额尔登乌拉山南麓。这个村庄大约形成于 1703 年前后,是一个具有三百多年历史的蒙古族村落。珠腊沁村最早的住户以淑慧公主的 40 户守陵人为主,这些人是当初为淑慧公主建陵时,从公主陪房中挑选的。如今这 40 户已繁衍成查干沐沦苏木的哈丹恩格尔、毛敦伊和、毛敦敦达、阿日宝龙等四个自然村,当地人统称为"珠腊沁村"。珠腊沁人作为公主陵的陵丁,他们世代敬仰公主,履行着守陵人的职责。同时,他们之中也盛传着有关淑慧公主的各种传说。

相传,在公主陵完工后,北起穆尔古车格山,南至李喇嘛树的方圆十八里地被划为公主陵的香火地。从此,这方圆十八里的山水、树木、草场就成了不可触犯的禁地。由于有了这样的禁忌和保护,公主陵东边的查干沐沦河东岸长出了美丽壮观的榆树林。珠腊沁人称榆树林为"陵园脚下的树",视之如神,从不触犯。据《珠腊沁的榆树林》①传说:在公主陵香火地有南北绵延十余里的榆树林,这是"公主陵卫队"。这支"卫队"是由北往南走的,目标是进军京城,要与皇帝决战,以报公主之仇,了却公主的心愿。这支队伍的"前锋"是阿日宝龙营子以东的"喇嘛树",即为"排头树"或"领头树"。中间绵延十余里长着数千株茂密的沙榆树,是"卫队"的大部队。毛敦乌珠尔营子九神庙前的一棵大榆树为"中军",督军前行。毛敦伊和营子后有一棵伞状榆树,是"后卫"或"都督",这是"兵头将尾"的严密阵容。

这一极富艺术想象力的地名传说,将公主陵香火地延绵而茂密的榆树林演绎为一支奔向京城复仇的公主陵卫队,显然这是民间社会情绪的一种流露,即人们对公主陵被迁之事的不满和愤恨。有学者曾分析:"朝廷一次次破坏风水,公主陵(或巴林)又一次次

---

① 纳钦《从传说到信仰:一个蒙古村落民间叙事传统的文化运行——以珠腊沁村公主传说为个案》,《民族文学研究》2004 年第 2 期。

创造了风水与祥瑞，最后迁到额尔登乌拉山，竟还长出了'榆树军'，向京城进军。虽然，朝廷把事情做成千古一绝，但巴林民众还是没有把希望完全埋掉，而是把它落根于珠腊沁这片土地上。"①所以这则有关"公主陵卫队"的传说，不仅反映出珠腊沁人对清廷及康熙皇帝的不满，而且透露出他们对淑慧公主的尊崇、依赖与怀念。

这一紧扣地方风物敷衍的地名传说，显然产生于公主陵被迁到额尔登乌拉山以后，其创造者和传播者应当是珠腊沁人，他们通过联想附会和神奇的夸张，壮大了公主陵的声威，也扩大了淑慧公主的影响。在人们的口传心述中，珠腊沁人一边宣泄着因公主陵屡次被迁而积压的不满和怨恨，一边努力抚平由此带来的情感冲击和内心创伤，这也是这一传说从珠腊沁村传遍巴林，传向更远地方的重要原因。

五、孩子坟

相传，在喀喇沁草原上有一个叫孩子坟的地方。据《千公主和亲》②传说：千公主是康熙的女儿，能骑善射，每年都随父皇去围场打猎，很受康熙宠爱。有一年打猎，她一人就射杀了二十多只獐鹿，直到囊中无箭，才打马回营。路过山口时，突然窜出一只金钱豹向她扑来，公主有弓无箭，眼看要喂豹子了。就在这紧要关头，"扑通"一声，张牙舞爪的金钱豹却中箭掉下涧去，原来是蒙古喀喇沁王射箭救了公主。千公主内心充满感激，深深拜谢喀喇沁王，二人在回来的路上并肩而行，谈笑风生，直到营地才分手。康熙细看

---

①　纳钦《从传说到信仰：一个蒙古村落民间叙事传统的文化运行——以珠腊沁村公主传说为个案》，《民族文学研究》2004 年第 2 期。

②　陈德来、童萃斌选编《康熙皇帝的传说》，杭州：浙江文艺出版社，1985 年版，第45—47 页。

女儿和喀喇沁王,觉得是郎才女貌,天生一对。他想:抚睦蒙古族,有助我大清江山,倒不如趁此成全了他们的婚姻。于是康熙就把千公主许配给了喀喇沁王。

一晃六年过去了,喀喇沁王抱着五岁的小王子,去避暑山庄见康熙。康熙见小外孙聪明伶俐,爱如掌上明珠。可后来,小王子却莫名其妙地在宫中被毒死了,事后查出是康熙身边妒贤嫉能、轻视蒙古人的大臣所为。康熙悲痛万分,降旨将小王子尸首移至喀喇沁草原埋葬,将狠毒的大臣斩首奠坟。从此,喀喇沁草原上又多出了一个地名——孩子坟。

这篇有关喀喇沁草原上"孩子坟"的地名传说,由康熙能骑善射的女儿千公主与艺高胆大的喀喇沁王的巧遇,演绎出一桩满蒙之间珠联璧合的浪漫情缘。然而这一美满的姻缘却出现了弦外之音——小王子在清宫中毒身亡的悲剧,这也说明满蒙联姻并非一帆风顺,祸乱其中的小人出于种种目的,为满蒙和睦相处设置了种种障碍。孩子坟的出现及地名传说的流传便展现出满蒙联姻的复杂情形。

六、公主围

木兰①围场是清代皇家猎苑,位于今河北省承德市围场满族蒙古族自治县,与内蒙古草原接壤。这里原本是蒙古喀喇沁、敖汉、翁牛特、克什克腾等部的游牧地。1681年康熙皇帝第二次北巡塞外时,蒙古诸部将这片地方献给清廷,由此开辟出木兰围场。根据地形和禽兽的分布,木兰围场又分为72个小型围场,这些小

---

　　①　木兰系满语,即哨鹿之意。哨鹿是一种诱猎方式,即猎人于黎明前潜入林中,戴上假鹿头,口中吹着用木或桦皮制作的长哨,模仿雄鹿求偶的声音,引诱雌鹿出现,以便围猎。

型围场都以蒙语或满语命名。这里有高山、草原、峡谷和丘陵兼备的复杂地形，为八旗将士和皇子皇孙行围习武提供了活靶子，也为满蒙训练骑兵提供了适宜的场所。

清朝前半叶，每年秋季，皇帝都要带领王公大臣、八旗军队，乃至后宫妃嫔、皇族子孙等数万人，在此举行规模浩大的狩猎习武，史称"木兰秋狝"。木兰围场北控蒙古，南近京师，右接察哈尔，地处漠南蒙古诸部之中，皇帝可以就近接见、宴请、赏赉蒙古的王公贵族，用羁縻之策团结蒙古王公大臣，以此抵御沙俄侵扰，防止民族分裂。据史料记载，从康熙到嘉庆的 140 年间，木兰秋狝多达105 次。

在木兰围场的七十二围中，有五个围场是以禽兽名命名的，相传是康熙皇帝的四公主在皇帝设围时用蒙语说出的禽兽名，所以又叫"公主围"。据《公主围》[①]传说：康熙皇帝为了笼络蒙古各部，把四公主紫娟嫁给北方的喀喇沁旗王爷贡嘎扎布为妃。后来康熙皇上到塞外勘察地形、设置木兰围场，借此机会，他也想见见四公主紫娟。

康熙皇帝驾临那天的夜里，康熙与四公主单独叙谈，紫娟流着泪向父皇倾诉思念之情。康熙听罢不胜感慨："朕念及大清江山不受外侵，多团结一个少数民族，就对巩固大清江山增一分力量。皇儿已来塞外三年，全是为了团结少数民族的良策啊！"

第二天，在确定设置木兰围场的路上，康熙指着密林或天上的鹿、虎、雕、狍子、野猪等兽禽，让紫娟用蒙语说出它们的名字，紫娟毫不含糊地说出了布扈图、巴尔图、岳乐、珠尔噶岱和噶海图，这让康熙十分满意。后来，紫娟骑马追赶一只野猪，仅剩七八步远，她才眼疾手快地张弓搭箭，康熙和随从们全被紫娟射获野猪的场面惊呆了。最后，在设立围猎点时，康熙根据四公主报出的鹿、虎、

---

① 张学军主编《木兰围场传说》，北京：中国三峡出版社，2016 年版，第 307—309 页。

雕、狍子、野猪等兽禽名,以蒙语命名了布扈图、巴尔图、岳乐、珠尔噶岱、噶海图五个围场。以后,康熙每年来木兰围场狩猎时,贡嘎扎布和紫娟都会在木兰围场同皇上一起习武练兵、游玩赏景。

《公主围》是一篇题材独特、内容新颖的地名传说,借描写康熙视察喀喇沁、设立木兰围场的过程,反映出四公主下嫁喀喇沁王爷后的生活状态和精神面貌,是联姻公主草原生活的生动写照。肩负着和睦蒙古族重任而嫁往喀喇沁的四公主,在草原仅生活了三年,不但学会了蒙语,还练就了骑马射猎的真本领,这让康熙皇帝十分赞赏,也十分欣慰,更增添了团结蒙古人巩固大清江山的信心。可以说,满蒙联姻正是依靠众多如四公主这般有胆有识、肯吃苦、有担当的清宫格格,才形成了满蒙之间血浓于水的亲缘关系,建立起满蒙联盟的铜墙铁壁。以蒙语命名的布扈图、巴尔图、岳乐、珠尔噶岱、噶海图五个围场,是满蒙联姻中自然产生的新地名,也是满蒙紧密融合的历史印记。

七、公主陵

满蒙联姻传说中有关公主陵的传说不止一篇,而公主陵也并非狭义地仅指公主的陵墓,有的后来还演变为村庄的名称。据《公主陵》①传说:在辽宁省法库县西部八虎山下的四家子蒙古族乡东北,有一条东北至西南走向的小山沟。这条沟里,有一个远近出名的小村庄叫公主陵。公主陵之所以出名,是因为村庄后面的山坡上埋葬着清朝的二太王爷(称老陵)、端柔公主(称公主陵)、僧格林沁王(称僧王陵)和贝子(称贝子陵)等王公贵族。

相传,大清朝雍正皇帝当朝时,把端柔公主下嫁给北面的蒙古

---

① 辽宁省法库县民间文学三套集成办公室编《中国民间文学集成辽宁卷·法库资料本》,1986年版,第100—104页。

王爷。端柔公主是庄亲王允禄的大闺女，长得俊俏又聪明伶俐，深得皇帝喜爱。雍正五年，皇帝把她许配给科尔沁郡王，公主嫌那地方离北京太远、太荒凉，哭了三天三夜不愿意去。后来，皇帝发怒了，告诉她要为朝廷着想，要么出嫁，要么赐死。公主前思后想答应出嫁，但也提出条件，那就是得多带家奴，多占地盘，皇帝满足了她的要求。

公主出嫁时带了老多的金银财宝和家奴，见到哪地方好就占为己有，公主陵这块地方就是公主跑马占荒得来的。当时公主让跟她来的白、于、杨等十个姓的人家在此居住，放牛放羊，开荒种地，从此，这地方就叫十家户。

端柔公主和蒙古王爷结婚后，据说也没有多少感情，那王爷体格不好，比公主先死了好多年，死后就埋到了十家户。公主死于乾隆十九年，死时也就四十多岁，与王爷合葬一处，并修起一座陵园。从此，公主陵就成了村名。解放初期，公主陵改叫民主村，五八年大炼钢铁时，又改名钢铁村，后经县政府批准，又将村名改回原来的公主陵。

从这一地名传说可知，由于蒙古地区偏远落后，再加上游牧民族逐水草而居的生活方式，对下嫁公主而言，将面临重重考验，所以并不是每位清宫格格都心甘情愿地远嫁蒙古，其中有一些公主会选择多带随从和跑马占地来增加她们的安全感。

从本篇传说中十家户的产生，到公主陵地名的出现，便反映出满蒙联姻中较为常见的一种现象。端柔公主从开始的拒绝出嫁，到后来的不得不服从；从热闹的跑马占地到婚后寡淡的生活，她的经历是不少联姻公主命运的缩影。可以说，这些下嫁蒙古的公主们只是满蒙联盟大局中的一枚棋子，她们必须接受命运的安排，经受生活的考验，这样才能实现大清皇帝联合蒙古王爷的目的，所以她们为满蒙联盟、为大清江山付出的牺牲，后人是不应该忘记的。因公主联姻而出现的十家户——公主陵——民主村——钢铁村——公主陵的地名演变,是时代发展和历史变迁留下的印记,其中的社会内容和文化内涵值得咀嚼回味。

综上所述,满蒙联姻的地名传说是了解满蒙联姻历史和文化的重要窗口,这些传说往往凭借某一地点与满蒙联姻历史事件或历史人物的关联,讲述地名的诞生及其历史沿革。这些具有地域特色的地名传说能够流传至今,足以说明满蒙联姻地名传说具有强大的生命力。在这些地名沿革或更替的动态信息中,能够感知民间社会和广大民众对待满蒙联姻的看法和态度,可以加深对和亲联姻地名传说历史价值和现实意义的领悟和理解。

第五章　其他民族联姻通婚的
诗歌与传说

在中华民族漫长的历史发展进程中，多民族的和亲联姻是时代与历史的一种选择。从中原王朝与边疆少数民族的和亲，到不同民族政权之间的联姻，再到各族民众间的通婚结亲，这些来自不同时代、不同地域的民族交往和交融，无论是具有明确政治目的的和好亲善，还是情动于衷的爱意萌生，都密切了双方的关系，加深了彼此的交流，为中华民族多元一体大家庭的形成奠定了基础。

论及古代和亲的文学呈现，除了汉匈和亲、唐蕃和亲与满蒙联姻之外，其他民族的联姻通婚在古代诗歌和民间传说中的反映，可谓是时断时续，散点式地反映着其机缘或过程，从中可见民族间联姻通婚的复杂情形和重重考验，蕴含着古代文人和广大民众看待联姻通婚的态度和情感。这些诗歌和传说不仅体现着中华民族爱好和平、合作发展的历史观念，而且映射出中华民族虽历经磨难却依然团结奋进的精神风貌。

第一节　其他和亲诗的零散呈现

在中国古代和亲诗中，除了咏昭君诗自汉至清从未间断，其他时代的和亲联姻在古代诗人的笔下基本上处于时隐时现的零散状态，目前能见到的公主自吟及古代诗人咏其他公主的和亲诗仅有五十余首,这不能不说是一种文学的遗憾。

一、汉代细君公主的悲歌

　　细君公主是第一个肩负朝廷和亲重命、远嫁西域乌孙的汉朝公主。乌孙在匈奴的西面,西邻康居、大宛,南接城邦各族政权,是西域当时最强大的政权。汉武帝时,乌孙兵力强盛,因不肯受匈奴羁属,匈奴几次兴兵讨伐,但都被乌孙打败。张骞第一次出使西域归来,便向汉武帝建议:"诚以此时厚赂乌孙,招以东居故地,汉遣公主为夫人,结昆弟,其势宜听,则是断匈奴右臂也。"①于是,元鼎二年(前 115),汉武帝派张骞专程出使乌孙。但当时乌孙对汉朝提出的和亲还有所顾虑,一是因为乌孙当时还臣属于势力强大的匈奴,二是乌孙对汉朝知之不多,所以不敢贸然答应张骞的要求,只是选送良马作为答谢汉武帝的礼物。为了进一步加强对汉朝的了解,乌孙派使臣随张骞到长安打探虚实,当使臣看到中原地区人口众多、国强民富,便增强了与汉朝联盟的信心。

　　元封三年(前 108),乌孙派使者赴汉,以良马千匹为聘礼,愿得汉朝公主,与汉结为昆弟。元封六年,汉武帝封江都王刘建之女为细君公主,出嫁乌孙昆莫(即王)猎骄靡。太初二年(前 103),细君公主去世后,汉朝为了巩固与乌孙的联盟,将解忧公主嫁往乌孙。

　　刘细君史称"江都公主",她嫁给乌孙昆莫猎骄靡,为右夫人。细君自幼生于绮罗,体质纤弱,来到逐水草而居的乌孙,"自治宫室居,岁时一再与昆莫会"②,经受着水土不服、语言不通、生活不便和习俗不同等重重考验。再加上猎骄靡当时已年过七十,儿孙满

---

　　① （汉）班固《汉书》卷六十一《张骞传》,北京:中华书局,1962 年版,第 2692 页。
　　② （汉）班固《汉书》卷九十六《西域传·乌孙》,北京:中华书局,1962 年版,第 3903 页。

堂,所以江都公主在其女使和侍从一百人的伺候下过着寡居生活,说她有夫只是虚名而已。尽管如此,细君公主仍不负使命,在汉朝为她修建的宫室中开展友好活动,常"置酒饮食,以币帛赐王左右贵人"①,努力实现联姻结盟、共同遏制匈奴的目的。细君公主在四顾无亲的异域他乡,曾无限凄凉地赋诗述怀:

> 吾家嫁我兮天一方,远托异国兮乌孙王。
> 穹庐为室兮旃为墙,以肉为食兮酪为浆。
> 居常思土兮心内伤,愿为黄鹄兮归故乡。

这是细君公主内心凄苦的独白,也是她孤独寂寞的声声艾怨。身在乌孙,处境艰难,再加上对故乡亲人的苦苦思念,这是细君公主异乡生活的真实写照,或许还是她华年却早逝的原因所在。有人说这首出自和亲公主之手的诗歌,"可能是流传至今出自西域的最早的汉语诗歌作品",②细君公主那发自肺腑的思乡柔情令人怜惜、催人泪下。

　　最让细君公主难以接受的是,后来猎骄靡出于王位继承等方面的考虑,下令将细君公主嫁给他的孙子军须靡。这种违反汉人伦理道德观念的许配,细君公主当然不从,于是上书给汉武帝陈述情由,汉武帝则致书曰:"从其国俗,欲与乌孙共灭胡。"③作为封建帝王,汉武帝考虑的是政治需要,细君公主不过是他实现政治目的的外交工具。无奈,细君公主只得遵命与军须靡结合,后生有一女。

　　汉武帝太初元年猎骄靡死,军须靡继位。次年,细君公主以妙

---

　　①　(汉)班固《汉书》卷九十六《西域传·乌孙》,北京:中华书局,1962 年版,第3903 页。

　　②　王嵘《西域文化的回声》,乌鲁木齐:新疆青少年出版社,2000 年版,第 94 页。

　　③　(汉)班固《汉书》卷九十六《西域传·乌孙》,北京:中华书局,1962 年版,第3904 页。

龄韶华于孤独凄苦中辞世,她仅在乌孙生活了五年。对此,学者曾作过分析:"西汉王朝与乌孙的和亲,同历代统治集团之间的联姻一样,其本质都是一种政治行为,是为一定政治利益服务的策略和手段;在国家民族的帜幡后面,却是和亲执行者个人意志和人生命运的扭曲贬损。当我们赞扬封建帝王雄才大略、和亲政策的丰功伟业时,切不可忽视了那些远涉流沙的深宫闺秀们的自我牺牲精神,无论是被迫的还是'自觉'的,其作出的牺牲都应受到称道和同情。这种政治婚姻,显然是对女性的摧残,是反人道的。"①这一论述是中肯而切合实际的。

二、隋朝大义公主的屏风诗

大义公主(563—596)是北周赵王宇文昭的女儿,初名千金公主,嫁给东突厥沙钵略可汗。后来隋文帝杨坚篡夺北周大权,建立隋朝。出于对政治利益的需要,隋文帝对千金公主予以笼络,赐她姓杨,还改封她为"大义公主",其用意显然是因为当时突厥在北方拥有强大的军事力量,所以隋朝希望公主能够深明"大义",维护突厥与隋的友好关系。大义公主忍辱负重,表面上也做过一些促进两国友好交往之事,但对隋朝覆其邦国、灭其宗族的行径,内心实则无法释怀,"从精神及感情上来说,千金公主对隋文帝的代周建隋一直转不过弯来,时常流露出对隋的不满情绪,并鼓动突厥可汗南下,不仅扩大了双方的战争,而且给怀有反隋企图的人提供了借题发挥的条件"。② 同样,隋朝对这位前代的和亲公主也是貌似恩惠有加,实则难以信任。

开皇九年(589),隋灭南朝的陈国后,隋文帝将陈后主宫中的

---

① 王嵘《西域文化的回声》,乌鲁木齐:新疆青少年出版社,2000 年版,第 90 页。
② 林恩显《中国古代和亲研究》,哈尔滨:黑龙江教育出版社,2012 年版,第 140 页。

一架屏风赐给大义公主。这原本是表示恩惠的一种手段，但大义公主由屏风联想到陈的覆亡，更联想起北周王朝和她个人的命运，一时心潮难平，感触颇多，于是挥笔在屏风上题诗一首：

> 盛衰等朝暮，世道若浮萍。
> 荣华实难守，池台终自平。
> 富贵今何在？空事写丹青。
> 杯酒恒无乐，弦歌讵有声？
> 余本皇家子，飘流入虏庭。
> 一朝睹成败，怀抱忽纵横。
> 古来共如此，非我独申名。
> 惟有明君曲，偏伤远嫁情。

这首诗作笔力不俗，以哀婉的情调感慨世事沧桑。一边抒发自己身陷困境的郁闷，一边表达抱负未能实现的怅惘。隋文帝得知此事后十分恼火，不仅下诏废除了大义公主的封号，还伺机除掉了大义公主。

　　恰逢此时，沙钵略可汗去世，其子都蓝可汗继位，大义公主按照突厥的风俗，再嫁沙钵略的儿子都蓝可汗。沙钵略另有一子突利可汗，突利可汗为了加强自己在突厥中的势力，便向隋求婚，隋文帝派人转告他："当杀大义主者，方许婚。"[①]于是，突利可汗便向都蓝可汗进谗言，唆使他杀了大义公主。可怜大义公主年仅33岁便香消玉殒，这就是隋朝利用和亲分化瓦解突厥带来的后果。在古代众多的和亲公主中，这位生于皇家、漂流虏廷的和亲公主，经历国破家亡，目睹盛衰成败，最终死于丈夫之手，其命运可谓悲惨。

---

　　①　（唐）魏徵、令狐德棻《隋书》卷八十四《北狄》，北京：中华书局，1973年版，第1871—1872页。

三、唐人咏和亲公主诗

　　唐代由于统治者政治心胸和视野的开阔,政治、经济和文化呈现出较强的开放态势,和亲范围随之扩大,和亲次数也明显增多,"唐朝为中国历朝中推行和亲政策最普遍者,唐与突厥五次、唐与吐谷浑三次、唐与吐蕃两次、唐与奚三次、唐与契丹四次、唐与宁远国一次、唐与回纥八次、唐与南诏一次"。① 由此可见,唐朝的和亲不仅地域范围广泛,而且和亲的民族众多。被指派和亲的公主就多达十五位,可惜的是,这些公主大多只有封号,并没有留下姓名。但通过古代和亲诗,人们还是能够了解这些肩负国家使命的和亲公主作出的贡献、为民族付出的牺牲,以及她们在异域的坎坷经历。

　　(一)咏唐与契丹的和亲诗

　　唐时的契丹和奚均属于东胡族系,地处东北一隅,都是当时夹在唐与突厥两大势力之间的小部族,对唐或突厥都是时降时叛,摇摆不定,实在难以自立。唐朝为了制服契丹和奚,便采取讨伐与和亲并用的办法,与之联姻只是为了拉拢契丹和奚两个部族,目的是为了孤立突厥,削弱突厥帝国的势力。有学者曾说:"把女人当作历史的弹簧,这是和亲政策的实质。但是哪里需要装上这种弹簧,以及在怎样的情况下才使用这根弹簧,却不是任意的,而是决定于当时的具体的历史情况。"②

　　据新旧《唐书》记载,开元三年(715),契丹首领李失活率部降唐。开元五年,唐玄宗封东平王李续外孙杨元嗣的女儿为永乐公主,并把她赐予李失活为妻。唐人孙逖的《同洛阳李少府观永乐公

---

　　①　林恩显《中国古代和亲研究》,哈尔滨:黑龙江教育出版社,2012年版,第13页。

　　②　翦伯赞《从西汉和亲政策说到昭君出塞》,《光明日报》1961年2月5日。

主人蕃》一诗，歌吟的正是此事：

> 边地莺花少，年来未觉新。
> 美人天上落，龙塞始应春。

诗作叙写边地缺少花开莺啼的春色，美丽公主犹如从天而降，为苦寒的塞外增添了春光。诗人从旁观者的角度，目睹永乐公主入蕃的场景，其心头是荣耀，还是痛惜，抑或是隐忍不发的激愤？个中滋味，读之一时难以确知，这首诗也是唐人吟咏唐与契丹和亲的罕见诗作。

（二）咏唐与奚的和亲诗

契丹和奚都是鲜卑宇文部的后裔，但在唐朝初年，奚的势力大于契丹，所以奚被唐朝重视的程度也高于契丹。奚在归诚唐朝之后，首领被赐以国姓"李"，封地主要在今天的西拉沐沦河两岸，也就是内蒙古赤峰一带。唐朝还在奚境内设立了"饶乐都督府"，由奚的首领充任都督。后因突厥的挑唆和利益的驱动，奚与突厥和唐朝的关系都是若即若离、反复无常的。直至732年，唐朝对奚用兵后，奚首领才率众归顺唐朝，并表示愿意迁居内地。当李延宠继位并降唐后，唐朝册封他为饶乐都督、怀信王。为了进一步加以笼络，天宝四载(745)三月，唐玄宗将宗室女杨氏册封为宜芳公主，嫁与李延宠。

当和亲队伍行至虚池驿时，宜芳公主悲伤难抑，在驿馆题诗一首：

> 出嫁辞乡国，由来此别难。
> 圣恩愁远道，行路泣相看。
> 沙塞容颜尽，边隅粉黛残。
> 妾心何所断，他日望长安。

这首《虚池驿题屏风》是宜芳公主现存的唯一作品,也是她留下的最后遗言。远嫁异乡,情难割舍,路途遥远,风沙扑面,遥望故乡、渴望回归的迫切心情溢于言表。最为悲惨的是,宜芳公主出嫁仅仅半年,由于安禄山以边功邀宠,多次侵掠奚和契丹,导致奚人杀掉宜芳公主,再次反叛。至此,唐与奚的和亲以悲剧而告终,被牺牲掉的是正值芳华的宜芳公主。而和亲公主惨遭杀害,在古代和亲史上也是比较少见的。尽管如此,"契丹、奚通过和亲所得到的唐朝财物比其他少数民族政权明显要多出许多,这对它们的社会发展和文明程度的提高具有积极意义"。①

(三)咏唐与回纥的和亲诗

据历史记载,唐与回纥曾有过 7 次和亲,②皆因当时的唐王朝内忧外患,欲借回纥这一外援来平定内乱,所以"唐回和亲与其他和亲不同,不限于政治外交上或军事上的运用手段,且富有报恩赏功的感情因素存在"。③ 这是唐与回纥和亲的与众不同之处。

回纥与《元史》《明史》中的"畏兀儿"属于同名异译。其先世可追溯到先秦时期的狄或汉魏时期的丁零。隋末唐初,回纥部众在娑陵水(今蒙古国色楞格河)、嗢昆河(今鄂尔浑河)及独洛河(今土拉河)流域游牧。因长期受突厥役使,回纥与突厥之间斗争不断。大业元年(605),回纥等部联合反抗西突厥的处罗可汗。贞观二十一年(647),唐朝在漠北推行府州制度,以回纥部为瀚海都督府。后回纥、思结等部经唐朝允许,迁到河西的甘、凉之间,受到唐朝的保护。天宝三载(744),回纥的称骨咄禄毗伽阙可汗(744—747),建牙于乌德犍山(今蒙古国杭爱山)和嗢昆河之间,被唐玄宗册封

---

① 崔明德《中国古代和亲通史》,北京:人民出版社,2007 年版,第 249 页。

② 张正明《和亲论》,见马大正主编《中国古代边疆政策研究》,北京:中国社会科学出版社,1990 年版,第 440 页。

③ 林恩显《中国古代和亲研究》,哈尔滨:黑龙江教育出版社,2012 年版,第 290 页。

为怀仁可汗。第二年,回纥攻下后突厥,尽占突厥故地,成为北方又一强大的少数民族政权。①

天宝十四载十一月,安史之乱爆发。不久,安史叛军占领了河北,并攻下长安和洛阳。当时仅靠唐军的力量已很难消灭叛军,所以,唐王朝急需向少数民族政权借兵。至德元年(756)七月,唐肃宗在灵武即位,于是派大臣仆固怀恩、将军石定番和敦煌王李承寀出使回纥,要求和亲。回纥怀仁可汗也有与唐和亲及出兵助唐平乱之意,所以怀仁可汗先把女儿嫁给敦煌王李承寀,唐肃宗便封怀仁可汗之女为毗伽公主,由此首开唐以和亲向回纥借兵的先例。后怀仁可汗派太子等人率领 4 000 名士兵助唐平乱,为唐朝击溃安史叛军予以及时的帮助。在唐与回纥的七次和亲中,诗人们咏及的和亲公主有四位,即宁国公主、崇徽公主、咸安公主和太和公主。

1. 咏宁国公主诗

宁国公主,生卒年不详,是唐肃宗李亨的二女儿,初为宁国郡主。远嫁回纥之前,她曾"下嫁郑巽,又嫁薛康衡",②不过这两位驸马都是短命鬼,宁国郡主很快就成为寡妇。

乾元元年(758)四月,回纥因帮助唐王朝平叛有功,向唐请婚。唐肃宗为了表示对回纥的感谢,封寡居的宁国郡主为宁国公主,令她远嫁回纥的英武威远毗伽阙可汗。

宁国公主离开长安时,唐肃宗亲自送至咸阳磁门驿,宁国公主泣不成声地说:"国家事重,死且无恨。"③由于这次和亲事关重大,

---

① 以上参见崔明德《中国古代和亲通史》,北京:人民出版社,2007 年版,第250—251 页。

② (宋)欧阳修、宋祁《新唐书》卷八十三《诸帝公主》,北京:中华书局,1975 年版,第 3660 页。

③ (后晋)刘昫等《旧唐书》卷一百九十五《回纥传》,北京:中华书局,1975 年版,第 5200 页。

唐肃宗特派宗室重臣李瑀送亲。或许是因为助唐平叛滋生了傲慢，或许是对三婚公主的不屑，毗伽阙可汗对宁国公主的到来并未表现出应有的热情。据《资治通鉴》记载："瑀等至回纥牙帐，可汗衣赭袍胡帽，坐账中榻上，仪卫甚盛。"①毗伽阙可汗还因李瑀没向他行跪拜之礼很是恼火，李瑀则曰："唐天子以可汗有功，故将女嫁与可汗结姻好。比者中国与外蕃亲，皆宗室子女，名为公主。今宁国公主，天子真女，又有才貌，万里嫁与可汗。可汗是唐家天子女婿，合有礼数，岂得坐于榻上受诏命耶！"②在李瑀一番唇枪舌剑的教训之后，毗伽阙可汗才起身下拜，接受诏书。次日，册立宁国公主为可敦。

宁国公主嫁到回纥仅仅半年，毗伽阙可汗就死了。按照当地的习俗，回纥人逼迫宁国公主殉葬，宁国公主则说："我中国法，婿死，即持丧，朝夕哭临，三年行服。今回纥娶妇，须慕中国礼。若今依本国法，何须万里结婚？"③但身在异国，又势单力薄，宁国公主最后只得按照回纥人"剺面"的陋习，即用刀划面，自毁容貌，为死去的毗伽阙可汗哭丧。乾元二年八月，继任的登里可汗以宁国公主"无子"为由，将她送回长安。据记载，皇帝"诏百官于明凤门外迎之"④，宁国公主在回纥虽然受了莫大的委屈，但毕竟只生活了一年多，就活着回来了，这比起那些客死他乡的公主，无论如何都是幸运的。

出嫁的公主能够还朝，这在当时引起了社会的普遍关注，杜甫

---

① （宋）司马光编著，（元）胡三省音注，"标点资治通鉴小组"校点《资治通鉴》卷二百二十《唐纪三十六》，北京：中华书局，1976 年版，第 7059 页。

② （后晋）刘昫等《旧唐书》卷一百九十五《回纥传》，北京：中华书局，1975 年版，第 5201 页。

③ （后晋）刘昫等《旧唐书》卷一百九十五《回纥传》，北京：中华书局，1975 年版，第 5202 页。

④ （后晋）刘昫等《旧唐书》卷一百九十五《回纥传》，北京：中华书局，1975 年版，第 5202 页。

的《即事》便咏及宁国公主还朝之事：

> 闻道花门破，和亲事却非。
> 人怜汉公主，生得渡河归。
> 秋思抛云髻，腰支胜宝衣。
> 群凶犹索战，回首意多违。

诗人听说回纥可汗死了，宁国公主回来了，一方面为公主活着回来感到庆幸，另一方面也对纤弱的公主竟承担起和亲重任表示同情。尤其令人担忧的是，史思明之流还在挑起战乱的祸端，所以诗人不禁感叹和亲有时真的是有违初衷。诗作纵论时事，忧虑时局，同情公主，委婉表达对和亲的不满，这也是唐代诗坛为数不多的吟咏当朝公主和亲的佳作。

2. 咏崇徽公主诗

崇徽公主是唐朝著名将领仆固怀恩的小女儿，仆固怀恩去世后，唐代宗将公主收养在宫中。崇徽公主的亲姐姐先前已嫁给回纥的登里可汗，被册封为"光亲可敦"。光亲可敦病逝后，登里可汗指名要仆固怀恩的女儿作继室。大历四年（769），唐代宗封仆固怀恩的小女儿为"崇徽公主"，将她嫁给了登里可汗。779 年，登里可汗欲入侵唐朝，被宰相顿莫贺达干杀死，此后崇徽公主在回纥的事迹史料再无记载。又据史料记载，贞元四年（788），唐德宗将咸安公主嫁给了回纥的长寿天亲可汗。由此推测，最迟在 788 年崇徽公主已经去世，否则她就应该按照回纥的收继婚①风俗，继续嫁给长寿天亲可汗了。

唐代诗人李山甫的笔下有两首吟咏崇徽公主的诗作，其中一首为《代崇徽公主意》，诗歌以公主的口吻，代其抒发和亲回纥的不

---

① 　收继婚：回纥的一种风俗，即父兄伯叔死后，其子弟及侄等可妻其后母。

平之气,实则在嘲讽将军的御边无能:

> 金钗坠地鬓堆云,自别朝阳帝岂闻。
> 遣妾一身安社稷,不知何处用将军。

另一首则为《阴地关崇徽公主手迹》,此诗借传说中公主留下的手迹印痕,宣泄对和亲政策的不满:

> 一拓纤痕更不收,翠微苍藓几经秋。
> 谁陈帝子和番策,我是男儿为国羞。
> 寒雨洗来香已尽,澹烟笼著恨长留。
> 可怜汾水知人意,旁与吞声未忍休。

阴地关又名阳凉南关,位于今山西省灵石县南关镇,这里自古以来就是交通枢纽和军事重镇。据说,在阴地关有一块大石,石上有一女子手印,相传是"入蕃公主手迹"。而这个"入蕃公主"一说为汉明妃,一说为唐崇徽公主。唐代诗人陶雍认为是昭君的手迹,故有《阴地关见入蕃公主石上手迹》,其诗云:"汉家公主昔和亲,石上今余手迹存。风雨千年侵不灭,分明纤指印苔痕。"宋代大诗人欧阳修则有《唐崇徽公主手痕》诗:"故乡飞鸟尚啁啾,何况悲笳出塞愁。青冢埋魂知不返,翠崖遗迹为谁留。玉颜自古为身累,肉食何人与国谋。行路至今空叹息,岩花野草自春秋。"而李山甫这首诗借古生情,结合民间传说,为崇徽公主唱出了饱蕴愤懑之情的悲歌。诗人一边描绘崇徽公主远嫁的凄凉情景,一边发出自古以来有几个肉食者能为国家富强而出谋划策的诘问。通过对和亲的否定,启人深思对外执行妥协政策的后果。宋代梅尧臣《景彝率和唐崇徽公主手痕诗》中也有"和亲只道能稽古,沉略从来不解羞"的诗句,很明显,吟咏崇徽公主的手迹也成为宋代诗人由古及今、忧虑现实的一种寓托。

3. 咏咸安公主诗

咸安公主是唐德宗李适的第八个女儿，虽然不是嫡出，却也是唐德宗的亲生女儿。唐德宗即位时，大唐国力衰弱，边疆战事频发，北有傲慢不逊的回纥，西有侵扰不断的吐蕃，大唐一度陷入困境。这期间，回纥的武义成功可汗多次请婚，德宗皇帝一直没有准许。贞元三年（787）五月，吐蕃寻衅的"平凉劫盟"事件使唐蕃关系恶化，战事再起。九月，回纥趁大唐与吐蕃交战之际，再次请求联姻。为了解除吐蕃与回纥两头攻击的局势，唐德宗诏令咸安公主出嫁武义成功可汗，想借回纥的力量控制吐蕃。

贞元四年十月，回纥宰相等率众千余人抵达长安迎亲，并上书德宗皇帝曰："昔为兄弟，今婿，半子也。陛下若患西戎，子请以兵除之。又请易回纥曰回鹘，言捷鸷犹鹘然。"①就这样，唐德宗册封武义成功可汗为汩咄禄长寿天亲毗伽可汗，咸安公主为智惠端正长寿孝顺可敦。由此，咸安公主便担负起民族的使命，告别亲人，离开故土，开始了不同寻常的和亲之旅。

唐人孙叔向的《送咸安公主》抒发了送别咸安公主时的内心感慨：

> 卤簿迟迟出国门，汉家公主嫁乌孙。
> 玉颜便向穹庐去，卫霍空承明主恩。

诗人一边感叹咸安公主的辞国远嫁，一边惋惜大唐朝廷缺少能臣战将，借送别公主宣泄其对武将无能及和亲回纥的不满情绪。

贞元五年十二月，咸安公主出嫁仅一年，长寿天亲可汗染病身

---

① （宋）欧阳修、宋祁《新唐书》卷二百一十七《回鹘传上》，北京：中华书局，1975年版，第6123—6124页。

亡,他的儿子忠贞可汗继立。按照回纥"收继婚"的风俗,咸安公主
与忠贞可汗结为夫妻。四个月后,即贞元六年四月,忠贞可汗被人
毒死,他年仅15岁的儿子奉诚可汗继立,奉诚可汗又娶咸安公主
为妻。五年后,即贞元十一年,奉诚可汗去世,因为无子,宰相骨咄
禄被大唐册立为怀信可汗,咸安公主便又成了怀信可汗的可敦。

由此可知,咸安公主这位大唐的天子真女,从贞元四年到贞元
十一年,不到八年的时间里,经历了她人生的血雨腥风。直到元和
三年(808)二月,咸安公主魂归天堂。她在回鹘生活了二十一年,
先后嫁给了四任回鹘可汗,她的前三任丈夫是亲祖孙三代,最后一
任是以前的臣属。她离奇的和亲经历,在中国和亲史上也是绝无
仅有的。而咸安公主作为深受儒家思想和伦理熏陶的汉族女子,
能够摆脱从一而终、寡妇守节等观念的束缚,既是委曲求全,也是
深明大义,她的牺牲精神着实令人钦佩。

据历史记载,在咸安公主和亲期间,回鹘对唐朝的帮助是显而
易见的。贞元七年,吐蕃再次犯唐,回鹘奉诚可汗"遣使献败吐蕃、
葛禄于北庭所捷及其俘畜",[1]夺回北庭都护府。此后,回鹘又多
次助唐挫败吐蕃,使吐蕃无力对唐发动大的进攻,从而扭转了一百
多年来唐朝与吐蕃交战失利的被动局面。

另外,咸安公主在维护唐与回鹘等价绢马贸易上也功不可没。
唐与回鹘的绢马交易,起初是回鹘"屡遣使以马和市缯帛,仍岁来
市以马一匹易绢四十匹",[2]马价明显高于市场价格,且回鹘"得帛
无厌",一次"动至数万马",而唐朝却"得马无用",等于白白奉送绢
帛。中唐诗人作诗描述当时的这一状况:"年年买马阴山道,马死
阴山帛空耗。元和天子念女工,内出金银代酬犒。"(元稹《阴山

---

① 　(后晋)刘昫等《旧唐书》卷一百九十五《回纥传》,北京:中华书局,1975 年版,
第 5210 页。

② 　(后晋)刘昫等《旧唐书》卷一百九十五《回纥传》,北京:中华书局,1975 年版,
第 5207 页。

道》》"阴山道,阴山道,纥逻敦肥水泉好。每至戎人送马时,道旁千
里无纤草。草尽泉枯马病羸,飞龙但印骨与皮。五十匹缣易一匹,
缣去马来无了日。养无所用去非宜,每岁死伤十六七。缣丝不足
女工苦,疏织短截充匹数。藕丝蛛网三丈余,回鹘诉称无用处。"
(白居易《阴山道》)显然,到后来,这种绢马交易已成为唐朝财政的
沉重负担。直到咸安公主出面周旋,绢马交易才趋于平等。白居
易的《阴山道》还咏赞了公主的这一功绩:

> 咸安公主号可敦,远为可汗频奏论。
> 元和二年下新敕,内出金帛酬马值。
> 仍诏江淮马价缣,从此不令疏短织。
> 合罗将军呼万岁,捧授金银与缣采。

可见,唐朝与回鹘的绢马交易趋于平等,是咸安公主"频奏论"的结
果。作为和亲公主,她尽心竭力地化解唐与回纥之间的矛盾,解决
双方存在的问题。正因为如此,她才赢得人们的高度赞扬,白居易
在《祭咸安公主文》中曾言:"礼从出降,义重和亲。承渥泽于三朝,
播芳猷于九姓。远修好信,既申洽比之姻;殊俗保和,实赖肃雍之
德。"①这是对咸安公主的高度评价。据历史记载,咸安公主去世
后,唐宪宗曾"废朝三日",并册赠其为燕国大长公主,谥襄穆,也称
燕国襄穆公主。咸安公主不辱使命的和亲功绩堪称辉耀史册。

4.咏太和公主诗

太和公主是唐宪宗之女、唐穆宗之妹。早在唐宪宗朝时,回鹘
可汗就不断派人来唐请婚,但宪宗皇帝都未答应。有学者曾分析
此时回鹘向唐请婚的原因:"第一,回纥到了此时已由上升时期转
为走下坡路,其势力大为衰弱,有必要借和亲得到唐在政治上的支

---

① 《全唐文》卷六百八十一,北京:中华书局,1983年版,第6960—6961页。

持,以此作为控制其他少数民族政权的资本;第二,借助和亲继续维持不等价的绢马贸易,获取更多的财物。"[1]待到唐穆宗即位,回鹘又派人到长安请求和亲。于是,长庆元年(821)五月,唐穆宗敕令太和公主出嫁回鹘的崇德可汗。

太和公主离开长安那天,唐穆宗率文武百官为她送行,不少诗人都挥毫写下送别太和公主的诗作,其中王建的《太和公主和蕃》重在借景抒情,抒发送别公主的悲伤气氛:

> 塞黑云黄欲渡河,风沙眯眼雪相和。
> 琵琶泪湿行声小,断得人肠不在多。

杨巨源的《送太和公主和蕃》以古道、寒光、朔云、沙碛写尽太和公主远赴回鹘的漫漫长途和一路艰辛:

> 北路古来难,年光烛认寒。
> 朔云侵鬓起,边月向眉残。
> 芦井寻沙到,花门度碛看。
> 薰风一万里,来处是长安。

张籍的《送和蕃公主》则以汉喻唐,一边感慨太和公主和亲为边疆带来的安宁,一边抒发公主远嫁难有再回之日的哀伤:

> 塞上如今无战尘,汉家公主出和亲。
> 邑司犹属宗卿寺,册号还同虏帐人。
> 九姓旗幡先引路,一生衣服尽随身。
> 毡城南望无回日,空见沙蓬水柳春。

---

[1]　崔明德《中国古代和亲通史》,北京:人民出版社,2007年版,第264页。

太和公主嫁到回鹘的第三年,即宝历元年(825),崇德可汗辞世。此后的十五年间,太和公主先后作了昭礼可汗、彰信可汗、厖驳特勒可汗的可敦。这一时期的回鹘内忧外患,天灾人祸交加,可汗被杀被逐,更迭频繁,最终导致回鹘汗国的灭亡。开成五年(840),回鹘被西北部族黠戛斯攻破后,由于黠戛斯自称是李陵的后代,与唐同姓,本为一家,便派人护送太和公主入塞,不料途中太和公主又被回鹘残部的乌介可汗劫持。

会昌元年(841),乌介可汗挟持太和公主向唐求援,唐武宗采纳了李德裕的建议,"许借米三万石"。① 但此后,回鹘又大掠云、朔北边,并以太和公主作为要挟唐朝及索取的资本。会昌三年,李德裕等人以韬略和机智夺回太和公主,公主这才结束了颠沛流离的生活,回到阔别 22 年的故国。

"庙谋宏远人难测,公主生还帝感深"(刘得仁《马上别单于刘评事》),太和公主回到长安那天,唐武宗命令宰相率百官在章敬寺前列队迎接,唐代诗人也作诗抒发对太和公主还京的感慨:

> 天骄发使犯边尘,汉将推功遂夺亲。
> 离乱应无初去貌,死生难有却回身。
> 禁花半老曾攀树,宫女多非旧识人。
> 重上凤楼追故事,几多愁思向青春。

李频的这首《太和公主还宫》是唐人吟咏太和公主的佳作。诗歌由回鹘挟持公主、将帅夺回公主起笔,着重描绘历经生死磨难的公主还京后的感受:二十多年前的情景还历历在目,但如今美貌不在,青春已逝,抚今追昔,早已是物是人非,恍如隔世,剩下的只有涌上

---

① (后晋)刘昫等《旧唐书》卷一百七十四《李德裕传》,北京:中华书局,1975 年版,第 4522 页。

心头的愁苦和凄伤。

李敬方的《太和公主还宫》则一面描述太和公主远嫁经受的考验,一面叙写公主还京的悲喜交集,抒发她劫后余生的独特感受:

> 二纪烟尘外,凄凉转战归。
> 胡笳悲蔡琰,汉使泣明妃。
> 金殿更戎幄,青祛换褼衣。
> 登车随伴仗,谒庙入中闱。
> 汤沐疏封在,关山故梦非。
> 笑看鸿北向,休咏鹊南飞。
> 宫髻怜新样,庭柯想旧围。
> 生还侍儿少,熟识内家稀。
> 凤去楼扃夜,鸾孤匣掩辉。
> 应怜禁园柳,相见倍依依。

许浑的《破北虏太和公主归宫阙》则充满英雄豪气,借公主还京之事,表达诗人破虏除寇、靖边定远的豪迈气概:

> 毳幕承秋极断蓬,飘飘一剑黑山空。
> 匈奴北走荒秦垒,贵主西还盛汉宫。
> 定是庙谟倾种落,必知边寇畏骁雄。
> 恩沾残类从归去,莫使华人杂犬戎。

据记载,太和公主历经九死一生终于归来,虽然唐武宗对自己的姑姑礼遇有加,晋封她为定安大长公主,但是太和公主返京时,当武宗命令诸公主迎接太和公主时,唐宣宗女阳安长公主、唐宪宗女宣城、义宁、真源等公主居然拒不从命,不肯出门相迎,事后还故意不去探望太和公主,这让唐武宗大怒,下令责罚阳安长公主等人的封绢(公主食俸)以赎罪,并将此事记载于史,以昭示后世。

太和公主作为唐代中晚期的和亲公主,为了国家的安宁而出嫁番邦,却鲜少有人知道她的史事。所幸《全唐诗》尚存以上几首诗,记录了太和公主由远嫁到还京的历史片段,其中包含着诗人们或同情、或庆幸、或哀伤、或激越的情感,使太和公主能够于文坛留下踪影,这多少也弥补了唐人吟咏当朝和亲公主不足的遗憾。

中国古代诗人擅长吟咏历史,也喜欢以史思今,唐代诗人也不例外。面对唐王朝频繁与异族和亲的现实,诗人们多借古喻今,热衷通过描写汉代的昭君出塞,委婉地表达对唐代和亲的态度和情感,以致唐代和亲诗坛多见吟咏昭君出塞的诗作,却鲜有咏及当朝公主和亲异邦的歌吟。所以对能够保留至今、为数不多的吟咏唐朝和亲公主的诗作,我们应当予以关注,虽然它们仅是古代和亲诗中的沧海一粟,却凝聚着唐代和亲公主的悲伤和血泪,具有以小见大、以少胜多的文学和文化意蕴。

第二节　其他民族通婚结亲的传说

自古以来,我国各族人民就生活在祖国神州大地上不同的地域。尽管人们的语言不同,习俗各异,但无论是农耕、游牧还是渔猎,他们都以各自的生产和生活方式立命谋生,繁衍后代。辽阔的地域,山高水长,险阻重重,却无法隔断人们互通有无的往来与交流。在长期的交往过程中,自然而然地形成了彼此信任、相互依赖的亲密关系。在古代,除了政治、经济和文化上的交流之外,还有一种由婚姻带来的"血浓于水"的亲缘关系,将人们紧密地凝聚在一起,这就是大到中原王朝与边疆少数民族政权之间或边疆少数民族政权之间的和亲联姻,小到民间百姓、普通人家的通婚交好。这种血脉相连的婚姻方式,有些是出于严肃而冰冷的政治需要,有些则源于炽热真诚的情感。当世间众多的婚姻形式传于民众之口,便产生了带有不同情感和温度的传说。

有学者曾说:"传说总有某种真实背景,它就往往与史实或史载有关,有时甚至能相互印证。但绝不可将传说混同于史实或史载,因为传说乃是描叙某个历史人物或历史事件、解释某种风物或习俗的口述传奇作品,它在创作和流传过程中,对事实本身必然会有所增删、有所加工。"①在民间,有关不同民族通婚结亲的传说,往往经过虚拟附会,夸张渲染,其中包含着影影绰绰的联姻历史及通婚情形。这些或悲或喜、有苦有甜的传说,至今仍以其独特的魅力吸引着人们,带给人遥远的回想和长久的回味。

一、中国与域外国家和亲的传说

中国与域外国家和亲的传说出自《马来纪年》一书,这也是目前见到的唯一一篇中国与域外国家和亲的传说。

据古籍记载,公元 7 世纪是印尼经济发展较快的时期。在苏门答腊以今巨港为中心的地区,出现了一个称为"室利佛逝"的封建王国。《新唐书·南蛮传·室利佛逝》称其"过军徒弄山二千里,地东西千里,南北四千里而远。有城十四,以二国分总。……多金、汞砂、龙脑。……又有兽类野豕,角如山羊,名曰雩,肉味美,以馈膳"。②可见这是一个土地宽广、城市不少且物产丰富的国家,从 7 世纪后期至 8 世纪后期,它已是东南亚的海上强国。

---

① 祁连休、程蔷、吕薇主编《中国民间文学史》,石家庄:河北教育出版社,2008 年版,第 178 页。

② (宋)欧阳修、宋祁《新唐书》卷二百二十二《南蛮传》,北京:中华书局,1975 年版,第 6305 页。

　　这篇题为《中国皇帝向马来公主和亲》①的传说，讲述了巨港②马来王国与中国因和亲而交往的故事：当开创马来的拉惹③伊斯干达之裔孙，从天降落巨港的消息传遍全世界以后，中国皇帝便派了 10 条大船开往巨港，要向巨港马来王国的第一代国王——尊号室利帝利槃那的公主求婚。

　　中国钦差一行人到巨港后，就用隆重的仪式奉上中国皇帝的国书和礼品。室利帝利槃那和文武百官认为，在这个世界上，没有比中国皇帝更伟大的国王，没有一个国家的国土会比中国更为广大，也没有更尊贵的人可以和马来王国的公主相匹配，所以就命长公主室利帝毗与中国皇帝和亲。当钦差护卫公主一行抵达中国后，中国皇帝看马来公主长得很美丽，非常欢喜，就大摆筵席，正式结婚，并封公主为王后。后来公主生了一个王子，他的子孙就是现在中国的皇帝。

　　有关这一传说的由来，海外当代著名民间文艺学家谭达先先生曾有解释："《马来纪年》所载的马来人，是当地的土著，建有王国。马来亚与中国和亲的事，则不明白。马来人在苏门答腊的一部分搬迁到马来亚，从此人口多了，成为马来亚的一大族，遂把这个地区也叫马来亚。"④

　　这篇中国皇帝与马来公主和亲的传说虽然没有史实依据，但可视为一段野史，它应是古代马来人想象中国希望与之结交友好关系的一篇传说，反映出人们对两国交往、交流的内心期盼。它能够流传至今，当源于广大民众特别是马来亚华侨的内心愿望和美好希冀。

---

　　① 香港《华侨日报》1982 年 9 月 2 日，《东南亚双周刊》第 670 期。

　　② 巨港(Palembang)：一译巴邻旁，也称南榜。印度尼西亚最古老城市之一，在苏门答腊东南部慕西河(Musi River)畔。三佛齐，在巨港一带。

　　③ 拉惹：马来族当地的首领之称，是最高统帅 Rata 的译音，中国通称为"王"。

　　④ 谭达先《海外华侨华人民间文学》，北京：中国戏剧出版社，2010 年版，第 148 页。

二、北方民族通婚结亲的传说

在中国辽阔的北疆,散居着不同的民族。尽管有些民族有禁止与外族通婚的所谓族规戒律,但在民族交往、交流较为频繁的背景之下,不同民族间的婚媾结缘也是无法避免的。其中有中原汉族与边疆民族的联姻,也有边疆少数民族之间的通婚结亲,这一历史印记通过民众记忆和口传声授流传至今。

（一）汉族与其他民族通婚的传说

汉族作为中华民族的主体民族,它的历史就是与其他民族携手并进、共同发展的历史。在古籍文献的记载中,有不少涉及汉族与其他民族和亲联姻的内容;在民间,广大民众则以口耳相传的方式,传讲着汉族与其他民族通婚结亲的故事,从中体现出中华民族大家庭融合发展、兴旺发达的过程,这也是留给子孙后代的一份宝贵的精神遗产。

古代和亲始于荒远之世,相传亦神亦人的帝喾就是实行多元和亲的始祖。流传于民众之口的各类传说,在某种程度上就是和亲联姻史迹的曲折反映。正如学者所言:"中国的神话和传说,惯于把远古的各族纳入一位古帝的谱系之中,以为他们都有或近或远、或嫡或庶的血缘关系。氏与氏之间,方与方之间,以及中原的大邦与边疆的小邦之间,广泛联姻是历久不坠的传统。和亲的源头,就在这邦与邦联姻、方与方联姻乃至氏与氏联姻的古老传统之中。"①汉唐时期的和亲联姻多发生在中原汉王朝与北方少数民族或西北少数民族政权之间,因时代久远、地域辽阔,所以在民众之间也流传着一些模糊了时代背景,却能够反映中原汉王朝与边疆少数民

---

① 张正明《和亲论》,见马大正主编《中国古代边疆政策研究》,北京:中国社会科学出版社,1990年版,第428页。

族政权之间的和亲传说,从中可见内地与边疆联姻的蛛丝马迹。

1. 汉族与塔吉克族通婚的传说

流传于帕米尔高原塔什库尔干地区的《汉日天种》①传说,被塔吉克人视为本民族的骄傲,这个世代相传的故事充满了神秘色彩:据说,很早以前,西域波斯国王梦见一位来自东方国度的美丽少女,于是就派两名大臣前去求亲。中国皇帝被远方国王的赤诚心意所感动,就许嫁了公主,并派了一批男女侍从随同公主西行。

当公主一行人来到帕米尔时,不巧前方发生了战争,道路被阻。为了安全,波斯大臣和侍从们就在险峻异常的高山上筑起城堡,让公主住在城堡的宫室中,他们则在山下守卫。几个月后,战事平息,两位大臣请见公主,准备继续西行,却发现公主已有了身孕。这可吓坏了两位大臣,于是召集所有侍卫,严刑讯问。最后还是公主最亲信的宫女说:"每当正午,就有一位美丈夫从太阳上下来,与公主相会。"为了避免回去复命引来杀身之祸,这一行人便与公主留居此地。后来公主生了一个英俊聪明的男孩,大家就奉这个男孩为王,即竭盘陀国第一代国王。

据《大唐西域记·竭盘陀国》记载,唐僧玄奘去印度取经归来的途中,曾路过今塔什库尔干(即当时的竭盘陀国)地区,就听过当地人讲述"汉日天种"的故事,可见这一传说早在唐代就已经广为流传。而且民间传说与史籍记载的内容基本相同,推测《汉日天种》这一传说应是广大民众对中原汉王朝与边疆少数民族政权和亲的演绎与联想。

2. 汉族与回族通婚的传说

《回汉自古是亲戚》②是流传于新疆地区的一个传说,讲述了

---

① 谷德明《中国少数民族神话》,北京:中国民间文艺出版社,1987年版,第747页。

② 李树江、王正伟编《回族民间故事选》,上海:上海文艺出版社,1985年版,第26—29页。

"回回"之称的来历,追溯了回汉自唐以来通婚交好的渊源:据传,唐太宗李世民登基后,风调雨顺,国泰民安。但不知从哪一年起,京都长安出现了妖气,边关无端地发生兵戈战乱,民间也出现了不少怪事奇闻,人们都认为这是一种不祥之兆。

有一天,唐太宗在金殿上梦见一个身穿绿袍、头缠白"代斯达尔"①的大汉,一手提着一把净壶,另一只手托着李家的金銮宝殿。唐王吓得从梦中惊醒,经过朝中神机妙算的军师掐算,说是:"吾王梦中所见之人,乃西方圣贤也。吾王如能将其请进中原,定保我唐室江山无恙。"于是,唐王传下圣旨,选派精干的使臣到西方去聘访梦中的贤士。

唐朝的使臣们沿着"丝绸之路"走遍西游诸国②,最后来到阿拉伯的麦加国,谒见了麦加国的海力帅③,并说明来意。海力帅见唐朝的使者态度诚恳,便派三个徒弟到东土辅佐大唐。东行途中,徒弟中的两人相继染病无常了。只有一名徒弟和护送他的人一同进入中原,来到长安。

唐王李世民看到这些贵宾的打扮,心中大喜,他说:"贤客们的这身穿戴正是我梦中所见,他们的国主一定是保我李家江山的圣贤,这些贤客理当以国宾之礼相待。"于是降下圣旨,命人在九里山修建陕西大寺,为贤客们作礼拜和讲经之用。此后,东土大唐五谷丰登,六畜兴旺,兵强马壮,平定了叛乱,重振了国威军威。

可时间一长,这些贤客因为语言不通,生活不习惯,便有人提出要回麦加国。今天也嚷着回哩,明天也嚷着回哩,回来回去,主人就是不放客人走。就这样便有了"回回人"的称呼。

唐王为了把这些"回回人"永远留在中原,听从军师的主意,下

---

① 代斯达尔:波斯语,包头巾。
② 西游诸国:指西域。
③ 海力帅:意即国主。信仰伊斯兰教的国家,不称王,不称帝,称海力帅。

了一道密旨：正月十五的花灯逛园会，凡是回人出入都不得阻拦，而且准许回人在逛园大会上为自己选择佳偶，但有一条，只能选梳着长辫子、没有婚配的大姑娘。第二天，不论官家百姓、员外财东，凡是被回人选中姑娘的家户，都接到唐王的圣旨，命他们将各家的姑娘小姐用花轿送到贤客院，让回人们当面认领，然后由朝廷作主，官府主办，热热闹闹地将一对回汉新人送入洞房。就这样，回人就留在了中原。大概是由于回人的习俗和宗教与汉人不同，所以慢慢地就形成了一个新的民族，世世代代的汉人和回人结亲的事就太多了。

这则回汉结亲的传说是民间社会对回汉交往、通婚交好的一种追溯和回味，反映出广大民众对"你中有我、我中有你"的回汉关系的朴素认识，这种"回汉自古是亲戚"的认同感，也是中华民族共同体形成的基础，其中所蕴含的文化价值和现实意义是值得深思的。

3. 汉族与羌族通婚的传说

《麦地》①是一个地名传说，其实也是一个开启了羌汉结亲的美好传说。据说麦地这一地名始于唐代，至今沿用。相传：在岷江上游的汶川县的雁门关南面，有一个村寨叫麦地，它不但历史悠久——唐代就有此名了，而且还有一段开辟羌汉两个民族通婚的动人传说。

一年，有一个姓尚的汉族青年来到这个山寨。因为他是个有好手艺的石匠，所以羌族群众每逢修房造屋都要请他。又因为他待人和气，收取工价合理，人人都喜欢他。青年石匠在此一住几年，天天都有活干，天长日久，就和一个羌族姑娘建立了感情，但按羌族的古规，非本民族不能通婚。由于石匠平时的好作为，羌族的

①　雀丹搜集整理《神奇的九寨沟——川甘青滇藏区地名传说》，成都：四川科技出版社，1988年版，第124—125页。

老人也不忍心他们分离,经过几番计议,提出一个条件：二人结合可以,但汉族青年石匠必须留住在羌地。因为老人们怕青年把姑娘带回汉族地区,将来姑娘受人歧视。青年同意了羌族父老提出的要求,于是二人结成了美满的姻缘。

后来,青年看到羌族地区耕作粗放,农作物品种单一,便返回汉区,从家乡带来了小麦种子。经过试种,获得了令人满意的效果,更令人高兴的是在种植的小麦中,有的长了双穗。羌民说一穗是汉族青年,另一穗是羌族姑娘,双穗是这两个民族通婚的结果。消息一传开,羌地各处来求换麦种的人络绎不绝,很快就把这一品种传播开了,人们还给这个山寨取名为"麦地"。

这一有关"麦地"的地名传说,不仅讲述汉族青年与羌族姑娘通婚的往事,还蕴含着由这段姻缘带来的内地对偏远地区农业种植水平的影响。一段普通的婚姻为羌族地区农业经济的发展带来新的契机,故事虽然简单,其中却蕴含着较为丰富的历史和文化信息。

4. 汉族与蒙古族通婚的传说

在民间传说中,除了满蒙联姻的故事外,还有一些蒙汉通婚的传说。据《蒙汉和亲》[①]传说,在承德地区东北部的平泉县境内,有一个叫做南五十家子公社的地方,而"五十家子"地名的由来,就与蒙汉间的一桩婚姻有关：听老一辈子人讲,从前这个地方只住着二十五户蒙民。每年春天有许多汉人从远处来这里种地,秋天收了,他们就将粮食全部带走,蒙民很有意见。后来乾隆去喀喇沁旗路过此地,知道这件事后说："一地养二民吧,汉人种地,蒙人吃租。一亩地,半亩租,汉民也别春来秋走了。"双方都同意了,就又搬来二十五户汉民,这个地方就开始叫五十家子。也就从这时起,蒙汉

---

① 王翠琴主编《中国民间故事丛书·河北承德·平泉卷》,北京：知识产权出版社,2014 年版,第 115 页。

关系好起来了。这里连年丰收，喀喇沁王在附近修了个官窖，派陈大爷专管收租子。

这年刚过完年，陈大爷从五十家子回来路过瀑河，冰塌了，连人带马掉了进去，眼看就要钻进冰窟里。这时汉民孟大愣正好从河边路过，急忙跳下水去。等把陈大爷救上来，孟大愣已经冻得不省人事了。陈大爷忙把他搂在怀里，驮回府去，精养半个多月才好。

陈大爷为了报答孟大愣的救命之恩，就把他留在府里做活。过了二年，看他忠厚老实，就把大小姐许配给他。第二年正月，大小姐生了个胖小子，街坊邻居都来贺喜，说："蒙汉和亲，你们还是第一家呢。"陈大爷很高兴，视小外孙好像掌上明珠，待小外孙长到一十八岁，又将自己府上心爱的丫鬟大香嫁给了他。

从此，蒙汉开始和亲。现在，五十家子的地名虽叫着，这里却成了五百家子了。差不多家家都是由蒙汉两族人组成。这个真实的故事也一直流传着。

这篇有关"五十家子"地名的传说，一方面讲述蒙古地区接受汉族农耕文明所经历的融合过程；另一方面也反映出蒙汉两族在交往、交流中，由相互了解到彼此信任，再到结亲通婚的水到渠成。蒙汉一家，和谐相处，这种难分彼此的亲缘关系是他们在长期共同生活中，以真心实意逐渐建立的信任和依赖关系，这种互惠互利、互帮互助的生活理念和水乳交融的蒙汉关系，高度浓缩了蒙汉交融的历史过程。

《聪明的汉族福晋》①则以民间喜闻乐见的言说方式，讲述蒙古喀喇沁王爷色愣公严格挑选并迎娶汉族福晋的传说。相传：蒙古喀喇沁王爷色愣公在开发喀喇沁的时候，一心要娶一位聪明智

---

① 准喀喇沁民间文学"三项"集成领导小组编《中国民间文学集成·辽宁卷·准喀喇沁资料本》（四），1983 年版，第 22—23 页。

慧的福晋来辅佑自己。按祖宗的规定,喀喇沁乌氏贵族只准和土默特宝氏贵族通婚,可是王爷挑来选去总不满意,因为他提出的问题太刁钻古怪,没人能回答上来。

后来,从马场来了一位姓于的汉族姑娘,她主动请王爷提出问题。王爷让她牵一只羊出去卖掉,买十双靴子,再把羊牵回来。于姑娘把羊牵出去,先剪下羊毛卖掉,用钱买了十双靴子,然后牵着羊回来了。第一个问题答上了。

王爷又说他在浩特卖过一匹马,那人付一半钱,另一半钱让到他家里去取。留下的地址是:"家住半空中,门前叮当叮,南面能行船,房西深水坑。"于姑娘听了,不一会儿就把钱取回来了。王爷问她怎么找到的? 于姑娘说:"'家住半空中',说明他家住在高处;'门前叮当叮',说明门前有个铁匠炉;'南面能行船',说明南面有条河;'房西深水坑',是告诉我门房西有口井。根据这些特点,我很容易就找到了。"第二个问题又答对了。

王爷又让于姑娘回家取三样东西,即纸包火、骨包肉和肉包骨。姑娘骑上马不一会就回来了,王爷一看,她带来的是一盏灯笼、一个鸡蛋和一把枣。第三个问题又答上了。

王爷又说:"你再用公牛奶酿一瓶奶酒,用灰拧一根马缰绳,骑着不是公马也不是母马,在不是白天也不是黑夜,在不是屋里也不是屋外的地方欢迎我。"于姑娘说:"请王爷到我家去吧,我一定照办就是。"王爷坐上轿子到了姑娘家,只见姑娘在三伏天毒日头下守门站着,王爷问:"为啥不上屋?"于姑娘说:"我父亲快生孩子了!"王爷说:"胡说! 男人怎么会生孩子?"于姑娘反问:"公牛怎么会有奶?"王爷认输了。姑娘又用马莲拧成缰绳,烧成灰后仍保持原形,端给王爷看,王爷认输了。到了黄昏,姑娘骑着一匹骡子,从外面回到家里,从门缝探出头欢迎王爷,王爷又认输了。王爷走进屋,说:"你用木头锅煮肉招待我。"姑娘用木棍烤了一串肉拿上来请王爷吃,王爷又没说的了。

最后,王爷娶了这位机智伶俐的于姑娘,封她为福晋。这位王爷有聪明的汉族福晋辅佑,把喀喇沁治理得很好,旗民百姓安居乐业,人人称道。这位汉族福晋还给王爷生下儿子,这就是名闻遐迩的默特达王。

这篇蒙汉通婚的传说,用蒙古王爷出题选福晋的独特方式,夸赞汉族姑娘的聪明才智,突出这桩蒙汉婚姻的来之不易。如此有头脑的汉族姑娘嫁给蒙古王爷,势必对蒙古地区的发展有所帮助、有所促进。而这种出题测验智力是民间传说铺叙婚恋过程时喜欢采用的方式,这位汉族姑娘以她的机敏聪慧,赢得蒙古王爷的认可、佩服和喜欢。民间百姓在传讲这段蒙汉姻缘时,其喜悦的心情、自豪的语气中,不仅流露出对这位才智非凡的汉族姑娘的欣赏和喜欢,而且也说明他们对蒙汉通婚结亲的接受和认可。

5. 汉族与畲族通婚的传说

《蓝七妹选婿》①相传是畲汉两族开亲的一个传说,在民间广为流传:畲族姑娘蓝七妹漂亮能干、爱唱山歌,当地的许多后生都托媒人前去说亲,但都被她婉言谢绝了。爹妈问她想找啥样的,她说,不管汉人、畲人,一定得是聪明能干、有才华的人。后来,蓝七妹准备亲自出题选郎。消息一传出,整个畲山的小后生都学着出题又练对了。

选郎的吉日到了,来应选的人挤满了中堂。蓝七妹的爹说:"现在由我女儿出题,凡是答对了,不管畲人、汉人,家道或贫或富,就选招为婿。"蓝七妹出完题,先后有一个畲山青年和一个畲山教书先生出来对歌,但都没对上。最后,来了一个放牛娃叫陈友良,他回答上了,大家都用羡慕的眼光看着满脸幸福的陈友良。

原来蓝七妹从小就和陈友良一起放牛砍柴,心里早就爱上了

---

① 唐宗龙《三公主的凤冠——畲族民间故事选》,武汉:湖北人民出版社,1982年版,第70—74页。

这个忠实勤劳的汉族后生,可是畲家从来没有招过汉族女婿,所以蓝七妹才想出这个主意,最终实现了自己的心愿。据说畲汉两族通婚就是从蓝七妹招陈友良为婿开始的,从此,畲汉两族结亲的就一年年多了起来。

对歌招郎是南方一些少数民族常见的婚恋方式,这一传说中的蓝七妹通过答题对歌的方式,不仅招到自己心仪已久的汉族情郎,而且打破了畲族不招汉族女婿的旧俗。这种在劳动生活中自然而然产生的爱情,不分地域和民族,成为这对不同民族年轻人相爱并结合的牢固基础。这一传说的广泛流传,足以说明普通百姓对打破民族隔阂的自由恋爱和美满婚姻的羡慕与向往。

(二)满族与其他民族通婚的传说

崛起于白山黑水间的满族,世代以渔猎、畜牧和农耕为生。在满族由渔猎、畜牧向农耕生产方式转变的进程中,其与汉族及其他民族的接触和融合也势在必行。就婚姻而论,满汉通婚无论是在宫廷还是在民间,都呈现出不可阻挡的势头。

1. 满族与汉族通婚的传说

民间传说中有一篇《满汉通婚是打什么时候开始的?》[①],就追溯了满汉通婚的缘起。相传:乾隆皇帝和皇后富察氏生的固伦格格面有异相,白洁的脸蛋儿上生来就有颗豆大的黑痣,按照相面先生的说法,这颗黑痣破了固伦格格的福相。乾隆追问有无补救办法,相面先生说必须将固伦格格嫁给比王公贵族更高贵的人家,才能躲灾避难。可什么样的人家会比王公贵族更高贵呢? 聪明过人的乾隆马上想到了"百世文官长,历代帝王师"的孔圣人的子弟,连皇帝祭孔时都得行三跪九叩之礼,这孔府还不高贵? 于是,乾隆决定把固伦格格嫁给孔府当时的衍圣公孔宪培。可是,满汉不通婚

---

① 佟靖仁编著,岳文瑞校订《呼和浩特满族民间故事选》,呼和浩特:内蒙古大学出版社,1989年版,第258—260页。

是满族祖先的族规,破例也得有个说道。所以乾隆就让固伦格格认了汉族中堂大人于敏中为义父,然后以于家姑娘的名义嫁给了孔宪培。皇帝带了头,上行下效,满汉两族便开始通婚了。

这篇传说叙事铺陈,细说原委,将满汉通婚的来龙去脉讲说得严丝合缝,合情入理。有了清室皇家与汉族通婚的先例,民间的满汉结亲自然也会与日俱增。

《满族同汉族是两姨亲》①则传讲了呼和浩特一带满汉通婚结缘、相互依赖、彼此亲近的往事。据说:清初为了防止汉化,在呼和浩特采取了民族分区居住的隔离政策。但是,因为清朝采取"移民垦荒"的办法来解决粮食问题,所以,必须从山西中部和北部招引大批汉民来城郊务农。天长日久,呼和浩特的满族同这些陆续迁来的汉族相处融洽。尤其是辛亥革命后,绥远城里迁入的汉族与日俱增,满汉通婚更加普遍了,所以,便有了满汉两族为"两姨亲"的说法。

这一传说讲述了满汉民众在呼和浩特地区的往来融合、互助互惠。清朝的"移民垦荒"政策吸引汉族人民移民到塞外垦荒种田,这不仅是一条新的谋生之路,也建立起满汉相互依存的稳定关系。满汉民众的和谐相处,自然会带来民间社会的通婚结亲。

2. 满族与回族通婚的传说

清代,满族与回族的来往也十分频繁。据《满族同回族是结拜亲》②传说,在呼和浩特等地,满回之间交往密切,虽然两族的宗教信仰不同,但他们相互尊重、相互包容,建立了友好的关系,所以有了"结拜亲"之说。相传:清朝,呼和浩特地区的回族大都以屠宰、牙纪、做小买卖和拉骆驼谋生,这些人大多来自新疆等地,常常组

---

① 佟靖仁编著,岳文瑞校订《呼和浩特满族民间故事选》,呼和浩特:内蒙古大学出版社,1989年版,第256—257页。

② 佟靖仁编著,岳文瑞校订《呼和浩特满族民间故事选》,呼和浩特:内蒙古大学出版社,1989年版,第249—251页。

成大帮小帮的骆驼队长途跋涉，来往于呼和浩特到新疆的商路上。

绥远城里的满人同旧城回民区的回族人往来频繁，到了清朝末年，新城里也迁入不少的回民，他们还在菩萨庙街（今新城公园南街）建起了一座规模不算小的清真寺——新城寺。

满族尊重回族的宗教信仰，也尊重回族的风俗习惯。清时，八旗兵举行祭祀时，抬着猪肉贡品路过回民区时，都要蒙上白布；路过清真寺时，文官要下轿，武官要下马，其他人更不许在清真寺门前骑马，也不准做不利于民族团结的事。

满族当着回族同胞的面，决不说"猪"之类的话。为了尊重回族，把"猪"说成"黑子"、猪肉说成"大肉"、猪油说成"大油"。满族学习回族同胞讲究卫生的习惯，也学习他们的烹饪技术。到后来，也有少数两族通婚的，居住在新城里的回族也有抱养满族子女的，新城的满族多有同旧城回族结为世交的。所以，回满两族又有"结拜亲"之说。

由这一传说可知，清代在呼和浩特等地满回两族的交往和交流是建立在彼此尊重、平等相待基础上的，他们之间能够产生"结拜亲"的密切关系，正是恪守了平等尊重、求同存异这一相处的原则，这也是民族交流与交融的基础。

三、西南诸民族通婚的传说

爱情是人类社会的美好理想，也是普通民众的生活追求。在民间传说中，有无数打动人心、可歌可泣的爱情故事，这是人们向往美好人性、追求美妙情感的一种体现。那些流传于不同时代、不同地域和不同民族成员之间的婚恋传说，也承载着历史和文化的丰富内涵，时至今日，仍令人咀嚼回味。

在西南古老的大地上，曾出现过盛极一时的古国，其古史旧事至今仍流传于民众之口，其中不乏古国之间通婚结亲的草蛇灰线。

据《金马与碧鸡的传说》①讲述,在昆明烟波浩渺的滇池,勇武的滇王与哀牢王的美丽公主连理成婚。在公主的陪嫁中,有两件稀世异物,一个是浑身金光闪闪宛如蛟龙的马驹,另一个是满身放出异彩的赛过凤凰的碧鸡,所以滇王和公主就为他们的两个儿子取名为金马和碧鸡。这个高原古国之间结亲的传说,虽然来自遥远的时代,却珍藏在民间记忆的深处,至今在滇池一带仍能感受到这一神话传说留下的斑驳痕迹。

祖国的大西南群山耸立,河流密布,林木葱茏,物种繁多,其间散居着诸多的民族,他们辛勤劳作,繁衍子孙,世代相继,生生不息。有关西南少数民族分散居住的状态,在傣族民间传说《民族是怎样分开的?》②中是这样传讲的:很早的时候,有一户人家生了四个儿子。因父母死得早,长大后他们又不团结,争房屋,争土地,闹得不可开交。

有一天,一个白发苍苍的老人出现在四兄弟面前,帮他们想了一个解决的办法。按四兄弟的顺序各骑一种动物,它们跑到哪个位置就是哪个的。于是,就分给老大一匹马,老二一只马鹿,老三一只岩羊,老四一头野猪。一声令下,马就奔向坝子由傣族居住,马鹿跑到大山由彝族居住,岩羊跑到山头由苗族居住,野猪跑进深山老林由瑶族居住。

这一讲述由一家四兄弟分成四个不同民族的传说,结合四个民族散居的位置,解释他们各居一方的由来,其中暗含着傣族、彝族、苗族和瑶族本为一家的寓意。

论及西南多民族的和亲通婚,有学者曾说:"至于南方,那里的民族都以农为主,而且往往交错聚居,不易产生对中原民族或旁近

---

① 《云南群众文艺》编辑部编《云南民族民间故事选》(上),1979年版,第231—235页。

② 柏华林、刘德荣主编《文山州傣族民间故事集》,昆明:云南人民出版社,2015年版,第9页。

的边疆民族构成重大威胁的独立王国,和亲就不易发生了。"①的确如此,据历史记载,除了唐僖宗中和三年(883),将安化公主嫁给南诏君主隆舜之外,中原王朝鲜有与西南少数民族的联姻通婚。西南诸民族多偏安一隅,各自安好。但一些民族的统治者为了争权夺利,也会侵扰征伐,甚至通过联姻通婚上演了一幕幕求生存求发展的悲喜剧。在民间,在大众的传讲中,发生在不同民族之间的婚恋大多历经坎坷,其结局有的皆大欢喜,有的则哀伤凄惨,其中的酸甜苦辣值得反思回味。

(一)纳西族与普米族联姻的传说

据史学家考证,纳西族属于古羌人的一个支系,大约在公元三世纪迁徙到丽江地区定居下来。普米族则源于我国古代游牧民族氐羌族群,是中国具有悠久历史和古老文化的民族之一。作为生活在西南一隅的少数民族,纳西族与普米族的交往由来已久。《龙女树》②是少有的讲述西南少数民族政权之间联姻的传说,传讲的是丽江的统治者木天王以和亲之计,欲侵占普米族和纳西族人地盘的故事。相传:很早以前,统治丽江的木天王为了把"北"人(普米族)和纳西人聚居的永宁并为自己管辖的领地,决定以和亲之计进行巧夺。木天王亲笔写信并派使者拜望"北"王,说愿结两家姻亲,永远和好。出人意料的是,木天王美丽善良的公主——龙女与"北"王子见面后,两人却十分投缘。很快,龙女嫁给了"北"王子。

不久,老"北"王去世,王子当了"北"王。木天王就要把永宁并进自己的管辖范围,结果被"北"王一口回绝。木天王见夺不来永宁的地盘,便假说有病,把龙女从永宁喊回来。有一天,龙女无意间听到父亲要派人骗"北"王来接自己,并借机斩了"北"王、霸占永宁的

①　张正明《张正明学术文集》,武汉:湖北人民出版社,2007年版,第202页。
②　中共丽江地委宣传部编《纳西族民间故事选》,上海文艺出版社,1981年版,第289—294页。

话,便急忙捎信给"北"王。年轻的"北"王咽不下这口气,就马上召集兵马,向丽江进发,不料途中却陷入木天王的埋伏,最终战死疆场。

木天王为了惩罚告密的女儿,命人把龙女锁在铺满碎瓷烂瓦的湖心亭里。当龙女得知丈夫被害,她心肝俱碎,哭着喊着,麻木地在碎瓷瓦上走着,直到鲜血流尽,躺在血泊之中。后来,纳西乡亲们烧了湖心亭,为龙女举行隆重的火葬礼。第二年,在湖心亭的原址上长出了一棵海棠树,人们说这是龙女再生的化身,便称这棵海棠为"龙女树"。

这一广泛流传于西南地区的联姻传说,无情地揭示出木天王阴险贪婪、自私残暴的丑恶嘴脸。一桩原本暗藏着阴谋的联姻,未承想却成就了一对年轻人的相亲相爱,但这段美好的爱情却毁于木天王的野心和贪欲。聪明善良又刚正不阿的龙女,以她的通达明理、坚贞不屈反抗着凶恶的木天王,她勇敢、忠贞殉于美好爱情的品格令人敬佩。这一因和亲而起的爱情悲剧,蕴含着广大民众的情感认同和价值判断,其丰富的文化意蕴耐人寻味。

(二)苗族与侗族开亲的传说

苗族是一个古老的民族。据文献资料记载,其祖先是蚩尤,原居于黄河中下游地区,后由于战争等情况,迁徙至西南山区和云贵高原。侗族即先秦以前文献中所谓的"黔首",一般认为是古代百越的一个分支。《苗侗开亲》[①]讲述了苗族小伙和侗族姑娘为苗侗两族挖洞找水的传说,由此也开启了苗族和侗族通婚的先河:很久以前,有条河的两岸各有一个寨子,东岸是苗寨,西岸是侗寨。苗寨的后生阿龙憨直勤快,庄稼活样样拿得起手。侗寨的姑娘叫珠妹,眉清目秀,绣得一手好花。阿龙和珠妹在河边一见钟情,两人经常在寨脚的大榕树下,弹着芦笙深情地对歌。

当阿龙妈知道儿子喜欢上一个侗族姑娘时,连忙说:"不行! 不

---

① 李瑞岐《节日风情与传说》,贵阳:贵州人民出版社,1983年版,第51—56页。

行！自古有规矩，不是同族不能开亲，异族开亲是要倒祖坟的！"后来寨老知道了说："苗侗自古不开亲，这是老规矩。为了求得两族老祖宗的谅解，阿龙和珠妹必须给两族人做一件大好事，使老祖宗高兴，两族千年万代才多崽多孙，有吃有穿。阿龙和珠妹把好事做完了就可以成亲。"两家人一时间也不晓得为两族人办哪样大好事。

三年后发生了旱灾，寨老就叫阿龙和珠妹到深山老林去挖洞找水。大家晓得山上豺狼虎豹野猪多，个个都害怕去，阿龙和珠妹却马上答应去替两个寨子办这件大好事。

阿龙和珠妹上山找水，见了一沟挖一沟，见了一洞挖一洞，也不晓得爬了多少坡，走了多少路，最后终于找到一个有阴河的山洞。正当他们准备动手挖洞时，忽然从里面钻出一头野猪，阿龙毫不畏惧，用锄头打死了野猪，终于挖通了洞。清清的水流满了沟，一坝一坝的苗变青了，寨老高兴地说："阿龙和珠妹把水找来了，这是给苗家、侗家做了一件大好事。现在他们两个可以成亲了。"苗族和侗族人民为了纪念这一天，从那时候起，每年五月二十五龙船节期间，都会在江边举行芦笙会。

这篇传说中相亲相爱的苗族小伙和侗族姑娘，以他俩的决心、勇气和实际行动，翻山越岭，历经艰险，终于成功地找到了水源，解除了两个寨子的干旱，还赢得了苗侗两族人民对他俩婚姻的接受与祝福，从此也打破了苗侗两族不通婚的"族规"。这是爱情的力量，也是苗侗两族人民对和平美好生活的向往。

（三）苗族与布依族结亲的传说

布依族也源于古代的百越，秦汉以前称为"濮越"或"濮夷"。至唐代，中央朝廷在布依族聚居地区设置羁縻州县，以当地少数民族首领为刺史，世袭其地。流传于贵州民间的《花溪》①传说，充满

---

①　贵州省文管会办公室、贵州省文化出版厅文物处编《贵州文物古迹传说选》，贵阳：贵州人民出版社，1985 年版，第 8—12 页。

了神话色彩，它以苗族小伙和布依族姑娘的相知相恋为线索，讲述苗族和布依族同胞患难与共、共同反抗土司欺压和盘剥的故事：很久以前，在现在的花溪有两个寨子，一个是布依族人居住的甫纳寨，一个是苗族人居住的苗卡寨。两个寨的人们走村串寨，亲如一家。甫纳寨有个纳米①叫阿月，和苗卡寨的黛哈②阿波相亲相爱，两边的老人已准备为他们选择吉日成亲哩。

　　甫纳寨的土司因为得到官府的支持，在这一带插草为标，不仅霸占了苗卡寨，把苗族人通通赶到深山老箐里去，还强迫甫纳寨的人为他耕作苗族人留下来的土地。阿月和乡亲们一边种地，一边想念着阿波和苗族同胞。

　　有一天，在梦中月亮仙子送给阿月一条鞭子，并告诉她这叫月光鞭，在有月亮的时候，用鞭子对着深山老箐的山坡一甩，就会出现又平又宽的大路。当晚，阿月趁月色正明，拿起月光鞭，对着远处的深山老箐甩了一下。眨眼间，从甫纳寨到深山老箐之间，出现了一条大路。天一亮，布依同胞和苗族同胞都涌到大路上来，又是笑又是跳，亲热得不得了。阿月和阿波则依偎在一起，有说不完的知心话。

　　土司知道此事后，从阿月的手里抢走了月光鞭，他要扩大地盘，把苗族人赶得更远。土司提起月光鞭，一阵乱甩，忽然地上一声巨响，那条月光大路霎时变成一条大河，波翻浪涌，几旋几转就把土司淹翻了。

　　天亮了，那条月光大路变成的大河，从远处的深山一直流到田坝上来。从此，这条河水就把布依和苗胞连在一起，他们或者顺着河岸，或者驾舟摇船，来往更加亲密了。他们还在河岸种树种花，河上经常漂着五颜六色的花瓣，人们就把这条河叫做"花溪"。阿月和阿波在美丽的花溪河畔成了亲，过着美满幸福的生活。

---

　　①　纳米：布依语，姑娘。
　　②　黛哈：苗语，后生。

这一苗胞和布依人通婚的传说，别开生面，充满幻想。阿月和阿波虽然属于不同的民族，但他们的相亲相爱却得到苗胞和布依人的认可和祝福。面对阴险狠毒的土司，苗胞和布依人团结一心，相互支持，最终战胜了邪恶，阿月和阿波这对有情人也终成眷属，苗胞和布依人又重新幸福地生活在一起。这个有关苗胞和布依人亲如手足的传说流传久远，温暖人心，使人充分感受到两族和睦、融洽相处的幸福和美好。

（四）瑶族和壮族结缘的传说

瑶族是中国最古老的民族之一，传说是盘瓠和帝喾之女三公主的后裔，其名称和分支也较多。壮族作为岭南的土著民族，早在秦汉以前，其先民西瓯人、骆越人就生活在岭南的广阔地区，目前是中国人口最多的少数民族。《韦小妹》[①]的传说讲述了瑶族青年和壮族姑娘的爱情悲剧，对所谓异族不通婚的"规矩"进行了血泪控诉：据说，过去瑶霸给瑶族人民立下一条规矩，那就是不准瑶族男女与其他兄弟民族通婚。谁若犯着这个规矩，男的装进木笼活活烧死，女的则赶到大森林不准回寨。

瑶族青年阿包与壮族姑娘韦小妹在砍柴中相互关心帮助，你来我往，相好起来。在他们结婚的那天晚上，瑶霸把他俩抓走，恶狠狠地骂道："鸡不与鸭配，这是石牌上写着的！你狗胆包天，竟敢同壮妹结婚，若不烧死你，将来瑶山的蚂蚁都要往山外爬！"说完，把阿包装进木笼活活烧死了。韦小妹在被瑶霸糟蹋后，也死在大森林里。阿包死后变成小鸟，在大森林一边飞，一边凄凉地叫喊着："韦——小妹，韦——小妹……"

这一传说让人看到不同民族青年的相爱或成婚在当时面临着多么残酷的惩罚，而所谓的"规矩"，不过是瑶霸们骄横邪恶的一种

---

① 苏胜兴、刘保元等编《瑶族民间故事选》，上海：上海文艺出版社，1980年版，第186—188页。

淫威。阿包死后魂化小鸟的声声悲鸣，既是对亲人的呼唤，也是一种宁死不屈的抗争和呐喊。这一传说也说明不同民族间的通婚，在西南地区曾经历过的艰难与坎坷。

多民族结亲通婚的传说虽然数量有限，且主要集中在北方的汉、满、蒙、回以及西南的苗、瑶、壮、布依等民族之间，但窥一斑可知全豹，从中可见中华民族在形成与发展过程中，各民族以联姻通婚为纽带，建立起频繁往来、和睦相处的亲密关系。这种在相互尊重、彼此包容、和平共处基础上形成的密切联系，也是中华民族求同存异、共同发展的必然结果。这些多民族结亲通婚的传说，以精彩的故事和质朴无华的语言，成为广大民众回顾民族历史、珍惜和谐社会、遗馈子孙后代的精神财富，也是今天建设和维护中华民族大家庭不可缺少的动力。

文化是民族的血脉，是人民的精神家园。古代和亲诗和联姻传说作为民族文化的重要组成部分，虽然具有不同的文学形态和表达方式，但都蕴含着和亲文化特有的亲和力和凝聚力，成为维系民族融合发展的情感因子，更是沟通昨天与今天的一座桥梁。古代和亲诗反映出古代文人对和亲历史与联姻人物的思考与评价，成为观照不同时代文人和亲观念和价值判断的重要窗口，映射出和亲文化"和平、和睦、和谐"的精神实质。民间的联姻传说是充满神话色彩和虚构成分的史事传说，其传讲的和亲事件、联姻公主和故址遗存等都有历史的影踪，积淀着一个民族深沉的历史情感，凭借众口相传的魅力，跨越时空和地域，将和亲联姻带来的和睦与亲善播向四方。时至今日，无论是续写绵延的和亲诗，还是常讲常新的联姻传说，其顽强的生命力都植根于几千年来一脉相承的优秀文化传统之中，成为民族记忆的共同源泉，潜移默化地影响着人们的心理和行为。从这个角度来说，不论是和亲诗还是联姻传说，都是传承中华民族精神的坚韧纽带，更是今天各民族手足相亲、守望相助的坚实根基。

参 考 文 献

一、文史典籍

（宋）司马光编著,（元）胡三省音注,"标点资治通鉴小组"校点《资治通鉴》,北京：中华书局,1956 年。

（汉）司马迁《史记》,北京：中华书局,1959 年。

（汉）班固《汉书》,北京：中华书局,1962 年。

郑植昌修,郑裕孚纂《归绥县志·舆地志》,台北：成文出版社,1968 年。

（清）聂光銮等修,（清）王柏心等纂《宜昌府志》,台北：成文出版社,1970 年。

（清）张廷玉等《明史》,北京：中华书局,1974 年。

（后晋）刘昫等《旧唐书》,北京：中华书局,1975 年。

（宋）欧阳修、宋祁《新唐书》,北京：中华书局,1975 年。

萨迦·索南坚赞著,陈庆英、仁庆扎西译注《王统世系明鉴》,沈阳：辽宁人民出版社,1985 年。

《清实录》,北京：中华书局,1985 年。

张鹏翮《奉使俄罗斯行程录·出塞纪略》,北京：中华书局,1991 年。

索南坚赞著,刘立千译注《西藏王统记》,北京：民族出版社,2000 年。

五世达赖喇嘛著,刘立千译注《西藏王臣记》,北京：民族出版社,2000 年。

齐木德道尔吉、巴根那编《清朝太祖太宗世祖朝实录蒙古史史料抄——乾隆本康熙本比较》,呼和浩特：内蒙古大学出版社,2001 年。

齐木德道尔吉、黑龙、宝山、哈斯巴根、任爱君编《清朝圣祖朝实录蒙古史史料抄》,呼和浩特：内蒙古大学出版社,2003 年。

刘长海整理《祁韵士集》,太原：三晋出版社,2014 年。

（清）彭定求等编《全唐诗》,北京：中华书局,1960 年。

（清）董诰等编《全唐文》,北京：中华书局,1983 年。

北京大学古文献研究所编《全宋诗》,北京：北京大学出版社,1998 年。

杨镰主编《全元诗》,北京：中华书局,2013 年。

二、著作及文献资料

中国地名委员会办公室编《地名学文集》,北京：测绘出版社,1985 年。

马大正主编《中国古代边疆政策研究》,北京：中国社会科学出版社,1990 年。

崔明德《汉唐和亲研究》,青岛：青岛海洋大学出版社,1990 年。

《中华民族凝聚力的形成与发展》编写组《中华民族凝聚力的形成与发展》,北京：民族出版社,2000 年。

崔明德《中国古代和亲史》,北京：人民出版社,2005 年。

崔明德《中国古代和亲通史》,北京：人民出版社,2007 年。

张正明《张正明学术文集》,武汉：湖北人民出版社,2007 年。

陆籽叙《题画诗》,北京：人民美术出版社,2008 年。

钟巧灵《宋代题山水画诗研究》,北京：中国社会科学出版社,2008 年。

王韶华《元代题画诗研究》,北京:中国传媒大学出版社,2010 年。

林恩显《中国古代和亲研究》,哈尔滨:黑龙江教育出版社,2012 年。

杜家骥《清朝满蒙联姻研究》,北京:故宫出版社,2013 年。

宋久成主编《地名文化研究——概念、少数民族语地名及其他》,北京:法律出版社,2013 年。

曾大兴《文学地理学概论》,北京:商务印书馆,2017 年。

[日] 柳田国南《传说论》,北京:中国民间文艺出版社,1985 年。

程蔷《中国民间传说》,杭州:浙江教育出版社,1989 年。

张紫晨《民间文艺学原理》,石家庄:花山文艺出版社,1991 年。

季羡林《比较文学与民间文学》,北京:北京大学出版社,1991 年。

钟敬文《民俗学论集》,上海:上海文艺出版社,1998 年。

李惠芳《中国民间文学》,武汉:武汉大学出版社,1999 年。

陈正平编《巴渠民间文学与民俗研究》,成都:四川大学出版社,2001 年。

谭达先《海外华侨华人民间文学》,北京:中国戏剧出版社,2010 年。

万建中《20 世纪中国民间故事研究史》,北京:北京师范大学出版社,2011 年。

万建中《民间文学引论》,北京:北京大学出版社,2016 年。

吴道周《昭君故里》,武汉:湖北人民出版社,1984 年。

林干、马骥编著《民族友好使者——王昭君》,呼和浩特:内蒙古人民出版社,1994 年。

闵泽平《文化视野中的昭君形象与意义生成》,武汉：武汉出版社,2003 年。

巴特尔编选《昭君论文选》,呼和浩特：内蒙古人民出版社,2004 年。

马冀、杨笑寒《昭君文化研究》,呼和浩特：内蒙古人民出版社,2004 年。

张文德《王昭君故事的传承与嬗变》,上海：学林出版社,2008 年。

林永仁《昭君和亲源流考》,北京：大众文艺出版社,2011 年。

蒋方《汉月边关万古情——昭君与昭君文化》,北京：商务印书馆,2015 年。

《青海风物志》,西宁：青海人民出版社,1985 年。

马学良 等主编《藏族文学史》,成都：四川民族出版社,1985 年。

王兴先《格萨尔论要》,兰州：甘肃民族出版社,1991 年。

刘忠《汉藏文化交流史话》,北京：中国大百科全书出版社,2000 年。

边多《西藏音乐史话》,北京：中国藏学出版社,2006 年。

陶柯《论藏族文化对汉族文化的影响》,北京：民族出版社,2006 年。

米海萍等《青藏地区民族民间文学研究》,北京：中国社会科学出版社,2012 年。

崔永红主编《文成公主与唐蕃古道》,西宁：青海人民出版社,2017 年。

顾浙秦《清代藏事诗研究》,广州：中山大学出版社,2017 年。

王兴贵、穆松编《巴林史话》，呼伦贝尔：内蒙古文化出版社，1997年。

纳钦《口头叙事与村落传统——公主传说与珠腊沁村信仰民俗社会研究》，北京：民族出版社，2004年。

邵汉明等编《满族古老记忆的当代解读——满族传统说部论集》（第1辑），长春：长春出版社，2012年。

杜家骥《清朝满蒙联姻研究》，北京：故宫出版社，2013年。

薄音湖主编《内蒙古文史研究通览·历史卷》，呼和浩特：内蒙古大学出版社，2013年。

三、期刊论文

吴逢箴《唐代诗歌与民族交往》，《西藏民族学院学报》1982年第4期。

万建中《传说建构与村落记忆》，《南昌大学学报》2004年第3期。

韩晓时《地名传说的旅游价值》，《中国地名》2010年第9期。

施爱东《五十步笑百步：历史与传说的关系——以长辛店地名传说为例》，《民俗研究》2018年第1期。

尚余、洁芒《王昭君——民族友好的使者》，《内蒙古师院学报》1962年第1期。

曹禺《昭君自有千古在——我为什么写〈王昭君〉》，《中国民族》1979年第2期。

田久川《评唐人咏王昭君的诗兼论汉匈和战》，辽宁师范大学学报1981年第1期。

林丽珠《论昭君艺术形象的产生及其历久不衰的奥秘》，《厦门大学学报》1982年第2期。

林幹《试论王昭君艺术形象的塑造》，《内蒙古大学学报》1986

年第 3 期。

马启俊《浅谈民间传说与古代文作品中的昭君形象》,中央民族大学学报 1995 年第 2 期。

王砑《在历代吟咏中逐渐偶像化的王昭君形象》,《中国典籍与文化》1996 年第 3 期。

闵泽平《诗与史的对话》,《湖北三峡学院学报》2000 年第 4 期。

王尧《唐蕃会盟碑疏释》,《历史研究》1980 年第 4 期。

黄显明《文成公主入藏路线再探》,《西藏研究》1984 年第 1 期。

赵宗福《孙士毅和他的西藏诗》,《西藏研究》1987 年第 4 期。

范亚平《唐蕃会盟碑——汉藏人民友好的历史丰碑》,《西藏民族学院学报》1987 年第 4 期。

张云侠《汉藏文化交流使者——文成、金城公主》,《中国藏学》1988 年第 1 期。

谈士杰《从藏族民间文学看汉藏关系》,《青海民族研究》1992 年第 3 期。

李小凤《从唐诗看金城公主入蕃和亲》,《西北第二民族学院学报》2005 年第 1 期。

李小凤《从中唐诗歌看唐公主和亲回纥》,《伊犁师范学院学报》2005 年第 4 期。

刘洁《从唐诗和藏族文献歌谣看唐蕃联姻的影响及意义》,《西北民族研究》2008 年第 3 期。

胡芳《青藏地区民间传说的文化史价值》,《青海社会科学》2010 年第 1 期。

华立《清代的满蒙联姻》,《民族研究》1983 年第 2 期。

杜家骥《清朝的满蒙联姻》,《历史教学》2001 年第 6 期。

纳钦《从传说到信仰:一个蒙古村落民间叙事传统的文化运行——以珠腊沁村公主传说为个案》,《民族文学研究》2004 年第 2 期。

张凯旋《试论木兰围场的设立对清朝满蒙联姻地域分布的影响》,《承德职业学院学报》2006 年第 1 期。

邵骏《从〈蒙古游牧记〉透析清王朝与外藩蒙古的关系》,《赤峰学院学报》2009 年第 1 期。

江帆《论满族说部的生成与播衍》,《西北民族研究》2010 年第 4 期。

杨怡、丁万录《后金至清初满蒙关系演变考述》,《青海民族大学学报》2014 年第 1 期。

香莲《清代满蒙联姻关系及对蒙古的经济援助》,《赤峰学院学报》2014 年 6 期。

四、作品选辑

(清)孙士毅《百一山房赴藏诗集》,见中央民族学院图书馆编《川藏游踪汇编》。

中央民族学院少数民族语言文学系藏语文教研室藏族文学小组编《藏族民歌选》,上海:上海文艺出版社,1981 年。

鲁歌、高峰等选注《历代歌咏昭君诗词选注》,武汉:长江文艺出版社,1982 年。

《西藏民间歌谣选》,拉萨:西藏人民出版社,1985 年。

蔡长明收集整理《昭君故里五句子歌谣选》,北京:大众文艺出版社,2006 年。

可咏雪、戴其芳、余国钦、李世馨、武高明编注,郝存柱审定《历代吟咏昭君诗词曲全辑·评注》,呼和浩特:内蒙古大学出版社,2009 年。

王世祯编《中国神话——事迹篇》,台北:星光出版社,1981年。

祁连休编《中国民间故事选——风物传说专辑》,北京:中国少年儿童出版社,1983年。

承德地区民间文学研究会编《裙钗故事》,天津:百花文艺出版社,1986年。

卢云亭编《祖国河山的神话故事》,北京:北京师范大学出版社,1986年。

陈钰编《敦煌的传说》,上海:上海文艺出版社,1986年。

本社编《不见黄河心不死——黄河传说故事》,杭州:浙江文艺出版社,1987年。

谷德明编《中国少数民族神话》,北京:中国民间文艺出版社,1987年。

胡沙、马百胜编《黄河的神话》,兰州:甘肃少年儿童出版社,1992年。

木橹《凉国春韵》,兰州:敦煌文艺出版社,1992年。

林新乃编《中国历代名媛》,上海:上海文艺出版社,1993年。

胡沙主编《中国丝绸之路著名景物故事系列》(名人故事卷、民俗故事卷、名关故事卷、名城故事卷、名水故事卷),兰州:甘肃人民出版社,1995年。

中国民间文艺研究会湖北分会、湖北省群众艺术馆编《湖北民间故事传说集》,武汉:湖北省群众艺术馆,1980年。

吴一虹、吴碧云编《王昭君传说》,兰州:甘肃人民出版社,1983年。

呼和浩特市群众艺术馆编著《青城的传说》,呼和浩特:内蒙古人民出版社,1989年。

邹志斌、蔡长明主编《昭君文化丛书·传说卷》,成都:四川美术出版社,2010年。

赵建军、解晋主编《左云民间传说》，太原：山西人民出版社，2010年。

王翠琴主编《中国民间故事丛书·河北承德·平泉卷》，北京：知识产权出版社，2014年。

中央民族学院少数民族语言文学系藏语文教研室藏族文学小组编《藏族民间故事选》，上海：上海文艺出版社，1980年。

中国民间文艺研究会青海分会编，乔永福等搜集、黄绍宣等整理《青海藏族民间故事》，西宁：青海人民出版社，1984年。

雀丹搜集整理《神奇的九寨沟——川甘青滇藏区地名传说》，成都：四川科技出版社，1988年。

王沂暖、唐景福译《格萨尔王传——赛马七宝之部》，兰州：甘肃人民出版社，1988年。

石磊搜集整理《炳灵寺与刘家峡传说》，兰州：甘肃少年儿童出版社，1991年。

卢亚军译《柱间史：松赞干布遗训》，兰州：甘肃人民出版社，1997年。

中国民间文学集成全国编辑委员会主编《中国民间故事集成·四川卷》，北京：中国ISBN中心，1998年。

张立人等编著《世界屋脊上的传说》，长沙：长沙文艺出版社，2001年。

中国民间文学集成全国编辑委员会主编《中国民间故事集成·西藏卷》，北京：中国ISBN中心，2001年。

牛娟、程忠红编著《西藏神话与传说故事集》，拉萨：西藏人民出版社，2016年。

普布多吉主编《林芝民间故事》，北京：人民出版社，2017年。

本社编《小喇嘛降妖——蒙古族民间故事选》，沈阳：春风文艺出版社，1982年。

准喀喇沁民间文学"三项"集成领导小组编《中国民间文学集成·辽宁卷·准喀喇沁资料本》(一),1983—1986年。

承德地区民研分会编《承德的传说》,北京:中国民间文艺出版社,1984年。

铁玉钦编写《沈阳故宫轶闻》,沈阳:春风文艺出版社,1984年。

陈德来、童莘斌选编《康熙皇帝的传说》,杭州:浙江文艺出版社,1985年。

刘振操选编《沈阳传说故事选》(名人集),沈阳:春风文艺出版社,1985年。

太和区文教局、太和区民族事务委员会、太和区文化馆编《中国民间文学集成·辽宁分卷·锦州市太和区资料本》,1985年。

王宏刚等编《康熙的传说》,北京:中国民间文艺出版社,1986年。

辽宁省法库县民间文学三套集成办公室编《中国民间文学集成·辽宁卷·法库资料本》,1986年。

杨荫林选编《草原传奇》,北京:中国民间文艺出版社,1986年。

阜新蒙古族自治县民间文学三套集成领导小组编《中国民间文学集成·辽宁卷·阜新蒙古族自治县资料本》(一),1987年。

佟靖仁编著,岳文瑞校订《呼和浩特满族民间故事选》,呼和浩特:内蒙古大学出版社,1989年。

曹文奇主编《启运的传说》,沈阳:辽宁民族出版社,2003年。

呼伦纳兰氏秘传,赵东升整理《扈伦传奇》,长春:吉林人民出版社,2007年。

陈明宏、韩昆辉主编《中国民间故事全书·吉林·四平卷》,北京:知识产权出版社,2009年。

王迅、孙国军主编《中国民间故事全书·吉林·前郭尔罗斯卷》,北京:知识产权出版社,2009年。

马亚川讲述,王松林整理《瑞白传》,长春:吉林人民出版社,2009年。

傅英仁讲述,王松林整理《比剑联姻》,长春:吉林人民出版社,2009年。

赵书、常利民等主编《八旗子弟传闻录》,长春:吉林人民出版社,2009年。

夏秋主编《满族民间故事卷·辽东卷》,沈阳:辽宁民族出版社,2010年。

伊和白乙拉主编《内蒙古民间故事全书·喀喇沁旗卷》,呼和浩特:远方出版社,2014年。

何晓芳主编《辽宁省少数民族民间故事大系·满族卷》,北京:民族出版社,2015年。

于济源著《长白山民间故事》,长春:时代文艺出版社,2016年。

张学军主编《木兰围场传说》,北京:中国三峡出版社,2016年。

石特克立·盈儿、毓嶦讲述,德甄整理《爱新觉罗的故事》,长春:吉林人民出版社,2016年。

亚川讲述,王松林整理《两世罕王传·努尔哈赤罕王传》,长春:吉林人民出版社,2016年。

赵东升讲述,赵宇婷、赵志奇整理《乌拉秘史》,长春:吉林人民出版社,2016年。

齐海英主编《辽宁省少数民族民间故事大系·蒙古族卷》,北京:民族出版社,2016年。

《云南群众文艺》编辑部编《云南民族民间故事选》,1979年。

苏胜兴、刘保元等编《瑶族民间故事选》,上海:上海文艺出版社,1980年。

中共丽江地委宣传部编《纳西族民间故事选》，上海：上海文艺出版社，1981年。

唐宗龙选编《三公主的凤冠——畲族民间故事选》，武汉：湖北人民出版社，1982年。

李瑞岐编《节日风情与传说》，贵阳：贵州人民出版社，1983年。

贵州省文管会办公室、贵州省文化出版厅文物处编《贵州文物古迹传说选》，贵阳：贵州人民出版社，1985年。

李树江、王正伟编《回族民间故事选》，上海：上海文艺出版社，1985年。

柏华林、刘德荣主编《文山州傣族民间故事集》，昆明：云南人民出版社，2015年。

后　　记

　　此刻是正午时分,冬日的暖阳透过窗户,直射进我的书房,明亮而温暖。外面的世界一片寂静,失去了往日里城市的热闹和喧嚣,今天是兰州因新冠疫情而严格管控的第 16 天,在四周静默而沉闷的氛围中,这部书稿终于完成了。

　　这是一部偶然涉足又必然按照文学发展线索而撰写的书稿。大约是 2007 年,身为西北民族大学教师的我,在授课过程中,开始对唐代文学中能够反映民族历史和友好关系的内容产生了兴趣。于是,唐代和亲诗便引起了我的关注,可不久我就发现唐代和亲诗的数量实在有限,即使扩大到古代和亲诗的范围,也不过是以历代咏昭君诗为主。从历史的角度来看,这没能反映出古代和亲历史的发展进程;从文学的角度观之,也无法勾画出和亲文学的整体面貌。在进一步的思考和探究中,我的目光很快被讲述和亲联姻的民间传说所吸引,因为在丰富多彩的口头讲述中,不仅有昭君出塞的故事,还有广为传播的唐蕃和亲的传说和歌谣、满蒙联姻的传说及满族说部等。可以说,在古代文人笔下见首不见尾的和亲文学线索,于民间传说中却得到较为完整地呈现。带着几分欣喜和好奇,从那时起,我便开始搜集并整理有关和亲联姻的民间传说、故事和歌谣等。与此同时,我也认真阅读有关民间文学的理论著作,希望在涉足新的研究领域后,能够找到雅俗文学研究的契合点。

　　幸运的是，这一工作受到了学校的重视和支持，2013 年和 2014 年我申报的有关和亲文学的两个项目，在"甘肃省高等学校人文社科重点研究基地·西北少数民族文学研究中心"得以立项，并获得一定的经费资助，此后我便开始撰写并发表相关的学术论文。但是这一研究课题并未一以贯之地进行下去，最主要的原因是我担任了文学院院长之后，在七八年的时间里，繁杂的行政事务使我的精力很难集中在学术研究上。不过聊以自慰的是，这期间借助寒暑假或外出开会学习等时机，我到过不少省市图书馆和高校图书馆，不断搜集散落在书籍和民间的和亲联姻文学资料，每当发现新的资料，都会有一种压抑不住的兴奋和激动。所以，在卸下行政职务之后，我首先想到的就是利用多年搜集积累的材料，将古代文人创作与民间传说结合起来，描绘雅俗文学中和亲联姻的文学呈现，阐述其主题内容，比较其异同特点，揭示其文化意蕴及现实意义，进一步明确和亲诗与联姻传说对后世的影响。2018 年我申报的"中国古代和亲联姻的民间话语与文学书写研究"获得"甘肃省哲学社会科学规划项目"立项，这更增添了我的写作动力。

　　日月不居，时节如流，经过十几年不断的积累和思考，再加上三年多课余时间的潜心写作，终于在我从教三十七年、即将退休之际，完成了这部专著，了却了多年来的一个心愿。弦歌不辍，薪火相传，学术研究需要志同道合者的共同努力，本书仅是和亲文学研究中的抛砖引玉之作，限于本人眼界和学识的拘囿，书中尚存在遗漏和不足之处，敬请学界同仁和读者们批评指正。同时，期待有更多的学者深入本研究领域，期待不断有新的研究成果问世。

　　最后，感谢烟台大学原党委书记、和亲历史与文化的研究专家崔明德教授对本研究的关心与帮助，感谢他拨冗为本书作序；感谢西北师范大学文学院尹占华教授的点拨与指正；感谢我的硕士研究生范武杰、马春芳、陈宁波、李芮、滕云月和罗通迅同学,他们在搜集整理资料和校对文稿注释等方面做了不少工作;也感谢多年来给予我支持和鼓励的家人及朋友们。

刘　洁

2021 年 11 月 7 日(立冬日)于兰州

图书在版编目(CIP)数据

和亲诗与联姻传说综论 / 刘洁著. —上海：上海
古籍出版社，2022.12
（西北民族大学中华多民族文学遗产丛书）
ISBN 978-7-5732-0513-1

Ⅰ.①和… Ⅱ.①刘… Ⅲ.①中国文学-古代文学史
-文学史研究 Ⅳ.①I209.2

中国版本图书馆 CIP 数据核字(2022)第 209553 号

西北民族大学中华多民族文学遗产丛书
和亲诗与联姻传说综论
刘 洁 著
上海古籍出版社出版发行
（上海市闵行区号景路 159 弄 1-5 号 A 座 5F　邮政编码 201101）
（1）网址：www.guji.com.cn
（2）E-mail：guji1@guji.com.cn
（3）易文网网址：www.ewen.co
上海商务联西印刷有限公司印刷
开本 890×1240　1/32　印张 12.125　插页 3　字数 304,000
2022 年 12 月第 1 版　2022 年 12 月第 1 次印刷
印数：1—1,100
ISBN 978-7-5732-0513-1
I·3678　定价：68.00 元
如有质量问题，请与承印公司联系